U0588050

王子居诗词

喻诗浅论

温雅◎著

台海出版社

图书在版编目(CIP)数据

王子居诗词：喻诗浅论 / 温雅著. -- 北京 : 台海出版社，2020.11

ISBN 978-7-5168-2730-7

Ⅰ. ①王… Ⅱ. ①温… Ⅲ. ①诗词－作品集－中国－当代②古典诗歌－诗歌欣赏－中国③古典诗歌－诗歌评论－中国 Ⅳ. ①I227②I207.2

中国版本图书馆CIP数据核字(2020)第171324号

王子居诗词：喻诗浅论

著　　者：温　雅

出 版 人：蔡　旭　　　　　封面设计：天行健

责任编辑：俞滟荣

出版发行：台海出版社

地　　址：北京市东城区景山东街20号　　邮政编码：100009

电　　话：010-64041652（发行，邮购）

传　　真：010-84045799（总编室）

网　　址：www.taimeng.org.cn/thcbs/default.htm

E - mail：thcbs@126.com

经　　销：全国各地新华书店

印　　刷：唐山市铭诚印刷有限公司

本书如有破损、缺页、装订错误，请与本社联系调换

开　　本：710毫米×1000毫米　　1/16

字　　数：350千字　　　　印　　张：23

版　　次：2020年11月第1版　　印　　次：2021年3月第1次印刷

书　　号：ISBN 978-7-5168-2730-7

定　　价：49.80元

目录

【象之贯通：由气贯通出的气象诸流】

【象之贯通：意象流】

【意象：心象一体与物我两化】

【性之贯通：印象流喻诗和气韵】

【数理的贯通与排列组合的领悟】

【多维修辞与多维诗境】

本书的读法

垂緌饮清露，流响出疏桐。
居高声自远，非是藉秋风。

从隐喻到指喻的蜕变

要把中国的喻诗真正地讲清楚，不是一件容易的事情。我们在王子居通过三十几年喻诗创作经验而总结出的理论基础上研究了三年，依然时常觉得头昏脑胀。

喻诗最大的特点就是，兼隐喻性质的指喻是不见月（本体）的，所以如果意识不到指喻的存在又不看专门的注解赏析，即便读一百遍，也是不会读懂的。这不仅仅是因为当一个人手指向天空一指的时候，你难以判断出他究竟是指向云彩、飞鸟、树枝、天空，还是指向月亮。

这就好比我们在《组诗之喻：喻诗的维度和层次》中讲他将《离骚》中的香草、美人之喻重新组合，将并列关系的明喻或隐喻转化成一个同体合一（同一个象）的本体转喻体的再喻喻，从而使一个象具有双重隐喻。他将屈原的香草之喻和美人之喻合体，将香草之喻转变为美人之喻，用一个香草之喻实现了屈原香草、美人两个喻才能达成的效果，从而实现另一种形式的诗意维度叠加。

这种将古代不同艺术手法合一、递进运用的各种形式的例子，在本书中有不少，而且往往是隐喻维度跟其他维度共同叠加、递进运用的，如果不是在理论上讲明这种叠加、转化递进的运用，我们恐怕没有人会意识到这一种种、一重重的对古代诗歌艺术技巧和诗意构境的多重的或多维的全新构建。

单以隐喻这个层面而言，本书讲清的对比喻的各种用法或全新用法如：典喻同运、组合典喻、喻兴一体、喻喻转进、喻兴一体转化（进）、双体喻、总纲喻、喻中喻、暗转隐喻、暗喻续喻变化意象、循环对比喻、多维修辞兼喻、以明为隐、以明为隐多维指喻、相对连环喻、喻体递转、本体转喻体再喻喻、喻体结合新喻体成为新喻体、阴阳相对博喻、明喻递转隐喻、喻体连续递进明喻兼隐喻至一指多喻、指喻携带其他修辞格多维贯通、以隐喻或拟人出意象及气象及气势及意志等维度、托空入象转象入喻、喻转所喻、喻转所喻总纲喻、指喻携带其他辞格多维贯通喻转所喻总纲喻、阴阳对立一象矛盾双喻……

以上所举比喻的拓展运用方法，较之现代修辞学中的比喻十二种要多，何况在《龙山》中还会讲到更多维的、更高维的修辞用法。总的来讲，我们现在所发掘出的王子居对比喻的升华运用，若以大体的名目数量论，大约是现代修辞学中比喻用法的三倍左右。本书所讲的大多都是古代诗论、古代诗歌中并未有的或极少出现的，传统意义上的诗法、修辞等只附带讲解。

讲喻诗，就不能不提古代的三个人，屈原、阮籍都多用隐喻，白居易是唐代用喻最多的，但他用得好的多是佛学之喻，已经有典喻同运（见《古诗小论2》）。但总的来讲他们的喻还是指月隐喻，而王子居的喻诗多有一指多喻（有指无月，同时指向月、云、虚空、鸟、树……亦可参考《古诗小论2》《龙山》中的相关论述），是唯以象为表的自然用喻。指月喻在《古诗小论2》里是不作为一维的，多维之喻必须是一指多喻，两者之间存在一个层次的差别。由于《古诗小论2》里已讲了指月喻（一指一喻）、指喻（一指多喻）等基础概念，本书不做概念上的重复讲解。

隐喻隐喻，本质就是隐藏的，而要将一个本质隐藏的事物清楚地展现出来是很难的，而一指多喻就是观察到、把握到某个现象的隐藏的特点、性质、本质，然后将这个特点、性质、本质一体贯通（因为是一体，所以也就是隐藏的）到其他几个认知领域之中去。正常来说，我们对一个领域的某种现象的特点、性质、本质进行观察分析并得出就已经很难了，何况是几个领域同时具备？再想要将这种隐藏于几个认知领域中的特点、性质、本质清楚地用一个现象表述出来就更难了。

而诗歌在某种程度上或某些层面上是感情的、感觉的，并不是物理的、数学的，要体会那种感觉真的比做物理题化学题要更难，因为你是要凭感觉去感觉诗中的感觉的，所以它其实在美学层面、感情层面都不免有一种玄而又玄的个人体会在其中。

而一指多喻的多维喻诗，其在美学层面、感情层面自然会有更复杂的感觉，甚至一些对文学、美学不敏感的人，会难以感觉它的存在。当然实际上，即便对最简单的如“两个黄鹂鸣翠柳，一行白鹭上青天”，也一样有人感觉不出来它的美。

而诗歌赏析对于美来说，恰是建立在感觉之上的，如果感觉不到位或者说审美能力不到位，那又如何用文字来表达？何况文字表达能力本身也有到不到位的问题。这也就是为什么我们要在这里说明，对以象为喻的各种喻诗，尤其是一象多喻境，我们的表述可能远远不够清楚、远远不够明确，根本没有完美地表达出来它意象的美、感情的美和抽象的美以及哲学的美和喻学的美。

虽说美学层面的诗歌艺术难以把握，在这一本书里，我们终于理清了喻诗大体的体系结构和发展次序，这算是逻辑层面和数学层面的进步吧，因为体系结构和发展次序是数学图表所能表达的。

《古诗小论》《古诗小论2》《唐诗小赏》中，对喻诗中以气贯通的多维诗境其实已基本讲全了，而本书中终于讲全了以意贯通的其他维度的多维诗境。

如意象流的四步次序、喻的几个次序（《指喻之维：一象多喻境》放在《龙山》里讲了）在一定程度上算是讲清楚了。

除上面所讲比喻的全新运用外，本书也讲清了一些其他修辞的多维运用。总而言之，修辞多维、气之多维、意之多维、数理维度、性之维度、隐喻维度，本书算是基本讲清了大体的脉络。

变化多端的修辞技巧也许只是小技，繁复交织的艺术构成才是破解的最大难题，解构喻诗就连王子居自己都十分头疼。这就好比一个铸剑大师，他能凭自己的经验和感觉铸出绝世名剑，但想要把这铸剑的经验和秘密讲授出来，让更多人成为铸剑大师，好像历史上还没有一个人能成功，即便是子女往往也掌握不了手艺老师傅的绝活。知其然很多，而“知其所以然”并传授出去的之所以稀少，也许正是因此吧。这也许就像打乒乓球重在手感，而手感的感觉世界冠军也难以讲明白的吧。

你可以利用一个秘密，但你很难洞悉、广布一个秘密，这也许是人类大脑的天然局限性。

令我们惊讶的是，王子居的第一首诗就是一首喻诗。在他30年的写诗生涯中，虽创作两千余首，但只留下来四百多首（高一时为学业而焚之前两千首），其中多维喻诗及带有比喻修辞的诗作，超过三百首。这个数量和比例，可能是世界诗歌史上用喻最多的诗人了吧？古代号称以喻为诗最盛的屈、阮、白三人，也未有如此之多的喻诗。

正因为他是继三人之后用比喻作诗最多的诗人，所以他的诗才有了特殊的价值，他的诗也是继三人之后对喻诗的技法运用最多、开拓最多的。

这一版的《王子居诗词：喻诗浅论》与前版《王子居诗词》最大的不同在于，它事实上最重要的意义不是讲析王子居的诗词，而是讲喻诗的种类、层次、方法、原理。

从《古诗小论》到《古诗小论2》，王子居循序渐进地讲了从诗骚时代一直到唐诗宋词元曲的一些喻诗常识。但更多的喻诗和喻诗学却只能在《王子居诗词》中来讲，因为从唐诗时代的单句二三维，直到《王子居诗词》才达到单句五六维乃至超十维。而王子居诗作中单句三十余维的《龙山》，则单独成书，作为喻诗学这个系列的终结篇章。

这本书本来是叫《王子居诗词》的，但后来定名为《王子居诗词：喻诗浅论》，所以它事实上就是《古诗小论3》，这个系列已出版了《古诗小论》《古诗小论2》，再加上《王子居诗词：喻诗浅论》

《龙山》，它是一整个由浅至深、由易至难的渐进的系列。

这个系列与其他文学理论著作有一个不同之处就是它们都是用一定的数学思维写成的，因为王子居力求精确（语言等）、准确（概念等）、明白（意思等）、清楚（条理等）。从《古诗小论》中开始部分地运用排列组合、黄金分割率等数学思维来解决诗学问题，到《古诗小论2》中全书皆以物理学中的维度概念及数学中的统计学、排列组合计算等方法来讲中国古诗，到《王子居诗词：喻诗浅论》中以维度为基础讲喻诗，它们的分析方法都是以数理为基础的。本书虽然没有像前两部运用数理那么多，但本书一样重视在逻辑上的完整和无懈可击，绝不从文学的臆想出发。

这四部书不只是有由浅至深、由易至难的连续性，它们其实每一部都是前一部的注脚。如《古诗小论2》其实全书都是《古诗小论》中《古诗的两大弊病》一节的注脚，而本书和《龙山》其实是《古诗小论2》中《喻诗浅论》《关于另一条诗学路径》的注脚，而其中的单章如《数理的贯通与排列组合的领悟》，亦可以看作是《古诗小论2》中《以数贯通的喻诗形式》这一小节的注脚。而除了是注脚外，它们更是不断地充实、进阶、升华。

这个系列之间的相互关系是比较复杂的。

《古诗小论》里面讲了九维诗境，当喻诗达到单句八九维的诗境时，它肯定多多少少是有些难以置信的。因为如果按我们解构王子居喻诗的标准，起兴、情景交融、明喻、指月隐喻不算作一维的话，那么他在两部诗论里所举古代名篇的最高维度也就是三维。

很多喻诗的全新创作手法和喻诗的更多艺术形式及喻的更多运用技巧（如上所略列近30种），都只能在《王子居诗词》和《龙山》中读到。

比如说，喻诗依性象数理而进行的多维贯通，其中性的贯通，可能只有在《王子居诗词》中才能见到更多形式，因为目前所知只有他的印象流诗作从数种维度实现了喻诗中性的贯通。从某种意义上来说，王子居的诗歌为中国诗歌开辟了更新的作法、形式，拓展了创作的空间。

由于王子居的诗注重向内求，因而十分耐解，而且简直不能解构，因为你越是深入解构某首诗，就越是发现它跟你读到的感觉不一样，就越是发现它隐藏着各种手法、各种诗意和奥妙，越是深入解读你就越会有种难以置信的感觉。比如我们解读《龙山》和《紫薇》，从最开始的三维境，解构到五六维，最后解构到九、十维，最后解构到几十维，我们解构《紫薇》四五年，每次都解构出新的内涵和维度。越是解读你就越会发现，它的每一句乃至每一个字，都可能藏着一片艺术的境界及文化、哲学的内涵，如果不是深入地解读，你根本就不会读懂它，即便你已经认为它很美。部分人可能会觉得，这是真的吗？这是诗吗？

而耐解的意思其实就是，无论你在一首诗乃至一联、一句诗中解读出多少维度，这一首、一联乃至一句诗都承受得住。

王子居在创作《唐诗小赏》系列时是比较苦恼的，因为有些杰出的诗作没得可解。我们在《王子居诗词：喻诗浅论》和《龙山》中解构出来的维度，很多在唐诗中很少有，或者解构不出那么多维度。

在《诗歌的外解和内解》一节中，提到诗歌的外解，正因为一首诗向内解没得可解，所以只能向外解，而事实上，大多数的外解是靠不住的，因为很多诗即便向外解也不耐解，勉强外解其实就成了滥解、错解、乱解。

王子居喻诗的耐解就在于，不论是解构出多少个维度的单句，这些维度解构在任何层面（语言逻辑、因果逻辑、事实逻辑、科学常识逻辑……）的逻辑上都立得住、没有漏洞可循。

我们解读《龙山》一年多，才在讲典故时发现了《龙山》具有的多维修辞（现代修辞学中有兼用和套用，不过王子居的多维修辞与多维诗境是相关联的），从而才有了“一字一修辞”的多维喻诗境界。我们以前不能察觉中国诗歌里的修辞多维，更不敢想象修辞的运用可以达到一句九修辞（七言）甚至突破这个极限。

再过若干年，我们也许还能从他的诗里发现崭新的思想、文化、艺术天地。

文字和实义的距离

毫无疑问，喻诗是从隐喻中来的，如果说隐喻只是隐藏了本体，那么喻诗在一句的五字或七字或四字中，则隐藏了三五种维度，隐藏的三五种维度同修辞中的一个本体相比，显然隐藏得要更深、更复杂。所以如果没有喻诗学或多维诗境的相关概念和知识，喻诗对多数人来说，其实是读不出来的。

如果有部分读者理解起来稍有些难度，或许就是因为我们并没有清楚地表达出喻诗中以象贯通的轨迹，毕竟文字表达事物的真相和本质是有其局限性的，而个人运用文字的水平也是有高低的，我们未必能完全如实地表达出喻诗的真义。

其实这一点王子居也不例外，比如这一首诗：

夜感学诗无成又闻风作

里恨奇愁夜底声，敏觉细构竟无形。
呕心沥血销魂事，只在昙花一梦中。

里恨奇愁，描写作诗时的深切感受；敏觉细构形容写诗时搜肠刮肚般的辛苦；呕心沥血则形容对作诗的认真和投入；昙花一梦是作者对自己写诗的意义和成就所产生的怀疑：自己这么投入写诗，感觉就像一场梦幻，究竟有无意义？究竟值不值得？自己的诗究竟有没有自己所以为的好？

高中时代的王子居对诗歌创作是何等投入和痴迷呢？不过我们这里要讲的是他对自己诗歌解构的痴迷。

什么叫“敏觉细构”？这不光是针对创作时的构思，还包括创作中和创作后的感触，也许这正是王子居与诸多诗人的不同之处，那就是诗写成后自己依然要“敏觉细构”（希望能再修改、再进步），结果是什么呢？是他把自己的诗给感觉没了。

其实这并不难理解，就好像我们把同一个字写几十遍时我们会感觉不认识这个字了，对诗也是一样的，不停地感悟几十遍，也会生出虚幻感。

创作过程中的激情、感悟、美好的印象……在创作完成后再度投入自己的诗中时，由于文字表达和直觉感知是截然不同的两回事，所以那种种感觉在分析文字渴望改进时似乎都没有了，那呕心沥血一般创作出来的令人销魂的文学之美，就好像是昙花一梦般短暂、虚无。他非常强烈地感觉到诗意具象的无限性和文字表达的有限性（对自己诗歌艺术境界的文字概括）的矛盾，而这种强烈的感觉恰是喻诗带给他的。而这首诗虽然不是多维隐喻的喻诗，但也一样潜意识地运用到了比喻。

而喻诗是以象为喻进行贯通多维的，天地山川花草树木在我们心中的感觉，与文字是有着天然的隔阂的。我们写出的文字能表达我们心中所想象、感悟到的天地山川大美的几分？何况是多维贯通的天地山川万象？

少年时代的王子居虽然有掌握喻诗创作方法的能力，但他没有可靠的理论来分析和表述多维诗境，面对承载天地山川大美和以天地山川大美为喻贯通出来的人文之美、情怀之美、文化之美、文明之美的文字，他当然就痛苦地感觉到自己所想象中的美“细构竟无形”“只在一梦中”了。

文学里的象之美是凭感觉的，连超九维诗境的创造者都能被“细构竟无形”所深深苦恼，又何况我们？所以如果我们解不好喻诗，也是理所当然的了，这就好像诗歌本身永远比赏析更美一样。

佛教哲学里不但讲般若性空，其实也讲文字性空。以我们现实的理解来讲，就是讲文字表达和真实本质是有一定差距的，不同文字水平的人表达同一个事物会显现巨大的差距，而不同文字理解能力的人理解同一个文

字所表达的义也会显现巨大的差距。

初中时就已写诗两千首左右并经历焚诗之痛的王子居在意识到这种文字虚幻和差距隔阂的本质后，对文字的极度执着就变得更为痛苦，一个人如何去坚持追求一个被他感觉是虚幻的东西呢？这无疑是一种梦想的破灭。

这种痛苦才是最致命的。

因为有这种痛苦的幻灭感，所以就有了这一首《夜感学诗无成又闻风作》：

他写自己追求诗歌的痛苦：在深深的夜底，所有人都睡去了，而他还在饱受里恨（入于骨髓是为里）奇愁（常所未有谓之奇）的折磨，他敏觉细构，动用了自己最敏锐的感触、最细致的构思，可结果呢？却一次一次的“竟无形”，就如“缄言成木讷，忧悒结春疾”等残篇始终无法补齐一样，他无法创作出能令自己满意的作品，更无法清楚地认识、评判自己作品中出现的一象多喻境、印象流等作品。

“竟无形”还有一重意思，即他动用自己最敏锐的感觉、最细致的分析，去体悟自己所作诗歌的意义，可最后却发现那是毫无意义的（即达不到他所要求的美，没有写出他所想要写出的美与义）。

很明显，“竟无形”是一个省略了主语和宾语的词汇，而它如同一指多喻一样，是同时讲几个主语的，因为很多感触最后都归为“无形”。

他对写法是如何认真和投入呢？是“呕心沥血销魂事”，可如此沉重的代价与心血付出，结果是什么呢？只是“昙花一梦”。

事实上，王子居少年时代的这首诗，已经完全触摸到了文字虚幻的禅意了（或者说文字与实义之偏离的哲学思考），这可能是经历焚诗之痛才得到的，也许更早得到而焚诗之痛加深了它。

那时候的王子居可没学过西方任何哲学或佛学（也许影视、文学里他接触过），但他通过对诗词创作的“敏觉细构”，已经自己深刻体会到文字表达与实义之间的矛盾了。

一个运用文字苦苦追求诗歌极限的诗人，当他发现文字本虚幻时，他会是何等痛苦？

所以事实上，那个在词中追求“万载千年意”的少年，他所承受的那种痛苦，根本不是我们所能了解的。

这种对自己的诗歌究竟写到了什么境界的领悟或感叹，在王子居的诗中是经常出现的，现仅举《东山集2》中的几首为例：

自嘲

幼时稚气崇歌咏，曾谓才多文曲星。

画壁射雕人尽去，诗家流末自琢虫。

梦中诗

梦中有人来试我才，命题一出，即口占而成，醒来记之。

一树桃花香露浓，回飘摇曳舞春风。

茎油叶亮光色好，必得甜果坠枝成。

渔家傲

低叹神仙清泪落，高吟惊动天宫阙。红拂爱才无缘遇，诗中鲤，辞海龙门何时过。

信道潮生须明月，他时画壁应有我。莫论风流甚超越，皆冰雪，梅花香满对谁卧。

渔家傲·和李易安

清气良才吐珠玉，个中滋味谁清楚。堆怨叠愁墙外树，能几许，黄昏好阵青梅雨。

梦断魂销春残暮，写诗最恨前人句。风卷残萼心正苦，风不住，心花吹到天涯去。

《梦中诗》没有写自己对诗歌境界的追求，但连梦中都有人来试自己的诗究竟写到何种境界，足以见王子居对自己诗歌艺术层次的执著追求了。其他三首中，无论是“诗家流末自琢虫”的自嘲，还是“诗中鲤，辞海龙门何时过”“他时画壁应有我”的期许或者说烦恼，抑或是“个中滋味谁清楚”“写诗最恨前人句”“梅花香满对谁卧”的苦闷，诸多句子都表达了他追求诗歌境界的苦恼。

这些苦恼和《夜感学诗无成又闻风作》里的“敏觉细构”是一脉相承的。

东山

独自登孤奎，文笔世间珍。

一去无踪迹，谁认在红尘。

奎山是山东日照一市的文笔峰，但王子居说“一去无踪迹，谁认在红尘”，显然也充满了《夜感学诗无成又闻风作》里的那种虚无感。

苦吟

此诗情中存已久，情中生苦为寻求。

纵难从他心外觅，安排文字欲强留。

苦吟

有情难为表，搜句欲断魂。

排文翻新境，远胜苦思心。

这两首诗都写到了文字虚无感，而且王子居领悟到了诗歌最终极的真相不过是对文字的排列组合（相关论述可参考《古诗小论》），它不是文学的，而是物理的、数学的（可参看后文《数理的贯通与排列组合的领悟》一章中《排列组合》等章节，及《唐诗小赏》《古诗小论》中有关排列组合的论述）。这三首尤其后面两首对文字与实义的关系的思考都具有一种虚无感，是同“只在昙花一梦中”的虚无感一脉相承的。它们都触及了文字与意义的真实关系这一哲学命题。

这一哲学命题的重要性对喻诗来说尤为显著，因为文学是要追求美的，而喻诗在传统文学的美之上还要建立更多维的美，而这些美都是以象为载体的，那么事实上喻诗其实是在经历了文字与意义的差距之后，还要经历象与喻义的差距、隐喻与意义的差距。

王子居从最初的虚无感到后来的机械感（以数学概念中的排列组合来作为喻诗的另一种终极定义），他最终靠数学逻辑来解决文学问题，正是因为文学尤其是喻诗中这一文字与意义的哲学思辩是过于难解的。

这种用数学逻辑来解决文学问题的思维方式他在《古诗小论》《古诗小论2》中进行了整体运用，整部《古诗小论2》就是用数学方法进行构建的。

同样的道理，本书对喻诗的解构也是逻辑的、科学的解构，而不是唯心的、感觉的解构。这是这一个系列四部作品与其他诗学理论、文学理论所不同的，当然，文学逻辑、情感逻辑也是逻辑，本书也同样会用到。

王子居显然不想给读者一个模糊的、感觉的文学理论。

人类每当要给一个新认知进行全新的表述时，往往概念会有不同，也会有偏差，在修辞上可能表述为同义词、近义词，而在《喻文字：汉语言新探》中王子居称为一义多表（象），如2014年《王子居诗词》中引用王子居所讲的混一境，现在则被他称为印象流，而多重诗境现在被他称为多维诗境，托空则被他称为托空入象。

名称的变化，历时达六年之久才被改变。

而现在所用的名称和表述，是不是就完全如实地反映了喻诗的本质和特点？会不会以后有更准确、更明确的概念、定义和表述？

这都是可能的。

我们在整理完《王子居诗词：喻诗浅论》后才明白一个事实，王子居其实是为了弄明白自己的诗（因为在他创作出几十维的《紫薇》后，诗骚汉唐对他来说已经没有多少秘密和多大难度了，只有他自己的诗才能让他困惑），所以才发现了喻诗学，而为了论证喻诗学，然后就到中国四千年古诗词中去找例证，于是顺道用喻诗的基础理论解释了中国古诗歌（因之有了《古诗小论2》）。

因为事实上，王子居为我们展示的更多喻诗学的基础理论和方法，赏析中国古诗词是用不到的，就连王子居在解构唐诗时，也往往苦于内解不足，因为唐诗的单句最高维度也不过三四维。只有在未来，当更多诗人走向喻诗的道路时，中国诗歌尤其是喻诗才能真正的发扬光大。

这比较容易理解，因为一个真正的诗人不应该只会写诗，更应该懂得诗的每一重奥秘，这一点在王子居高中时的《夜感学诗无成又闻风作》一诗中就体现出来了。

一个诗人为什么要反复审读、品味、思量自己的作品？显然那个时候王子居意识到了自己的诗歌中有些不同的东西，他那时能写出一象多喻境、印象流，是知其然，而他更想对一象多喻境知其所以然。可他那时实在太年轻，无论如何都想不到这是一种全新的喻诗，于是他“呕心沥血销魂”地写、悟、品，结果还是“敏觉细构竟无形”，正因为模糊地意识到自己的诗词中有与往不同的特质，他才不断地探索、领悟，所以最终才有了不断升高维度的喻诗，也最终才有了喻诗学。

没有“奇愁里恨夜底声”“呕心沥血销魂”这样执著的付出与痛苦的感悟，也许就无法最终得出喻诗学。

而没有“里恨奇愁”“夜底无寐”的煎熬与挣扎，没有“竟无形”的虚无感、迷茫感，没有昙花一梦般的失落感、失去感，没有这些人类心理中高级的痛苦，也就不会有“呕心沥血销魂”那种极尽痛苦与付出的努力和执著。

这首曾被我们认为很普通很普通的小诗，字字是泪、字字是心血、字字是汗水、字字是梦想、字字是执著、字字是痛苦、字字是艰辛、字字是挣扎、字字是付出……

事实上，不光是王子居自己讲自己的诗“敏觉细构竟无形”，就连我们在解读出他的诗中的多维诗境、多维指喻乃至其他层层深意后，我们再读他的诗，那些我们解读出来的诗境之维、指喻之维、层层深意，很多在我们诵读时又变得根本无法体会。

他的高维喻诗只能在一句一句、一字一字的深入解构时，才能体会到那平静海面下浩荡的洋流。

虽然我们现在知道他的诗境之多维、修辞之多维、指喻之多维都是隐藏在象之中的，但当我们读他的诗的时候，这一切似乎又都并不存在，我们只能从他的诗中读到自然景象的自然美，以及一些较明显的明喻或不太复杂的隐喻，我们无法从直接阅读中找到那种多维的感觉，能明显感觉到的大约也就只有气象、明喻或者一两维的隐喻或者很明显的修辞，有时候连他最简单的多维修辞我们也感觉不到几种，更多维度只能从一字一句的解构中去分析出来，只有分析才能认识到。

他的喻诗隐藏于象，但在感觉里又似乎不存在于象、不存于文字，象也许只是打开更多维度的一把钥匙。

是的，只有一字一句的去解构，才能认知。也许他的一象多喻境并不是隐藏在象里，而是只存在于对喻的多维贯通的解构里。

这令我们经常感到痛苦，因为每当我们解读完了之后，或当我们读完解读之后，我们回头再读诗的本身，就会对自己发出质疑：这是真的吗？这是真的吗？

而每当我们再次品读我们形成文字的解构，我们就又会确信，这是真的，这是真的。

离开了解构我们就只剩了模糊的记忆，恰似昙花刹那的巫山一梦般模糊。因为解构多维喻诗会令得一个人充满一种极度的思维激情，而越是激情中的清晰明确，离开了解构就越发模糊，而昙花刹那巫山一梦般的感觉就会越发强烈。

对这一点，我们不知道阅读者是如何体会的，反正作为解构者，我们每一次都体会良深。也许这是因为喻诗的维度之多、维度之高、艺术构成之繁复，都超出了我们的想象，而它们共同存在于一句数字之中的象里，几个字蕴含那么多维度和意思，自然难以从几个字中立刻领会。

而这恰恰，是王子居高中时对自己品味自己创作的喻诗时的那种痛苦的、模糊的领悟！

当然，事实上那个时间段正是王子居经历焚诗之痛后的深度抑郁症的时期，焚诗之痛令他时常解构自己的诗作与盛唐最好的诗作，互相对比，我们可以体会“学诗无成又闻风”这几个字的意思，什么叫“学诗无成”？在苦苦解构对比自己的诗与唐诗后，“敏觉细构竟无形”，因为“竟无形”才觉得自己无成。

我们总算逐渐地体会到王子居的心境了，不错，是他高中时的心境。因为后来的他随着年龄的增长，几乎很少表达自己内心真实的感情了。

也许，一象多喻境、九维诗境、三十三维诗境，确实不能明确或直接地表达、存在于这个三维世界的文字表象里，而只能存在于解构之中。

也或许，是因为一象多喻境、多维诗境因为多维的交织贯通、多维的贯通交织而导致其构成太过复杂立体，所以只能从一字一句的解构中去认知。

而对这种现象的本质的认识，已经超出我们的智力范围了。

喻诗的敏觉细构、喻诗的多维诗境，确实是有些不可思议的，在篇首，建议读者见到对一首诗的解构时可以先只读诗，仔细品味看能品味出什么来，然后再看我们的解构，对比一下自己解构出几重维度，就知道少年王子居为什么会有“敏觉细构竟无形”的痛苦了。

在这里我们先列几篇，这是需要读到本书最后一节才能读全的诗，读者不妨每读完一章后再回头来读它们：

紫薇

紫薇初谢月初秋，著地无声竟轻柔。香花美眷词中老，事业名山梦里休。
流水绕石悄然瘦，寂寞影人不了愁。寓言此意谁堪寄，长空碧海一浮沤。

无题•舟轻

舟轻桨溅玉珠凉，苍烟碧水两茫茫。
风拂白苇惊鸿雁，一片秋声荡夕阳。

看看每读完一章后对它们的认识有何突破或进步，然后读到最后一节时，对我们本章所讲，应该就会有更深刻的印象。

就让我们看一下，随着一步一步的了解喻诗，你能在读到我们的最终解构之前发现这两首诗的多少维度。

多维交织贯通与多维贯通交织的繁复体系

《本书的读法》是王子居著作中规格比较高的待遇，只有在碰到构成比较复杂的著作时，王子居才会用《本书的读法》来提醒一下。像《唐诗小赏》《古诗小论》《古诗小论2》等著作，是连序都没有的，虽然它们相对来说都是创造性、创新性很强的作品。

他的诗同他的一些学术著作一样，用一个理论体系或者说架构是展现不全的。所以在他的书里总是不可避免会出现重复、重叠（最显著的如《喻文字：汉语言新探》）。

这也给我们造成了困扰，本来《王子居诗词》是要一首一首来解的，但却发现一首一首来解的话，很多喻诗学的概念、内涵之间的相互关系就难以讲清楚，尤其是无法给读者一个明晰的次序、层次，可是如果专讲喻诗的概念和内容，那一首诗中的奥妙和艺术技巧又讲不全。

王子居希望这个版本如前版一样，以时间为序，因为诗歌承载了一个人的记忆和青春时光，也显示了他诗歌创作的历程和发展进步的情况。

最后我们折衷，希望在保留时间顺序的同时，将部分喻诗提出来作为案例另讲喻诗学。不过写着写着，就全变了，因为经线和纬线根本无法在一本书中同时展现。

最后无奈选择了后一种体系结构，于是很多诗的内涵就被分散开讲了，它可能同时在象之贯通、多维修辞、性之贯通、指喻之维等多个篇章中分片段地出现（如《雁阵高》《紫薇》等），而这首诗总体的艺术构成和思想感情则仍未被讲全。

还有一种情况是在某个概念或技法讲得比较充分的情况下，有些诗就会将同类的技法或概念放到另一个章节中来讲，这样就保证了一首诗的技法和艺术特色尽量在同一章节中讲，尤其是对一首构成特别复杂的诗，如七律《紫薇》等。

正如喻诗是多维诗境一样，王子居的诗词如果想要清楚、全面地讲，

如果想要整体地无残缺地呈现，至少章节序列这种直线式的一维讲述是不够的，他的诗只能立体地展示才能够清楚地窥见其多维交织贯通和多维贯通交织的线索。因为喻诗“多维交织贯通、多维贯通交织”（可参见《古诗小论2》《喻文字：汉语言新探》《局道》《平衡的，才是健康的》《天地中来》等作品）的特性决定了直线式的铺述是难以展示其全貌的，从而也就无法完整地展示其相互关系、体系结构。这导致创作中很多章节的顺序被改来改去，比如《多维修辞与多维诗境》一章，最开始是放在第一章的，因为修辞毕竟是最简单的文学创作方法，后来放到了倒数第二章，后来又放到了最后一章。因为修辞中如象征、对比、隐喻等被王子居变化运用、升级运用的创作方法，我们觉得似乎要读过其他十章才能更好的理解，但后来又被我们放到了第二章，因为我们又觉得似乎读过了王子居对修辞的变化运用、升华运用之后，对其他十章会更容易理解，因为气的多维贯通、意的多维贯通、喻的多维贯通、性的多维贯通、理的多维贯通等，似乎有很多是建立在多维修辞的基础上的。但最后它还是放到最后一章了，并以《紫薇》一诗压轴。

同样的道理，《指喻之维：一象多喻境》本来是《诗中初见喻》《从明喻到指喻》两章的后章，也经思虑再三后放到《龙山》里去讲了。这本书就讲了《从明喻到指喻：一象多喻》，但要清楚而深刻地认识、体会一象多喻，就应该读《龙山》里的《殉道者的指喻》一章。因为《龙山》的维度在王子居诗词中最高，所以像《指喻之维：一象多喻境》《殉道者的指喻》都放到《龙山》里作为《龙山》维度的缓冲来讲了。

自从《喻文字：汉语言新探》之后，王子居的著作就出现了这种现象，他的一些著作不能固定顺序来读，而要经常变化顺序来读，也许读者要读完最后一章后，才能更好地理解首章。

这是多维贯通交织、多维交织贯通的复杂知识结构带来的一种必然现象。

解构王子居诗词里的喻诗维度构成，是一件极为艰难的事情，我们时常感到它常解常新，也就是说一两年前我们认为已经解读得很完美、很透彻的诗，今年再解构时又解构出了新的东西。

说实话，漫长的解读过程，我们在解读到意象时其实已经力衰了，很多诗已经钻不进去，或者说钻得不够深，我想，我们是否已解读出了王子居喻诗的一半奥秘?

另外，一些基础的概念如果在《古诗小论》《古诗小论2》中已经讲过，则在本书中可能未被重复，因为它们和本书及《龙山》本就是一个专讲喻诗学的系列，它们之间是逐步递进的关系。

如果说《王子居诗词：喻诗浅论》是对《古诗小论》中的诗演论、多维诗境论及《古诗小论2》里喻诗学的一种升华的话，那么它同时是对《龙山》的一个铺垫，因为喻诗的维度太多太复杂，王子居担心读者难以理解，所以只能用《古诗小论》《古诗小论2》作为《王子居诗词：喻诗浅论》的铺垫，而用《王子居诗词：喻诗浅论》来作为《龙山》的铺垫了。

更多维度的喻诗，喻诗学更多的秘密，只能在《龙山》中见了。

对于喜欢认真研究的读者来说，四部书依次序读效果最好，因为《龙山》中的一指多喻诗境如果没有《王子居诗词：喻诗浅论》中的指喻诗境做缓冲，而《王子居诗词：喻诗浅论》中的指喻诗境如果没有《古诗小论2》中的指喻诗境做铺垫和缓冲，可能对部分读者来说也会难以置信。

诗中初见喻

垂緌饮清露，流响出疏桐。
居高声自远，非是藉秋风。

喻诗究竟有多美

我们欣赏中国古代山水画，是因为他们能在二维的平面世界中将美展现到某种较高的程度，而人类能够制作的三维山水之美，我们也许才刚开始，但《阿凡达》给我们展现的三维立体山水世界的视觉效果，想必很多人记忆犹新，我当时不相信电影会那么震撼，只是后来在电脑上观看才被震撼到了。

打从远古时代的壁画、岩画开始，人类在二维平面上构造美有多少年？但最高的成就也就是中国古代山水画而已，而人类运用三D手段才几十年？相信《阿凡达》能够给我们一个直观的认知。

差距一个维度的美，是天差地别的。

诗歌中的维度当然与世界构造的维度不是一个概念，但多维诗境所展现的美依然是描物绘景的单维之美所无法比拟的。

如《无题•一笑》中的一联“杨柳春烟迷蝶路，落叶秋风失雁行”，由于它的上一联是“一笑一叹一流光，一人一事一衷肠”，所以它近乎是一个明喻。

在笔法上，这联诗不是直接描写情态，而是做了概括，春天最典型的意象是什么呢？秋天最典型的意象是什么呢？王子居没有写杨柳如何、落叶如何，而是以杨柳春烟概括了春天的美，以落叶秋风概括了秋天的萧瑟。在古诗中这种笔法是比较少见的，只有极少数名作如王维的“空山新雨后，天气晚来秋”是运用的这种笔法（见《唐诗小赏》《古诗小论》）。

《古诗小论》《古诗小论2》里讲气象和意象，像“可怜九月初三夜，露似珍珠月似弓”“露从今夜白，月是故乡明”是描物绘景，而“明月出天山，苍茫云海间”就是气象；“两个黄鹂鸣翠柳，一行白鹭上青天”“黄四娘家花满蹊，千朵万朵压枝低”是描物绘景，但“日斜江上孤帆影，草绿湖南万里情”“日暮东风怨啼鸟，落花犹似坠楼人”就是意象；像王维的“千里横黛色，数峰出云间”“背岭花未开，入云树深浅”就是描物绘景，而其“寒塘映衰草，高馆落疏桐”“声喧乱石中，色静深松里”就是意象，当然“声喧乱石中，色静深松里”是靠声、色和动、静两个对比修辞来实现意象的，而且它的意象并不如“寒塘映衰草，高馆落疏桐”那样浓。普通的描物绘景和气象之境、意象之境之间，还是有着明显的差别的，我们从自己对诗的直观感觉中就能读出来。

多维诗境之所以能成为一个新概念，是因为多维诗境在最简单也是基础的描物绘景之上，又建立了数维的诗意之美。

自然万象之美是这联诗中的第一重美，这是超脱出描物绘景之外的组合诗境，作为2014年年末“挑战杜甫最强七律”活动中公布的第三名，可与杜甫最好十首七律中的一些描写自然景物的诗句对比来看，如“风含翠筱娟娟静，雨裛红蕖冉冉香”“清江一曲抱村流，长夏江村事事幽”“穿花蛱蝶深深见，点水蜻蜓款款飞”“映阶碧草自春色，隔叶黄鹂空好音”。不要说杜甫的诗句解读不出其他维度，哪怕只论“杨柳春烟迷蝶路，落叶秋风失雁行”的自然景物之美，它也依然要比杜甫的描物绘景强出很多，因为它运用的写法是用典型的物象来组合出一个季节的最美，最美的东西是无法描述的，这也正是杜甫用描述手法无法写出最美之景的原因，而王子居与王维的笔法有相似之处，除了都是组合白描一副大画面留下充分想象空间外，更进一步的是，王子居是通过“蝶迷”来衬托春之美、通过“雁伤”来衬托秋之凄凉的，蝶因为春的美而迷失了道路、雁因为失行而更感秋的萧瑟凄凉，同理，反过来，春、秋的美因为蝶、雁的际遇而更加销魂、强烈了。王子居的诗前后之间是互相增益的关系，在修辞上它有映衬的特点，而它又是一个循环映衬，之所以是一个循环映衬，是因为王子居在取象的时候是选择感情色彩相同的象的，这是印象流作法（见《性之贯通：印象流喻诗和气韵》）中性之贯通的作法。这句是一个循环映衬，而不是简单的大小、黑白的对比反衬，如“两个黄鹂鸣翠柳，一行白鹭上青天”中，黄和翠不会因白和青而更黄更翠，所以这联诗不是简单的一一描述，仅此一点，很多古诗就难以达到，因为七律对仗的形式，往往很难令一首诗在结构上写得很缜密，但王子居遵循的是初盛唐古律，他是只对偶不对仗的。当然，事实上对偶也不是那么容易做得很好的。

这联诗的组合特点就在于它是比较抽象的，除了像王维“空山新雨后，天气晚来秋”一样给读者构画了一个充满想象力的大空间外，它还抽象出了不同季节、不同际遇、不同心境中的特点，如果用画的特点来形容的话，王维的诗是写实，而王子居的诗就是写意，他用一幅大构图进行写意。而如果用维度来理解的话，它比王维的诗多出了人生阶段、人生际遇、心境这几个维度（见后文）。同样的，王子居对性之贯通的讲究也是王维所没有的，因为无论空山、新雨、天气还是晚来，都不是秋的独有特点，而王子居的杨柳、春烟、蝶都是典型的春象，而落叶、秋风、雁行都是典型的秋象。对偶如此工整的一联诗，我们不能说这种性之贯通是偶然碰巧做出的。

2014年的“挑战杜甫最强七律”其实是一场完全不公平的比赛，因为那时候多维诗境论还没有出世，大学生们从小都是在杜甫为“诗圣”“中国现实主义诗歌高峰”“中国历史上最伟大的爱国诗人”这样一些诗评诗论中长大的，《无题•一笑》能在这种绝对劣势的情境下夺得总票数的第三名，本身就说明它的单纯自然景象之美及它的感情之美，也能征服读者。

事实上我们在讲这一联喻诗时，已经讲到修辞之维的创新循环映衬了，也讲到性之贯通了。此时读者再回头阅读《本书的读法》，就会对那一章有更深刻、更清晰的认知。

这春烟杨柳虽美，却也是迷离的，它的美令蝴蝶迷失了道路，而只能因沉醉在杨柳春烟的美里失落了人生。而落叶秋风的萧瑟中，大雁失去了伙伴，它只能孤独地在落叶秋风的凄凉和萧瑟里远征（其实这一联的每一句，除了映衬关系外，在隐喻中还具一种因果关系）。于是，杨柳春烟多了蝴蝶的迷惑和惆怅，然后还有一种追悔和反思，落叶秋风多了大雁的彷徨和凄凉，然后还有一种执著和悲壮。这种感情如果结合它的上一联“一笑一叹一流光，一人一事一衷肠”来体会，就会更加深刻。

而以多维诗境来讲，这两句诗又带着指喻，它指喻了两种最典型的人生经历，一种是在最美的时候没有把握好（从前后句来看，它更近的是写青春时爱情的迷茫），从而写出一种人生的失落、迷茫，乃至写出了一种人生探索的迷茫无助；一种是在最苦的时候没有坚持住（从这首诗中来看，它更近的描写是中年事业挫折的凄凉），从而写出了一种人生的失去、孤独，除了凄凉凋落的美外，乃至写出了一种孤独向前的悲壮之美、之情。

它将美景与人生的际遇和感慨完美结合在一句一联之中，一象多喻，超越了《诗》《骚》的笔法，比兴合一、意象一体、多喻一指，根本不需要任何铺陈以及任何语法词汇。

这是这一首诗中带的情，即蝴蝶的怅惘和大雁的感伤，以及人生的失落和悲壮。

所以他只是通过杨柳、春烟、蝶、路以及叶、风、雁、行四个物象，就写出了人间至美和人间至伤，还有人生至极的执著和悲壮。

也就是说，他除了写自然之美外，又写了人生青春的迷离美、中年际遇的凄凉美，他笔下写的美是双重的。在此之外，他的青春失落的感伤是与蝴蝶迷失在杨柳春烟中的感伤完美地融为一体的，对中年际遇也一样。

十四个字，六种事物，既概括出了春和秋的美，又概括出两种人生的际遇，又典型地总结了人生的整个过去，更写出了人生梦想的孤征，他将春秋之美、人生沉浮、伤感失意、时光之殇、理想孤征，这么多的意象混合交织，超越了“水乳交融”的境界，达到“人蝶无分”“物我两化”的完美“天人合一”之境，这样的凝练才是真正的凝练，而这种凝练只有多维诗境才能写出。

它浓缩了人生际遇与感慨、凝练了春之幽美与秋之感伤，它迷惘着爱情、凄凉着孤独，它流淌着记忆、摇曳（贯穿）着时光、它穿越了唯美、远行着悲壮……杜甫单维诗境里的那种“雨后的红渠草冉冉地飘着香气”般类似小学生用形容词造句的简单诗歌境界，如何比得？

这就是王子居在《古诗小论》《古诗小论2》中所讲的喻诗学，在他的笔下，山即是人，人即是水；山即是情，情即是水；山即是意，意即是水；自然万象，被他任意点化，从而实现了古人梦寐以求的天人合一之境。

这种天人是如何合一的呢？其实简单得很，王子居不过是用了指喻和拟人的两种修辞手法，而人与蝶的合一只是因为比喻的相似性，无论杨柳春烟的美与人生的美，还是蝶的迷途与人的迷途，在喻文字中都有着完美的贯通性、在修辞比喻中都有着完美的相似性甚至同一性。

这种人即是蝶、蝶即是人的天人合一、物我两化（可参阅《意象之巅：心象一体与物我两化》一章）的创作笔法有什么好处呢？那就是人有了蝴蝶飞舞的美和鸿雁远征的美，而蝴蝶和鸿雁则有了人的感情之美。

这联诗中的拟人其实是很明显的，无论是杨柳春烟对蝶的迷，还是蝶有道路，都是人的行为。王子居的喻诗中有很多拟人隐喻同运、化拟人为隐喻乃至指喻的作品。

按王子居在《古诗小论》中提出的多维诗境论，这首诗有情景交融、意象、时光、指喻（人事）的四维诗境，而一句四维，几乎就是盛唐的最高极限了。事实上，王子居的指喻往往同时是象征，这一联诗，还有象征一维。而指喻之中，其实有人生际遇、人生探索、理想追求的几种维度。如果单以维度论，诗意上的维度加上修辞维度（拟人、隐喻、映衬、对偶、象征）和指喻维度，它其实具有超九维的维度。

说它还有象征，是因为这首诗整首都是抽象描写人的一生的，它是一个整体象征。

遍观诗骚汉唐四个时代，有哪句诗能在一句完全描绘景物的诗中，写出人生浮沉、时光流转、失意伤感、人生探索、理想追求和自然的意象之美呢？而多维之美，正是喻诗美学的强大所在。

本节以这一联诗作为代表，来初步展示喻诗的美，而后面整部书，虽然每个章节的侧重点都不同，但都是在讲喻诗之美的。

我们在2015年版的《王子居诗词》中解构《紫薇》时这样讲：

王子居讲诗歌创作的几重境界：第一重境：情是情，景是景。第二重境：情景交融。第三重境：情景交融兼意象气象。第四重境：以上种种结合再加上隐喻和象征。第五重境：以上种种结合再加上印象、风味和神韵的统一。第六重境：以上种种再加上对宇宙人生的感悟。

我们那时用王子居所用的重的概念来讲，现在王子居用维的概念来讲喻诗，喻诗就是以象贯通的多维诗境，其实那个时候我们解构的《紫薇》，除了情景交融王子居在对自己诗歌的解构中不列一维外，已经讲出了意象、隐喻、象征、印象、天人合一（对宇宙人生的感悟）的五维。

连同王子居在内，对中国诗歌尤其是喻诗的认知是不断深化的，包括概念的确定都是一步一步形成的，而喻诗的维度之美，从一两维到三五维乃至八九维，也是不断地探索、创作而成的，而喻诗之美，又不是一句一联一首所能尽表的。接下来，在后面的任何章节中，虽然所论述的主体内容不同，但其中所引用的诗句，往往都有多维之美。

诗歌的外解和内解

喻诗耐解。

《唐诗小赏》中对唐人最杰出的五言作品的赏析通常比较短，如《春晓》是唯一超过千字赏析的五绝，而对五律的赏析过千字的也不多。

这与众多图书中诸多赏析的篇幅是有着很大差别的，之所以如此，是因为王子居赏析诗歌的方向只有向内解，而当向内解的时候，大多数诗歌是不耐解的。

怎样是向内解呢？主要是指向诗歌本身的内在发掘其思想内涵、感情意念、格调风骨、诗歌维度、艺术技巧、修辞技巧等。

怎样是向外解呢？主要是向诗歌外面广泛联系诗人性格、故事、时代背景、个人沉浮际遇等，然后更广泛的联系是个人政治主张、个人诗歌理论主张等，再广泛的联系是诗歌中的某句某词所能联系起来的历史故事、文化特质、政治主张、文学见解乃至更多的联系。当然还有一种最常用的外解是将诗中的细节不断拓展，广泛联系更多相关事物来展开想象，从而将诗歌拓展到跟诗的本意完全不相关的更多情境、领域中去。

在很多情况下，诗评者外解诗歌，除了文字数量是内容是否丰富的直接体现和衡量标准外，以字计数的稿酬也是很多诗评者将诗歌拼命向外解的主要动力。这些错误的出发点导致了外解诗评的错解、滥解、乱解等现象频出。

王子居的诗歌耐解主要是因为他的诗歌以象贯多维，同样的一句诗，他的诗具有三五维，自然最少要有三五解，单这一点，他的诗的耐解度就是单维诗作的数倍了，何况维度越多的诗歌，其艺术技巧和笔法就越复杂多变，两者叠加，自然就更耐解了。

所以我们解读王子居的诗，从来不向外解，因为单是向内解，就能解读出长篇大论来，都会嫌字数多了，何况再向外发挥?

王子居对中国古诗之所以不向外解，除了诗歌本身的美最需要被关注外，主要是当代对诗歌外解存在的诸多过度解读。

向外解由于泛联系的缘故，很容易被人从逻辑上、事实上推翻，当代中国诗歌赏析中绝大部分都是这样的，谈天说地、博古通今地讲得很美很博学，但完全经不起推敲。而向内解是严谨精密经得起推敲的，但没有足够的诗学素养却很难解进去，何况不是所有好诗都具有多维度和深妙的艺术技巧。这一点我们从《唐诗小赏》中就可以看出来，好多诗王子居都只有几十个字的泛泛评说，即便以王子居对诗歌的认识，很多诗他也无法向内解构出什么来，因为很多不错的诗并没有多维度，同时也没有交织贯通的各类艺术手法，所以也就无从向内解。

向外解的毛病，可以参考《古诗小论》《古诗小论2》，里面对杜甫的批判中，很多就是向外解的胡乱联系造成的，比如对古诗中偶尔发一句牢骚就说成是为民请愿，哭一声就是为祖国悲歌，从而闹出很多学术性的笑话。另外，《唐诗小赏》里也讲了不少乱解读的毛病。

怎样深刻体会喻诗的耐解？可以先读诗，然后自己体会，看能体会出来多少，然后再去看解构，看看那些解构出来的多维诗境自己究竟能凭自己的认知体会出多少来。这样就会对喻诗的耐解有更深刻的理解。

如同下一节《组诗之喻：喻诗的维度和层次》等章节中所讲的更多层次和维度，喻诗中所有的维度都是由象来贯通的，这个特点造成喻诗从表面看全是很简单的描物绘景，跟历朝历代的写景抒情没什么差别。

但喻诗中所有的维度都是隐藏在这个象之中的，这就造成了喻诗的维度和艺术特色隐藏得非常深，极难发现，因而也就更加耐解。

而有一些特别幽隐的像《无题•舟轻》（见下文《以单字动态或单词特质贯通》），不要说不仔细读，就算仔细读，也很难发现它诗境的绵密构成和艺术技巧的复杂交织构成，而在发现它的复杂构成之前，无论你怎么读它都像是一首描物绘景还算比较不错的普通诗作，仅此而已。

我们下面以几首短诗为例来讲喻诗的耐解，这些例子其实在创作时本是《喻诗究竟有多美》的内容，不过在最终成书时分配到这一节中来了。

上节所讲的一联诗是王子居的七律作品，王子居对律诗的要求可谓是极为精严，像单纯的状态描写这种诗句他很少写。若不在景物中浸透饱满的、深厚的感情或寓（喻）意，他是不会轻易描写一个单纯景物的。

即便是不具有明显的多维，他的句子也更多地浸透着感情或者说情绪。如“星影摇风帘外寂，飞花带露枕边凉”，就将自然景色与人类情感中的寂寞、凄伤完美地融合，是意象流的典型之作。

而且这一联依然带有淡淡的指喻和象征意义，也是超脱出了情景交融的境界，为什么说它带有淡淡的指喻和象征意义呢？因为它的前几句已经用蝴蝶、杜宇等诸象做了如“春逝”“爱殇”的感情铺垫，因为那些人生中美好的事物春和爱等都逝去了，所以只剩了摇动星影的风帘，因之愈显孤寂，而飞花其实就是落花，美丽的花瓣带着露水凋零，飞落到诗人的枕边，仿佛是在特意地进一步提醒春逝（飞花和春逝隐喻着美好年华和爱情的消逝）了，因之这寂和凉不但是有着本句的意象，更有着前句的意境铺垫。这首诗是用世间万象来进行指喻的，而王子居的指喻往往同时是象征（具体论证请参考《古诗小论2》及后章《多维修辞与多维诗境》），只不过它是淡淡的。如果说细致生动的描写是一重境界，情景交融是一重境界，那么这两句诗超越了这两重境界，在情景交融的基础上，又进入意象流，并透出指喻和象征，将这廖廖14字，赋予了更丰富更深厚的意义。

如果上面一联是淡淡的指喻+象征，那么下面一联就非常明显了：

“泰岱峰雄晨雾尽，北斗星高夜云豁。”初读我们以为是描写了雄浑大气的景象，细思才知是有所暗寓，以泰岱和北斗比喻德行或者功业的高大，以晨雾和夜云比喻人世的险阻，杜甫诗中有寓意的如“新松恨不高千尺，恶竹应须斩万杆。”在境界上就未达最上乘，气魄也远远不及，比较直白，至于气象就更没有了。而“泰岱峰雄晨雾尽，北斗星高夜云豁”这联诗则是气象+指喻+气势+意志的至少四维诗境（象征是否亦算一维，尚未征得王子居肯定，而修辞之维是否与气、意、性、喻等并列维度，王子居有些迟迟难决，也许他是想将这个决定留给整个文坛吧）。虽然有晨雾夜云的笼罩遮闭，但泰山的雄伟山峰和北斗的闪闪星光，总是要展现出来的，是遮挡不住的，而层雾散尽、夜云散尽后的泰山和北斗，给我们的雄伟、高明的感觉就越发强烈。

即便是多维诗境中最简单也最平常的情景交融（情景交融是为了照顾大多数诗人能轻松进入多维诗境而设的低门槛），王子居的句子也远比杜甫讲究。如“秋月小桥人独立，杏花春雨两相思”，为什么人独立要在秋月小桥而不是杏花春雨里呢？为什么两相思要在杏花春雨里而不是小桥秋月下呢？因为杏花繁盛而美、春雨绵远而细密，它们的特点性质恰恰是合于浓情相思的；而秋月是孤独一个的，秋月下的小桥也是孤独一个的，再加上孤独一个的人，三个独一恰合于一个人独立的孤独寂寞之象，它们在象性上是圆满、完美而统一的。所以事实上，这联诗不光是情景密切交融，它甚至做到连事物的性质都具有相似性。为什么王子居做到了历代诗人梦寐以求却极少达到的“物我两化”“天人合一”？因为他很多看似平常无奇的作品，都具有完美无瑕、圆满统一的特性（这种深深隐藏的内涵是很难被察觉的，这种不同事物乃至人类情感之间的相似性，恰是喻学贯通性的一种最简单的运用，王子居对喻的这种简单运用，就能令得中国诗歌进入一片全新的、更高维的诗天地，亦从侧面证明了喻学的强大无比）。而杜甫则恰与此相反（可参看《古诗小论2》）。这一段内容除了讲喻诗贯通性运用对意境和谐、意象统一圆融的作用外，它其实也讲了喻诗的性之贯通，亦属后章《性之贯通：印象流喻诗和气韵》一节的内容。

只有喻诗才能够做到这样的天地自然与人的情感活动完全的相似、完全的脉动一致。喻诗中的天地万物，往往是有灵魂有情绪有特质的。

另外，在构境上，这一联诗是典型的大小对，上联的秋月、小桥和独立的人，都是很小的单一的事物组合，因为这一句写的是一个孤独的人，所以它的构境取象是比较小的，从而将那种孤独感写得比较凝实；而下句是写两个在异地遥遥相望的人，所以它的构境就变得比较广远，杏花春雨，是用整个自然来构境的，从而将相思感写得比较弥漫。这两种截然不同的笔法，组合在一起，从而构成了一个丰富的情感世界。除了意象流的维度外，这联诗在艺术技巧的构成上也极为丰富和巧妙。而任何人对杜甫最好十首七律中的描物绘景之作，无论如何向内解，都无法解构出这样的技巧和内涵。

杜诗与王诗的差别，就像是平面世界与立体世界乃至灵魂四维世界的差别。所以多维诗境论能够清楚地判定中国古诗的优劣高下，标准非常清楚。多维诗境论下，什么“诗无达诂”“见仁见智”等模糊狡辩的借口也就都失效了。

在艺术技巧上，王子居的喻诗可以说是艺术技巧最丰富、最复杂、最多变的诗作，这一点，没有之一之说，再如下面这首：

咏怀·层楼

幢幢层楼，如林莽莽。林自莽莽，风雨润之。

熙熙人丛，岂如林兮？风雨润之，贞利舞之。

此诗文字寥寥，却意趣深远，当用心品之。这首诗可以说既深得《易经》运象之妙，更融合诗歌运象之妙。它不但将自然景象与人文哲学完美地结合了起来，还完美地运用了比喻、拟人、顶真、用典、对比等修辞手法，又运用了起兴的诗学手法，而且又是喻兴一体、起兴转进（具体请参考后文《喻兴一体，起兴转进》一节）。

而且它在起兴转进上简直就是神来之笔，实在是天马行空，它的“林自莽莽”居然是来源于其上联的一个比喻，然后它将这个比喻直接当真了，而且这个比喻在第三联再度变成了比喻，从层楼像树林，变成了人丛像树林，它不但是起兴转进，同时还是喻喻转进。

它同时蕴含两个对比，一个是楼与林的对比，林是由风雨润之的，显示的是造化之功；另一个是人与天的对比，既以“贞利舞之”对比以“风雨润之”，这是以人力之功对比天地造化。

以顶真而言，诗中的顶真往往是最后一字或一词二字进行顶真，用全句来顶真的例子几乎不可见，而这首诗中的“林莽莽”是三个字顶真，“风雨润之”是四个字顶真（隔句顶真算不算顶真？或者说它是重叠修辞？）。而它之所以能全句顶真、全联诗意顶真，是因为它喻喻转进、起兴转进。

让我们回顾一下这首诗的起兴转进之妙，它先是以一幢幢的层楼起兴，引出天地自然的造化润物之功，然后以天地自然的造化起兴，引出人力事功与天地自然的对比，从而将《易经》的精华与核心讲了出来。《易经》不就是以一象而见人事的吗？可以说，它是以一诗而概《易经》。

以用典而言，“风雨润之”“贞利舞之”都是《易经》里的象和用，王子居用起兴转进的笔法将这两个典故合一了。而熙熙事实上也是一个典故（熙熙攘攘的典故）。

8句32字，篇幅跟一首七绝差不多，却蕴含这么多手法，它可以说是最凝练的诗学教材了。

虽然这首短诗的艺术技巧总体上来讲远不如《龙山》，但从篇幅与技巧的密度上来讲，恐怕没有另一首诗歌的技巧密度能达到这首诗的三分之一，当然，王子居的《相思》要除外。

王子居跟读者交流时是颇为苦恼的，因为大多数读者喜欢他诗中较浅的部分，即巧妙的、单维的描物绘景，而对他诗中更好的喻诗流则视而不见。

如《七月作》中的基础单维诗境“黄鸟穿青宇，玉兔钻碧丛”非常受欢迎，但其中意象流的诗句就无人领会。

七月作·登西山口占

弃却些微事，来登西山峰。行吟飞花雨，坐赏舞青松。
黄鸟穿青宇，玉兔钻碧丛。且暂尽樽酒，此无宵小争。

2015年版的《王子居诗词》的解释是这样的：

赏析：这首小诗随手写来，没有追求意象和气象，平白直写生活和景物，恰是杜韩的风格，让我们看到王子居写诗的随意和风格的多变。黄鸟的黄对青宇的青，玉兔的白对树从的碧，这一联在对偶上比较讲究，当然没有杜甫的“两个黄鹂鸣翠柳，一行白鹭上青天”更悠美些。

其实我们现在看来，“黄鸟穿青宇，玉兔钻碧丛”只不过是着色用字比较新奇而已，真正见功夫的是“行吟飞花雨，坐赏舞青松”，这一联写出了天地万物与人的互动，将景色写活了，是真正见功夫的句子，行吟之时，花雨纷飞，西山是八大处所在，此句虽然不是写天女散花，但这花雨伴人而吟，自是充满了灵性。另外，当诗人坐时，青松起舞，只有诗人在欣赏它的舞姿，人与景象互动的意味，再明显不过了。不过以我们大家的欣赏水准，那个时候完全见不到天人互动或者简单地说人与景互动的难处和妙处（艺术成就、创作难度和鉴赏难度是成正比的），所以我们觉得他的“黄鸟穿青宇，玉兔钻碧丛”写得挺美，而在喻诗多维诗境的视角看来，这种诗句都是小巧而已。

之所以大多数读者和评家更喜欢小巧的作品，除了自身本就写不到更深的境界从而对更深的境界缺乏直觉的认知外，也与诗歌解析中越是耐解的诗歌就越难解是有关系的。

王子居的小诗往往更耐解，比如我们在2015年版《王子居诗词》中没解出什么来的这首小诗：

傅疃河芦花

日色昏茫里，不见有人家。
吹笛惊鹭尽，满眼白荻花。

日色昏茫里，写的是视线开始昏暗、辨识度开始降低；不见有人家，写作者身处野外。整个前三句都是为了烘托末句那茫茫无尽的白荻花的，正是因为上帘的昏茫、不见人家，及第三联的鹭尽，下联的满眼两字才显得更完美。而那种天地皆空，唯余此物，以此物为天地我心之唯一的境界，才显露出来。

诗人横起笛子，幽幽地吹了起来，惊动了那栖息的白鹭，哗啦啦地都飞走了，留在眼前的只是那一望无际的白荻花（这是我们在2014年进行的典型的外解，凡是外解必难免滥解，比如我们解读出的幽幽二字，就不见得是这首诗的真意）。全诗的最精采部分都在末句，开始的铺垫，只是为了末句的升华，萧瑟的气氛、茫茫的天涯，携酒携笛携诗的浪子就这样孤单地立在茫茫无尽的白荻花中。

下联的精彩之处，在于以上句的动，映下句的静，当鸟儿全部飞走，顿时剩下了满眼的、静静的白荻花，这一联以动益静，令这静更加突出了起来。

而在这黄昏归家时刻，见不到人家，只有河畔荒野，诗人只见得漫无边际的白荻花，并与之独相对。这首诗前三句都是铺垫，所有的铺垫都是为了将满眼白荻花的那种孤独、失念尤其是唯一映衬出来。而最后一句的托空，在诗境中空掉了所有，只用一种景象占满世界，从而创造出了一种独一无二的、天地只有唯一的神妙意象。

这种写法，王子居称为“单句成境，诸句互益”“托空入象”，即是说一首诗的每一句都可以单独成境，而这些境界相互之间又是一个整体，能够互相增益诗境。这是王子居喻诗学里面的一种写法，这种写法他是贯通运用的，如前面讲的循环映初，以及后面讲的循环对比喻、阴阳相对博喻、阴阳对立一象矛盾双喻……都是循环的贯通。

这种写法，古人里面做得好的如柳宗元的《江雪》：

千山鸟飞绝，万径人踪灭。
孤舟蓑笠翁，独钓寒江雪。

前面三句都是最后一句的铺垫。

再看刘长卿的《逢雪宿芙蓉山主人》：

日暮苍山远，天寒白屋贫。
柴门闻犬吠，风雪夜归人。

这首诗也是以尾句为中心，日暮写投宿的迫切，苍山远写旅程的艰难，而犬吠则写将可投宿的欣喜或安慰，风雪夜归则讲旅行的艰苦，所有这些都围绕着一个投宿为中心。也是一个“单句成境，诸句互益”的例子。

从诗的格局和境界上来讲，《江雪》的格局最大、境界最高，自然是胜过了《傅疃河芦花》很多。

王子居的《傅疃河芦花》，可以当成一首“单句成境，诸句互益”的典范来读。因为柳宗元的《江雪》，蓑笠两字，对整首诗的诗境的增益不明显。而刘长卿的《逢雪宿芙蓉山主人》也是诸句互益，但“天寒白屋贫”“柴门”则与柳宗元的蓑笠两字一样，对最后一句并无增益。

所以在王子居的《唐诗小赏》里面，《逢雪宿芙蓉山主人》并未能入选前三甲的五绝序列。而《江雪》则只能入选第二序列。

王子居对诗歌的要求极高，24岁之前，是他写诗的黄金时代，这个时期他对诗歌是颇为用心的，他的诗追求混一境，即诗歌之味如大海中的水，纯为一味。这样的情况下，他的小诗也不可轻视，因为这种混一境首先要求择材极为精严，可以说是严苛到了极致。

第二，按王子居的说法，这种混一境带来诗歌整体结构的最严密状态，逻辑严谨、物象和谐、诗句之间关系周密，浑然一体。

这种写法不光是来源于柳宗元的《江雪》，也来源于李白的《独坐敬亭山》，在《唐诗小赏》中王子居如此评价《独坐敬亭山》：

众鸟高飞尽，孤云独去闲。
相看两不厌，只有敬亭山。

赏析：这首诗的诗意极为自然流畅，四句宛如一句，两联宛如一联，行文无半分滞碍。

这也是一首“物有情”的好诗，较之其他同类作品，这首诗算是非常成功，也是非常有艺术特色的。沈德潜说它“传独坐之神”，其实这远远说不尽它的好处。这是一首巅峰完美的诗作，先两句的作用至少有二，一是独衬敬亭山之好，鸟儿、孤云，都不能与李白“相看两不厌”，为何？因为它们行踪不定。二是加强了实际的层次，这首诗逻辑分明，诗意极为紧密，众鸟飞尽，孤云也远去了，天地间的烦嚣终于没有了，只剩下了李白和敬亭山。在这种极静的状态下，李白才有可能与敬亭山相视无厌。你看，我们说李白写诗出于天然，一点不假。这四句诗如行云流水，其暗含的内在逻辑是多么的紧密而又清楚啊。这首诗写得非常传神，不是物我两忘，而是物我交融，这就是天才李白的境界。

这首诗唯有在普适性这一点上，比不上《春晓》和《登鹳雀楼》。虽然没有太多人吟咏，并解得其味道，但这首诗感慨很深，倍寓世事无常，人情不可执著，细读之，常有令人泪下之感，感染力要胜过前面两首。它并不仅仅是一首写景物，写山水的小诗，在它平淡寻常的背后，是人世的绚烂归于平淡，是一生的浓情归于山水，是无尽的无奈暂时忘怀。它是李白经历烂漫精彩的一生，最后来到敬亭山，心态渐老，智慧成熟，再也没有少年激情，再也没有放荡情怀，一切归于平淡和真实后，写出的最好篇章，它可以作为李白晚年的代表作，是他诗道和诗艺极尽升华的一首佳作。你看，这样的好诗，如以喜心解之，则充满欢喜满足，对一个歇尽喧嚣的老人而言，有此名山相对，夫复何求？达到这种心灵之契合，使心得以安宁，确实是一件幸福无比的事情。而如以悲心解之，则悲至极致，父母兄弟妻子儿女亲戚朋友，都各有离别，不能长相厮守，不如与此山可以终日相对。功名利禄，美女千金，求仙旅游，这一切都已休息，天下都不可恋，只有一山聊可相依，聊可相慰，这该是一种什么样的心境啊。这种心境是看倦了热闹，看倦了繁华，空余寂寞后的心境，李白用“相看两不厌，只有敬亭山”这样的句子，极度概括了自己的一生，也是无数人的一生。

所以说，在诗道和诗艺上，李白晚年的《独坐敬亭山》是超过王之涣壮年时的《登鹳雀楼》的。

如果说整首诗的艺术技巧很特别，那么最后一句的写作技巧王子居也有说法，在《古诗小论》中他称之为托空，但后来他称为托空入象。

这种手法的运用不是孤例，还有如他《渔家傲》里的“堆怨叠愁墙外树，能几许，黄昏好阵青梅雨。”本来是问墙外的树到底堆了多少怨、叠了多少愁的，但却答非所问，用了个“黄昏好阵青梅雨”来以不答答之，将无数怨、无数愁、无数心绪都落在了黄昏那一阵青梅时节的彻底打湿墙外树的雨中。这种无可言喻、只以意象总结，将无数心绪归于一种唯美的景象的写法，王子居称为托空入象，即不言而言、不喻而喻的一种意象流写法。这联词其实在构境上也极为讲究，它如前面“秋月小桥人独立”一样有着严谨的象性的贯通，即无论“堆”“叠”还是“好阵”，都取其繁盛、紧密的象性来表感情的浓烈。

这种托空入象的手法，他时常运用。如在《物华催》中他写道：“人向中庭立，难采春来意。到晚空遥寒，鸿云青天际”，一个人静静地立在庭中，想要采取春来的真意妙谛，写成无上的诗篇，却始终无法成功，这种思绪难以排解，他还是用“到晚空遥寒，鸿云青天际”来表达那种莫名的、无法摹状的感触。当然“到晚空遥寒，鸿云青天际”的托空入象，还需要结合全词才能真正深入地体会。

唐人诗里面其实也是经常用这种笔法的，如杨炯《夜送赵纵》：

赵氏连城璧，由来天下传。
送君还旧府，明月满前川。

杨炯用得很美，对比我们上面所举王子居运用的那种以象结尾来托空，王子居的托空往往是在前面有着很多的意象（感情）作为铺垫的。

《独坐敬亭山》在《唐诗小赏》中是被选为“巅峰完美，无可为比”序列的，属于唐人五绝的前十之作。而《江雪》是“巅峰完美”序列的作品，属于唐人五绝的前二十之作。英雄所见略同，这种运用层层递进渲染从而最终达到空掉所有、只余唯一的不可名状之精神境界的笔法，乃是唐人诗歌中境界最高的一种创作笔法。

这首写于王子居二十岁左右的诗作，在艺术手法上，已经十分纯熟，而王子居对于古代大家之艺术手法的洞察能力、学习能力、掌握运用的能力，又是何其之惊人。

唐人诗歌中那些最强的笔法，包括气象与意象的二维诗境，王子居在24岁封笔停诗之前，可以说早已基本掌握并进阶了（完全达到唐人境界并超越其维度，达到极限，进无可进，这可能是王子居封笔的一个原因，紫薇诗出（巧合的是，《紫薇》一诗的结句也是这种托空入象的笔法，不过《紫薇》的结句不仅仅是托空入象，而且还托意入喻，并且是印象流兼一指多喻，比这首小诗要繁复得多），子居封笔，是一个很奇妙的、值得揣摩的现象。

当然，那个时候，王子居是潜意识中进行的一种笔法或者说文法的模仿，而在2011年左右他创作《发现唐诗之美》时，才开始对唐诗进行理论的分析，这个时候，他以前在潜意识中运用过的手法，才被他较为明确地讲述出来，唐人诗中那些流传千年却无人指出的创作奥妙，才被他总结成为一种技巧、手法。

当然，如果说《傅疃河芦花》是托空入象、象具意象的话，王子居在其他诗作中，还有托空入象、转象入喻的升级笔法。

本书中讲到的王子居对中国古诗传统手法的继承、发展、升级、拓展是很多的，其他如起兴的进阶喻兴一体、喻兴一体的进阶喻兴一体起兴转进……

王子居深得古人“微言大义”的笔法运用之妙，这使得他的诗中即便不靠隐喻，也一样“意在言外”，隐藏着各种内涵、深意，需要深读乃至深入分析才能领会，对于这一点，让我们再来看一首七律：

咏史·范蠡

笑抛简策三分毕，吴灭何劳国士忧。尝胆十年徒雪耻，积功一世乐漂流。
闲消岁月君歌舞，小用神机臣贯筹。惜道云龙轻聚散，五湖微浪有渔舟。

王子居的意象类喻诗是很难真正读懂的，大多数读者对这一首诗的妙处难以察觉，它很容易被看成是一首简单无味的叙事诗。但事实上，它有着美妙的意象，有着内蕴的深意。

首联中，作者对勾践的志向短浅表达了惋惜。笑抛简策，一个笑字，简单却又无可替代，勾践无志于天下，所以将范蠡的平天下之策一笑抛弃，他尝胆十年，只不过是为了复仇而已，这天下、这百姓，并不放在他心中。在以后的岁月里，他就是靠声色来度日了。真真可惜了范蠡这样的国士。这首诗写出了历史上君无大志、贤臣不用的悲哀。

即便是咏史，王子居也尽得风人之旨，他的诗意含蓄，但意味强烈（恰与杜甫诗诗意直白、意蕴浅薄相反），年轻的他可谓是尽得讽咏之道。像杜甫的“三顾频烦天下计，两朝开济老臣心。出师未捷身先死，长使英雄泪满襟”等诸多诗作，古人谓之“风雅尽失”。新时代并没有古时那种风雅的文化氛围，而王子居却尽得风雅，如他讽咏越王勾践胸无大志、只为报仇时，用的是两个看似毫不相关的事例，即“闲消岁月君歌舞”“惜道云龙轻聚散”，当然他也有比较直白的，如“尝胆十年徒雪耻，积功一世乐漂流”。但这“徒雪耻”与“轻聚散”的意象紧密相关，而“乐漂流”与“有渔舟”的意象紧密相关，他用天上的飞云、湖中的微浪，隐喻、对比、象征了历史的沧桑、朝代的兴替、国家的兴亡、人生的浮沉……这种为历史错失而惋惜、为国家机遇而讽咏的境界，它所具有的历史忧患意识，它所蕴含的对错失光阴、错失时代、错失机遇的民族国家之失的沉痛和愤慨，显然比杜甫那种个人际遇、个人功业、个人得失的感慨要深刻得多、丰厚得多。惜乎云龙难聚而轻散，真国士之慨也。这种深义，哪是简单的感古伤怀所能比的。而这些深义都是用最简单的象来表达的，这首诗以事、象为讽，可谓尽得诗三百“可以讽”的真旨。

杜甫的诗歌在思想性上，与有大学者底蕴的王子居，是完全不能相比的。

因为很早就发现了多维诗境，所以王子居的作品往往超越了情景的藩篱，不能用自古以为的情景交融这样较浅层次的艺术鉴赏理论来读王子居的诗作。

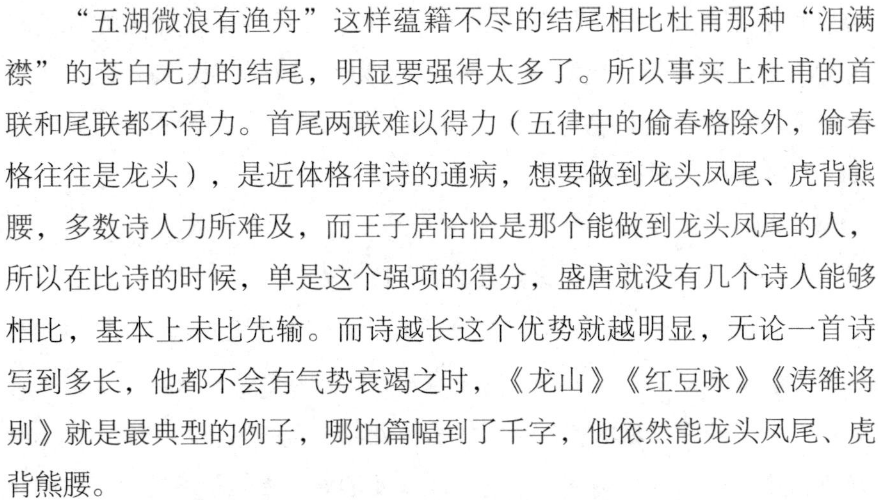

“五湖微浪有渔舟”这样蕴籍不尽的结尾相比杜甫那种“泪满襟”的苍白无力的结尾，明显要强得太多了。所以事实上杜甫的首联和尾联都不得力。首尾两联难以得力（五律中的偷春格除外，偷春格往往是龙头），是近体格律诗的通病，想要做到龙头凤尾、虎背熊腰，多数诗人力所难及，而王子居恰恰是那个能做到龙头凤尾的人，所以在比诗的时候，单是这个强项的得分，盛唐就没有几个诗人能够相比，基本上未比先输。而诗越长这个优势就越明显，无论一首诗写到多长，他都不会有气势衰竭之时，《龙山》《红豆咏》《涛雒将别》就是最典型的例子，哪怕篇幅到了千字，他依然能龙头凤尾、虎背熊腰。

当然，杜甫的七律除了充满各种文病和语病外，在艺术上放在唐朝也还算可以，但遇到王子居的七律这种中间对偶极强，能达到三四维诗境，却还能做到龙头凤尾的超高标准，他的诗就很不堪了。

这首诗在艺术手法上，还有对比的特色，即二、三、四联，上下句都是通过对比而互相映衬的。二三联都是上联写君、下联写臣，上联写君的无志，下联写臣的无奈。尤其是其中“闲消岁月”和“小用神机”的对比，实在太强烈了。这三联除了有对比的修辞外，其实还有一种隐性的排比。在一句之中，有着对偶、对比、排比、婉曲、警策、用典的六种修辞。尾联则是上联写天意，下联写人的命运浮沉，是天意和人生的对比。由于运用了对比，并且巧妙地运用事、象，所以下阕举重若轻，将国家兴亡、人世浮沉等千古之慨叹用歌舞、渔舟等微小的意象含蓄地表达了出来。

最后一句事实上也是一种托空入象、托象入喻。

所以这首诗在艺术上是非常讲究的。无论是技巧还是境界、格局，这首《咏史》都远胜杜甫的《咏史》诗作。

喻诗往往将深意蕴含在美妙的意象里，在没有一个正确而深入的解读的情况下，读懂他的诗作并不容易。

如果说绝律因为体裁的短小，必须内涵丰富、凝练，那么王子居的长诗依然十分耐解，事实上，王子居长诗不多，而他的几首长诗却都要比他的绝律更耐解，是以律诗为标准创作的长诗。以中等篇幅的诗歌而论，我们曾经以为是寻常之作的这首《与友人游济南诸泉畔》，其实也是十分耐解：

与友人游济南诸泉畔

帝尧尚未拔贤士，帝舜时苦耕历山。帝母不慈父残暴，二妃流泪化为泉。泉清水甘几千载，古城灵气自沛然。泰岱巍巍悬天瀑，黄河九曲十八弯。河水清浊原不定，唯在济南落龙涎。易安闲居趵突泉，绝妙好词历代传。旧地古居尚余气，灵水溅溅复潺潺。香魄似存花树下，词风或在竹林间。护城河水清且彻，步行共我尽游玩。顿觉京都甚枯涩，恋此清光不欲还。

诗人名曰畅游，实则也是在为自己已经按捺不住的诗兴起势，他游的并非只是风景，更是那当地独有的人文历史情怀。因此诗人在开篇的几句中提到了诸多典故，比如尧舜、二妃，这都是山东的文化缩影。山东从古至今都是文化繁荣之地，地杰人灵的山东对整个中国的影响都非常大，济南作为山东的省会，有其代表意义，而济南又多泉，有心人见到济南的泉就难免会神思飞驰。泰山巍峨、黄河汹涌，都是山东省的胜景，在王子居那飞动的笔触下它们联系了起来。诗人在此写下了一句非常有意思的话，那就是“河水清浊原不定，唯在济南落龙涎”，这句最能说明济南的与众不同、受天之垂青，也才能说明这里的黄河与他处的黄河并不相同，这些突出的修辞格从侧面凸显了济南的卓尔不群，对济南进行了赞美，也反映了诗人对这片土地的别样情怀。

这首诗的特点是前半部分笔法夸张、想象雄奇、气韵飞动，王子居写尧帝年轻时不得意，二妃之泪化为泉水，想象力实在够丰富，也给济南名泉增添了神话色彩。然后他通过泉水的神奇传说写济南为天地灵气之所钟，从而大大地表扬了济南。

而这济南的泉水之源在哪里？王子居发挥了他天马行空的想象，“泰岱巍巍悬天瀑，黄河九曲十八弯”，泰岱乃五岳之首，是三皇五帝祭天之所，而王子居以龙喻黄河，它清浊阴阳变幻，有着泰岱流下的天瀑和黄河之龙的浸润，济南名泉自然非比寻常。

上半首，王子居用历史的底蕴、山川的底蕴来强化济南的文化和灵魂。

正因济南诸泉这般的玄妙，所以古来第一大才女李清照才留连济南。趵突泉边曾经留下过李易安的身影，她一生中最灿烂的时光就是在这里度过的，也可以说这里对于她来说不啻于陶渊明的“桃花源”，都是各自生命中的乌托邦。虽然伊人已逝，可仙音渺渺回荡在这片美丽精致的土壤之上，仿佛她的香魂还在吟诵着那些绝妙的词句，袅袅婷婷地来回上千年。诗人与好友游玩罢了，在归途中还贪恋着这里清澈的河水，它安静又恬淡，让诗人难以自已，不禁说出了“顿觉京都甚枯涩，恋此清光不欲还”这样发自肺腑的话。一个人对于一个地方最大的眷恋是什么，不是他口中的美与好，而是甘愿留在那里，与这个城市一起终老。

从上半的雄奇瑰伟，到下半的温婉悠雅，转换得是那么的自然，通过一个居者便实现了，王子居对文章气韵的掌握和操控已达到了随意自如的地步。

这首诗妙句频出，除了诗中那大胆、神奇、天马行空乃至于任意造化的想象之外，足够称得上诗眼的佳句也频出，如“泰岱巍巍悬天瀑，黄河九曲十八弯”这样的单维诗境作品，虽然在王子居的作品中只能算平常，而且辞采方面下句还有点打油诗的味道，不能算上乘，但其诗意放到盛唐里也是杰出的句子了。

如果说写雄奇太直接，没有艺术技巧和含量，那王子居写李清照时所表现出的那种温情（尊敬、佩服之情）款款的体贴和关爱，就是神笔了。首先他似是感觉到一代女词宗在此地留下了气息，于是以才女才气之不灭来表达对她的赞佩，接下来王子居写“灵水溅溅复潺潺”，以泉水灵气的不息来映衬或移觉才女的才气不灭。接下来王子居与才女神交，下面的两句真正地写到了神韵天成的地步，“香魄似存花树下，词风或在竹林间”，公园里那淡雅的花香似乎是才女的香魄所发出，才女的魂魄似是与花香为一体，抑或才女魂魄借花香而现，写得幽雅至极，而那惊艳千古的词风也化成了竹林之风，吹出了清凉悠雅而又高洁的气息。以泉水喻灵气、以花香喻魂魄、以竹林之风喻词风，不过这些不仅仅是隐喻，而是王子居直接用他那神奇的想象化成的。这是一种心象一体、天人合一之境。

而似存、或在两词，看似平常，却给了我们一种虚无缥缈的、隐约迷离的、似是而非的、充满想象的虚幻感，实则给了人一种追寻、探索的想象空间，令得现代大诗人与古代大才女跨越着历史时空的文化交流、诗学碰撞，变得动态了起来、玄妙了起来，王子居用词，一向多藏有深义、妙义，在这一联妙绝千古的诗句里，也有着惊艳的表现。

“香魄似存花树下，词风或在竹林间”，历代怀古怀人之句，有比这一句写得更美、更蕴籍，用天地万象将古人写出永生不朽的意韵的吗？这一联诗真的有一种造化万物、永恒不朽的大潇洒和大自在。他用花树香气和竹林清风将已经死去千年的李清照复活了，而且复活了她的神韵、她的灵气、她的才华、她的悠雅……

在这首七古里，王子居依然用他那独步千古的“物我两化、天人合一”的笔法，将才女李清照的精神和济南泉城的文化与诸泉风景化而为一，不可分别却独具神韵，令得济南的泉有了神话的神奇，令公园里的风具有了李清照的词韵，令济南的泉具有了李清照的灵气，令泉城的花具有了李清照的词香……

李清照不死，因为王子居已经将她的词风香魄造化在了济南的泉声和竹风里了，她的才气和济南的文化底蕴，都被王子居运用他那独步千古的“物我两化、天人合一”之笔法，永恒地藏在了天地自然之中。

天下谁能真读懂李清照？寥寥无几，王子居这种能造化千古的大诗人便是其一。他化文明古史、化神话传说、化文章诗词、化天地自然万物，使之完美又和谐地成为一体，因此也成就了诗歌的神奇。

从艺术成就上来讲，赞美一个地方，大多沦于空洞，能达到王子居这种天人合一程度的几乎没有另例，济南人的泉城，在王子居的笔下达到了一种神奇的境界。

组诗之喻：喻诗的维度和层次

《咏怀》其实应该算是王子居规模最大的组诗，不过创作时间有六七年，跨度拉得比较长，他在同一时间写成的诗材统一的组诗约有不到十组，除了《文人咏》《禅诗五首》，其余都是喻诗。组词则有《花正好》六首、《闲梦乱》两首（《闲梦乱》和《花正好》其实是同一词牌）。

当我们整体地、分类地、次序地来解读他的诗作时，我们十分惊异，因为他的诗作似乎就是特意为我们揭示一个又一个渐进的喻诗的方法、技巧体系的，比如他为数不多的组诗就有着十分分明的层次上的渐进。

事实上即便是《禅诗五首》，其实也用到明喻，如“如水洗客尘”“波动浮黄金”，五首中也有两首用到了比喻。而《禅诗五首》本身则是一首一首的递进，写出五种境界层次。

我们现在综合地来看，他在诗歌创作过程中，显然是有着十分明确的境界层次的意识的，我们可以揣测，正是因为有着强烈的境界层次的认知，才会使得他的创作不断地向着更深、更高、更远的境界层次前进。

我们先来看较简单的：

文人咏

大风吞四野，舒云去不还。

缯缴何所施，身后意缠绵。

仰咨天无示，太息民生艰。
汨罗水清彻，此是泪常含。

啸警十里营，文章道未安。
佛儒非取舍，无关却有关。

这三首诗里面为我们揭示的隐喻，都是典故自具的。如“大风吞四野”“舒云去不还”“缯缴何所施”都是直接化用汉高祖原诗。而“汨罗水清彻，此是泪常含”除了写屈原坚定不移的爱国之心外，也用汨罗水承载了他的泪，从而有了一种永恒不朽的喻义。而“无关却有关”也是一个化用的隐喻，因为古人的诗里早就有“道是无关却有关”“出门即是闭关人”的诗句。

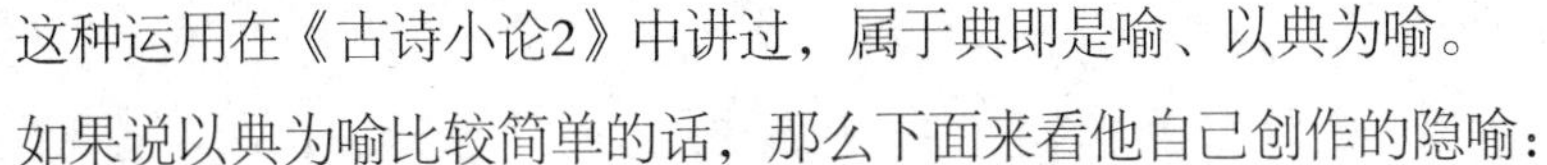

这种运用在《古诗小论2》中讲过，属于典即是喻、以典为喻。

如果说以典为喻比较简单的话，那么下面来看他自己创作的隐喻：

咏兰四首

丛兰碧岩下，承露月清凉。
不遇盆中赏，同他一样香。

置彼琉璃座，来严白玉堂。
新花无自傲，还散旧时香。

雅性常称异，谁堪与比奇。
醇香能自赏，何必要人知。

深谷幽兰隐，超出百草芳。
迎风独自舞，何若共同香。

《咏兰四首》事实上有两小组，每一小组诗都是以兰花而喻德性的，它的特点是每一组诗都写两种截然相反的处境并写此处境下的人生态度，第一组里面上首写寂寞孤独，下首写人生得意；第二组里上首写独处高洁，下首写与众和合。总的来说，它以兰花的四种状态，隐喻人生在四种际遇下的品德操守和人生追求，其隐喻之意极为强烈和明显，而这种际遇两两相反、操守两两相对的组诗写法，令得每一种际遇下的追求和坚守都显得格外分明、强烈，有一种相得益彰、互相反衬的艺术效果。

前两首与后两首相对，这是一种组诗结构上的大对偶；每一小组的形式完全相同，都是上联起，下联兴，也是一种大对偶，同时它还是一种组诗结构上的诗意对比。不过这种对比该归修辞范畴呢还是文法范畴呢？

第一组上首写兰花之本性，以喻人生之骨之态。兰花即便不像富贵人家盆中的兰花一样被欣赏，但它却依然散发出毫不逊色的香气，它只与那风月为伴，虽然孤寂却又极高雅。不因不遇而自怨自艾、不因贫穷而自甘平庸……

下首写兰花之本色本性，以喻人生之初心本心。兰花无论处在什么样的环境里，也不会改变自己的本香本色，任凭你灯红酒绿，任凭你纸醉金迷，它依然散发如泉林碧岩之香。无论世界和时光如何变迁，本心和初心都一如故我。当兰花离开碧岩，在琉琉座上庄严白玉堂时，它依然保持了谦逊，如旧时一样散发香气。而这香气，很明显的是喻德性之香。

第二组上首写兰花之淡然，以喻人生之欲念。兰花本就是奇花，虽然与众不同，却无需太多的虚假的外在赞美，自赏醇香，就是人生最佳姿态。作者在此说的便很淡然，不因外界的称赞或诋毁而动摇本性，也无需外界的赞赏和赞美，只要不断地完善自我就可以了。

下首写兰花之和谐、合众、和合，以喻人生之情怀。兰花往往生于幽谷，有着别致的香气，它常常迎着风起舞，纤美却不脆弱，但是仅仅一个人迎风自舞，又怎么比得上有几个君子一起修身、学习、论道来得更美好呢？

这四首诗虽有不同的深意，联系在一起却让我们感受到了一脉相承的骨气和高雅。于风骨、于立心、于欲念、于情怀，人都要有所坚持、有所保留，世界在改变，我们的不变也许才是最好的改变，哪怕就算被世界抛弃，我自知自守生命的意义，又有何忧呢？

如果上面讲到的以典为喻比较简单的话，是因为它们只是隐喻人生，而在《古诗小论2》里提到的以典为喻中还有更复杂的哲学之喻：

五莲山光明寺三首

遥想光明寺，五莲秀峰里。

花落无人见，香沉飘未起。

花落无人见，正合遥想二字。花落香沉，写出佛门寺院之寂静。花落而无人见，隐喻大道难见；香沉而不起，隐喻真理难亲。王子居作诗，受《易经》的影响甚深，也受古代咏怀一类诗歌的隐喻所影响，往往在表象中有所寄托，有所寓指，我们读他的诗要注意这一点，不然就无法理解他的诗意。在这三首小诗中，这一首诗味最浓，读来是唐人的韵味，颇类王维、刘长卿一流，但王子居对比兴的运用，超越了前人，因为他往往不是以简单的事物的特征做比喻，而是通过事物的运动、活动中所具有的特点来做更有广度的隐喻。

以上是我们在2014年的解读，事实上，花落无人见更隐喻着罕有人追求真理，佛理之花已然落下，但无人能见，而佛法之香流荡，却无法飘得更远，其喻义深远而感慨深沉。

这一首的下联用的是指喻。

法药味不爱，含情为欲伤。

慈舟溺难遇，有海苦茫茫。

这一首很像是佛偈，又很像是诗，而能将佛偈与诗写成一团，便见功夫。这一首里面都是较简单的佛学中的比喻，基本用的是明喻。

名利何可期，生死瞬间移。

空车驰大道，负者蹈荆蒺。

这一首也是用明喻，下联用空车驰于大道和负者宁可负重蹈于荆蒺中也不肯上车来形成一种强烈的对比，使得诗意更加强烈。这一种写作技法与上面的“慈舟溺难遇，有海苦茫茫”是一样的，都是夸张苦难，来形容愚昧造成的苦难是难以拯救的。

第一首诗虽简单，后二句却是用指喻，意在词外，非是言辞所能尽数解析表达。因为在“花落”“香沉”间，诗的意境已经走了很远，它既有自然之象的美，更蕴含着一种忧伤的、凋零的情绪美感，颇有些“此中有真意，欲辨已忘言”的味道，诗中丘壑，只能仔细品析才能懂得，如果要翻译成白话，就失了太多味道。

第二首诗虽写得直白，但“法药”正是佛法中拯救万物的良药，有法药却不爱，含情却为欲所伤，一个苦情神伤的形象就这样呼之欲出了。而这情海无涯，苦海无边，却难寻那救人脱离的扁舟，不免让人深觉相思是苦、情深是孽。

不同于第一首的缥缈之美和第二首的苦情之痛，最后一首的境界要大许多了。如果说第一首诗是谈心境，而第二首诗是写心情，这最后一首其实写的是生命，谈名利、谈人生，名利有什么可期望的？生死也只是一瞬而已，空旷的大道之车在轻快地奔驰，而负重的人却在荆棘之上痛苦地行走。背负的是什么？名？利？欲？荆棘隐喻什么？人生的种种艰辛？苦难？两相对比，这两种截然不同的状态，就更显大道的可贵了。

三首诗看似不同，却又一脉相承，写景、写情、写道、写人生，虽不同却又浑然一体，有着一样的主旨，那就是其中有着极深的道意。

王子居用喻远远超出现代修辞学中十二种比喻，可谓千变万化，比如《长干曲》就是少有的一象双喻境中的再喻喻：

长干曲

花开女儿红，馨香逐晓风。
狎蝶炫姿舞，狂蜂亦来争。

梅红香亦重，姿态舞和风。
但爱清露滴，不识蝶与蜂。

明珠能照乘，当藏黄金匣。
绮罗为铺垫，来遗富贵家。

明珠光皎洁，不受纤尘染。
但配山中玉，琉璃镜中显。

一室多香花，室外不可看。
香重室外知，春风欲卷帘。

流香要人知，自重须分辨。
珠帘质地沉，浮风不能卷。

《长干曲》在形式上的特点是什么呢？是二二为组，一问一答。这组《长干曲》的艺术特点是意象高洁，诗以香花比喻美人然后又比喻品性和理想。它的第一描写是爱情，只不过这爱情是通过香花之喻来实现的，而爱情之喻又隐喻着品性和理想。

它的隐喻有独特的特点，即它是先写用香花来隐喻爱情，而又通过爱情的态度来隐喻人生的操守，如果说有些诗实现了一象双喻境，但这个双喻境与其他双喻境不同的是，它是以喻再为喻来实现的，也就是王子居在《古诗小论2》中讲过的本体转喻体再喻喻，但它的本体转喻体是不显现的，它转化的过程就藏在第一个隐喻内。它既可以视为一象双喻境，也可以视为本体转喻体再喻喻。

对于这一点，我们可以参考古人诗作中的“三日入厨下，洗手作羹汤。未谙姑食性，先遣小姑尝。”这是一首典型的用人事喻官场的诗作，古人有香草美人之喻，而喻文字的运用中有再喻喻（参见《古诗小论2》），而《长干曲》中将再喻喻升华运用，先以香草喻美人，再以美人的贞洁喻人生的操守。

这可能是王子居所创造的一象双喻境中极少有的再喻喻，是一种极罕见的喻诗形式。而他在一象多喻境中则更进一步，以拟人修辞化隐喻修辞，一象多喻。而事实上，这组诗也是隐喻与拟人兼杂、同运的。

古人多以香草美人为喻来表达自己的情怀和操守，全诗似是为我们描绘了一个蕙质兰心的女子，这个女子倾国倾城却不轻浮、温柔多情却不淫佚。那红颜盛放的时候，如同娇艳的花朵，香气自然远远飘扬，第一首写花的美和香，从而引起蜂与蝶的浪荡。第二首写这女子如同高洁的梅花一样，美好却又高傲自重，只把这风姿留与和风，“但爱清露滴”与虞世南的“垂緌饮清露”可参考来看。

在第一组里，上首写其香，下首写其重、和、清洁，从而自然而然地将我们从花之态转到爱情的忠贞上来，然后从爱情的忠贞又转到人生的操守上来。这一组除了喻美女对爱情的忠贞，还同时喻人性的庄重、芳香、和合、清洁。

第二组则是用珠玉之配来隐喻相当的爱情和人生的操守，上首写这珠之明可以照乘，可谓十分珍贵了，普遍的认为这样的明珠应当藏在黄金匣子中，以绮罗铺垫，送到富贵之家中，王子居以黄金匣、绮罗、富贵家来形容这明珠的受重视。但下首一转，明白指出这明珠生性纯洁，不肯受“纤尘染”，又如何肯入富贵家？能配得上它的，只有同样纯洁的山中玉、琉璃镜。这一组除了可以喻美人对爱情的追求外，亦可喻人生择友、择业等方面的坚守、纯正、洁净。我们的种种解构这组诗都承受得住，但至于王子居心里是否有些隐喻并没有、有些隐喻我们没讲出来，就只有他自己清楚了。

第三组又用香花为喻，写法其实是一样的，还是用上首写花的极美，不过“室外不可看”，但由于花太香（人太美），所以室外也闻得到，于是“春风”急不可耐，想要卷起珠帘。

但这美人可不是浮躁的“春风”所能窥视的，因为她虽然流香要人知道，但却同时很自重，浮薄之风是不能卷动珠帘的。第三组诗除了用花隐喻美人的坚守、庄重外，更隐喻人生选择的厚重。

诗共三组，每一组都是再喻喻的一象双喻境，既有花的美，更有人性的美。

王子居的诗歌，因为其以象贯通的维度太多，有时候我们是极难分辨的，如他诗中的隐喻和象征极难分辨，而对于《长干曲》，我们究竟是判定它是以象为贯通的一象双喻境，还是将之分开，以象为喻喻人生之坚守及以拟人描绘美女的爱情态度相结合，或者是一象双喻同时还以拟人描写美女的爱情呢？

这就是以象贯通的多喻境，它所贯通出的多维，紧密得无法分割，甚至已经难以辨别，就连它的修辞，也是以拟人修辞化隐喻修辞，拟人和隐喻完全一体，根本不可分割。

事实上，在2015年版的《王子居诗词》中，是以时间段、分诗集为体系的，而这种结构的优点在于，它能让我们更清楚地看到王子居诗词的特点，因为每部诗集、每一个不同阶段，因为探索方向的不同，王子居诗歌的艺术特点都不同。

比如他的六首组词《花正好》，《花正好》完成于不同的时期，前两首完成于《十六岁词集》时期，后四首完成于《东山集2》时期。而它们的风格就是截然不同的。

花正好，香满黯离魂。晚风声小人对月，池塘摇影泛黄昏。独自念人频。

花正好，风涌似心潮。汽笛声断风铃密，车灯闪烁夜空遥。新蕊承泪悄。

这两首词的主要特点是注重意境的构造。

花正好，滴露泪湿巾。摇响争如梁燕媚，飘香不到伊人身。谁与拭啼痕。

花正好，鹃色与梅香。深院幽阁人未识，碧纱窗锁积浓芳。春宵日知长。

花正好，东郊满目新。双燕筑巢争来去，暖风弄柳作舞勤。能不忆伊人。

花正好，红萼最堪怜。蛱蝶同来不同散，双莺相唤逐相欢。有怨却羞言。

王子居从大学时代的《莱农集》时起由于《咏怀》等诗的传统，开始注重比兴，于是大学后的《东山集2》的这四首《花正好》，全部是用的比兴。

只不过他的比兴与《诗经》不太一样，这几首词里，初看起来都是前四句起，只有最后一句是兴。《古诗小论2》中讲比兴一体，其实这四首诗也是比兴一体的。如“摇响争如梁燕媚，飘香不到伊人身”，用花儿摇动的响声不如梁上的燕啼动人来比喻词中的美女得不到心上人的钟爱，而又用“飘香不到伊人身”来隐喻自己的深情无法被心上人感知；而“双燕筑巢争来去，暖风弄柳作舞勤”，则是用双燕隐喻情侣在一起劳作的甜蜜，用暖风弄柳隐喻情侣的感情之好；而“蛱蝶同来不同散，双莺相唤逐相欢”用蛱蝶的分携和双莺的相唤相逐相欢来对比，隐喻自己与情侣的分别。比兴最少的“碧纱窗锁积浓芳”隐喻女子的妙德美性，算是比兴意味最淡的，但也还是比兴之体。

由于比兴一体，所以四首《花正好》乍看时是前四句为起，而事实上在三四句时就已经是比兴一起了，即三四句既是第五句的起，而同时也是兴，之所以同时是起也是兴，是因为它们比兴一体，这种对比兴的极为凝练的贯通交织运用，是比较少见的。

《诗经》中比较少见的比兴一体，王子居很早就运用并且十分熟练了。前两首是意象流的多维诗境，后四首则是比兴一体的多维诗境。而如上所言，《花正好》不但比兴一体，还起兴同运。王子居恰是通过对指喻的简单运用，就将中国古诗歌中的各种创作方法给统一了、融合了、贯通了、交织了……

总之，在《十六岁词集》时期，王子居更注重意象的唯美、意境的美，但在《莱农集》《东山诗集2》的时期，则更注重古典的、文化的、哲学层面的一些维度，例如他的《春花咏》，《春花咏》共六首，莱农当年种有很多月季花，这六首诗便是咏月季的，而它们都是指喻。它们的创作思路都是咏态喻人，构思巧妙、表达细腻，而以花喻人喻情，都写出了不同行为特色，从而也写出了不同心理特点。它们或执著痴情，或自信坚定，或幽怨怀恨，或矜持又带一丝调皮，或隐喻人生态度，或隐喻操守，或隐喻哲理。

由于《春花咏》与《最后一页花片》《咏怀·孰奏》等一象多喻境的喻诗是在同一时期创作的，它们之间有着紧密的联系，并且它们都是一象多喻境，且都有着文化理想的隐喻，所以对《春花咏》更高维度的一象多喻境就放在《一象多喻境》一章中对比来讲解（见《龙山》）。

组诗总是要比较简单一点的（更复杂一点的喻诗见后面讲到的《春花咏》《咏怀》系列），因为极限之作往往在一首诗中才能得以实现，我们从以上这些组诗之中，应当可以一窥王子居喻诗中维度、层次、角度、方法、技巧之多样性的一斑，从而我们可以大体上体会一下王子居数百首喻诗中各种各样的内涵、维度、层次、角度、方法、技巧的丰富多彩和变化无方。

从明喻到指喻：一象多喻

垂緌饮清露，流响出疏桐。
居高声自远，非是藉秋风。

不一样的明喻

我们连续五年来经常读王子居的诗并解析，但我们从没有清楚地意识到，王子居的诗中会有那么多指喻。而同样的，我们之前很长时间内也没有认识到王子居喻诗中用喻方法的丰富多样性和变化无方，直到多维诗境论出现之后我们才意识到这一点。

本来是想从最简单的明喻逐渐过度到复杂的指喻的，结果并没有找到几个明喻，而且解着解着发现王子居诗词中的一些明喻也根本不是简单的明喻，而是与其他各种维度交织贯通的明喻。于是在我们讲简单的明喻时，只能连意象等维度、象征及拟人等修辞一起讲了。所以从这一章开始，各章的主题和内容互相贯通得就越多了。

首先我们从最简单的明喻来看：

青林

日出江山外，人在乐游园。
火锻青杨林，有梦倚云天。

“火锻青杨林”是一个明喻，讲的是日出时太阳如火，似在锻烧青色的杨林。这个比喻挺简单的，但这首诗却是天人合一境的一种过渡阶段的作品，事实上并不简单（见后文）。

又如：

落梅风

……少年如诗，佳人如画，缘何聚散容易。……

这应该是一个比较简单的用喻了，它用中国文化中最美的诗和画来比喻少年的气质和少女的美。

又如“世事如烟人如梦，风萍沧海意微澜”，“世事如烟人如梦”是个明喻，但“风萍沧海意微澜”就是一个十分微妙的隐喻了，它隐喻诗人起意，恰似沧海之中起于萍末的风，刚刚掀起一抹微澜。

咏史·龙行

龙行巍峨殿，虎步黄金阶。
牵马来行过，雄气慑宫娥。

这首写的是汉武帝时的大臣金日磾的故事。汉武帝阅马，金为马奴，属奴隶贱籍，武帝阅马时，马奴们成排地牵马走过，宫女们无不指指点点，点评、笑话他们，唯独当金日磾走过时，由于他形貌威严，宫女们全都不敢喧哗；而当马奴们经过宫女时，无不偷偷打量，唯有金日磾神态庄重、目不斜视。汉武帝由此意识到金日磾的与众不同，从而提拔了他。后来金日磾成为武帝死后的托孤顾命大臣，辅佐武帝的儿子稳定了天下。而他的子孙七世不衰，甚至直到东汉末年武陵太守金旋、京兆尹金祎据传也是金日磾后代。

龙行、虎步自然是明喻，黄金阶似也是一种明喻。但这三个明喻似乎写出了一种气象、气势，而黄金阶、巍峨殿的皇家威严与龙行的王者气象加虎步的国士风采一起构成了一种端方严正的皇家气象。

不得不说，王子居在对诗材也就是象的选择上，是极为精严的。我们看到王子居从来不为对偶而对偶，绝不盲目追求严对，如果是自诩“老来渐于诗律细”的杜甫，巍峨是一定会写成白玉以与黄金相对的，但那样就只有华丽而失了气象，而事实上王子居用宽对，以巍峨对黄金，则既不失富贵而又得峥嵘。

整诗透着一股“贫贱不能移（日碑为奴），威武不能屈（朝廷威严），富贵不能淫（宫女嬉戏）”的浩然正气，因之也气象、气势、意志、风骨俱全。

咏怀·爱意

爱意甚迷蒙，寻觅了无踪。深林暮烟重，曲水晨雾浓。
云遮月不显，星悬日未生。驰逐心不乐，欲舍泪先零。
丝缠千万结，剑利斩何从。光出照身影，相随是此情。

这首诗说爱意对我们的心灵和人生所造成的困惑，它二三五六联都是比喻，可我们把它们当作明喻还是当作隐喻呢？它每一联单独都是隐喻，但它在第一联就明确地讲出了本体。

而且也不能把它仅当明喻来讲，因为驰逐、剑利还都有用典、化典的用法，驰逐是佛学典故，可参考前文对“空车驰大道”的讲解。

结和剑利是西方典故，阿尔芙德尼以绒线打了一个结，预言说谁解开这个结，就会成为欧洲王。结果很多年也没人解得开，后来亚历山大来到，以剑将结劈开，解开了这个结。这句是说爱如同千万个结，即便有剑，剑再锋利，却不知从何处下手。

当欧洲王只需斩破一个结，而戡破人间爱欲需要斩开千万个结。这联诗是很简单，但它隐隐有着文化哲学层面的寓义，讲人战胜自己的感情比当欧洲王还要难。

另外，这首诗在景象构造上是很讲究的，如第二三联突出了迷蒙二字，林是深的，烟是重的、暮的，水是曲的，雾是晨的、浓的，都突出隐喻了爱情的迷茫和难以认清。

夜感学诗无成又闻风作

里恨奇愁夜底声，敏觉细构竟无形。

呕心沥血销魂事，只在昙花一梦中。

前面讲过了，昙花一梦是个明喻，但这个明喻所喻的喻体却又很特别，它比喻的是一种难以言明的对文学原理的感悟。

咏怀·我本

……垢浊观生厌，艰难如食毒。良医有好药，迷心不肯服。……贪心如死灰，良足无履路。……

这三联也是明喻，之所以是明喻是因为前文之中对本体有了交代，但这三联除了明喻之外还全都有用典。一三两联是哲学之典的运用，中间一联是佛教故事的运用。

翠云幕

……墨浥云鬟，彩拥吴带。……

这个比喻也一样看起来是个简单的明喻，不过，“吴带当风”的传说使得这个比喻多了一重文化的意味，既是用典，也是用喻，它讲一个女子的风神之美，她的襟带就好像吴道子的妙笔挥出的彩簇一样迎风像洛神那样飞舞，而她像流云一样散落飘舞的头发，就像吴道子用浓墨打湿一样。如果看过《洛神赋图》又读过《洛神赋》的人，说不定会联想到这一赋一画里的艺术美。我们前面在讲“杨柳春烟迷蝶路，落叶秋风失雁行”时，讲过王子居喜欢给读者留想象空间，其实这联诗将画法入诗法写女子，也一样将我们带入了文与画的美的空间之中。这看起来是一个很小的技巧，但诗歌史上又有哪一位诗人如此将诗画之法、义贯通性运用呢？

一联八字，用吴道子的笔意形容一个女子的美，这就是王子居用得相对很简单的明喻。

咏怀·我师

……我师如奇石，峭险独兀立。……

这是一个简单的明喻，讲得很明白，但它却是一个典型的一象多喻，因为奇石峭险兀立同时隐喻着人格、性情、作风。为什么这么说呢？因为诗歌后面讲的还包含到师表、师艺、师德等。

所以它其实是一个明喻与隐喻的结合体，合为明喻、分为隐喻。

也就是说其实我师这个修辞学中的本体，还有隐藏的分体。

不过这不是一个达到一象多喻境标准的一象多喻，因为它的各个指喻是通过后文的展开描写、论述才实现的，而一象多喻境不需要任何展开描写、论述。

大悲曲

……众生艰难，犹如蝼蚁，未知命掌谁手？……

这个比较简单，它用蝼蚁来形容众生的卑贱，从而对人类命运进行了叩问，因之具有了一种悲天悯人的情怀。

花正好

……花正好，风涌似心潮。……

这应该算是一个简单的明喻了吧？

咏怀·世间

……世间贵同气，人生辕与辄。……

这个似乎也比较简单，是用辕与辄形容人生的背道而驰，不过它与“我师如奇石，峭险独兀立”一样，在后面是展开一系列描写的，它后面用的是一连串隐喻。

采菱曲

东风舞漫轻灵，水云流去匆匆。别对黄昏，思想愁容。

早来暖风二月晴，四月旅难成。倚念人情，也如花生，应会此时逢，却落寒雨中。

2014年我们是这样赏析这首词的：

赏析：花儿应该在此时盛放，人儿应该在此时相聚，可是，偏偏花儿被寒雨催落，人儿也不能成行。词末写得还算有味。

现在看来，这种解读是多么的苍白和可笑。

“倚念人情，也如花生，应会此时逢，却落寒雨中”是个明喻，这几句的前面是经过一连串铺垫的，它是一个复杂的比喻，因为它用蕴含两个时间的象，来比喻前面所讲的人生不同际遇。如果按现代修辞学来讲，它的喻体与前面的本体各各都是两个，也就是说，我们看似是一个本体、一个喻体，其实是两个喻体、两个本体。

它是一个今昔（阴阳）相对的分喻合为一喻的比喻修辞，这可能是除了《相思》的阴阳双重子母喻之外仅有的一个双体喻。

作为一个极少见的双体喻，这个比喻在创作手法上是极具特色的，当然也极具特殊性。它是先展开一段论述，然后用一个比喻概括前面诸多的现象、感情，而这个比喻的本体之象又一样蕴含前面所有的现象、感情。所以它的隐喻所包含的比较多而且杂，像时光的今昔对比、人生的今昔对比，都在里面。但它同时在运用比喻概括、升华前面一段论述所蕴含的感情时，又用比喻本身写出了一种含有同样感触、感情的自然物象之美，而这自然物象之美与前面的自然物象是完全和谐、统一的。

给我们的感觉就是，本来是顺承关系描绘景象之美并隐喻的一整首诗，但中间却被作者十分自然地附加了一个明喻。不过这个附加的明喻却反而比他的隐喻更加难以察觉，因为这个明喻似乎讲得太明确了，从而令我们根本意识不到这个明喻事实上统合了全篇（更多和整体之例见《意象：心象合一与物我两化》一章）。

如果说《咏怀•我师》《咏怀•世间》是开头一个明喻为总纲，然后展开一系列描绘或隐喻来讲明这个明喻，那么《采菱曲》就是在前面进行一系列描绘或隐喻，在最后进行一个总纲式的概括。

这种运用通篇进行总纲式比喻的创作手法，我们目前还未在其他朝代的诗歌中见到过其他案例。或者说，没有人发现这些案例并总结为总纲喻。

这是王子居诗词中结构严密的一个表现，即他的诗中段、阕、联、句之间往往存在着更多的结构性的关系。

最后一联除了是一个双体喻、总纲喻外，还具一象多喻。

由于王子居用喻很多，所以经常有一些出人意表之喻：

杜啼血

杜啼血，白莲憔悴芙蓉弱。远离别，心事终难说。向晚风里哀词莫复因我吟。怨梧桐雨，滴滴总动情，从晚到天明。

心意且消磨，山水不相得，人事催思发。呀，恰便似六月狂风催骤雨，风吹雨彻真无情，直打得满腹忧伤一腔深情争零落。

这首诗的“恰便似六月狂风催骤雨，风吹雨彻真无情，直打得满腹忧伤一腔深情争零落”是一个一象三喻境（明喻前面三句，见《龙山》），除了一象喻三事外，它还有一个特点就是它只显示了半个喻体。整个喻体其实是“六月狂风催骤雨打落花和叶”，它本是一个主谓宾结构的句子作为喻体，但王子居在创作过程中直接将喻体的后半部分用本体的一部分代替了。

这是极其少见的可能是仅有的以本体为喻体一部分的比喻用法

（但在白话文的歌词中这种用法有可能会很常见），不过它没有任何问题，因为争零落三字已经透露出了喻体的另一部分，另外“白莲憔悴芙蓉弱”“梧桐雨”也为落花做了铺垫。事实上我们也可以将争零落看成是一种借喻，但它前面却有风吹雨彻的一系列动态，所以它只能是一个本体嵌入喻体的一指多（明）喻。同时它也是一个总纲喻，因为争零落的深情，除了隐喻上联三句外，还包含上阕诸句中的各种感情。

事实上，王子居早期艺术构成最繁复的《紫薇》，最后一句也是一个总纲喻。

在这里，王子居将借喻、暗喻的手法合并运用，但却是将本体直接嵌入了喻体，而不是在喻体上浪费笔墨。

我们在以前出版的《王子居诗词》里讲他的诗十分凝练，从这首小词中也可见一斑，他几乎是将能省略的字词全都省略了。

梦中诗

……随生便灭泡中影，方聚即散风里香。……

浮泡是佛学中的比喻，不过王子居用喻一向是变化无方的，他在这个浮泡中加入了一个虚影，浮泡本就无常，何况是浮泡中的虚影？这一个比喻是典喻同运，而且它还是一个极其少见的喻中喻，王子居以喻叠加于喻，强化其意蕴。他这种通过一两个字的象来实现诗意叠加、递进的笔法，在我们后面讲到的《客行春》《紫薇》里都有。

两个比喻都紧紧围绕一个特点，就是快速消亡，浮泡本就是即生即灭的，何况是浮泡中的虚影不断变幻？随生便灭、方聚即散，都是讲刹那不住的存在。

佛学中有“是心如风，不可捉故”的说法，风是一种不可捕捉的事物，而风里的香比风还散乱，风始来便去、始聚便散，而它卷起的香气就更加不可捉摸了，这也是一个喻中喻。

如上面的双体喻、《相思》中的双重阴阳子母喻、此首中的喻中喻，都是王子居在喻诗创作过程中随性而进行的创造。

听刘军峰说莱阳八景思而叹之

……烟树千方阵，冰河万转图。……

这是一个明喻，看起来比较简单，但它同时隐藏着拟人笔法在里面，这是因为它的全诗隐藏着拟人笔法，它写的是造物的神奇，千林烟树、万转冰河是造物所布置的天地山川大阵图。这一笔法在这首诗里还不太明显，但到了《龙山》的时候，就整诗都是这种笔法了。

忆清华园

……嫩叶飘翻似染芬，细尘著雨印屐痕。……

嫩叶似乎染了花的香气，这算是一个比喻吗？不过这两句诗除了这个好像是的明喻外，它还是印象流。所以它也不是一个单一的明喻。

入青

……掠影回忆实情远，点水前缘惆怅深。……

这个比喻挺特别的，它极力形容缘份之浅，回忆就像是被疾风掠过的影子一样，忽然发生忽然消逝，而前缘就好像是在湖水中的轻轻一点，只泛起一点涟漪就彻底消散了。这是一个较简单的明喻，只不过给我们的感觉比较强烈。

咏怀·望海

……相逢如闪电，相思若流水。……

这一联运用了强烈的对比，以闪电的迅速消逝对比流水的绵绵不绝，衬出了相逢的短暂和相思的苦长，两者互相增益，长者愈长，则显短者愈短；而短者愈短，则显长者愈长，它也是一个循环对比喻。正因为有这种强烈的对比，它才写出了那种一见钟情的执著。

咏怀•琴操

……少年面如玉，弹琴初雪里。……

少年面如玉是一个很简洁的明喻，但由于全诗是一首诗演，在全诗意境的笼罩下，玉和初雪也具有人格的、文化的象征（纯洁温润）意义（更多例子见《龙山》《诗演2》）。

劝春风

清宵持酒劝春风，多吹天涯路上人。

吹开碧云星拱月，吹来花气似香魂。

上联运用的是拟人，因为春风是如人一样可劝的。

下联其实是用了四个修辞，“吹开”是紧承上一句来的拟人，“星拱月”又是一个拟人，而末句看似是一个比喻，实则也是一个拟人，因为它还有一个“吹来”的人性动态。

为什么要将花气比喻成香魂呢？因为花气似是伊人之香，而在朦胧星月的迷梦之中，熟悉的花气似乎是伊人的魂魄。

伊人远去，正在天涯路上，但与伊人常伴的花还在，而诗人愿在迷梦之中，闻到这曾与伊人同芳的花气，将这花香视为她的香魂一般，其思念之情的蕴籍含蓄，实在是写到了极致。

另外，这首诗隐约带有象征，王子居在《古诗小论2》里讲“凡象征必出自隐喻，而隐喻多有象征”，但事实上，意象也一样能带出象征，因为意象也能带出隐喻，实则这首诗的下联有着意象隐喻带出的隐隐象征。

为什么说它意象带出象征呢？因为“吹开碧云星拱月”有一种高洁、开阔、和合的意象，而“花气似香魂”有一种德馨的隐喻在，上下两联的写作时间相差十多年，王子居很明显地是想将少年时期那忧伤的离别给一个完美圆满的结局，所以才有下联那种美好的意象，这种意象的象征意义（象征人生的圆满）是很明显的。

同样的道理，用春风吹出一片朗阔的天空、似芳魂一样的香气，自然而然地有一种情怀在，王子居所一直尊崇的风骨情怀，在这两句诗里体现的非常明显，它从少年时代的关怀和忧伤，转换成青年的开朗、豁达。

上下两联，都十分有情怀。

我们在2014—2015年赏析这首诗时是这样讲的：

赏析：都说不同时代不同的诗风，从这些作于不同年代的诗中就可看出。下联工于对，很典雅，写景物也很美，在文字功夫上远胜上联，但细读上联却发现，上联是那么的天真细腻，又是那么的温情关怀，用“思无邪”不足以表达，还要加上一个“心有爱”。

我们觉得上联比下联好多了，而当今年我们意识到这是比喻拟人象征一体同运的多维修辞兼运意象后，我们才意识到当年我们对这首诗的品读，还是根本就没有抓到本质的。

春别

隔岸江春发，行迹随云过。
君心前流水，我心照君月。

“君心前流水，我心照君月”是一个典型的明喻，不过它是一个比较特殊的明喻，因为它在结构上是一个彼此对应的相对连环之喻。对这种比喻，可参看《龙山》中对《相思》一诗的讲解。

如《劝春风》一样，虽然这首诗《春别》只是明喻，还没有进入喻诗的维度，但它却写出了意象。

古人论意象，可能多指人的情意与自然景物的结合，但王子居所讲的意象要求要高很多，这种意象是纯粹的自然景象透露出来的。

王子居诗歌十分凝练，因而小诗也十分耐解，他的小诗中的字词往往蕴含表面之外的意思，如江春发之前用的隔岸两字，为什么要用隔岸？因为隔岸见到对面的春象荣发，而心中思念之人的行踪，就像天上的飞云一样远去，显然，因为所思之人在江的对岸，所以只有江的对岸有春，自己所在的一侧因为所思之人不在而感不到春意，自己心中的春天随伊人渡江远去了，所以这一句看似简单，实则也寓意颇巧颇深。

这个思念的人看着滔滔江水，想到那个追梦的人就像江水向前而不回一样，而自己的心呢？就像天上的月亮一样时刻照着他。

王子居能发现王维《山居秋暝》的意象之妙（见《唐诗小赏》），是因为他自己一直都擅长意象的运用。

在这首小诗《春别》里，他用隔岸江春的意象来反衬己心的失落，用行迹如云、行心似水的意象来表达那追梦之人的高雅不羁（云）、洒脱向前（水）、为理想而无悔（水），而用月亮始终相照、不离不弃的意象来表达己心的缱绻与关怀、思念。

江春行云、明月流水，非常简单也非常纯美的自然现象的组合，加上个隔岸相思，就写出了人生至美的离别、至深的思念、至细腻的关心……

虽然明喻是最简单的喻，但王子居依然将这种最简单的修辞运用到化出意象的境界。

王子居的喻诗中，很多比喻（包括明喻与隐喻）与意象是不分的，更多的案例请参看《象之贯通：意象流》一章。

讲到这里，我们差不多讲了王子居诗词的三分之一作品中的明喻，接下来让我们看看他极少量的新诗中的用喻情况吧。

初恋

初恋是人生第一朵花，

不沾一丝尘垢，
经得起长久的回味。
我的初恋，
是我的第一首诗，
带给我美丽的忧郁。
无论何时何处，
我的第一首诗，
深深锁住了心扉。
我的初恋是一把诗的锁，
朋友，你的美丽的初恋，
是什么？

《初恋》和《风入松》用的都是博喻，《初恋》比较简单，先后用花儿喻初恋的纯洁，再用诗喻初恋之后的忧伤，不过这首诗在用喻上比较有特色的在后半部分，它先是以诗为喻，然后以心扉、心锁为喻，对一个喻体进行了变化，从诗变为诗的锁。

这种运喻方法读者们可参阅《古诗小论2》中关于再喻喻的论述，只不过这里的喻体转变是另一种情况，是喻体结合新喻体成为新喻体。

王子居对比喻的运用有很多超出已有的现代比喻修辞学的创新，比如这里的喻体递转和上面讲到的双体喻、总纲喻，以及后面会讲到的喻兴一体、起兴转进等。

风入松

风从远处奔来，
吹入了松林。
由这一棵到那一棵，
不肯停息。

我曾见风轻轻吹动柳枝，
像少女的行姿。
也轻轻吹响了杨叶，
像初恋情人的呢喃。
我曾见风吹皱了湖水，
像离人凝泪的眸光。
也吹乱了雨丝，
像悲伤的哭泣。
现在风吹入了松林，
发出自由的呼啸。
像奔涌的海潮，
像激烈的波涛。
风显出了松树的韧，
一棵一棵苍劲挺拔。
松不是风的俘虏，
风与松一起歌唱。

《风入松》和初恋一样都是运用博喻进行创作，但它的特点在于它是婉约与豪放同写的，一半写风的婉约多情，一半写风的雄猛豪放，在结构上它是刚柔相对的，这是一个阴阳相对博喻。

当然，在内涵上，婉约部分是写的意象和感情，豪放部分则是写的精神和意志，应该说，最后一段将全诗的精神升华了。

这首诗用的是明喻，但王子居的喻往往与拟人同运，这一首《风入松》中除了隐喻、拟人之外还有排比的同运。而他的隐喻与拟人同运的诗作中，很多都写入了天人合一境。

事实上在对拟人这一修辞格的运用上，《风入松》并不是简单的以风拟人，而是人化为风，风所展现的是人的精神，是一种心象一体的天人合一境，因而令得这首诗具有丰富的想象力、丰富的感情、丰富的精神意志（见后章）。

借喻

对于现代修辞学中的十二种比喻，我们上面讲了明喻，对于一个习惯于以喻为诗的诗人来说，十二种比喻自然也会运用到，不过他所运用的形式还有方法都有变化和发展，比如王子居的诗中有一些借喻，但却是与典故同运的，如：

咏怀·东湖

……闲雕九龙璧，雅修五彩章。……

用九龙璧作比喻，是讲文章的价值的，这句除了用喻外其实还用典，因为刘勰著有《文心雕龙》，不过王子居除了用这个典外，还用了个璧的比喻，以此来形容文章的珍贵，另外，九是数的终极，九龙璧在数字上也是很讲究的。五彩章与九龙璧相对，自然也是比喻了，用五彩比喻文章的美。它整体合起来才是一个借喻。又如：

天海行

……日常喜游荡，暗蓄鸿鹄声。……

鸿鹄声显然是一个借喻，由于古代早有“燕雀焉知鸿鹄之志”的比喻，所以这里的鸿鹄用借喻就很容易理解了，不过如同上面《咏怀·

东湖》一诗里的组合用典用喻，这首《天海行》也一样，声字自然也有“三年不鸣，一鸣惊人”的喻义在，它也是一个组合用喻。

典喻同运、组合典喻，是王子居诗歌创作中的一个特点，这个特点在《龙山》里有更强的发挥。

再如：

无题

风雨阴晴一样行，心安无处不从容。
谁道雪霜欺人冷，坦然带笑即春风。

这是比较简单的借喻，如风雨阴晴是借喻人生的顺逆之境，而雪霜欺人冷则是逆境，即春风是说将欺人的霜雪冷视为春风，虽然是极普通的借喻，却也写出了一种人生的豁达、坦荡的境界。

站亭

溜珠何日复聆听，彻夜无眠月色清。
常记误车催快去，依依杨柳响东风。

以溜珠形容声音的清脆，而作者如此怀念那美丽的声音，与“常记误车催快去”所含有的关心、急人所急的情怀大有关系吧。溜珠其实是用典，大家自然能想到白居易的“大珠小珠落玉盘”那种形容声音的比喻，所以这里直接用作借喻，同时其实也是用典。

依依杨柳响东风，作者再听不到那种声音，在他的印象里，那杨柳被东风吹动的声响，差可相似吧。这句则是隐喻。

这一首诗里，分别在开头和结尾用了借喻和隐喻来形容当时那个人的声音。

站亭

多情多恨夜来浓，无限惆怅对晚风。

怎奏关睢瑶台调，平生心事在站亭。

关睢、瑶台都是用典，但这里又都是借喻，喻诗歌的题材——爱情。

点绛唇•芳手

……绾袖挥香，用传杯抹帘芳手。洒云烟就，流水还轻奏。……

这首诗其实也充满了用典，如传杯有宋汪藻的“闲却传杯手”，但绾袖、挥香、抹帘我们找不到出处，不知是不是王子居化用而来，倒是抹帘他自己有“梦破帘轻抹，楼尽岭迭出”的句子。绾袖、挥香、抹帘、传杯全都紧扣双手二字进行展开，而它们又全都是展现女子之美的最典型动作。

当然最美的动作是接下来的挥毫、抚琴，这两句没有写明手的动作，但却用借喻写出了女子的美，洒云烟也是用典，用的是杜甫“挥毫落纸如云烟”的旧典，流水自然有古曲《高山》《流水》的典故，不过在这首词里显然是用其意，即她挥毫之间，如洒落云烟，抚琴之时，如奏出流水。

王子居以象为隐喻，所以能将山川风物自然之美写入一个女子的风神之中，不光写她的仪态之美，也写她的才华和情怀。这种笔法与“墨浥云鬟，彩拥吴带”有异曲同工之妙。

在这简短的四句里，王子居分别将动态的组合描写与隐喻的动态描写发挥到了极限，尤其是首联连用四个动态，选取了最典型的美，加上后面一联的洒脱、流畅，就如同行云流水一样写出了一个才华卓绝、风神无限的女子。

指喻

从轨迹上来讲，喻诗里的诗演、心象一体，一象多喻（指喻的一种，目前发现的喻诗最高维度）可能都源出于暗喻（亦称隐喻，不同学者的称呼不同），也就是隐藏了本体的比喻，但王子居将隐喻升华为了指喻并实现了一象多喻境。

《古诗小论2》里讲过指喻是隐喻的升华版，就是用一个喻体比喻多个本体（本体是隐藏的，故亦为隐喻），当然指喻也可以单喻一个本体，它甚至可以是以一喻一的明喻（指月喻），而前面一节里已经讲过明喻的一指（象）三（多）喻，指喻既可以是明喻也可以是隐喻，当然指喻作为明喻的情况似是很少出现。

落梅风

……少年如诗，佳人如画，缘何聚散容易。人生多恨，芳节留暇，欲待与谁相携？只恐苦雨淫风，由不得，落尽梅花芳意。

上一节中讲“少年如诗，佳人如画”是一个明喻，那么“只恐苦雨淫风，由不得，落尽梅花芳意”就是一个隐喻的指喻，苦雨淫风是隐喻人生境遇的苦难、艰辛、不顺，而梅花芳意则是喻指如画佳人的爱情、心意，落尽是很凄惨的，它隐喻着如画佳人的心意不断地消弥、失落。

事实上，我们从这一首《落梅风》中就可以体会出在诗歌的意象中，隐喻要远比明喻更具有意象的美、感情的切，这是因为隐喻由于隐藏了本体，所以它在诗句中有更多的字数可以运用来展现自然万象之美。即便王子居的明喻也一样能写出一象多喻，但毕竟要浪费更多笔墨。

蔷薇·过山村见

过雨新开路径长，覆石户户种门旁。
岂同妍艳须盆置，肯为野人发郁香。

这是一首指喻之作。

题目一作《奎山蔷薇》。此处的山村当是朱家村。上联写山村蔷薇之盛，上句的用字其实比较讲究，过雨两字再加上新开两字，给我们一种雨后新花的新鲜的感觉，这也为后面的郁香做了铺垫。而路径长和户户，则展现了山村蔷薇的繁盛，它铺满长长的路径，每一家的门旁都种着。而覆石则写出了山村的形态，靠着山嘛，不缺石材。

下联写蔷薇的朴实，它没有什么特别的要求，只是出自本性的为山村的野人们散发自己的香气，赞美并隐喻了一种平等待人（肯为野人）、平易近人（户户的隐喻）、与人为善（发郁香的隐喻）的品质。

上下联结合，这首诗既写出了一种野趣，也通过隐喻写出了山村的质朴、淳厚、善良。

桃花咏

汤汤春水碧波浓，浅处溜珠踏石行。
一样姿容偏入眼，桃花生在美人庭。

名为桃花咏，实则是咏人。在明写桃花的同时，也是在暗地里写倾慕的情感，通过这种指喻写法可以让读者更加清晰地感受到诗人所要描绘的那种无法明言的美。春水汤汤、碧波幽幽，这本就是一派委婉多情的景象。可为什么诗人会觉得那些桃花姿容更美呢？那是因为它生在美人的庭院里，爱屋及乌，所以他才会觉得这些桃花格外的美。诗人用桃花特殊的亮眼的美来暗衬另一个人的无法言明的美。

这里的美人，同于“雪满山中高士卧，月明林下美人来”的美人，未必是专指女人，因为对这人的仰慕，所以看与他相关的一切都印象倍加深刻，那桃花也不由变得有一种特殊的动心的美，下联颇具哲理，是一联具有后世成喻（见《古诗小论2》）潜质的喻诗。

这首诗对自然景物的描绘也是别具匠心的，在上联中，上句写水势比较大的春水，下联则写浅处水溅河床石头的浅水，有一种对不同水境的对比。它事实上还隐约为我们透露了一个意思，即诗人是经历长途跋涉才来到美人庭外的。

在意境的构造上，王子居先是通过或浓或浅的春水环绕或流过那一座庭院的美，然后通过一种惊艳的桃花之美，来突出一种被他指喻、衬托的美，这种美带着一种天然流畅的气韵，因为他行文如行云流水，自然而又通畅。

如梦令

似怕离愁沉醉，苍山寒云依偎。看取笑眼中，莹漾潇湘流水。却悔，却悔，别前多少春睡。

苍山寒云依偎是很明显的隐喻了，它隐喻着男女之间不肯放舍的缱绻。而在她笑意盈盈的眼中，他看到了如潇湘之水一样流动的眼波，那分明是泪意。

王子居很少简单直白地写感情，他写感情时往往附带了一种自然的美，或是山川，或是花草蝴蝶，他通常用山川自然中最美的象组合出一幅能表达感情、意境、情怀的画面，来表达人类的感情，而这种笔法，是他后来双重阴阳子母喻的《相思》及天人合一境所必不可缺的过程。

王子居的喻诗中往往明喻和隐喻交互运用，而明喻和指喻运用得难分彼此，如：

渔家傲

低叹神仙清泪落，高吟惊动天宫阙。红拂爱才无缘遇，诗中鲤，辞海龙门何时过。

信道潮生须明月，他时画壁应有我。莫论风流甚超越，皆冰雪，梅花香满对谁卧。

这首诗是咏诗歌创作的，因之它的指喻指向的也是诗歌。

红拂爱才，才有夜奔的美谈，这是一个典故；鲤跃龙门，才能成为腾飞的巨龙，也是一个典故，不过这个典故同时有了隐喻，它隐喻自己的境界，此时他的诗才是一条鲤鱼，何时能脱胎换骨化龙腾空、超越凡俗呢？诗中鲤这一联是很明显的明喻。

信道潮生须明月，也是一个隐喻，它隐喻着诗歌的新潮需要明月的引力，画壁则是一个典故，取的是唐诗人旗亭画壁的故事。

冰雪喻高洁无染，梅花喻孤高，香满喻成就乃至德行，冰雪洁白，梅香暗涌，在这样高洁而神奇的境界中，我又对何事何物何人而卧？这一段的隐喻其实颇深，不是我们能讲清的了。

又如：

无题

……百川汇海同一味，天下无私始共求。

赤子红心谁能染，英杰义士铸洪流。

这四句其实也是典喻同运，百川汇海同一味是佛学典故，意谓天下的水流到海里都变成了咸味，同一味其实隐喻的是同心同德同力等境界。赤子之心本就是一个典故和隐喻，它隐喻着未被贪欲污染的本心，洪流自然是个典故，这个词在二十世纪的革命年代经常用。而无数英杰义士铸成的洪流，自然是喻指滔滔的历史洪流。

形容爱情的指喻如“月没风无影，烟浓蝶失对”。又如：

无题·真空

真空妙有两无情，梦幻虚花渡此生。岂因成败生啼笑，不为因缘乱古风。
无常世事烟云散，有业微躯竭死诚。百代千秋万古论，沧冥宇宙一微萤。

梦幻虚花显然是被用得快泛滥了的典喻同运，用烟云散来比喻世事无常显然也是一个常用的比喻，这首诗的隐喻在末联，哪怕是能传千秋万古的大论，也只不过是沧冥宇宙中的一粒微弱的萤火。

这最末一句的喻义何在呢？是喻万古长夜中的一丝光明的伟大或悲壮？还是喻人类文明的微不足道？

两种截然相反的喻义，似是兼而有之。因为伟大或悲壮可对应"有业微躯竭死诚"的执著，微不足道可对应"无常世事烟云散"的无奈。

像这种复杂运喻，由于在诗歌中本就具有矛盾的感情，像执著坚持的悲壮与微不足道的渺小的悲观是同在的，所以他的隐喻会产生一种阴阳对立的一象矛盾双喻，也并不令人意外。

像《无题·真空》这种富含哲学概念、宇宙人生感怀的复杂构境，出现任何我们常规思维里认为不可能的指喻都是可能的。

无题·大地

2011-8-16子夜散步口占

大地无处称天涯，十年艰苦少还家。
只应龙腾胜虎跃，莫贪细雨润闲花。

显然这也是一首指喻之诗，上联写自己一生的艰苦，"无处称天涯"其实是一句暗示的说法，说的是自己已经将天涯当成了家，这是一种什么修辞手法呢？十年艰苦是直白的描叙，少还家是对这种艰苦的一种深入的描绘。

"龙腾胜虎跃"显然是指喻一种奋发向上的气象、一种不甘人下的意志，"细雨润闲花"则指喻或象征了一种舒适的、闲逸的生活，这一联是讲诗人对人生的一种取舍。他宁愿忍受艰难痛苦，也要舍离细雨闲花，去争一个龙腾虎跃。

有感

前有路，后无峰，怎攀登？英雄壮志悠然花月对春风？

高寂寞，浅孤寒，已无愁。听得门前风紧卷叶声嗖嗖。

衰躯倦，枯心冷，鬓早秋。只问尚有余生可愿再漂流？

这首《有感》很明显的是口占出的戏笔之作，不过对于隐喻和独特意境与心绪的构造，使得它依然十分耐解。口占虽然都是随兴偶然而发，但由于后期他对诗的十分娴熟且具多维的认知和运用，导致他后期由感而发的口占与他早期精心构思的作品一样具有深度的可解性。

由于是口占，在文字上都比较通俗，这首诗每阕的末一句都显示了这个特点，它更加接近曲子和现代通俗歌曲的语言特质。

整首诗都是运用隐喻，只不过它显示了一首口占作品的维度是不会很高的，因为它只是指喻了自己的人生境遇和心情，而不是一象多喻境。

“悠然花月”与“春风”相对，显然是一种美好的人生境界，是一种安然的、舒适的、甜美的人生，它与“英雄壮志”联系起来显然是隐喻着一种人生选择的痛苦，这种痛苦与之前那个隐喻是紧密联系的，即前路和后路，因为“已无峰”，故无可攀登，而无可攀登的英雄还能够做什么呢？也就是“花月对春风”（脱出自李煜词“花月正春风”，不过这里是象征和隐喻同运，当然它还是用典）了吧？

而“高寂寞，浅孤寒”显然是形容人生境界的，经历过较为肤浅也是现实写照的孤寒，也经历过人生高境界所必然伴随的寂寞，人生如何呢？已经没有任何事能让诗人发愁了。可是这一阕的末句显然又将境界回溯到了寂寞、孤寒的境界之中，虽然他已经完全摒弃忧愁等情绪了，可是门前呼啸的秋风在“紧”卷着树叶并发出强健的嗖嗖声，这嗖嗖声在提醒着他生的现实，那就是最后一阕的“衰躯倦，枯心冷，鬓早秋”，从人生际遇上来说，多年经历的困苦艰难令得他鬓发早白，而身体则是衰而且倦，心则已经枯而且冷，人生高处的寂寞和浅处的孤寒、一颗枯冷的心、衰老疲倦的身体、早就霜白的鬓发，这些现实对应的是门前吹卷残叶的秋风。“门前风紧卷叶声嗖嗖”紧紧对应着“悠然花月对春风”，既是对意境的构造，更是对人生的隐喻或象征，两种截然不同的人生，一种是英雄壮志敢攀登的寂寞、孤寒、衰倦、枯冷、鬓发早秋，一种是“悠然花月”对着和畅的“春风”，即便“前有路”，还可以走出去很远，可是他已经鬓发早秋，且枯心已冷、衰身已倦，该怎么选择？

所以最后一句的借喻（漂流）十分明显地写出了一种人生抉择的痛苦和无奈。

由于是口占，这首诗的意境只有“悠然花月对春风”“门前风紧卷叶声嗖嗖”，但它依然意境与心境紧密合一、两种人生境界紧密交织对比，有路无峰的英雄寂寞与后面的寂寞孤寒、秋风卷叶以及衰倦残躯、枯冷初心、早秋鬓发的凄凉孤独的远征（漂流），紧紧围绕着世间的“悠然花月对春风”（仅此一句描写），将一个为理想继续远征的那种强烈的寂寞、孤独、凄凉、衰败、无力的形象不着痕迹、不用力量地刻画了出来。

王子居的诗词往往是混一构境，前后紧密对应、互相关联贯通，这首诗除了在对初心和理想的前后一致上，就连枯心与卷叶、秋风紧与冷都是在意与象的层面紧密联系、性象一致的，另外高寂寞对应着已无峰、浅孤寒对应着尚有路，再漂流对应着怎攀登（再漂流与怎攀登的对比其实十分强烈，它写出了一种前路无峰无可攀登的孤寒心态，而在此已无希望、乐趣的情况下依然要为了初心和理想去孤独地漂流，它运用两个隐喻做出了人生强烈的对比，从而写出了一种坚毅不拔、永不后悔的精神，或者说它写出了一种人生抉择的痛苦、伤感和无奈）。当然这首随感口占的小诗没有其他诗作那么细密，更细密的可参考《无题·舟轻》《紫薇》《花正好》等混一境界的诗作。

时化蛟龙搏瀚海，更变鲲鹏振长天。

男儿已去平川远，不到巅峰誓不还。

蛟龙鲲鹏可击天入海，男儿也当如此。远方在向你召唤，既然你迈出了雄健的步伐，就不要在意各种各样的艰辛。“不到巅峰誓不还”是诗人的豪言，此言如同出鞘的利刃时刻悬在他的头上，激励着他永远向前，直到完成梦想，冲上巅峰。显然巅峰是一个借喻，只不过可能这个借喻已经被广泛运用成了形容词，不过这个借喻在这首诗里是特意指出来的，因为它的上句有平川二字，巅峰与平川是相对应的，都是一种隐喻。

喻兴一体，起兴转进

王子居在《古诗小论2》里讲了喻兴一体，为什么他能发现《诗经》中的喻兴一体？因为他自己创作的很多诗都是喻兴一体，而且他还运用了起兴转进（前文讲了几个例子）。

鸿声高过庭

白云四野垂，鸿雁队逐追。
多谢来相警，吾亦起高飞。

四野之上，天空之下，白云低垂；南归大雁，逐对相追。这就是作者上联诗为我们描绘的图景，淡然如同一碗清茶，可其中的意韵却深厚如一杯陈酒。

南归的鸿雁，是诗人最愿写就的词汇，也是每个诗人的爱儿。鸿雁，可比离情；鸿雁，可比才情。而在这阕诗文中，以雁起兴，诗人由鸿雁联想到了自己，让鸿雁给自己鼓励，给自己警示。

下联就显得很可爱，也很有意味，多谢高飞的鸿雁给我以提醒，告诉我也要努力高飞了，不能再这样浑浑噩噩地过活，而要超越目前的境界。

这首诗算是中国古诗歌中的豪放传统，以雁飞起兴，中规中矩。

坐庭诗

夜半添衣裳，思人未可忘。
风缓风还疾，断想复起想。

上联写无眠，下联则用风的一阵一阵比喻想念的一阵一阵，深得比兴的妙趣，让人感觉有无限的风神。

这首诗是典型的喻兴一体。如果我们不讲比喻的话，它是非常明显的起兴之作，每一联的上句是起，下句是兴。

但当我们发现其中的隐喻时，就会发现比兴一体的妙处。它的上句（起）隐喻下句（兴），我们用白话翻一下就会更明显：

“我对伊人的思念就好像这深夜无寐时不断添加的衣赏一样有增无减，我对伊人的思念就像这时疾时缓的风儿一样刚刚减弱一些、忘却一会但马上又强烈起来。”

总的来看，下联的比喻十分妥贴，简直就是喻兴之体的神来之笔。

咏怀·天高

天高时雨过，坐久忧思多。穆穆响瑶瑟，唯与清风和。
清风岂长可，遥念淑人德。俯仰觉远阔，心意无由说。

若问王子居生平最得意的诗是哪首，很意外的，不是具有十几种殊胜且为文化史上唯一一个双重阴阳子母喻的《相思》，也不是混一且超九维境的《紫薇》，甚至也不是三十三重天的《龙山》，而是这首《咏怀》。

为什么它会成为王子居最得意的作品？难道是它从容和雅的气韵？是它转承自然流畅？是它喻兴一体、兴化为起、起兴喻不断转承变化？还是它天人合一以音为演（见《龙山》《诗演2：诗演与乐演、象数性理的合一》）？抑或它的诗意高雅洁净？

抑或是说，这首诗隐藏着王子居最初的爱情理想，所以才特受钟爱。

连王子居都是凭感觉认为是自己最好的作品的诗，我们也不必去胡乱揣测了，我们就按他已经公开的喻诗学的理论工具来分析它好了。

首联描写雨后的高天，这是起；因为坐久了，很多忧思无法排遣，这是兴。如果我们说忧思多与时雨中的风云雷电是一个不见喻体的隐喻，这联诗也是喻兴一体，有否牵强？

第一联的起兴直接就转化为第二联的起，正是因为“坐久忧思如同风雨雷电一般多，难以排遣”，所以才“穆穆响瑶瑟，唯与清风和”，雨后的风自然带着清爽，而风的清正之意入了琴声，风与琴合一，排遣心中的忧思。

第三联用了宽松的顶真，直接将第四句化为第五句，说清风虽可入琴，却不可长久，能长久入琴的，只有淑人之德。

第四联也一样是用了宽松的顶真，远阔其实是直承遥念而来，正因为淑人相隔太远，作者这清风与淑人之德的琴意，无从言说。

这种不断的化兴为起、起兴递进转化、喻兴一体转化（进）的创作手段，乃至包括其中隐藏的音演、德性的隐喻，都是历代诗歌中所不能及的复杂层次和构成，但我们如果没有喻诗学的基础理论知识，我们读这首诗的时候，就只能读到它写了写景、抒了抒情，它复杂的构成和层次、复杂的艺术技法是根本就读不出来的。

这首诗的转承自然流畅，意象的转换也完美契合，比兴美妙，带着高雅洁净的气息，而又从容淡泊，透露出一种难以言明的高古、儒雅的气质，或许这是作者非常钟爱这首诗的原因吧。

咏怀•世间

世间贵同气，人生辕与轭。会佳即分易，契雅久难着。胜事人去远，芳情空自得。雁高信难系，鱼沉素未托。风动鸟相呼，琴声谁与和。意比云难测，愁随落花多。伤情恐见月，偷泪忍滴荷。枯翠翻疏影，香馨怎如昨。未必人生恨，肯同香馨歇。

子居之为诗，尚从容淡雅，必要于淡然中著深意，此首气韵从容舒缓，如胜事句有深感慨，而风动句则亦工巧，落花句妙不可说，伤情句则见情切。

居之律绝，可规唐宋，而独咏怀，出历朝之境界矣。

“意比云难测，愁随落花多”岂非神品？从哪里还能见到这种写得那么风神却又隐喻微妙难测的句子？只不过王子居最得意的是“风动鸟相呼，琴声谁与和”，他自己认为这才是自己写得最风神的句子，可这句除了喻兴一体外，能欣赏它无边风神的人恐怕不多，也许它还带着天人合一的境界在里面吧。

“风动鸟相呼，琴声谁与和。”这是作者最得意的句子，就如同他深爱“穆穆响瑶瑟，唯与清风和”一样，比兴的手法，在这里被运用到了极致，作者看到风起了，鸟儿相互呼唤和鸣，于是感慨自己的琴声，有谁相和呢？而风鸟相呼本就是隐喻相合，这一联的比兴转换流畅自然，造句工整典雅，很简单，却很美妙。

而诗中生发出“琴声谁和”之兴，是有前面的四联诗做铺垫的。“雁高信难系，鱼沉素未托”是一个隐喻，讲虽然时常怀念，却无法再度联系，这一联是为下一联的孤独做了铺垫的。

“意比云难测，愁随落花多。”这也是作者最得意的诗句，写于1996年春末，而此诗完成则是在1998年。这联诗用变幻不定的流云来形容捉摸不定的心意，用越积越多的落花来比喻愁怀，意象非常美，而比和随字，则更添了一种宛转，将感情与大自然互动了起来。

从形式上看，这是一个明喻，但事实上，它是一个隐喻，因为这首诗整体都是用的隐喻。除了以云喻意、以花喻愁外，意与云的难测、愁与花落的增多，其实都隐喻着整个人生和梦想。这一点，从诗歌的开篇“世间贵同气，人生辕与辄”与最后的“未必人生恨，肯同香馨歇”结合起来看就知道了。更多的，请参看后面诸章中的论述。

“伤情恐见月，偷泪忍滴荷。枯翠翻疏影，香馨怎如昨。未必人生恨，肯同香馨歇。”这三联的诗意是层层递进的，因为感情受伤，所以怕看见月亮，以免勾起旧情，想要偷偷流泪，却又不忍滴在荷叶上，为什么呢？因为那荷叶已半枯，见到它的疏影凄凉，不忍心让自己的伤心，再引动枯荷的伤心。枯荷的香已经消散，不如昨日。可我心中的恨呢？却不能同枯荷的香气那样消散，它时时会令我痛苦。

它是一个喻体连续递进的明喻兼隐喻（整体隐喻）。

如上面所讲明喻即是隐喻，“枯翠翻疏影，香馨怎如昨。未必人生恨，肯同香馨歇”中以香馨之歇、翠影之疏之枯来形容人生之恨，本是一个明喻，但由于此诗感情复杂，主旨既伤诗伤人（同气），也伤友情爱情（契雅），伤一切美好事物之易逝，伤一个人追求理想（芳情）的的迷惘，更伤一个文明（胜事）的衰落和迷失，所以它事实上更是一个多维隐喻。

以明喻为隐喻+多维指喻，是王子居给我们示范的又一种喻之贯通的组合创造性运用。

王子居喻诗中的这种起兴转进，我们现在难以找到明确线索推断它是怎么来的，不过修辞学中的顶真可能是王子居这种创作笔法的来源，顶真的运用，可见《多维修辞与多维诗境》中的讲解。

如果起兴转进的灵感真的来自于修辞顶真的话，那就是说王子居将修辞的辞法化用为文法，既升华了顶真修辞，也升华了起兴这一古老的创作传统。

咏怀•层楼

幢幢层楼，如林莽莽。林自莽莽，风雨润之。
熙熙人丛，岂如林兮？风雨润之，贞利舞之。

具体见前文。

它不但是起兴转进，同时还是喻喻转进，这又是王子居示范给我们的一种喻之贯通的创造性运用。

咏怀•翠微

苍苍翠微，幽幽竹扉。人声杳杳，天地恢恢。
鸟去山空，人去掩扉。世无和者，吾与孰归？

这是作者最得意的诗作之一，我们读《咏怀》读多了，会发现王子居的短诗用起兴有一个特点，就是往往前面都是起，最后一联才兴（即便是起兴转进的诗作，最后一联也是画龙点睛的终极之兴，而他的诸多总纲喻诗作如《紫薇》等名篇也是在最后一句对全诗进行极尽升华）。

而这种写法给我们带来了一种极限的美感，这种美感妙在铺垫、加强、婉曲、叠加、变化、突出、映初、对比、转进……就如一首古曲，婀婀娜娜、翩翩袅袅、悠悠扬扬、起伏三叠、婉转九曲……从初时的优美闲雅到中间的深邃到后来的渺远到最终的空灵……它逐渐地洗落美、洗落繁华、洗落有形……最后天地万物一切皆归于死寂，只有绕梁三日的诗歌余意在耳边萦绕……它在终曲或凝练千古华章总结文明经典之要、或洗练人生悲喜浮沉发出终极空有之慨、或叩问大地苍天发出千古今昔沧桑之问……

前面我们所讲的几首起兴转进的《咏怀》，不恰是如此吗？要知道，我们现在只讲了它们的起兴转进，它们的诗意维度要在后面才讲到呢。

王子居为什么在《东山集2》中以"一去东山落尘埃，我人都是为钱埋。十年尽写寻常调，曾无一刻有咏怀"题于集前从而对自己最后十几年的诗歌做了一个否定式的总结？为什么像"杨柳春烟迷蝶路，落叶秋风失雁行"这样达到古来单句最高维度的诗作都被轻易否定？

因为他人生最美好的青春时期的《咏怀》格局之大、格调之高、情怀之雅、技巧之妙……都是极致。

这首《咏怀》前三句都是写景，层层铺垫的景物，有苍翠的青山和忽隐忽现的竹门，也隐约地能够听见人声，顺着风轻轻地传来，更显得悠远和寂静。可飞鸟和行人都会远去，这世上没有知音，我该与谁去品鉴这人间的胜景呢？一切的一切，都在最后的一句中升华，把寂寥写得淋漓尽致，让人感慨万千。

在这首四言诗里，作者少有地写出了美妙的意象和气象，将五律之中才可能出现的唯美运用四言造作出来，这一点古人的四言是没做到的。这首诗中王子居运用了他后来总结的大小对，而且运用得非常自然。他以翠微对竹扉，以人声对天地，以山空对掩扉，每一联都将个人的意象置于天地的大背景之下，而苍苍对幽幽，杳杳对恢恢，三联的笔法都一致，三联合构，给我们美妙地展现了天地的苍茫和人的渺小。人类渺小无依且不算，最终还是孤独的，每个人都要孤独无助地走完自己的人生旅程。

咏怀·经秋

经秋心肃肃，经冬意藏藏。初春发绿华，将以减衣裳。衣裳渐已减，相思何更长。

首联写的是行迹，是对物候的感觉，用以衬托初春绿华的萌动。二三联以衣裳之减，对比相思之增，比兴+反衬运用得非常巧妙，与《羡鱼歌》一样短小，但都别出机杼，诗味浓长。

这首诗三联，每一联的风格特点都不一样。第一联古意最浓，因为它所取的诗意皆是远古经典之意，“经冬意藏藏”是取《周官》“以时敛而藏之”（《周官》中藏字出现至少有百次之多）、《黄帝内经》中“秋收冬藏”之意，所以它的古意是很浓的；而“肃肃”在《诗经》中出现至少也有十次左右，所以它的古意也是很浓的。这一联靠修辞上的用典、对偶、排比（对偶本就是排比，但并不是所有的对偶诗作都能体现出排比效果，这一联的排比句式加叠字起到的效果是营造出古气古韵），写出了一种古风古意（此篇论述亦为后面《风气流》之组成部分）。

王子居诗歌创作的特点是什么呢？他运用现代修辞中的排比令得第一联的两句句式完全相同，用叠字肃肃和藏藏增加其古意，而且这还不够，他还特意重复了两个经字，这种被近体格律诗视为诗病的用法，被他刻意运用反而营造出了古意盎然（王子居简直就是一个“赝品”大师，这不光是他的绝律被认为与唐诗无差异，他未曾公开于网络的古诗才最见“赝品”神功，因为他的赝品比真品还真）。如果只是描叙秋收冬藏，古意是不会浓的，而王子居用了汉之前的句式，令得第一联的古意非常之浓。

第二联从秋讲到了春，也只用了一句“初春发绿华”，这一联古意的增益更在“将以”两字，它靠气韵给我们带来了一种古汉诗的感觉。

如上面诸诗一样，这首诗也是最后一句才兴。这首诗的比兴有什么特点呢？就是它啰啰嗦嗦讲了半天，最后一句才讲到了点子上。

但正如现代人所羡慕的“从前，古人们的时间过得好慢好慢”，王子居的《咏怀》好就好在“好慢好慢”，我们读他的《咏怀》很明显地感觉到他比《诗经》还要慢上几拍。比如这首诗从秋写到冬再写到春，然后写到春天该减衣裳了，这才缓缓点出“相思何更长”。

他这种不断起兴，不断铺垫，直到最后一联甚至一句才是真兴的写法，是对《诗经》起兴笔法的一种升华的、变化的、加强的运用。

王子居的《咏怀》最强的地方在于深得古风古韵古气古意，他的一些古诗有时候恍惚间给我们一种比唐朝比汉朝更古老的气息，仿佛是写于唐前、汉前，而像《咏怀•翠微》《咏怀•层楼》《咏怀•将归》等诗作，简直能给我们一种从初始画卦的时代穿越而来的感觉，而他的《春自由调》也给我们一种强烈的似是从三皇五帝麻衣时代穿越而来的奇妙感觉（这种感觉居然是用词的形式写出来的，相比前期都用四言，后期的王子居在仿古方面简直随心所欲了，而诗名《春自由调》似乎恰是这种随心所欲的写照），而他的《闻母哭子》，给我们感觉是比汉诗还要汉诗，因为它比我们现在看到的汉诗还要有更多的粗旷美、古拙美，它甚至比汉诗还要厚重、古朴。而他的《咏怀•弹铗》带给我们的那种春秋时期的君子儒雅和战国时期燕赵悲歌之士的慷慨士风，实在是太契合那个时代了，而它所运用的《易经》之理又很容易使我们错觉为《易经》时代或孔子撰《十翼》的时代，因为它无论是语言还是思想还是气质，都完全是契合那个时代的。

这或许是因为他摒弃了所有现代题材、诗材，也摒弃了所有汉唐的题材、诗材，而只选取了最古的诗材、运用了最古的文意；或许是他对古代文明、文字的理解超越了我们的想象……至于他究竟为什么能做到，恐怕只有写到那个境界的人才能真正领悟吧。

而这一首给我们的时代感，最晚也是两汉，这种喻兴一体、不断转进的诗法，至少汉朝以后就不兴了吧？或者虽有也失去了汉前古意和古韵了吧？

《诗经》虽然有三百首，但有很多是写不出古代的风、韵、气、意的，尤其是颂体。

后期诗作中能达到单句超九维的王子居为什么说自己“十年尽写寻常

调，曾无一刻有咏怀”？因为古风古气古韵古意是极为稀少和罕有的，而他的《咏怀》等作能还原出上古气息、远古气息、太古气息，这才是最难得的。

我们从这个角度上理解为什么他生平最钟意的诗句是“穆穆响瑶瑟，唯与清风和。清风岂长可，遥念淑人德”“风动鸟相呼，琴声谁与和”，或许就更立体一些了吧，因为这些诗作传承《诗经》比兴之体，在遣词造句和立意乃至诗风诗气上都有古意。

芳草辞

芳草青青，共吾情之戚戚。既遥遥兮前路，况烟水兮低迷。逐延延兮无穷，更添我之踌躕。

彼芳草兮，吾伊人之思。即荣荣兮日生，遑论吾思之深。即芳草兮日新，遑论吾思之真。

见芳草兮，念彼伊人，既佳德兮皎容，况内慧兮多静。幸彼芳草兮，使吾多思念之情。

王子居传承比兴作法，他的骚体不多，而他的骚体也是诗骚同运，比（喻）和兴经常不可分别。

这首诗的中下两阕，首联都是《诗经》式的起兴，但后续的写法又不同，中间一阕，是继续起兴，它与诗经中的起兴完全一致，就是看到景物、兴起思感。而下阕则是续兴而写，我们要注意的一点是前面两阕的第二句都是句号，但第三阕的第二句用的是逗号，这是因为第三阕是续兴而写，没有重新起兴。

而上阕的首句起兴同时用喻，以芳草的青青喻起相思之浓。而它的后面两联则象征与隐喻同运。芳草遥遥，铺展于前路，而烟水低迷，将它笼罩，隐喻或象征了爱情之路的迷离、遥远，它的意境与感情完全融为一体或者说它的感情完全用象来表达，令我们仿佛看到了一个迷蒙的画境：一个人在烟水低迷的遥遥芳草路上追爱而去。而这芳草随着道路无限地延展了开去，无穷无尽的道路象征了追求的难以达成，更加重了诗人的踌躅之意。

这芳草，和我对伊人的思念一样，一日日茂盛地生长，何况我的思念还是那么的深呢？而这芳草每日都更加新鲜，何况我思念她的真诚呢？这两联以芳草的荣荣之象和日新之象，来引发自己的深沉的、真挚的思念。应当说这两联也是有隐喻的，但它们的象之间的相似性似乎又不是那么强。

见到了这美好的芳草，我就想念起了伊人，她既有美好的德行，也有阳光的容貌，她内慧而喜好安静。我感谢这芳草，每当我见到芳草时，我的思念之情就忍不住生起。

除了不断的起兴、隐喻外，如果我们不从整体来观察，我们会意识不到整首诗运用的是博喻，它是博喻、隐喻、象征、喻兴共运的一首喻诗。

在这首诗里，他运用了一种心象一体的笔法来创作，“彼芳草兮，吾伊人之思”，将芳草和心中的思念混为一体，这可能是他后来所提意象的雏形，也是心象一体、物我两化的雏形。

如果讲诗学基础理论的话，“彼芳草兮，吾伊人之思”几乎是明确地把心象一体、物我两化、天人合一的喻诗创作方法给讲出来了。

如果不是我们解构了王子居多半部分的喻诗，我们可能在这最后一遍审读时就不能发现这首诗另外的涵义，那就是芳草美人作为中国古诗的诗骚传统中的主要意象之一，王子居为什么要通篇写芳草？这和他创作《龙山》之演一样，除了文学的抒怀外，他还在记录一种对中国诗歌的感悟，如我们上面所讲的他几乎明确地讲出了喻诗中心象一体的创作方法，这分明是中国古诗的一种创作理论。屈原的芳草美人，所喻的其实多是国家情怀，《芳草辞》中的喻，如果我们向人生理想、文化追求等层面去解构的话，它完全地能承受。这首作于莱农时期的作品，王子居将它归入《站亭集》里，显然他想让《站亭集》里的爱情之作更丰富一些，他想让他的爱情诗更单纯一些，也许是并不愿我们解构出更多。

事实上，王子居对喻兴之体有着特别的感悟，他的《秋思》也一样几乎是明确地说出了比兴的运用手法。

秋思

秋风撩罗帐，桂香潜入衣。

花开月正满，心与物情移。

我们发现即便是在王子居的绝句里，他也是时常运用那种层层铺垫为起、最后一句才兴的笔法。

这首诗前面三句是起，后一句则几乎就是讲起兴、天人合一、物我两化的奥秘了，起兴不就是心理活动见物起兴吗？而“心与物情移”虽不如“彼芳草兮，吾伊人之思”那样直接用肯定句式讲“芳草（象、物）就是我的思（我）”，但也一样指出我的心是随着物（象）的情态而变化的。

那么王子居起兴之作的最神奇作品是哪一首呢？是他的《秋风引》。

秋风引

金风萧萧兮过吾林，吾知吾心之宜深。

金风萧萧兮过吾林（庭），吾知吾心之宜真。

在艺术上，《秋风引》是不如《咏怀•琴操》丰富和变化的，但它强就强在简洁、直接，如果说《咏怀•琴操》具有“时时常拂拭，勿使惹尘埃”的变化美的话，《秋风引》就是“本来无一物，何处惹尘埃”，它简单、直接、粗暴，它香象渡河、截流而断，直接就明心见性、见性成佛。

之所以这么说，是因为它是最简单直接的诗演、乐演的合一（见《龙山》中《诗演2》）。就这一点而言，《咏怀•琴操》《咏怀•弹铗》等诗作其实是《秋风引》的注脚。当然，以起兴而言，它就比较简单了，第一句起，第二句兴。但，它是起、兴、演一体的，以此而言，它的价值，是我们前面所讲到的诸多如典喻同运、组合典喻、喻兴一体、起兴转进、喻喻转进、喻兴一体转化（进）、双体喻、总纲喻、喻中喻、循环对比喻、多维修辞兼喻、相对连环喻、喻体递转、阴阳相对博喻、明喻递转隐喻、喻体连续递进明喻兼隐喻至一指多喻……所不能比的，为什么呢？因为阴阳相对喻等能探入哲学的层次，但演是喻学的一个层次（见《局道》《诗演2》）。

咏怀·弹铗

弹铗弹铗，铗音壮哉。志士慷慨，其心远哉。悬铗悬铗，光不显哉。志士踌躕，须待时哉。

鼓琴鼓琴，琴音和哉。君子仪端，其心正哉。盒琴盒琴，声不扬哉。君子晏机，待宜人哉。

作歌作歌，歌声越哉。君子福患，与民同哉。缄唇缄唇，言不发哉。君子洗心，使意诚哉。

这首诗以音为咏，分别以剑铗、古琴、作歌为喻，讲的是古代传统文化里比较典型的志向、德行、理想。

这首《咏怀》腔调激昂又充满堂堂正气，是咏怀、抒情、励志的上品，可为自我鼓励的座右铭，通篇四溢着男儿志气和豪情。

弹铗，这声音是多么的雄壮，男儿志当壮烈高远，怎能不时时待机求发。世界有着太多挑战，把这柄利剑藏于胸中，时刻提醒自己要志存天地四方、勇往直前。作者在二三阕通过鼓琴、作歌，来讲君子需仪端、晏机、忧福患、勤洗心，方能不负这凌云之志、男儿之躯。

这首诗也是喻兴一体，每阕的首联是以声显为喻，然后第二联写君子志士的理想、操守。而第三联以声隐为喻，写君子或志士的洗心待时。

弹铗则壮、鼓琴则和、作歌则越，悬铗则光不显、盒琴则声不扬、缄唇则言不发，都概括出了事物的典型特征，而这些特征又恰好契喻于君子的出或隐的选择。这首诗在对事物典型特征的概括上是很下功夫的，而典型特征的相似性也正是比喻成立的基础，这首《咏怀》可算是喻兴一体最典型的案例了。

我们多读王子居的《咏怀》才能明白，为什么他对自己的七律并不在意，对唐人的绝、律评价也不是多高的原因了。偏重艺术性的诗歌，无论写得多美，一碰上《咏怀》这种大气的人文关怀的作品，就无不显得细碎了。

咏怀·将归

云行雨施，龙行太空。龙行太空，将安可归？万物皆归，吾亦将归。物归乎尽，龙归乎时。寂寥无极，吾之归乎？

孔子所叹“吾见犹龙”，不过乎此。以龙自比，归时隐喻天道之时机，归无极隐喻心之所存或命运之所归，《易》之理趣也。

龙行于太空，无形无尽，翻云覆雨，到底该去哪里？是在那万物都归于沉寂的时候消散？还是消散在那永恒寂寥的虚空之中呢？这是究于天地的至秘，万年千载里很少有人能够参透，只有那极致的智慧才能通晓吧。全诗看似缥缈难懂不知所云，实则作者是以龙做比并起兴，感慨宇宙苍穹之大、万物万象之博、浩瀚苍生之繁，却以寂寥无极为其永恒或归宿。

这首《咏怀》也触及到了人类的终极关怀，也就是“到哪里去”的问题。归于寂寥无极，可能也就是归于大道的意思，它亦是一个用典，因为《老子》里状道有 “寂兮寥兮，独立而不改”的形容。

这首诗的诗意结构是极为特别的，它以龙行太空引发出龙之归宿的问题，然后再引发出万物之归，通过龙与万物之归的不同，再引发出吾之归。

这首诗的起兴转进不那么严谨，但它也还是利用起兴来不断地推进诗意。

紫薇

紫薇初谢月初秋，著地无声竞轻柔。香花美眷词中老，事业名山梦里休。
流水绕石悄然瘦，寂寞影人不了愁。寓言此意谁堪寄，长空碧海一浮沤。

《紫薇》这首诗已经脱离了映衬的修辞局限，成为了整体印象流。同时这首诗整体上具有一种起兴，不过它是更高级的印象流的起兴，它是喻兴的升华版或者是变体版，它不是只通过隐喻起兴的，它还通过印象流中的性（见后文）之贯通来为喻起兴。

印象流起兴是喻兴的更高级形式，因为这首《紫微》是隐喻起兴、印象起兴同时具有、一体贯通的。前三联其实和第四联共同构成喻兴和印象起兴，所以它事实上也有起兴转进。

关于整诗的印象流，在后文将有专门论述。如有其他印象流起兴，也包含在后文中，这里就不一一列举了。

整体为喻

《古诗小论2》里讲了整体为喻，事实上王子居的《咏怀》诸作很多都是整体为喻，如前面所讲的《咏怀•将归》以龙为喻、《秋风引》以风为喻、《芳草辞》以芳草为喻、《风入松》以松风为喻。

宝剑咏

十年练一剑，挥舞若长虹。
忠心贯日月，雄气斗牛惊。

这首诗以宝剑比喻理想的人格。宝剑锋从磨砺出，豪气干云，咏叹惊天。这首《宝剑咏》真真是充满男儿豪气的诗作，气量戚戚者难就、胆识卑怯者难成，全篇言辞激烈，意气遄飞，直让豪情者对饮，直让卑劣者汗颜。

十年苦难磨一剑，挥舞如若长虹，这忠心日月可鉴，这雄气星辰皆惊。这几句的肆意和情怀让人难以忘却，极有浪漫主义的英雄情怀，这是极有壮志雄心的男儿胸襟，却丝豪都不显做作，因为它咏的是忠义。

诗歌在气势、意志的维度上做得不错，如果按唐诗气象的标准，这首诗也能算是气象之作，不过按王子居“天地山川自然的万象生发出的气”这个标准，它又算不上，不过人事实上也是大自然的一分子，凭什么人发出的气或者剑发出的气就称不上气象呢？

杂咏

狂风似欲起波澜，浪拍巨舰只等闲。
青松或许生摇动，高峰依旧耸青天。

耸，原为近，换近为耸，就把气势、骨力写了出来。

现在看来这是一首指喻诗，狂风指喻了艰难和危机，而波澜则指喻了这项事业中的风波；而浪拍巨舰，巨舰却安之若素，则指喻了意志的不可动摇。而下联则进一步强化了上联的喻义，用青松和高峰做对比，青松在这种掀起巨浪拍打巨舰的狂风中或许会摇动不已，但那屹立不动的高峰却依然毫不改变地耸入青天之中。

这首诗通过各种现象来指喻一种坚不可拔、绝不动摇的意志。

咏君子兰

宽厚长一色，挺直世无多。
列叶兄弟对，簇蕊同心结。

在王子居的早期诗作里，处处透露着儒家中正、和雅、端方的气质，王子居也经常运用儒学中微言大义的笔法抒写情怀、人事，而这首《咏君子兰》就深得儒学三昧。

它用君子兰来比喻品德、人际关系，做到了一句一特点、一句一品质，它的气质中正和雅、端严大方，如果按古儒的赏美标准，它要比《相思》好得多。

但这首诗的艺术手法相比《相思》就非常单一，它只是中规中矩地像前人那样将物象的特点比喻为人的品质，不过在艺术构成上它事实上依然富于艺术特点，因为它每一句都既写出了君子兰的主要形态特点，也写出了君子的主要品德特质。在王子居的诗歌中，以艺术构成而论，《咏君子兰》算是较为简单的作品。

无题•何惧

何惧崚嶒穿云中，男儿自当攀高峰。
四望群山皆觉小，只缘身在最高层。

这首诗以攀登为喻咏人生的追求和境界。

怕什么高山呢？哪怕已高耸入云，又有什么好怕呢？只要勇于攀登，人就是高山之峰，身为男儿就要有这份过人的胆识、过人的意气，男儿就该在这高处仰望星辰流转，俯看世事变迁。尾句的表达更是把这份男儿风骨写得铮铮挺立，写得荡气回肠，站立在群山的最高峰巅，望向四周都觉得群山渺小，这种隐喻，在这充满了计较和充满了蝇头小利的世界里，这份豪情难道不是更显重要吗！“只缘身在最高层”，不禁让大家想起《登飞来峰》，其中“不畏浮云遮望眼”也是千古传诵的名句。在此，作者引此句，想必也是有着一样的抱负，一样的感慨。

无题•十年

十（卅）年铸剑剑初成，振庐彻野龙啸声。
一朝腾起翔天宇，威压（要为）人间扫不平。

这首诗整体隐喻“大器晚成”的道理。它和《无题•仙侠小说》一样，是将玄幻、武侠小说的创作特质融入诗歌，因而充满了一种玄幻式的想象力。

无题•仙侠小说

足下履坚岳峰沉，匣中剑气星（牛）斗惊。
白龙骏马冲（腾）天翼，我自江湖啸傲行。

咏诗迎马年

原上野马健如龙，千骑奔来势若腾。远观浩荡如潮涌，近看绝尘似乘风。
两轮日月鬃毛带，万里江山足下行。精神勇毅元无碍，齐竞飞驰意气生。

这首诗是整体的以马为喻，是喻诗中较为浅显层次的明喻为诗，而其所隐喻者，是人生气象和事业气象。

渔家傲

漫漫青山寻无处，烟云浩荡谋难主。量情尺短空延伫。要说与，最是艰难愁无数。

天意成败休妄度，人情可改无多顾。万面风雷开水路，和云雨，直奔兰芷汀洲去。

可能很多人都读不出来这其实是一首爱情的指喻词，只不过它的指喻，完全不像是指喻爱情的，而像是指喻人生的。

如果我们按一象多喻境的理论指导来解读这首词，那它是可以隐喻其他维度如事业、理想的，但王子居明确地讲这首词就是隐喻爱情的。

我们从哪里看出这是一首指喻爱情的词呢，是从“量情尺”这一个词汇上，另外“兰芷”也为我们点出了这首词中的爱情喻义。

我们来看看它的指喻：

青山漫漫，实际指喻了追求之旅的艰难，而寻无处则更是指喻了这场追求的希望渺茫。量情尺短，为什么用一个短字？显然这份情令得作者英雄气短，而这情也恐怕是短暂的。正因为这些指喻，才有了最后的“最是艰难愁无数”。

王子居用种种不同的象，蕴含了各种意和指喻，从而将一种爱情的状态和心绪清楚地表达了出来。

“人情可改无多顾”是一种意识，讲一切都可以改变，从而打消自己的种种顾虑，而“万面风雷开水路”则似乎是一种给自己打气的句子，是一种激励，令得自己能和着云雨，直往那理想的“兰芷”汀洲而去。

我们在各个章节中讲的其他一些诗作，也是整体为喻，尤其是一些《咏怀》。

还有更高一层的整体为喻是整体的一象多喻境，放在《龙山》里单列一章来讲。

象之贯通：由气贯通出的气象诸流

垂緌饮清露，流响出疏桐。
居高声自远，非是藉秋风。

气之贯通

在《古诗小论2》中讲过由象贯通出气，从而有了气象，但由气也能贯通出气势、意志、骨力、气质、气韵的维度，在王子居的诗词中，这些维度都能比较集中地展现。

在《本诗的读法》中讲到过对诗意的深入感触会产生一种虚无感，就像“敏觉细构竟无形”“只在昙花一梦中”那样，事实上，我们对气象流的感觉也是这样的。

从2013年出版的《发现唐诗之美》中区分诗歌的意象流开始，直到2020年出版的《古诗小论2》，才算彻底得出了喻诗中气的贯通中的气象、气势、气韵、气质以及意志等由象至气的一体贯通的概念。

而能够将这五种贯通运用齐全的，可能只有在《王子居诗词》中才有（《古诗小论2》中讲的骨力、意志等，其中骨力意志似都可以归入意的范畴，但我们现在所见的案例中它们多与气象结合，另外，如王子居所举的时、空等维度，现在尚未能有一个合理的分类）。

既然是讲气的贯通，那么某种程度上是可以离开象的。如“千难万险唯奋进，九曲八弯不回头”，显然是不取象但却有气势和意志、骨力在其中。而如果“九曲八弯”是取的黄河为象，那么这句诗算不算兼具气象呢？反正王子居是不认为它兼具气象的。又如“赤子红心谁能染，英杰义士铸洪流”也同时具有气势和意志、骨力，但一样是没有象的，因而也就没有气象。

又如《鸿声高过庭》中“多谢来相警，吾亦起高飞”算不算是有意志呢？因为它讲出了志向“高飞”，而高飞有没有气势呢？总的来讲就不好说，因为即便有，也是在若有若无之间。

又如“十年练一剑，挥舞若长虹”，气势肯定是有了，但“挥舞若长虹”算不算得上气象呢？显然王子居是不认可的。而“忠心贯日月，雄气斗牛惊”显然是气势和意志都有了，忠心和雄气都贯射到日月斗牛之间了，算不算气象流了呢？显然王子居也不认为它能算气象流。

即便是以景象为喻写气出气势与意志的，王子居也并不认定为气象流。如《杂咏》上联“狂风似欲起波澜，浪拍巨舰只等闲”，写的是狂风巨浪，气势自然是有了，而下联“青松或许生摇动，高峰依旧耸青天”依然是全部用象来指喻，但它依然不被王子居认可为气象流，而它是气势、意志、骨力俱全的。

又如“只应龙腾胜虎跃，莫贪细雨润闲花”，气势是有的，意志也带出来了点，算不算气象呢？王子居依然认为不能入气象流。其他的如“何惧崚嶒穿云中，男儿自当攀高峰。四望群山皆觉小，只缘身在最高层”“时化蛟龙搏瀚海，更变鲲鹏振长天”“丈夫立志高远，自要挑战绝巅！”“男儿生当为雄，自此立地擎天”都是气势与意志兼有，而“何惧崚嶒穿云中，男儿自当攀高峰”“时化蛟龙搏瀚海，更变鲲鹏振长天”“自此立地擎天”还兼具骨力。

若说象，其实也有象，比如龙腾虎跃、细雨闲花、穿云崚嶒、蛟龙瀚海、鲲鹏长天，这些不都是天地山川诸象吗？放到盛唐或者历代诗人评盛唐气象的标准中，它们都称得起盛唐气象，但在王子居的标准里，它们是不算气象流的（王子居对气象流的相关论述，请参考《古诗小论》）。

有些诗是比较明显的没有气象，如咏项羽的“豪情渺云汉，胜气轻鬼神”“持枪破千阵，纵横无比伦”很明显只有气势。又如“龙行巍峨殿，虎步黄金阶”（兼具骨力），“雄气慑宫娥”也都是只有气势，而同样不以象为基的如“足下履坚岳峰沉，匣中剑气星（牛）斗惊”，下句有气势，上句则是气势与意志、骨力俱有，而“白龙骏马冲（腾）天翼，我自江湖啸傲行”自然也是有气势而无气象，而“十年铸剑剑初成，振庐彻野龙啸声”也被王子居视为只具气势、骨力而非气象流，而“一朝腾起翔天宇，威压（要为）人间扫不平”也是气势与意志兼俱，但不被视为气象流，其他如“磊落激苍宇，高标动晚霞”“长风宁受系”“壮士横击三千里，摧城拔寨万兜鍪”也是气势之维，不过很明显的它们除了气势之维外，还有指喻之维。

不过，若说气，气势之维自然带气，若说象，类似于上面的云汉、振庐彻野、白龙腾天、剑气惊斗牛、苍宇晚霞等，明明也是象，气和象其实都有。王子居不以之为气象流，可能在他的心里，只有天地间自然万象产生的自然大气才能算气象流。

应当说，王子居所讲的气象流与前人所讲的“唐人气象”还是有着很大的差别的。

昨夜梦丁兆良

终日思君不见君，门对枯塘曲巷深。
但藏碧树心山里，相依游戏是白云。

我们在2014年的赏析时说到：但藏碧树一句，极好，甚纯、甚朴，直有高山中气象！身在红尘深处，心存白云之间，亦属豁达。

枯塘和曲巷，都是写居所环境不好，深字则说明（其实应该是象征或隐喻，我们那时候没能正确地解读）了作者的一种闭塞的生活。上联很普通，但下联一下子就升华了，意思是说你我的友谊如同碧树一样，我把它藏在心灵的青山中，这样，它就永远没有凋零，永远不会枯槁，永远保持青碧。而我在这心灵的青山里碧树下，可以与心灵中的白云相依游戏。下联写得非常唯美，但也令人觉得极尽寂寞，对精神世界的描绘达到了一种极致。

这首诗如果按王子居的“天地万象所自然透露出的气象”之标准来衡量的话显然不是气象流，但它却有一股“高山气象”或者说一种高古、挚朴的气象，它写的是心世界，是一个虚拟出来的心灵世界或者说心灵境界，它算不是算气象呢？

至少我们是很强烈地感受到一股“高山气象”（高古气象）的。

我们以前对王子居的诗词认识不清，没有认识到他写的不运指喻的诗其实也是多维喻诗，因为当他不用指喻的时候，也一样能造化出气势、意志的维度。

而当一首诗或一句诗中气象、指喻、气势、意志、骨力俱有的时候，情况就会更复杂一些。下面就让我们看看气象兼具其他诸维如《雁阵高》“秋清云淡，雁阵乘风天高远。呼朋引伴，雄胜山川随飞变。”这两联的气象要比上面所举似有似无的诗句明显不少，但它也不是像“泰岱峰雄晨雾尽，北斗星高夜云豁”“风云万岭浮天际，光雨千溪落地渊”“天渊精气混云岚，旭日磅礴千峰巅”“风来松海万重涛，雨落涧林千龙啸”等那样具有明显的气象。之所以气象依然不够明显，主要有两个原因，一是因为《雁阵高》中正和雅而不是壮怀激烈，二是因为《雁阵高》同时具有意象流，诗歌中的象征意义（见《多维修辞与多维诗境》一章）限制了气象的外扬。

《雁阵高》的气象比较中正和雅，就好像“潮平两岸树，风正一帆悬”的气象远不如“黄云万里动风色，白波九道流雪山”“明月出天山，苍茫云海间”“西风残照，汉家陵阙”等明显一样。其他如“长风万里送秋雁，对此可以酣高楼”“长风破浪会有时，直挂云帆济沧海”说气象就不太明显，因为它们都带着一种意象，“长风万里送秋雁，对此可以酣高楼”因为有一种洒脱襟怀，所以“长风万里送秋雁，对此可以酣高楼”事实上有一种高远、洒脱的意象，有意象在，它的气象就不明显了，而“长风破浪会有时，直挂云帆济沧海”气势、意志和襟怀都有，所以它那种山川风物的自然气象也不明显。

“秋清云淡，雁阵乘风天高远”其实在气象上较以上两联要明显得多，因为它全部都是描绘自然之象的，并没有“有时”“直挂”这种人的形迹，它全部文字都是构画一幅自然景象，当然，它的用词是非常讲究的，清、淡、高、远都是秋天典型的感觉，给我们构画出了一种清远高雅的气象，而这其中却又蕴含着意象及象征，“雁阵乘风”的乘字显然是有所指喻的，而雁阵乘风，向着高远无比的长天飞去，自然给我们一阵昂扬向上、开阔豁达的感觉，这种感觉与“对此可以酣高楼”的酣畅淋漓其实是类似的，不过王子居气象流与意象流结合的文字通常都只有象，而没有“对此可以酣高楼”“直挂云帆济沧海”这样的附属之笔，他通常是只用象来表达，而不用自己直接表述。

“呼朋引伴，雄胜山川随飞变”的特点在于它是以雁的视角去看山川的，如果现代没有航拍的出现，我们是体会不到雁对山的感觉的，这句写雁的和鸣，而在它们高亢的和鸣声中，在它们高低快慢的视角变幻里，底下的山川随着它们的飞行而不断变幻。依王子居的标准这一联不该算是气象流，但我们认为它就是气象流，因为它的气象之飞动是隐藏在文字里面的。山川的气象不一定非得山川直接表达，通过雁的视角来侧面表达也是一样的。

同理，王子居的单句气象、单联气象的标准，虽然唐诗达得到，但具体到每一个诗人如李白的单联气象就很少，但这不能说李白诗中没有气象，因为他的许多歌行的不同单句组合起来，就构成一种气象，而盛唐气象如果用单句、单联的标准来衡量，达标的不免有点少，所以整诗气象应该作为我们评价一首诗歌是否归属气象流的一个重要标准。

我个人对气象的标准与王子居不一样，同理，其他诗人的标准也不会和我们一样，因为文学的标准总会有高有低、有严有松。

《雁阵高》的意象其实要浓于气象，因为它整诗都是气象与意象兼具的，而它的创作目的本就是象征，而象征自然与意象更加靠近。

除了首联表达一种高远清雅的意象外，三联“红花深院，信步从容无拘管”的意象更加明显，只不过由于它更主要的是象征，所以它的意象与《古诗小论》中所讲的意象其实还有很大的差距。它之所以能说是意象，主要是象征的创作目的，它整首诗都有着强烈的象征意义。

至于诗歌中的象征，在《古诗小论2》中讲过，而对于一首以象征为目的的诗作，作者的本意自然是图个吉利，其他的例子如《马诗咏马年》（见《多维修辞与多维诗境》一章）。

总的说气象流，按王子居的说法和标准，是以豪放诗为多。其实这是一个很高的标准，古代豪放诗派、词派本就是少数，但如上面所举“潮平两岸阔，风正一帆悬”虽亦豪放但却是中正阔大的，他如“晨光静海日，遥山微曙拥”虽不甚豪迈却也属气象流，事实上，王子居的诗词也印证了他的说法，气象流的诗作，确实主要出现在豪放诗风里。如《无题•这》“恰便似滔滔江水浪腾天，又似要崩堤决岸。”如果是按《古诗小论2》里王子居对苏轼诗作的衡量标准，这一联险险乎算不上气象流，因为它直叙多了点，而山川景象的组合似乎单一了点，不过它的气势、意志、骨力却是比较明显的。

事实上，这一联是写相思的，因为整诗是：

这思念，压不下，挡不住，斩不断。恰便似滔滔江水浪腾天，又似要崩堤决岸。

这看似气象雄浑霸气的一联是形容思念的决堤感的。这首诗写激烈的感情，亦把相思之浓写得别具特色，它用这种奔涌浩荡、雄壮沸腾的气势来写感情、写相思，这是王子居词作的一个特点。又如他写爱情的《渔家傲》，也是用激烈的壮怀来写爱情的。

王子居自创的曲子往往有着他独具的气韵，而他营造一种气韵或者说气势时最常用到的方法就是排比。如这一首中，他连用四个三字组成的单句，运用排比的手法营造出了一种气势，而最后两句（现代修辞学是三句为排比，但古诗往往是两句一联的，所以古诗中的排比与白话文的排比是不同的）依然是运用排比来营造气势，除了排比修辞外，它后两句又有明喻的修辞格。

运用排比营造出一种气势和气韵，在王子居的诗词中多有。

所以这首小诗的第二联具有指喻、气象、气势、意志、骨力的五维之境，当然对于它是否属于气象流王子居是很纠结的，他不愿归入，但我们觉得就是，不能因为它的气势、意志、骨力太强掩盖了气象就将它排斥出气象流。

接下来让我们看看他风雷激荡的爱情作品《渔家傲》：

渔家傲

漫漫青山寻无处，烟云浩荡谋难主。量情尺短空延伫。要说与，最是艰难愁无数。

天意成败休妄度，人情可改无多顾。万面风雷开水路，和云雨，直奔兰芷汀洲去。

可能很多人都读不出来这其实是一首爱情的指喻词，只不过它的指喻，完全不像是指喻爱情的，而像是指喻人生的。

我们从哪里看出这是一首指喻爱情的词呢，是从“量情尺”这一个词汇上，另外“兰芷”也为我们点出了这首词中的爱情喻义。

这首词是与众不同的，因为它不是通常意义上的爱情词，它是用一种风云激荡、雷雨剧烈的气象来写自己对于爱情的执著的。

王子居的喻诗往往都具有意象和气象，如这一首词中，“万面风雷开水路，和云雨，直奔兰芷汀洲去”有一股风云激荡的气象、气势和意志，再加上指喻，它已经具有四维诗境。

而“漫漫青山寻无处，烟云浩荡谋难主”则气象与意象俱有，只不过它的意象并不是那么明显，但它却是指喻的意象，它用青山漫漫来隐喻爱情之路的渺远，当然寻无处透露出了信息，而它又用烟云浩荡来隐喻爱情的迷茫或者说爱情的迷离，而它又用谋难主点名了爱情之路上自问无计的苦闷，它是用青山漫漫和烟云浩荡这两个自然之象来写出爱情的迷茫的，所以说它具有意象，说它意象不明显，是因为它在王子居的喻诗中对象的唯美没有刻画到位，因为它们后面的寻无处、谋难主是直陈其事，而不是纯粹地用象贯通出多维，所以相比王子居其他纯以象贯通出的多维诗境就少了很大的美感，这个美感是象之美和意之美同时缺少的。所以一旦与其他作品的意象之美相比，这一联是处于下品的。说到气象，如果说单独一句会显得弱一些的话，青山漫漫与烟云浩荡联合起来气象就足了。而这种上下句联合起来气象才显得足的作品，相比王子居诗作中那些一句就具足的情况，显然也不是他的上乘之作。另外浩荡的烟云弥于漫漫青山也具有一点气势，再加上整诗都有的指喻，它虽然相比来说很弱，但也达到了四维诗境。

另外，这首词还有一个特点，就是它的上阕是畏难、惆怅、犹豫的，而下阕则是意气风发、一往无前的。这两种截然不同的诗意，通过“天意成败休妄度”连结了起来。

哪怕是一首描写爱情心绪的小词，率性而为的王子居也达到了单句四维诗境。

王子居用雄壮诗风写爱情，并非此一孤例，如他的：

念婚事

磊落激苍宇，高标动晚霞。
长风宁受系，温软向红花？

这首诗写于被父母催婚的时候，写了心中的矛盾，他愿意像长风那样自由自在的游行，却不愿意为婚姻所系缚。诗写得很豪迈，“磊落激苍宇”气势是有的，但他写的不是自然景物，人浩荡出的磊落之气算不算气象流？这确实该考虑一下，“高标动晚霞”的高标可参考李白“六龙回日之高标”，虽然说王子居不肯将这首诗归入气象流，但激苍宇、晚霞、长风都是自然之象，气势有了，隐喻也有了，气象究竟算不算有呢，另外“高标动晚霞”“温软向红花”其实都是隐喻与象征同运，它们算不算是意象流呢？意象流与隐喻、象征是密不可分的。

对于自己的诗，王子居不肯放松他气象流和意象流的标准。

咏诗迎马年

原上野马健如龙，千骑奔来势若腾。远观浩荡如潮涌，近看绝尘似乘风。两轮日月鬃毛带，万里江山足下行。精神勇毅元无碍，齐竞飞驰意气生。

这首诗是整体的以马为喻，是喻诗中较为浅显层次的明喻为诗。

这首诗在气势上非常雄壮，在境界上比较开阔乐观。

这首诗的特点是整体上四联八句都具有气势，但气势之中透出意志的，则是“精神勇毅元无碍，齐竞飞驰意气生。”这其中所透出的意志明显不明显呢？它是不如《龙山》中透出的意志更明显更强烈的，“两轮日月鬃毛带，万里江山足下行。”有没有意志在其中呢？也有，因为行尽万里江山也是一种意志的体现。但“精神勇毅元无碍”没有写自然之象，所以它就没有气象，“原上野马健如龙，千骑奔来势若腾”，有一些气象，但没有意志。

这首诗和《雁阵高》一样，都属象征之作，比喻的意味就比较淡。

咏史

风霜凄苦落汉营，烈烈旗幡舞蟠龙。雁迷天际沙暴广，雕鸣寒厉云脚冰。霹雳弦急坠胡月，狮子刀迅卷雪风。弓开左右猿臂稳，身藏马底朵云轻。大漠失途遗恨重，英气凌发神鬼惊。昆邪哭奏惜才气，卫青不喜无全功。可怜透石精诚志，刀吏巍然问姓名。

子居咏史诗多慷慨激烈，这首诗十足的初盛唐气象，写得很像唐诗，即便最后写李广的悲剧时，也依然气透纸背，未曾坠了气势。

王子居未到过古代的边疆，但这首诗却写得让我们如临其境，就如同他的《遥想五联山光明寺》《洛伽山赞》等诗作一样，凭着想象，为我们虚构了一个美妙的境界，而本诗则是为我们构画了一幅激烈的战阵图，同时也为我们写了名将李广悲凉的后半生。

在艺术上，这首诗前半部分写边疆之苦，下半部分则全是典故，叙述李广的命运。

前面三联是气象之作，首联写边塞风霜气象，下句是上句风字的注脚；二联三联兼有气势，五联具有气势和意志。其中二联的意象颇为奇诡，且又透着一股凄厉之气。

王子居的诗十分博杂，诗材往往信手拈来，比如“身藏马底朵云轻”就是将武侠小说《天龙八部》的场景用来形容李广的身手之矫健。

在气韵方面，王子居极为推崇孟浩然，而他的诗中类似于孟氏气韵的，如《咏怀•忧思》的“美人遥一望，此夕沐春风。放歌振林樾，寄意起飞鸿”，及《闻刘军锋说莱阳八大景思而叹之》的“梦破帘轻抹，楼尽岭迭出”，还有《梦中吟》的“松山松外钟，花溪花下情”。而这首《咏史》的气韵，跟高岑的边塞诗有些像。

不过气韵这个概念，似乎连王子居也没能讲得清楚，所以我们也就只举此数例了。

难得一见的雄壮海诗

中国诗歌史上，很少见海诗，除了曹操的《观沧海》之外，好的作品也不多，因为大海虽然非常奇美，但也不免过于单调，除了海水浪涛和天空之外，可以提供给诗人运用的诗材并不多。可以说，海诗写得如何，很见诗人的笔力。王子居的《石臼海诗》共八首，可以说是历代海诗中少有的珍品。诗史上，尤其是古体诗，描写海的非常少，而王子居能写出一组多维诗境的古诗，确实非常难得。

虽然是组诗，但不乏雄句和妙句："天际涌来势纵横，混然一色水涵空。风涛傲啸失天地，人更潮高意气生。""高卧闲听万片涛。""体会清虚天远大，只唯高处可登临。""万点白鸥出海日，霞光一片耀游鳞。"这些都是很有气象的句子。这些句子让我们看到，王子居的这组诗，并不是勉强拼凑成的。

天际涌来势纵横，混然一色水涵空。
风涛傲啸失天地，人更潮高意气生。

这首诗起句就写出了一种气势，海浪从天际涌来，其势纵横无阻，第二句写水势的浩大，无边海浪腾起，将天空似乎都涵括了，而海水的蓝与天的蓝混成一色。

第三句将雄浑的气象和气势更推进了一层，疾风起，卷浪涛，风涛在王子居的眼里傲啸天下，令得天地仿佛都无法存在了，他的眼中只有这傲啸天下的风涛。第三句的“失天地”三字，极言风涛之傲之强。这句中的“失天地”与上一句的“水涵空”对诗境是互相增益的。

第四句化自毛泽东“心潮逐浪高”，但王子居没有主席那样文雅谦虚，他写得更傲一些，更年轻气盛一些，他不是逐浪而高，而是直接要比这“失天地”的风涛浪潮更高（很像是“欲与天公试比高”吧？），因为有着这样的激烈的、壮伟的情怀，所以才“意气生”，纵横的气势、激烈的情绪、强大的意志、傲啸的气概，全因这狂野的风涛而生起了，颇有一种你高我更高、你强我更强的强悍意志。

云岸低沉失海岛，雷声摇撼策春潮。
风嘶雨泣渐无力，高卧闲听万片涛。

这一首诗依然写出了雄浑的气象，但却一低一高，一伏一起，颇具艺术手法，上一首是全凭一往无前的气势压人，一气灌注而下，诗意强悍无比。而这首诗则在起伏之中见雄奇。

首句写云岸低沉，连海岛都看不见了，一派压抑的气象。而第二句则是写雷声的雄壮，大雷摇撼，仿佛将春潮策动了起来，于是天上的雷音和海潮音共同构成了一种宏大的意境。

第三句如第一句，写风雨渐尽，逐渐无力，是伏笔，而在这阴雨天气中高卧的人，则处在一种闲适的状态下，听着那无边无际的涛声，是起笔。

第三句看似力气尽了，但却是与第四句形成对比，既风雨渐歇，而涛声因春潮的催动更起，事实上两句合一，将大自然的气势自然而然地转到了人的气势上来。人在对着这春潮涌动起的惊天浪涛时，是高卧闲雅、从容自在的。这种心态，可与上面的“人更潮高意气生”对比来看。

这首王子居二十多岁时的作品（王子居的《东山集2》是在他来

京之前写的，最晚不超过24岁，海诗最可能写在他22岁上班时间），如同他的《八月十九日闲有思》一样，都是在诗歌的结构上运用了阴阳对（见《古诗小论2》）。即在绝句或律诗中，他的一三联（句）的写法一致，二四联（句）的写法一致，每联（句）都是先抑后扬。这是他年轻时对喻诗学原理的自然而然地运用。对于这种较为少见的艺术手法和律诗创作结构，可认真体会（可参考《诗意格律和形式格律》）。

在《古诗小论2》里讲到，古人作诗，“结句每苦意尽”（方元鲲《七律指南》批评杜甫语），而这个问题在王子居的诗中是不存在的，相反，他的结句每每会升华全诗，如以上两首，都是前三句写天地自然的气势，末句写人的气势，令得人的情志、气势与天地自然的气势合为一体，互相增益。

汽笛长啸晨空碧，海岸不闻山上闻。
体会清虚天远大，只唯高处可登临。

这首诗的上联写一种海边的奇怪现象，即你在离海比较近，离船比较近的地方，你反而听不到汽笛，但在远离海边十里地的山上，汽笛声反而很清楚。

在气象上，一三两句都具气象，二四两句则都是对一三两句的进一步抒发，虽然不像上一首那样有一种对比的诗意对偶在里面，但它上下联的写法从诗意的层面来讲也是同结构的。

因着上联对自然物理现象的描绘，引发出了一种哲理性的感慨，即想要体会天的远大和清虚，那就必须要登临高处。

这首诗是喻诗，以象喻志、喻理，是一个比较明显的指喻，但却是一个双重喻。在讲理的同时，也讲了志和追求（体会本是追求和志，故一体而不可分）。而大多数的比喻，往往是一喻境，有的是最简单的以象喻象，有的是更深一点的以象喻性，再深一点的是以象喻事、喻德，但想要超出一喻，达到双喻境乃至更多，就需要更高的艺术技巧了。

王子居的喻诗学，以一象贯通多义，所以这一联，是一象双喻境，虽然它不是特别精彩的一象双喻境，只是踏过了双喻境的门槛。

王子居整诗的一象多喻境深不可测，近乎难以再现，对于喻诗学的深妙，我们可以先从比较简单的单句中的“一象双喻境”来慢慢体会。

春城风气入时新，海岸人家生意勤。
万点白鸥出海日，霞光一片耀游鳞。

这首诗中，激昂的情绪没有了，写的是盛世气象，可谓中正和雅，但这中正和雅中，依然透露着博大、壮伟，只不过缺少了意志和情绪，并不激昂，就显得中规中矩了。

首句写春城的风气，入时新三字可以说是颇见功力的。二句是紧接入时新来的，写日照人民的辛勤。下联气象又出，用万点形容海鸥之盛，以此盛来衬海日。海日初出，云霞一片，而这一片朝霞映照在无边的波涛之上，就仿佛无数彩色的鱼一样在耀眼地游动。

一联气象虽然不甚扎眼，但写出了人民勤劳之象，并将春城的风气（真的风气与抽象的风气）之自然气象与人的精神气象完美地结合起来。

二联的气象则是盛世的气象，浩大却又平和，高华却又灵动。王子居的诗歌在喻的形式上极尽妙处，在这一联诗里，天空的海日与大海互相辉映，而白鸥万点与一片游鳞相互辉映，海日与万点白鸥互相辉映，游鳞一片与霞光互相辉映，短短的两句诗中有四个象在阴阳互动，将中国古诗中的对偶之妙运用到了一种繁富却和谐的境界。这是因为除了上下句的对偶外，这一联还有一句之内有内对偶，即白鸥和海日、霞光和游鳞的内对偶（更多可参看《诗意在对偶》一节）。

当然，下联的对偶发生了倒装，其下句本应是“一片游鳞耀霞光”，但王子居为了诗歌更好的气韵，将它的语序倒装了。这反映了在中国古诗的创作中，王子居宁可为了气韵牺牲对偶的工整，他主张诗意的对偶，而不是形式的对偶，但他对诗意的对偶又运用到了一种层层叠叠、互相映衬的境界，从而在事实上拓展了在盛唐达到一个高度的喻诗境界。当然，这种阴阳对偶的极限运用，更典型的还是体现在《相思》《龙山》里。

事实上，王子居多维诗境的妙处，一旦与宋人对比就更清晰，如不足两百首的《宋诗名篇赏析》中曾巩的《西楼》：

海浪如云去却回，北风吹起数声雷。
朱楼四面钩疏箔，卧看千山急雨来。

且不说“北风吹起数声雷”的庸常，即便是诗中最好的“卧看千山急雨来”，比起“风涛傲啸失天地”“天地涌来势纵横”“雷声摇撼策春潮”来，不但气势远远不及，更兼没有气象，曾巩的卧看两字就远不如“高卧闲听万片涛”的高卧二字，就更别说“心更潮高意气生”了。而千山急雨固然多了个千山，但也就是在画面上稍强万片涛一点，却整整花费了五个字，而《海诗》中高卧与闲听两字连用，高卧承接前面三句的气势，又自带一种高格，而闲听则透出一种从容和闲雅，既高远豪迈又淡雅从容，在对心境的描绘上，显然直承前三句而更上一层楼。但曾巩的卧看两字就带不出这些情怀的感觉来。

没有对比就没有伤害，同样，“不怕不识货，就怕货比货”，当我们将历代诗人最好的诗篇拿出来一比的时候，我们才能更加深刻地体会到多维诗境的强大。

作为一个海边长大的农民，王子居时不时会咏一下大海：

海诗

我本海边人，泛海是吾愿。白波连碧天，雄涛何浩瀚！
广阔绝飞鸟，苍茫浮巨舰。空轨度明日，标点蕴星汗。
力行海岛荣，气象神龙现。聊为中兴诗，长歌其漫漫！

时隔多年，作者再度写海诗，他笔下的海依旧是具有无尽的雄奇，气象辽阔、神秘、壮观。读这首诗，我们是否想到了曹操的《观沧海》？

二联直抒胸臆，写海的浩瀚无边。三联以飞鸟之绝写海之广阔，以巨舰衬海之苍茫，但巨舰在飞鸟都不能逾的大海上行驶，这一句与后面的“力行”是有关联的。四联写太阳在其轨道上运行，而上方的星河则标点出了点点繁星。这一联为日月立轨，为星汗标点，实有一种“敢教日月换新天”的气慨在里面。王子居这两句诗与众不同的地方在于，古人写这种气象时，往往是带有一种洪荒的感觉，但王子居这两联则是写一种有序，宇宙运行在他的诗中是被安排好的，这种安排宇宙星汉的气魄或者说是认知，是古诗所未有的。五联力行是写奋斗的，因为国人力行，所以就连很偏僻的海岛也开始兴盛繁荣起来，这大海的气象如此壮观，一定是那传说中的神龙再度显现了。这一句的“气象神龙象”与“聊为中兴诗”的中兴是紧密相联的。

最后一联点明主题，我们都感觉中华上邦的中兴之时刻要到了（非一朝之中兴，而是一个民族的两千年之中兴），所以写就这样的中兴之诗，在这奇伟大海上，漫漫无尽地长歌不休！

王子居的气象流诗作中，往往在气象里透露着意志，这是他的诗比盛唐气象多出来的一个维度（更具体可见《龙山》一诗，《龙山》里的气象意志合一，要比这首明显得多）。

这首诗是整体为喻，因为“聊为中兴诗”一句为我们点明了这首诗的主旨，即它就是用海洋气象来指喻“中华中兴气象”的。

从大豪迈到大自在

说到豪放诗人，我们常会想起边塞高岑、李白、苏辛，事实上当代多维大诗人的豪放雄诗，比他们还要豪放，若说王子居豪放诗的代表，自然是首推《龙山》，但事实上论豪迈，不必举《龙山》，举一些短诗、小诗就足够了，比如这一首：

放歌

登山一望，天地苍茫。白云四合，弥满八荒。
大江东去，势不可当。高声放歌，慷慨激昂。

王子居似乎对四言有一种特别的天分，随手写来，就有雄浑的气象。登山望天地，天地唯苍茫。首联一下子就写出了一种大气象，白云有弥满八荒的壮阔，大江有势不可当的气势，在这样奇伟的大境界下，男儿当然要放声高歌，以慷慨激昂之心来与之共鸣了。

王子居作诗，一向择材精严，比如这首诗，山、天地、白云、八荒、大江，都是可出气象之材，而王子居将这些气象之材的特点很轻松地写出来，于是一幅气象雄浑、苍茫荒莽，而又骨力强健、气势雄浑奔放、意志强悍的佳作，就出现了（可对比一下杜甫“风急天高猿啸哀，渚清沙白鸟飞回”的择材失败来体会）。

在艺术构成的繁复上，这首诗和下面的《大悲曲》都不如王子居大学时的四言，因为它们都是王子居基本停止写诗之后的偶然之作，并非他精心构思的作品，但这两首诗有着他至北京后的独特特点，那就是意志强悍、气象雄浑。

《大悲曲》是没有任何艺术渲染的一种直抒胸臆，由于其气概的博大，而自然产生了一种动人心魄的力量。

而《放歌》则是运用气象来抒写一种激烈的壮怀。

自唐人之后，宋元明清的诗便缺了气象，偶有杰出诗人能写出惊鸿一瞥的诗作，如陆游“楼船夜雪瓜州渡，铁马秋风大散关”，却也仅限于一联一首，整个宋诗，都未见有几首气象之作。

而斗转星移、时移世易，到了大中华时代，汉魏的风骨和盛唐人的气象到了王子居这里，好像就是信手拈来，并不费力，王子居写气象，似是比盛唐人要轻松得多。

而实际上，真正惊艳之处在于，王子居突破唐人境界的在于，他将气象和意象写进了四言诗中。我们在四言诗中能见气象的，是否只有曹操的《观沧海》？

在维度上，这首小诗是王子居立志罢笔五六年之后的诗作，他似乎已经忘记自己是喻诗的高手了，这首小诗只有气象和气势两维。而意志之维有没有呢？也是若隐若现的有的。

《放歌》是王子居停诗五年之后写的第一首诗，这个时候的王子居几乎忘了诗是怎么写的了。我们从《放歌》中看到一股浩大的气象，也能从中感受博大的精神，但相比他《咏怀》时期的四言作品，《放歌》里面不免就少了那种天人合一、经典化诗的内涵。

而当两年后王子居写第二首诗时要抒写那种《咏怀》中才有的内涵时，却又少了《放歌》中的气象。

现在看来，似乎是几次下决心不再写诗的王子居，再偶尔忍不住写那么一两首时，已经完全地手生了。

大悲曲

众生艰难，犹如蝼蚁，未知命掌谁手？生大悲悯，谁护人民，谁伏强虏？能几何时，奋英雄志？

宇宙洪荒，人世沧桑，沉浮由谁戏弄？按剑问空：苍天死耶？黄天死耶？执大愤怒，堪与谁战？

诗寒塞北，词润江南，名利困人几许？把酒问风：经纬在胸，才情满腹，怀大潇洒，与谁同欢？

王子居的四言往往写得很阔大而极具骨力，这首随笔写来的小诗亦具雄壮的气魄。

上阕写众生的艰难困苦和无力无助，于是作者追问，谁会守护这些老百姓呢？谁会战胜强敌守护家国呢？那救世的大英雄什么时候才会出现呢？

中阕则再度发出他的天问：这宇宙、这人世，这种种浮沉究竟是谁在戏弄我们？古代百姓心中的保护神苍天、黄天都死去了吗？对这种无法自主的人生命运，岂不令人愤怒？也许作者的诗意中苍天、黄天是戏弄人类的，但传闻他们已死，那现在戏弄人类命运的是什么呢？虽然有大愤怒，但到哪里找那个作战的对象呢？

下阕则回到了现实生活，诗寒塞北，词润江南，这两句在艺术上很成功，诗令塞北为之而寒，词令江南为之而润，或者说是诗得到了塞北的高寒，得到了江南的润泽，虽比较文雅含蓄却也是比较大气的。可是，名利困人又有多深呢？作者问人世、问苍天、问人生，最后还是把酒临风问下自己吧：我的诗写得还可以，我也自信满满，自我感觉很良好，可有谁能与我同欢呢？

这首诗写大悲悯，大愤怒，大潇洒，确实写得很潇洒，也很放肆。

无题·莫将

莫将流泪叹磋砣，人生际遇难琢磨。身心不融因色质，三界相隔非天河。泰岱峰雄晨雾尽，北斗星高夜云豁。莫怕人间无相识，相识非务籍言说。

这首诗二联明喻，三联隐喻，三联隐喻之中，还带有象征。

雄伟之气，于此见矣，此是真大丈夫之诗也。三联强悍，如老杜浑厚笔力（我们在2014年是这么讲的，现在拿杜甫跟王子居比就是笑话了，不过说杜甫笔力浑厚也不算错，他虽然错得离谱，但毕竟浑厚还有些），然风骨境界自然超越之。“泰岱峰雄晨雾尽，北斗星高夜云豁。”初读我们以为是描写了雄浑大气的景象，细思才知是有所暗寓，以泰岱和北斗比喻德行的高大或真正的权威，以晨雾和夜云比喻人世的险阻，以尽和豁表示这高大的德行或权威是不能被掩盖的。王子居能将雄浑的气象和人生的寓意完美结合，使得诗意和境界更上一层楼（我们当时这么讲，没有意识到这种气象+指喻+气势+意志的四维诗境，是王子居突破盛唐藩篱的成就，是对中国诗歌的历史性贡献）。而令晨雾、夜云无法掩盖的雄、高，则具有一种不畏艰险的气势。

事实上，三联的象征是非常明显的，因为尽字本作重，豁字本为多，王子居嫌不吉，于是改为尽和豁，这本质上就是将之视为象征了，因为对联式的象征总是追求吉利的，而诗歌中的隐喻则不需要。

除了在修辞维度上三联具有指喻和象征的双重修辞（事实上还有通常会被一个诗人忽略的对偶，也是一种修辞）外，它在指喻上也是一指多喻，按王子居的本意来说，它除了指喻真正的中华文明终将破云雾而显（可参考《涛雒将别》中的“见云雾之破兮文明曝”一句），也一样蕴含着他指喻着自己的学问终有一天会显露世间。至于它还有什么其他的隐喻，我们就无法解读了。另外，它事实上还是用典，因为泰山北斗本就是一个典故，只不过王子居将它们分开了，并各取一象展开描写。

所以事实上这一联具有修辞的三维（不算对偶）、指喻的两或三四维、气象的一维、气势的一维、意志的一维，妥妥的是一句至少五维。如果连对偶也算上，指喻再往宽泛里讲，它可能接近于一句九维。

单句九维境在唐诗中是没有的，而我们要知道，在2014年“寻找最美七律，王子居挑战杜甫最强七律”的活动中，这首诗是没有入选王子居七律的前十的。

让我们接着来看在“王子居挑战杜甫最强七律”活动中评选时居于第20名（最后一名）的《江上怀古》：

江上怀古

点点星辰耀上苍，浩浩洪流涌大江。千秋历史观雄略，百年人世阅沧桑。时势营成兴大国，俊才拔出理万邦。若得人民用心力，可破交替做恒常。

我们在前面说过王子居的诗歌耐解，他的一些诗的诗意单从诗句中读不出来，只存在于解构中，这首《江上怀古》就是一个典型的例子，只有深度解构，才能察觉它的与众不同。

这首诗名曰《江上怀古》，实则托了这怀古之意，表达了宇宙感怀和历史感怀及社会感怀和人生感怀。而这么多感怀是有着从上到下的条理分明、次序清楚的逻辑关系的。

与杜甫等人直接的写景与简单白描的单维度完全不同，王子居写景象的时候通常带着指喻，星辰不但是实景，更暗寓历史中的风流人物，而浩浩洪流，也暗寓人类的历史长流。

点点星辰耀上苍，写了宇宙的瑰美，将诗意置于一个浩大的背景下。那星辰点点，宇宙神秘，是多么地吸引我们，令我们向往，充满无尽的探索欲望。而这宇宙自然的造化，对于我们人类来说虽然遥远却又是主宰性的。虽然宇宙无比博大，却也需要星辰日月来点缀，而这点点星辰，与浩浩洪流相对应，指喻着历代人杰。

浩浩洪流涌大江，写了人间大地的雄美，以文明的发源江河为切入点，从宇宙转到大地人间。洪流，既是天地造化的洪流也是人类发展的洪流，它浩浩荡荡、奔腾不已，哺育了人类，是我们文明的起源。

这一联把苍茫宇宙与人世英雄结合起来写，又把人类文明的源泉大江与人类历史的洪流结合了起来，请问谁能找得到一句能跟这一联诗比气魄、比格局、比宇宙世事关联的古诗？这是从天写到了地写到了历史写到了人杰。这几个事物，都是空间中最雄壮的事物。

由于王子居的诗往往是多维诗境，所以这一联的艺术特色也很多，首先是它的博大，这一联将宇宙无穷的深意和人类历史的浩瀚洪流结合来写，天人合一，达到了难以企及的一个境界。除了曹操的"日月之行，若出其中，星汉灿烂，若出其里"等有限的几首诗可以在气象格局上与之相比之外，读者能想出多少可与这一联诗比博大的古人名句？第二是他的高度概括，从而将诗意变得凝练无比。这种高度概括是贯穿全篇的，无论宇宙感怀还是历史感怀还是社会感怀还是人生感怀，都是概括出了这些领域的最典型最有代表性的象来表达自己的意。第三是这一联诗兼具气象和意象，他除了将博大雄浑壮伟的气与象结合外，还将深深的意赋予了这象。第四则是这一联诗的指喻和象征。即星辰耀上苍指喻着历代的人杰，而洪流则指喻着人类历史的长河。

以艺术性而言，王子居从对喻学的领悟中得出的多维诗境，对于杜甫的诗歌来说，根本谈不上是挑战，其实是一种高维度对低维度的碾压（只不过多维诗境王子居在2018年出版的《古诗小论》才第一次提出来，大多数读者不知道古诗有个多维诗境，所以无法认知喻诗有什么妙处）。即便是上面所举的曹操"日月之行，若出其中。星汉灿烂，若出其里"是可以与王子居的气象之雄浑、境界之博大相比的，但在穷极宇宙人文的指喻和探索上，很显然的，曹操的这首《观沧海》还没有破入多维诗境的那种无穷奥妙。

千秋历史观雄略，从大地转到人类的历史长河。这是从历史写到了今朝，从过去写到了现在。人类的信史虽然时间很短，但其中无数英杰留下了诸多雄韬伟略，需要我们观摩学习。

百年人世阅沧桑，从人类的历史长河转到我们现在的百年人生。这一联写我们向历史中领悟大略，向自己的生活中体味沧桑。百年人世，其实匆匆而过，人世浮沉，在这中间会发生多少事？我们能从中领悟到多少？阅此人世，阅此沧桑，正是我们人生的要义。

千秋历史和百年人世，这两个，都是时间中最雄壮的。既概括了整个人历类史波澜壮阔的英雄谋略，也意味着世界历史上的兴亡沉浮，而只有雄略能主宰之；百年人世阅沧桑，则写出人生的厚重感和沧桑感，将千秋百代无数人的人生感慨，尽凝聚于一句之中，而唯有无数时代无数人的人生总括，也才当得起沧桑二字。这两句，我也找不到能与之比气魄、比格局、比雄浑的诗句。说东坡老的“大江东去，浪淘尽，千古风流人物”，是够大气的，但也带了失落气吧？一个浪淘尽，只剩下了哀伤，哪还有一点英雄豪迈气概了，这就是宋朝文弱的表象。

以上两联，在空间中，从宇宙星空写到我们寓居的地球，以大江代表文明的源头；在时间中，从千秋历史直到百年人世；一联空间，一联时间，既写出了时空的博大，更抓住了核心和重点，与我们人类紧密相联。

号称唐人七律第一的《黄鹤楼》，最大气的句子不过一联“黄鹤一去不复返，白云千载空悠悠”，悠悠的白云，能跟亘古不变照耀上苍的星辰比大气吗？能跟千秋历史的兴亡交替比大气吗？我们再来看有些人强推为“唐朝七律第一”的杜甫最霸气的句子“无边落木萧萧下，不尽长江滚滚来”，徒具相貌的长江水，就算杜甫写得再霸气，能跟寄寓了人类历史洪流的浩浩大江比底蕴吗？再看杜甫的末一句“潦倒新亭浊酒杯”，哪还有一丝雄壮气了，只是一个借酒浇愁、颓然消极的文弱书生罢了，而本书的末句“可破交替做恒常”，要打破人类历史上的历史周期律，是多么的豪迈。

大家不要说星辰和洪流是近现代文学中常用的比喻，早就不新鲜了，不错，王子居用的都是最简单的材料，但，妙在组合啊，什么叫点石成金，化腐朽为神奇？

我们看第三联，“时事营成兴大国，俊才拔出理万邦。”不说别的了，就单说这个“俊才拔出理万邦”，十分直白的句子，但宋元明清那就不必提了，就连强汉盛唐，有这样的句子吗？强大如《大风歌》，也只不过是“安得猛士兮守四方”，能把中国的四方守住就不错了，至于万邦，那是汉武帝该想的。唐朝强大，最强的诗也不过王维等人写的《大明宫》，我们看看杜甫是怎么写的，他写出了被人诟病千古的句子：“旌旗日暖龙蛇动，宫殿风微燕雀高。”大唐的气象，你怎么也得整个凤凰鸿雁吧？可是杜甫呢？竟然拿燕雀来与龙蛇对偶。四位大诗人，写出大国气魄的只有王维：“九天阊阖开宫殿，万国衣冠拜冕旒。”气魄是有的，但是不是太儒雅了点？是不是少了点霸气？人家来朝贺，只是礼节性的，但“俊才拔出理万邦”是个什么概念？

在整首诗的顺序上，第三联从历史转到现在，转到了时势和人才，将前面的历史洪流、千秋伟略、百年人世落到了实处，因为只有时势和人杰，才能主宰历史长河、才能实现千秋伟略、才能笑看人世沧桑。在从历史和人生的修行中，才能让我们看到一个伟大的时代。这一联也是作者对当代中国的赞美和期望。时势是英雄营造出来的，俊才是明主选拔出来的，这两者是大国之兴的关键。

最后一联则是从现在转到未来，人类的命运将归何处？作者给出了一个参考答案，只要能得到人心和人力，我们就可以打破人类宿命的轮回。

八句诗，王子居将人世、家国，与历史、命运、未来、宇宙时空、人才、时势、人民、心力紧密结合起来，几近完美无暇，而层层的转折递进、从大到小，秩序井然、逻辑严密却又自然流畅、转承通顺。在这些语言要素中，有哪一个要素不讲究？哪一个要素可以替换？他写诗择材之精严、概括之精炼、内在逻辑之严密、层次之清楚、气魄之雄大，都是少有能比的。

大家试试看，从自己知道的有气魄有格局的所有古来豪放派诗句里，找出一句来跟《江上怀古》中的任何一句比格局和气魄乃至内涵，看看能不能压倒《江上怀古》。

不怕不识货，就怕货比货，诗的境界，只有比了才知道，诗与诗之间的差距，也只有比了才知道。

如果没有比较，再好的诗也会被我们等闲视之。

想要八句能跟这首诗齐平的诗，我看是没有的，能与这首诗比一句的，你们认为有吗？让我们找出来比比看。

入莱农作

临风谁散香气来，有意无心落尘埃。笑不关情随意好，始吹笛罢下楼台。

夜翻睡起观星斗，昼览奇山蕴壮怀。客意求之青梅子，煮酒谁曾暗相猜。

题目一作《莱农客咏》《秋山小散》，作者十七岁初入莱农时作。

与《旅思》触摸到了气韵的存在一样，这首《莱农客咏》也营造出了一种独具特色，难以重复的气韵，这才是读者喜爱这首诗的根本原因。吾甚爱此“笑不关情随意好”句，这是这首诗的精髓，多少人只为情困，多少人只为红颜，可是生活却不该仅仅如此。人生有着更广阔的边际和更丰富的意境，会心之处良多，而作者在这里道出了一种自然而然、不假物不假情的天然之笑（这是一种只有年轻人才有的笑）。

想象一下这幅画面吧，临风，闻着那飘飘渺渺的香气，不知是谁散发而出，似有意，似无心，落在尘埃，难道不值得玩味吗？第二联的笑不关情递增了有意无心的诗意，这种随意间的闲适感和自然感最是难得，无忧无喜的轻快心境是不容易得到的。而这种感悟又化作了笛声，一曲终了，就下了楼台，毫无滞留。这一联不著一相，自然洒脱，兴尽意尽，诗意极为酣畅。王子居诗中写笛写琴，莫不出人意表，往往是惊天地泣鬼神的妙作，如《龙山》中他那划破长空的一声长笛，及《春烟》中的落花暮吹笛。

在夜里，何事无眠？他起来观满天星月，寄志趣于宵汉之中，这是何样的襟怀，他超凡脱俗，趣在星空，那星空究竟是勾起他何样的心思呢？可能只有这星空，才令他有所寄托，能平静他的内心吧，也许那星空深处是心灵所居之地，人间只是一场寄旅。在白天，他就远眺苍山，望着雄奇的山岭，胸中激荡气难安，豪气干云冲霄汉！他借助这山的雄奇，来蕴养自己的胸怀和气质。在夜里观星，在白天观山，他将自己完全交给了这个自然，继而让自己成了它的一份子，充分吸收大自然的营养。

那有意无心的香气和尘埃，那不著一相的笑，那与天地相合完全忘我的吹笛，那凝望星空的心境，那以山蕴怀的志趣，这一切发于心灵深处的秘密之事可与谁言？因为此意难表，所以结联才说将这客意求问青梅，你可知道有谁会有煮酒论英雄的雅兴，在酒酣耳热、高谈阔论之际，也认可我呢？

这小小的细节，让人觉得这幅画面更加情切，也更加真实，这扑面而来的不仅仅是酒香，也掺杂着情谊，这实是一首恣肆纵横抒情的好诗。让我们静下心来，细细品味每一粒文字的味道，再闭上双眼，享受着那肆意澎湃的情感冲击，最后再煮上一壶老酒，来一盘青梅，此方才懂诗之真谛也！

“始吹笛罢下楼台”，这句诗读者可参考《莱农集》里的《琴操》来加深理解。

其实王子居的这首诗有一些印象流，不过是不那么明显罢了。

事实上，无论是气象还是意象抑或是隐喻抑或是天人合一抑或是其他，王子居的许多同题材的诗作，当对比来看时，我们会更直观更容易地看到喻诗的博大精深。比如他以风为题的《风入松》（见前文所述）和《风行令》，同为多维的喻诗，其艺术特色就绝无雷同。

风行令

席卷天下，畅游虚空。也摇江海也长啸，看谁英雄我等。
吹舒柳绿，拂透花红。欲来欲去任行踪，不让苍天捉弄。

这是一首自由自在、无拘无束、睥睨天下、纵我之意、任我而行、潇洒不羁、啸傲江湖、痛快淋漓的大自在之作！

读到这篇词作，才更清楚地感受何谓志比天高。那席卷天下的豪迈、那畅游虚空的痛快、那震撼江海的豪情、那啸傲天下的放纵、那任我而行的恣意、那与天争命的壮怀……哪个男儿没有这样的梦想？哪个男儿没有这样的愿望？只是王子居写得比其他人更加酣畅淋漓，更加飞扬恣肆，更加让人难以忘怀。

在艺术技巧上，王子居以风写人，风人一体，风即是人，全篇则都是写风，不杂其他。二十九岁的王子居，诗歌的语言算是相当圆熟了，那种一气呵成的流畅，那种对诗材信手拈来、毫无滞涩的飞动，在气韵上也是百读不厌。这首诗王子居写了一种绝代天骄般的自信，具有一种无所不能、无所畏惧的大气势，同时，他也写出了风的气象和风的美。所以，这是一首整体的喻词，除了整体为喻是一个维度外，风的气象也是一个维度，而其中的力量和意志，自然也是达到了一个维度。

翻云覆雨，翻江倒海，游行天下，长啸当歌，击节独行，这才是英雄所为。这是作者与我们说的，也是他的内心写照，不炽烈飞扬不显男儿之志，不具雄伟力量难显英雄本色。我们在这份力量中看到的更多是自由，是一种由于力量而带来的自由，这长风可以席卷天下，无人可挡，可以摇动江河兴起巨浪狂涛，所以才敢说“看谁英雄我等”。

不过这浩荡的长风也有它温柔和雅的一面，它变化多端，当它化为东风时，就吹红了花朵，也吹绿了柳树，给这个世界带来了生机，带来了美。而男儿生于世上，就要像那大风一样，自在横行，来去无

踪，随意变化、从心所欲，不被那命运随意摆布。

“不让苍天捉弄”写出了全篇的中心思想，那就是人要有一颗不随波逐流的心，不因为一切的外因而改变了自我的期冀。沧海横流，月出东山，人世沧桑，天下间有几个人能够超越凡俗、真正活出自己呢？的确是只有极少数的天才和英雄才能，大多数都不过是人云亦云，万亿人的人生如同一人。这《风行令》值得我们所有现代人来看，看看这样的英雄气概，听听这一声声铿锵的洪钟。

王子居写词，确实不受限于词牌，虽然他有十六岁时的《菩萨蛮》那样“一象多喻境”的超越之作，但对他来说似乎是按自己的感觉来填词更能出佳作。如这首《风行令》，上下之间具有诗意的大对偶，但却在诗意上不受任何格律词牌的束缚。这也许也是一种大自在吧，不受任何词牌格律的束缚，自创词牌，也只有这样的词牌才能写出无拘无束的大自在！

王子居喻诗的最大特点是多维诗境，这首诗明显地是以风为喻，而除了指喻维外，它亦具有气象之维，如“席卷天下，畅游虚空。也摇江海也长啸”，而“席卷天下”“也摇江海也长啸，看谁英雄我等”则同时具有气势、意志和骨力，“欲来欲去任行踪，不让苍天捉弄”具有意志，“吹舒柳绿，拂透花红”则具有隐隐的意象，事实上，它的骨力更雄奇，只不过隐藏在了一种温婉柔和的象之下，其实它透露着一种心想事成、任意造化万物的大自在，正是因为有这种大自在，所以才有后面的“欲来欲去任行踪”那种无拘无束的畅快。

事实上，由于王子居写天地气象时往往是“变化万千”，所以这一首小令中其实也具有变化多端的气质，如前文所言，有自由自在、无拘无束、睥睨天下、纵我之意、任我而行、啸傲江湖的不同气质，有席卷天下的豪迈、畅游虚空的痛快、震撼江海的豪情、啸傲天下的放纵、任我而行的恣意等不同的气质。

为什么王子居对一个象的不同侧面进行构画，就能写出不同气质呢？因为他的诗一向构思绵密，如席卷天下显然是一种霸气，而畅游虚空就透着不羁和潇洒，它们显现出的气质是明显不同的，摇动江海是一种骨力，而长啸则是一种放纵，王子居构画气象时，往往有着气质为其内在，他的很多诗句往往匠心独运、鬼斧神工，就连简单的如“吹舒柳绿，拂透花红”一联，舒是向外舒展的，透是向里浸润的，是一个鲜明的内外阴阳对比，这种遣词造句的精工典雅，也是他诗歌的一个重要特点。

以单句而言，像“席卷天下”“也摇江海也长啸”具有指喻、气象、气势、意志、骨力、气质的六维，以整体而言，加上不太明显的意象则有七维，而在修辞上，则有整体指喻、拟人的两维。即便是在小处也有着惊人的对比，如“吹舒柳绿，拂透花红”，除了花柳对偶，还有红绿映衬、舒透对偶、对比、指喻。总的来讲，这首《风行令》是一首高维的小令，诗骚汉唐，除了《春江花月夜》有整体七维境外，单句六维境和整体七维境的诗词，几乎就是从来都没有的。所以除了具有大自在的大气魄之外，这首小令看似傻大黑粗只知用蛮力，其实则是匠心独运、构思绵密，其艺术成就是非常高的。

历史上的豪放诗词，由于以气势的阔大为胜（豪放诗一力破十慧，看起来往往会有点蛮），往往在艺术性上要稍差一些，但作为高维诗人的王子居，由于他在豪放诗词中常常附带意象和指喻，从而就使得他的豪放之作在艺术性上要更富特色和层次。

人类诗歌史四千年，可能举出一篇能与此词比畅快自在的诗作来？杜甫那号称“平生第一快诗”的“即从巴峡穿巫峡，便下襄阳向洛阳”，轻快之气自有，但是气势和意志都没有，李白那“两岸猿声啼不住，轻舟已过万重山”，虽然比杜甫的更轻快也美妙得多，但也没有气势和意志。也没有“席卷天下，畅游虚空”“不让苍天捉弄”的大自在之境界。

在语言上，王子居这首豪放诗却也运用着在婉约长词里才能见到的那种曲婉造句，“吹舒柳绿，拂透花红”很类似于吴文英、史达祖一流的婉转造句的特点，只不过王子居信手拈来，将它化入一首长风浩荡、恣肆飞扬的豪放词作中来，令得诗意丰富变化了起来，这风不只能啸傲天下，也能造化万物、温情款款呢。

我们现在来看它的指喻，显然与王子居的文化理想是密切相关的，与《龙山》一样，它既是指喻个人意志的，也是指喻文化追求的，是一首“一象双喻境”的小令。

其中“席卷天下，畅游虚空”都是在指喻华夏文明复兴的不可阻挡，“也摇江海也长啸”则指喻华夏喻学的强大，“欲来欲去任行踪，不让苍天捉弄”则指喻华夏喻学的不可抹灭和造化之功。而“吹舒柳绿，拂透花红”则指喻了华夏喻学的造化万物之能。

意志的指喻与文化理想的指喻是同步同喻的，如“席卷天下，畅游虚空”指喻意志的不可阻挡，“也摇江海也长啸”指喻了意志的强大，而“欲来欲去任行踪”指喻了自由的不可限制，“吹舒柳绿，拂透花约”似是指喻了生活的畅快和潇洒……

卧龙

蜷卧浅渠不自由，贪食爱物意常羞。盘星揽月堪为侣，鼓浪腾云若可逑。风烈潮高十五夜，旋波卷澓大江流。神龙定会归碧海，何肯愚痴蟹虾游。

一眼就可以看出，这首诗是一首指喻诗。

“蜷卧浅渠不自由”，写的是贫居农亩的困境，“贪食爱物意常羞”写的是不屑于努力追求食物财物。

“盘星揽月堪为侣”讲的是超高追求，只有飞龙在天、盘星揽月的高格才可以为侣，其实是自喻应当追求那种盘星揽月、鼓浪腾云的人生境界或者说文化境界。

“风烈潮高十五夜”，农历的十五日，是海潮最大的时候，这时候江海相接，海水倒灌，适合搁浅的神龙入海，显然，以“风烈潮高”来指喻渴望事业的博大，同时也指喻建功立业所要经历的风波，用“旋波卷澓”来指喻成功的气势。

“神龙定会归碧海”指喻一定要找到自己所喜欢的事业，开拓出一片天空，“何肯愚痴蟹虾游”则指喻不甘平庸、不甘碌碌一生。

二联气象正大、意象典雅，三联气象雄烈、气势无前，四联意志坚定，再加上整体指喻，整首达到了五维境，这也是一首高维度的佳作。

以上讲了王子居诗作中以气贯通的气象流，而集大成式的气象流诗作，只能在《龙山》里才能体会。

王子居气势最雄浑的诗作，是《龙山》和《战歌》，可惜由于后期王子居对诗歌没有多么重视了，极尽雄猛威武的《战歌》竟然失传了。

王子居的长诗很少，仅有《涛雒将别》《战歌》《悔歌》《红豆咏》《龙山》五首，《战歌》与《放歌》《啸傲行》《大悲曲》等诗作属同一时期，是王子居在《龙山》之前最强的作品，至于怎么强，可以想象将《放歌》《啸傲行》等同时期的作品在质量相同的情况下篇幅放大几十倍的效果，可能是因为《战歌》战意太强、杀意太烈，所以不能存于世间，它只能是一个传说了。

事实上，我们想体会《战歌》《龙山》之强，仅从被抛弃的残句中就可领略一二，如《龙山》弃句：

珠峰四维天下白，泰岱八极未了青。秋腊收藏千层雪，春夏生发万里红。

无论是讲气象还是气势抑或境界的阔大，号称“骨力雄奇”的杜甫最强诗作“无边落木萧萧下，不尽长江滚滚来”都不及（当然杜甫的诗多了一重骨力），而它们却是《龙山》的弃句。

为什么气象如此雄伟的佳句被放弃呢？因为单独的景象描写（其实第二联还具有象征、用典、夸饰的修辞）是王子居所不取的，而对《龙山》的整体为喻来说这两联虽亦可隐喻，尤其是收藏、生发（参见《咏怀•经秋》）还是用典，而珠峰的天下白和泰岱的未了青（这还是一个用典，用的是杜甫的“岱宗夫如何，齐鲁青未了”）在空间上极尽广阔，并且青白形成了鲜明的对比，而秋腊、春夏则是从时间上写四季轮回，两联诗其实是空间和时间的对应，它们在结构上是很讲究的。另外四与八、千与万的倍增关系也属对得工整。

同样的，作为《龙山》的弃句，这两联诗规模庞大，杜甫最强的七律“不尽长江滚滚来”和最强的五律“齐鲁青未了”，写的是一山一江一省，而“珠峰四维天下白，泰岱八极未了青”则是通过中国山脉的一东一西来写整个天下，写的是中国空间的四维、八极。

不说写得如何了，它们仅在取象大小上就没法比。

而这种夸饰至极点的诗句，以开阔无比的空间，自然写出了中华民族的远阔气象，而“春夏生发万里红”一句，则写出了华夏民族生机勃勃的气象和意象，当然它的意象主要由句中的象征带出来了，它通过四季不同的气象或意象，以未了青、万里红、天下白、千层雪写出了一种四季轮回、生生不息的象征之意（参见《咏怀•经秋》）。

杜甫的两联即便有气象存在，但在气象的雄伟阔大上远远不及，在更多维度的意境层面则没有更多内涵。

有着如此多内涵的两联诗，依然被弃，可见在王子居的心中，它们无论是隐喻还是气象都还是弱了些。

以此来观《战歌》《龙山》，大休可以想象二者的雄奇。

象之贯通：意象流

垂緌饮清露，流响出疏桐。
居高声自远，非是藉秋风。

意象流的演变次序

王子居在《古诗小论》中讲“气象易感，意象难会”，由于意象是“以意染象”，而人的意往往是抽象或者说人的微妙的感情意绪是较难用文字表达的，而微妙的感情意绪通过自然之象来表达就更难解说了，所以意象流的诗作是很难解构的，即便勉强解构，也未必能表达其真旨。

王子居诗作中的意象流特别多、特别深，这是因为他的诗中很多象都是隐喻及象征，当意象流与隐喻、象征结合之后就变得更复杂，解构起来就更难了。

我们现在能总结出来的意象流的演变次序有：1.由情景交融升华为以情染象乃至扩展为以意染象；2.意象一体；3.拟人意象、隐喻意象、象征意象（见《古诗小论》及《唐诗小赏》中对《山居秋暝》的解释）；4.拟人隐喻意象、象征隐喻意象、拟人象征意象、拟人象征隐喻意象；5.由拟人意象、隐喻意象、象征意象升华成的心象一体、物我两化意象。6.由单句的意象流升华为整篇的意象由同一个性质贯通，从而成为整篇同性（同色同味同声）的印象流。

在《从明喻到指喻》一章中，许多喻诗其实都是意象流，如《芳草辞》：

芳草青青，共吾情之戚戚。既遥遥兮前路，况烟水兮低迷。逐延延兮无穷，更添我之踌躕。

彼芳草兮，吾伊人之思。即荣荣兮日生，遑论吾思之深。即芳草兮日新，遑论吾思之真。

见芳草兮，念彼伊人，既佳德兮皎容，况内慧兮多静。幸彼芳草兮，使吾多思念之情。

意象流的以意染象，其实是物我两化、心象一体、天人合一的一个分支。物我两化、心象一体自然而然地具有意象一体，而以意染象是意象一体的前阶，是初级阶段，而它又是情景交融的进阶。

讲到这里，我们十分清楚地讲明了王子居喻诗的发展次序：1.先是情景交融，这个阶段人的意（包含情但比情的范围要广得多）与景是分开的，但情与景互相衬托、相得益彰；2.当人的意不是与景分开表述，而是将人的意染在象中、以象表意、不另言意，这个时候人的意是存在于象中的，即以意染象；3.运用拟人、隐喻的修辞手法，直接以象代人，人与象并无区分，意象一体，此时就达到了心象一体、天人合一；4.人与象合一，并在创作中互相转化，实现那种类似循环对比喻的创作境界，就是物我两化。

《芳草辞》里的“彼芳草兮，吾伊人之思”几乎是明确地把天人合一、心象一体的喻诗创作方法给讲出来了。它以芳草代替自己讲述思念，自然而然地象意一体。

“芳草青青”之所以具有了意象，是因为它后面的“共吾情”，拟人的修辞使得青草具有了感情，而青青与戚戚本来是没有联系的，但一个共字的拟人使得它们似乎情意相通了。芳草铺展于遥遥前路，而烟水低迷，将它笼罩，而爱情之路的迷离、遥远的意与它完美地合一，它的意境与感情完全融为一体或者说它的感情完全用象来表达，从而意象合一。其他如意象与隐喻合一，请参考《喻兴一体，起兴转进》一节的讲述。

古人的意象流

事实上，心象一体的意象流是比较好解构的，以意染象层面的意象流其意象才是最难解的。

古代诗歌中以意染象较突出的作品，如刘长卿的《别严士元》：“春风倚棹阖闾城，水国春寒阴复晴。细雨湿衣看不见，闲花落地听无声。日斜江上孤帆影，草绿湖南万里情。东道若逢相识问，青袍今日误儒生。”杜牧的《金谷园》：“繁华事散逐香尘，流水无情草自春。日暮东风怨啼鸟，落花犹似坠楼人。”

《别严士元》的“水国春寒阴复晴”“细雨湿衣看不见，闲花落地听无声”的意象，不如“日斜江上孤帆影，草绿湖南万里晴”的意象更明显，因为孤帆影是故人远去，而草绿湖南与万里之情心象一体，是唐人意象流中少有的佳作。这首《别严士元》是王子居在《古诗小论》中所选的数首唐人七律巅峰之作，其他诗作大多也都是气象流或意象流的作品。

如果说意象流的话，《金谷园》一诗的意象流就像“细雨湿衣看不见，闲花落地听无声”一样，更加难以言传，因为它们中没有孤帆影、万里情这样能点透意象之境的象或字词。

当然，“落花犹似坠楼人”是一个明喻，它将眼前的落花与历史中的凄美故事和凄美之人写成了一体：落花，它天然带着一种历史、人生的感慨和叹惋。说它带着一种历史的感慨，是因为前面的“繁华事散”，怨啼鸟的怨字，算是以情染象写得比较直白了，但因为下联的坠楼之人的凄美、前句繁华事散的哀伤、流水的无情，而显得这个怨字虽直白却又浓烈。“流水无情草自春”看似写无情，却是以无情衬托其他三联的有情，所以它是匠心独具的佳句。

这是王子居对杜牧《金谷园》的理解，《金谷园》是王子居极为推崇的名作，因为唐代诗人中杜牧的七绝是唐人意象流最成功的作品。

甚至王子居最得意的作品《客行春》都是对《金谷园》的一种学习，甚至于“散乱微芳”这四个字在他的诗词中被连用两次，所以青年时代的王子居，对于《金谷园》有一种特别的理解和尊崇。

初始的以情染象

我们现在看王子居最早的诗作时，其实已经非常注重以情染象了，如：

青林

日隐江天际，霞映青光林。
水走尘烟下，缥缈人伤神。

这首小诗虽然很普通，但它已经有了王子居后期的以性贯通的印象流诗作的雏形，那就是他在一首诗中追求整首诗的性之贯通，当然作为最早期的这首《青林》做不到整首印象流，但它依然充满着那种努力。

诗人为我们描绘着这样的一幅画面：朝阳在水天相接的晨雾里若隐若现，而它偶尔透出的点点霞光则映照着葱郁的青林，这一切宛如梦境般美好，让人深深迷醉。而这水雾所生的缥缈，令诗人生出一种若有若无的迷惘，莫名有些隐隐神伤。

尘烟和日隐所绘之境，无非都是缥缈之境，也就是说事实上这首小诗在努力追求性（事物的特点、性质）的贯通，如果说他缥缈伤神的感情染了日隐和水烟，也许会有点牵强，但总的来讲，儿童时代写诗的王子居，已经很深入地运用性之贯通来印象全篇，并且努力地对情、象进行统一了。

当然，以情染象和触景生情是两个方向，这首《青林》看起来更像是触景生情，但它对景的描叙有着印象流的性之贯通的特点。

而以情染象的情与象之间是必须有性之贯通的，比如人的心境凄凉，对应的往往就是秋的萧瑟、秋雨的寒，这是我们最常见的情与象之间的贯通，它们是以相似性为贯通的。

而印象流中如果没有感情在其中贯通，那们它们之间的相似性就是形态等层面的，比如这首《青林》里的那种缥缈感。

杜啼血

杜啼血，白莲憔悴芙蓉弱。远离别，心事终难说。向晚风里哀词莫复因我吟。怨梧桐雨，滴滴总动情，从晚到天明。

心意且消磨，山水不相得，人事催思发。呀，恰便似六月狂风催骤雨，风吹雨彻真无情，直打得满腹忧伤一腔深情争零落。

王子居的《拟断肠集》在艺术上还是青涩的，但他有独到的特色，那就是他的情很重，用孔子的“哀而不伤”来说，他的《拟断肠集》词如其名，很伤。而且他极善于对景物染色，所有景物在他的情绪的渲染下，都染上了浓重的感情。

首联杜鹃啼血、白莲憔悴、芙蓉病弱，一派伤感之象。这种气氛为的是表达“心事终难说”的痛苦。而那梧桐和雨也偏偏多事，一滴一滴都勾起诗人的感情，从晚到明滴个不住，怎由得诗人不怨?

对她的情意日渐消磨，这山这水也因我的无兴而无法相得，而人间事却又惹我种种思绪。这些事情积累起来，就好像那六月的狂风催动骤雨，把我的忧伤和深情全都无情地打落。下阕也是重重地用情绪给景物染色，而又用景物回头来把这情绪写得更加动态化。

新酒词

靡睡不解深愁，狂呼难追旧旅。贪爱酒，把人事荒疏。望明月伤心，看孤云洒泪，心向斜阳，入寒山去。纵使萧条更苦，人随此恨到天涯。

总念当时永诀，泣烟柳黄昏后。久被迷淹情思，况秋暮几番游。残叶引悲心沉落，多扑簌向人间能何求。呼盏酒，要纵饮，却忆伊人含羞。

在意象上，这首《新酒词》还是比较美的，虽然它的每一个意象都与感情、心理紧密相联，但在单纯的景象美上，也写得比较出色，如明月、孤云、斜阳、寒山、萧条、天涯，总体上构成了一种凄清萧瑟的美，又如烟柳黄昏、秋暮、落叶，也都具有独特的萧瑟之美。

而这种附着了强烈感情色彩的美，就是意象流的最初始形式，这首词的意象美的特点在于，它其实做到了纯粹的意象美，比如明月、孤云、斜阳、寒山、萧条、天涯等象所构成的意象美，并不需要伤心、洒泪、心向、苦、恨等表感情的词汇就有，而这些表感情的词汇只是加强意象流中的感情，这一点，它与《杜啼血》不同，杜啼血是直接拟人化的写法，将人的情态如憔悴、弱等直接写到象上去，通过拟人、比喻染象，《新酒词》则是通过组合诸象，加强意象。

这首词的特点是它同时运用意象流的两种写法，一是以情染象，用伤心、洒泪、心向、苦、恨等染象，另一个则是以象生意，明月、孤云、斜阳、寒山、萧条、天涯等象的组合直接生出一种意。

这首词的情绪很激烈，望明月伤心，看孤云洒泪，给我们带出了一派愁伤的气氛。而心跟着斜阳进入寒山，哪怕更苦，也愿意带着这人生的遗恨走向天涯，这种心理和感情恐怕就只有那个年纪才会有了。

“泣烟柳黄昏后”，写得很凄美，而“残叶引悲心沉落”，在意象上就写得很成功了。而“多扑簌向人间能何求”，则是完全的少年人的倔犟心态。下阕作者再度运用了他最喜欢用的递进手法。当时永别，在黄昏后的烟柳下，他已经伤心不已，而这伤感长时间迷淹着他的情思，又何况秋暮的几次野游加重了这伤感。那萧萧落叶，勾起他的悲心，沉落下去，他无法忍耐此痛，于是要纵饮，结果却想起当年伊人含羞的情态，这一阕把相思写得算是很苦了。

王子居的心象一体、物我两化很多时候有明确的彰显，如这一首词里“残叶引悲心沉落，多扑簌向人间能何求”，是我们前面提到的本体代替部分喻体的又一个例子，不过在这个暗喻里，本体是和喻体同步的，它事实上是明确的心象一体，不过王子居的心象一体通常是只写象、心在象中的，而这里是象与心一起出现的。

以意染象与意象隐喻、意象组合

意的范畴是比较复杂的，应当说，古代意的概念并未确定，而是十分广泛的，而十分广泛的意与象的结合，自然要比单纯的以情染象要复杂得多。

而王子居诗歌中的以意染象又大多与隐喻、象征结合在一起，因之更加难以清晰地解读。观察他诗歌中的意，大约有心志活动、文化（如文意）、哲学等不同层面的内涵。

无题·雁高

雁高鱼沉花落尽，伊家消息无处问。

烟迷水转渐愁人，芳草斜阳何限恨。

这首诗应该是王子居意象流诗作中比较简单的作品了，如何将物象点化成意象，王子居在大学时代进行了一些尝试，但那时他没有理论指导，只是凭隐约间的直觉去进行，如果我们将这一首与《客行春》及后来的《紫薇》对比起来看，我们将看到明显的呈层次的进步。

雁高鱼沉是古诗词中经常运用的典故。雁儿飞得很高，鱼儿潜得很深，靠它们来传信是不能的，所以我和她的消息就断了。而花儿也落尽了，美好的事物仿佛都与她的消息一起失去了。这句是典喻同运，而花落尽更是一个忧伤的隐喻。这句好就好在它加了一个花落尽，因为雁高鱼沉是快被用滥的典喻，但加上一个花落尽，就意境全出，而且带着人生芳意零落的隐喻。

下联写得很伤感。春烟迷离、水流绕转，人生仿佛陷入一种曲折的走不出去的哀愁里，那萋萋芳草、那悠悠斜阳，更是勾起无限的遗恨。应该说下联的象与意都要比上联强烈，而第一句与下联两句结合构成的意象境界，是匠心独具的。

王子居早在创作《发现唐诗之美》（即后来的《唐诗小赏》《古诗小论》）时，就指出了文字的排列组合之妙，事实上，意象的组合也是非常重要的，比如第一句脱出古人单讲离别的窠臼，加一个花落尽就妙意新出。而这首诗的排列组合除了在心意构境上不断递进、加强之外，它的象在自然构境上也极具特点，雁则写高，鱼则写深，烟迷写近，水转写远，芳草写近，斜阳又写远，通篇都带着内对比。而它们又全都带着隐喻。烟迷水转的隐喻王子居在《芳草辞》中有类似的运用，而芳草自古就喻美人，斜阳其实也是一个自带喻性的事物，往往出现在伤感之作里，在这首诗里它与花落尽有着相同的意蕴或者说隐喻，因而是两个相似的意象，一个隐喻着爱情的零落、一个隐喻着爱情的沉坠……

第二句是其它三句的基点，因为它明确讲出了所喻何事，这首诗有一个特点就是运用象的铺排构画出一种感情意境。这种铺排是渐进的，也是逐渐加强的，如果说修辞的话它与递进比较类似。

而这首诗是典型的意象与隐喻（明喻）同运（一三四联）。

连山低

从书寻千古人迹，问讯风流，苦学彩笔，到而今，写不了相思。目远春黯，向何处看足云曦。紫燕来时欢飞，引愁人意。

美景纷呈罗绮，错落屋宇，乱林掩门，农人依稀。目断连山低矮，流水浅岸鱼栖。心被风吹碎，乱叶残声里。

十六岁人，哪来如是多愁苦，吾观此等十六岁作中，其愁意近乎有形，实难当耳！若言诗文误人，我今信耳！“心被风吹碎，乱叶残声里”，凄绝。

这首诗是以情染象和以意染象并行的，而它的隐喻则迷朦难测，它的印象流也十分怪异。

谁言少年多情，却只见伤情，恍然间竟似出自阅尽沧桑的老人之手。虽然在言语间稍有青涩，其中的悲戚之气却如残秋，可谓老气横秋。作者这样感叹着，我想从千古历史中那些仁人义士处学习，叩问他们的无限风流，苦苦学习立言之道，可现在却写不了那相思，却绘不出你的样子，我在情爱中迷失了正途、在诗词中迷失了道路。

春光尽处，哪里才有那云曦呢？唯见那燕子纷飞，叽叽喳喳，就勾起了几分愁意。这样的美景络绎不绝，在那错落的房屋间，乱树遮蔽了房门，而这其间有着几个归家的农民。诗人寻找着那丝丝的暖意来慰藉自己那不堪的心情，这美景遍地，芳华飘香，流水潺潺，可在年轻的作者面前却只是破碎的片段，心被这风吹碎，叶子也在这风声中飘零，倍添凄凉。愁，为何一个少年会如此忧伤呢？有的人，只要一碗清茶，一杯浊酒就不愁了。可有的人，却是富有天下仍会忧愁，诗人是愁那挽留不及的过往、愁那掌握不了的未来，这是千古之愁，也是作者的愁。

如果说这首诗的后半部分讲成隐喻有些勉强的话，但它整首词所营造的意象，紧紧围绕着黯、愁，可以说仅靠意象就能写出那求之不得的忧郁和伤感了。

花正好

花正好，香满黯离魂。晚风声小人对月，池塘摇影泛黄昏。独自念人频。

念人频，一作酌酒频。《花正好》在王子居的诗作中算是一首纤丽的小诗，但它的艺术构成却十分绵密、复杂，相对于众多纤丽诗词而言，它却又具有着无可比拟的强大。

中间一联是王子居少年时代比较得意的句子，那时候他曾在周边几个女同学中与杜甫比了一下（如同他后来在四所大学一样都采用匿名形式），结果，女生们的意见，全部认为最好的句子是这一联。所以事实上，王子居在十六岁时就已经同杜甫比过了，他后来对在四所大学中的比试完全是信心十足的。

“晚风声小人对月，池塘摇影泛黄昏。”这一联的意境可谓写得极美。人望着天上的月亮，正自出神，而风声渐小，吹着人的衣襟，也吹着池塘，生起涟漪，于是人的倒影和月亮的影子一起在池塘中摇动，泛起一阵阵昏黄的光华。这一联写得十分婉约，意境迷离恍惚，写出了一种如梦似幻的美，这种美恰对着“香满黯离魂”，失魂出神的黯然相思之状映在昏黄泛动迷离恍惚的波光中，再加上花的香气，人的倒影与月的倒影共同荡漾，这种意境的构造实在太完美也太唯美了，读之让人销魂。难怪几个女生第一次见到这词，就把杜甫那些名句都扔到一边去了。

另外，香满黯离魂一句的满字，在意境的构造上也是独具匠心的，这一个字的运用，较之“春风又绿江南岸”的绿字、“昨夜一枝发”的一字这些文学史上流传的炼字可要强得多了，因为它在意境的构造上可不是巧妙而已，而是一种化境的运用。

为什么说它是一种化境的运用？因为它不光是充满了离魂，而是整个诗中世界被化为一个香的世界（满字的作用就在于此），从而将这首词中的人、物、象、情绪等全部融汇入意境之中，从而形成一个独特的完全独立的意境世界，这个世界中，被香气充满的意识中，只有晚风、昏月、摇荡的波光中人和月的碎影，还有对伊人的思念，香满的满字，将其他一切杂念杂事全部排斥了出去，从而构造了一种唯美的、唯意的词境。

在只有二十七个字的一首小词里，王子居运用了声色光香、风花水月，构画了一种充满独特意境的景境，而景境又即意境，“晚风声小人对月，池塘摇影泛黄昏”也成为他很长一段时间内最美的句子。

事实上，这种唯美的、唯意的词境中透露着孤独、思念，透露着一种寂静、寂寞。虽然在词句里感觉不到，但是在意境中却具有。

这一首和第二首是一样的，都透露着一种孤独的相思，也都用一种特别的意象来构画出一幅灵魂的寂静。这种独特的意象构境才是王子居超越盛唐之处。

王子居的《花正好》前后总共创作有六首，所有的花正好对应的全是离别，全是刻骨的思念，整组词都在运用这种强烈的对比。

王子居的诗词在整体构思上一向缜密细致得如同瑞士最好的钟表，他用词构境十分注重和谐完美。比如这一首诗中的晚风声小，就用得恰到好处，若是风太大，人和月亮的倒影就碎了，而不是摇动了。风小，又恰合独自对月念人的意境，若风大，就破坏这种寂静的唯美了。另外，离魂黯然，与月亮的碎影、昏黄泛动迷离恍惚的波光，在意境上也具有十足的相似，它们的感觉特质是完全一致的，这也是为什么我们说王子居的词境构造十分和谐完美的原因，他的诗词每一个字、每一个词、每一句与每一段之间，紧密咬合、特质完全一致、互相增益诗境，确实像一个复杂而精密的仪器中，诸多齿轮互相咬合带动一样。另外，这一联诗中风字是核心，因为它不光是吹着诗中那个独对明月深深思念的人，它还吹起水波，吹碎了水中人与月的倒影，吹出了一片水月昏黄的意境……

可能很多读者会想起林逋的那联“疏影横斜水清浅，暗香浮动月黄昏”，两人的诗描写的是不同的意境，一个是写相思，一个是写梅花的神态，但在美的意境上，在意象的混一上，王子居的句子显然要复杂得多、精密得多、玄妙得多，它的象完全是意，它的每一个象之间都在互动，风为水波、人、月而动，人与月互动，水波为风、人、月而动，月为风、人、水波而动，这种绵密交叉的动态使得王子居的词在意境上更唯美，在情感上更销魂。可以说，王子居的句子是声色光香、风花水月与人还有人的思念情绪在一片迷离朦胧的伤感意境中互相交融互动的，而林逋的诗就差了一些，比起王子居喻诗的这种复杂玄妙，林逋诗的意境显然要浅白了一些。不过，王子居坦白地讲，他的这两句词是受林逋影响的。正是对林逋诗的敬佩，王子居才化用出了出神入化的这两句诗。

当读者们深刻地理解王子居诗词的那种科学的严谨绵密和文学的自然唯美浑然一体时，可能就不会再怀疑，为什么王子居的诗词总是在女生中完胜杜甫了，因为女生的直觉更可靠，她们往往只凭直觉就能感觉到一首诗的不一般了。而粗放的男生，想要理解王子居诗歌中那种深藏的意境和妙处，就只能靠王子居的讲解了。

我们讲王子居的诗词，只讲他独有的、独到的妙处，至于他与盛唐诗人共有的那些妙处，比如那些平常的情景交融、起承转合、人生际遇和感慨等等，就很少讲。

这种紧密严谨的诗境构造，使得王子居看杜甫的诗时，往往忍不住批评杜诗就像勉强粘合起来的碎花瓶。十六岁的王子居诗词虽说已经很严密，但读过《龙山》的读者，体会过《龙山》那三十多种维度构成一句诗的严密圆融时，可能会意识到，王子居之所以能做到那种超越想象极限的严密复杂，是因为他在少年时代，就已经具有了超过盛唐大诗人的严密复杂。

王子居十六岁的这两句词，之所以能完胜杜甫的名句，是因为杜甫的诗相较于王子居的诗词，显得太过粗糙，在景象的描写上，王子居精致而典雅，但这种精致典雅又毫无造作痕迹，而是一种浑然天成、自然妙好的精致典雅，除此之外，这一联还蕴含着完美的意，象与意的契合度是百分之百的，而杜甫的诗句中，象与意的结合是要靠文字来粘合的，这种粘合很多时候都很勉强，契合度通常不高，而王子居的意是完全通过象来表达的，不需一字粘合，这正是喻诗学的强大所在。我们在《十六岁词集》中所看到的王子居的一些作品，显然他在那个时候已经是一个喻诗的高手了，至少在这一首中，在多维诗境的意象流上，他就完胜了杜甫。

紫薇路头看疏影，浣纱溪畔听浅流。

几瓣心情寒明月，一枝残梦曳深秋。

这首诗秉承了以自然之象组合出意象意境，而不进行描写的诗法。但它在意境构造上在象中依然写出了细节，首联的一个疏字一个浅字，都写出了秋的特征，因为夏天的水是盛的、冬天的水是枯的，故浅流疏影深得秋象，第一帘通过这种秋的萧疏之象隐隐透出了萧瑟的意。

上联的意象是靠下联的意象来加深的，只有当下联出现后，上联的意象才能变得丰富、立体、深微。

王子居的诗绵密周严，前后句之间在意境构成上往往密不可分，如紫薇的疏影，是与第三句的明月相对应的，而疏影又与三四句一枝摇曳的残花相联系，而从单纯的自然之象来看，路头的紫薇、浣纱的溪畔，浅流、疏影和浅流声、紫薇的残花、明月、摇曳的紫薇枝条，这些象构成了一幅深秋萧瑟、孤凉之象。

而究竟是什么心情、残梦，让一个人在深秋寒月夜里，孤独一个人跑到浣纱的溪畔、紫薇的路头来看疏影、听浅流呢？

正因为下联的意象笼罩上联的意象，上联的意象才变得丰富、立体起来，当我们知道这紫薇，这浅流寄托了残梦和心情之后，我们才会想到为什么是浣纱溪畔而不是别的水边？显然那浣纱女子的影子是落在这浅流之边的。因之疏影、浅流的象征意义也就出来了。就像明月是寒的、梦是残的、秋是深的一样，流是浅的、影是疏的，其隐喻、象征的意味都很淡，却又是十分实在的。而事实上，残梦与路头是加深这种隐喻和象征的。在这首十分唯美的意象流诗作中，路头两字似乎十分俗气，但它却是这首诗中唯一一个写出意在远方的词，有着画龙点睛的作用。一个人为什么在深秋的寒月夜跑到路口来呢？显然那远方的隐喻似有还无，在整首诗梦一样虚幻的意境里有着不可缺少的意义。事实上我们有时候会被定式思维所局限，比如我们因为浣纱的存在，就潜意识里认为这是在村口，浣纱溪畔为什么就不能出现在一个人的旅途中呢？因为只要有浣纱石，那就是浣纱溪呀。所以此诗中的路头完全可以看成是旅途之中的，那样的话，诗就不是在村口遥望远方了，而是诗中之人本身就是远方的旅途上。加上一个孤旅，这首诗的意境其实就更美了，它的意象的意也就更浓了。

这些意象的共同特点是它们用相似的象性共同描绘了一个已经兴味萧然、淡然、黯然的、无法强烈的，却又无比失落伤感的残梦。

这首短诗其实是性之贯通的印象流的典型作品。

让我们来看一下这《紫薇》的意象美：

铺满紫薇花瓣的道路在夜色中显得冷冷清清（而人正走到了这路口），疏影在月下离披，而我们芳华正茂的日子慢慢离去了，在这路口的浣纱溪畔，听着那流水潺潺，想起当年浣纱的人何在？只剩下太多的关于曾经的记忆在一点点地翻腾，诗人也与我们一样，不胜感慨。

他在那曾经浣纱的小溪旁边听着这流淌的水声，仿佛看着自己流淌的过去。这份对于曾经的感慨在明月的陪衬下，显得更加孤单，而他也觉得这月色更加冰寒起来。他的这一份孤单心事在这深秋里也被拉得越来越长，越来越远，远的再望不见，远的彻底丢失在这流水潺湲的秋天。

这首诗意境很唯美，王子居在七绝中运用了对偶，他在这一首诗里仿佛回到了高中，回到了《十六岁词集》那个时代，他将花瓣与心情混同起来，将枝条与残梦混同起来，伴着浅流的潺湲声，他的心情与花儿随着月光一起变得寒冷，而他那已残缺不堪的旧梦则在紫薇的枝头轻轻摇曳着，在寒月的光下同时摇曳的还有花枝摇落在地下的残影。在这首诗里他细腻而讲究，用唯美的意象给我们呈现了一幅伤感而又美丽的画卷。下联其实有心象一体、物我两化的写法。

在修辞上，除了对偶、隐喻外，下联其实还运用了互文。

在诗意上，我们把这首《紫薇》解读为爱情之伤，因为这首诗作情诗来讲，实在是太契合也太唯美了。但事实上，从我们对王子居诸多喻诗的解读经验来讲，它应是一首一象多喻境的诗作，残梦所指，除了爱情之伤外，亦有理想追求之伤、人生之伤。如果路头隐喻或象征着在十字路口徘徊不定的犹疑，那么浣纱溪畔与路头相对应的，其实就是回头，因为毕竟舍弃理想后，就可以回归浣纱溪畔，那里有伊人在等待。而正是上联隐喻中的那种徘徊彷徨，才有下联的几瓣心情和一枝残梦。

有许多学者反对诗歌比较，其实，“观千剑而后识器，操千曲而后知音”，只有不断地对比，我们才能真正地认识诗歌。

我们经常性地忽略真正的知识，正是因为我们不能很好的对比，比如这一首《紫薇》，如果平常地读，我们是看不清它里面隐藏的意象的，而如果将“一枝残梦曳深秋”与“一枝红艳露凝香”对比起来读，我们就会意识到它的特别，它不但多了两个维度，而且每个维度都重叠出了一种伤感的美。

这首诗很短，但它运用各种象的组合将孤凉、凄寂、犹疑、徘徊、彷徨的心境写到了极致。

以象合意

客行春

散乱微芳混轻尘，客路伤心泪满襟。

梦里青春寻不见，鲁冰花草对行人。

王子居的七绝中，这是他自认为最好的一首，后来的七律《紫薇》，就颇有这首诗的影子。

在前面《花正好》的解读里，我们讲了王子居诗词构境的严密和勾缠，事实上这首诗也是一样的，它在一定程度上具有印象流诗歌（见《性之贯通：印象流喻诗和气韵》）的特点，因为它是运用微妙的性来构境的，这种微妙的性体现在它的梦（虚）幻性上。

《客行春》之所以是王子居自认为最好的七绝作品，我们揣测主要是它写了人生最宝贵的青春，并蕴含了对青春最难的割舍。但另一个主要原因也在于它微妙的印象流，“梦里青春寻不见”写的是一种对人生和青春岁月的虚幻感、失落感，而“散乱微芳混轻尘”恰是一种难以察觉的意象，微和轻字增益整诗意象中的虚幻感，散乱和混字，增益整诗意象中的迷茫感，王子居讲意象流诗作的进阶：“由单句的意象流升华为整篇的意象由同一个性质贯通，从而成为整篇意象同性（同色同味同声）的印象流。”

王子居对意象流诗作，一个最为重要的探索就是印象流，在许多诗中他都追求意象流中性的贯通，从而使诗歌达到了一种难以想象的微妙的和谐美，这种深隐的和谐美在之前我们是读不出来的。

另外，《客行春》的特点在于一句意象，一句言情，上下联结构相同，符合王子居所讲的诗意大对偶，同时这也是比兴最常采用的形式。如“客路伤心泪满襟”是直白人事，但“散乱微芳混轻尘”就是意象；“梦里青春寻不见”是直白人事，“鲁冰花草对行人”就是意象。这种一象一意的一联构境，是以象合意，构成意象。

除了意象同性，是局部印象流之外，《客行春》其实整体是隐喻。“鲁冰花草对行人”的隐喻比较明显，鲁冰花是路边花的谐音，它的寓意自然有着轻贱、无人赏识了，这里的鲁冰花对着行人，其隐喻十分微妙难传，除了显示诗人只是客路中的一个过客外，还暗示着为青春梦想进行一个人的远征的那种旷世孤独。当我们解出鲁冰花的隐喻后，“散乱微芳混轻尘”的隐喻也就浮出水面了，微芳显然是青春梦想的芳香，可它却散乱了，而且混在了轻尘之中，正因如此，客路上的诗人伤心得泪满衣襟。为什么轻尘里的微芳会令他如此伤心？一个人怎么会为轻尘和微芳伤心？因为这是一个青春梦想之芳香的隐喻啊。这个隐喻是心象一体、物我两化的天人合一境。

2014年时我们没有意识到它是一个隐喻，但我们意识到了它是一种象征：

芳香本是看不见摸不着的，何况是微芳？而这微芳还是散乱的，时有时无，况且这本就微细难觉的微芳，还混在轻尘中？王子居写诗时特别喜欢对诗意进行层层的递进或者是反复的交缠，这种影响可能来自于“泪眼问花花不语，乱红飞过秋千去”的启发，在他的“醉花柗榭春远近，梦柳池塘忆浅深”一联诗中，这种反复的递进和交缠达到了更复杂更密集的程度。这句里的微芳肯定是一种象征，是青春的芬芳或者是爱情的芬芳。

那微芳混入轻尘，暗示了爱情的无果，何况是在客路上呢？难免伤心，于是泪湿衣襟。

梦里青春寻不见，写了一种困惑和迷茫，是对爱情的迷茫或是对青春的迷茫，寻不到那梦想的青春，或者说实现不了青春的梦想，只有鲁冰（路边的谐音，这种用法来自于香港）花草和他相对。最后一句与第一句相对应。

我们只意识到梦里青春是爱情或青春的迷茫，却没有意识到梦里青春的梦究竟是什么，事实上只有读过《指喻之维：一象多喻境》才能明白，那里面不只包含了爱情，更包含了文化理想和文化追求以及人格修养的追求；而又只有读过《殉道者的隐喻》之后，才能真正明白“客路伤心泪满襟”的沉痛和凄凉，也才会真正明白“鲁冰花草对行人”的孤独和悲壮。

当我们解构到这里，才隐约明白为什么《客行春》是王子居最钟爱的七绝，因为它是青春理想之歌，而且在艺术上，除了从意象流写到印象流外，通篇隐喻并写到天人合一境，从而写出青春与梦想最美的痛、最美的伤、最美的执著，最美的远征……这大约最契合王子居的心境，也许这才是《客行春》成为他最钟爱诗作的原因。

《客行春》是一象多喻境，梦里青春能涵括的有很多，除了爱情梦还有文化理想之梦、人格追求之梦、华夏文明之梦，这是我们结合其他的诸多诗作推导出来的，而至于它更多的隐喻，也许只存在于王子居的心中，因为这毕竟是他的梦。

以象生意

王子居诗词里的创造性手法实在太多了，即便是很难写的意象流，他也有各种各样的变化手段。比如意象流的作法一般是以情意染象，但王子居还有一种以象生意的创作方法。

梦中吟

2012年10月30日晨，于梦中历事，忽便吟诗，醒来努力反复记三联，及披衣提笔，便失一联，于餐前补二联，遂成一首。观首联，我何曾到嵩山与花溪，真似是鬼神之语，假我而吟。

松（嵩）山松外钟，花溪花下情。旅怀随飞鸟，相思落秋风。
暮色凝衰柳，寒月冷孤星。梦中见啼脸，那得一相逢。

虽然是梦中写就，但这首诗在意象、气韵、情境等方面都做得非常出色，是王子居五律中的精品。

首联最妙在于它的气韵吧，王子居经常以戏笔的形式来写诗，叠字、衔头、同音、重复，原本是文人的闲时墨戏甚或是诗病，难登大雅，却往往被他化腐为奇，别开生面，写到极致。这一联便是借助同音来实现了一种少有的气韵，沈约的四声八病说，诗人们极力避免，而王子居以同音同义入韵，翻出新境，可谓化病为禅。而在诗意上，这是非常唯美的一联，起兴起得非常好，诗人正立在花溪的花下，诗中没有说在花下如何，而是给了我们无穷的想象空间，而那嵩山遥遥，钟声时不时从松外传来，听在离人之心，不只勾起了他的绵绵情意，出世的钟声更是动摇着离情、旅怀（旅怀随飞鸟）、相思（相思落秋风）、失落苍老（暮色凝衰柳）、孤独（寒月冷孤星）……

这首诗的特点是什么呢？是它中间的两联中每一句都有一个特别的意象，与纯以象进行描写不同的是，二联将意与象同时写出来，然后以意染象，三联则是纯以象描写，但运用了隐喻和象征，从而以意染象、以象生意（注意，这一联的意与象是互生的，或者说意象互生其实就是以象生意）。

中国古诗中五七言的形式其实决定了在以意生象的过程中，很难摆脱具体的描写，如七言中“杨柳春烟迷蝶路，落叶秋风失雁行”，就有迷、失两个字为我们点出了意，五七言中必然要有一个单字，而语句结构中的两字一词的特点，也决定了五七言的古诗难以纯粹用象来组合，同时主谓宾的结构中动词、形容词的部分，也注定了即便再神奇的意象流，也无法不描写，所以我们看到第三联的象中，有暮、衰、寒、冷、孤，都是带有意之色彩的描写，因为这些形容自然景物的词在喻文字的运用中，都已贯通到人事、感情领域了（可参看《喻文字：汉语言新探》）。而这联诗的意象流，恰是这些带有意之色彩的形容和象一起，实现以象生意的。当然也有隐喻象征在里面，而二联似可视为明喻，一联亦是有象征在里面。

当我们看到二三联的旅怀、相思、苍老、孤独之后，我们再来看首联的钟声、落花、流水，就明白它们也是带着隐喻和象征了，因为情这个字，是总括后面的旅怀、相思、苍老、孤独的。

松外钟与松山、花下情与花溪，本来是没有关系的，但王子居运用谐音，使得它们之间产生了一种微妙的、难以言传的关系和意象，松山有松、松外传钟、钟声触心，花溪花落、花下生情，出世之钟声带来的无常感触，碰触到了世间之烦恼的诸多感情交织，再加上落花流水之喻天然自带的典喻同运中的“见飞花落叶而悟道”及“逝者如斯夫”的生命感触，出世之音与烦恼之象的对比，使得这联诗具有了微妙的哲学意蕴，从而使得松山与花溪这两个地名具有了特殊的意义。事实上，梦中花溪的意义令王子居难以忘怀，直至在《龙山》中他还使用落花流水这个意象写出了全诗中几乎是唯一的婉约句子“女歌频传落花溪”。事实上，花溪本就是落花流水之溪，它本身就含着落的意，因为没有落花，就不可能是花溪（盛开的花不可能在溪里），不过在《龙山》里面王子居把这个隐藏的意象给点出来了。事实上，王子居诗词中对落花流水这个隐喻意象运用是很频繁的，如《念奴娇•悼王国维》里的“落花流水，啼尽杜鹃千度”，落花流水的隐喻可比“花溪花下情”要深厚得多。其他例子可见《落花流水：如典之象》等章节的论述。

王子居就是截取了山松和流水落花这两个山与水的最典型的意象，然后直接命名山和水，并通过诸多被化用得看不出典在何方的典喻，从而实现了一种虚实交错、化实为虚（松山简化为松、花溪简化为花）、凝虚为实（整联诗包括情字所涵括的后面三联的诸多复杂意象最后凝练为花下情，并最终归于花溪，因为这所有的复杂感触都是由落花流水之花溪而触发的）的极特别的意象流。事实上，由于二三联多了具体的描写，所以相比首联沦于下乘，而首联由于纯以象构成，没有暮、衰、寒、冷、孤虽能点出意象却又浪费笔墨的字，所以反而构造出了更繁复、更幽美、更哲学的意境。

当然，这种意象需要反复体会，但越是体会，就越是会出现“敏觉细构成无形”的那种微妙感觉，但事实上，越是“敏觉细构成无形”，这种意象的微妙之美也就越强烈。王子居在《东山诗话》（见《古诗小论》）中举唐诗三重境，有一重境是“细雨湿衣看不见，闲花落地听无声”，用来形容这种无法形容的微妙意象，最是恰当不过。而像“万物含情皆有以”的那种无不可言的境界，我们是达不到的，所以只能是“细雨湿衣看不见”了。

在意象的美上，一个怀着复杂感情的孤旅之人，在流淌着落花的溪畔，一棵花雨缤纷的树下（这个意象组合是很美的，花木、溪流，再加上溪水中的落花、花树的飞花），旅中情怀随着那飞鸟，意兴联翩，飞向远方，而相思之心却随着落叶一起被秋风吹着飘摇落地。这一联写得颇具丰神，意态、动态都很传神。旅怀、相思本来是难以直接描绘的，而王子居善用意象，用鸟儿飞远和秋风吹落来表现旅怀和相思的动态，一下子就生动鲜明起来，而落这一字，不但表达了动态，还附带了伤感，就更具丰富的意象了，同样的，飞鸟的远逝，也令旅怀有了一种迷失般的怅惘，仿佛那飞鸟带着他的旅思飞向归途或飞向虚无。他在《发现唐诗之美》中，提出诗歌的本质是文字的排列组合（更具体些是物象的组合），此联当可为一例证。

第三联在意象的刻画上也非常成功，二联写了秋风之摇落，三联是它的递进，秋风中柳树枯衰，本已是一幅凄凉伤感的画面，而暮色两字又加重了这种凄婉，再接下来的光景中，天上只有一颗孤星，而月光寒凉，令这孤星更加不堪。这一联的特点是在写了物象的一种极带伤感色彩的特点之后，再加上一层外来的景物的大背景，加重这种伤感的色彩，在艺术手法上，一张一弛，一大一小，可谓娴熟而神妙。而在炼字上，凝字值得我们揣摩，它写出了暮色的昏沉，应当是在作者目中，只有衰柳可见，而暮色凝聚于衰柳之上，未尝不是别有深意，隐喻或象征着一种更深的伤感。

这首诗诗意层层递进，第一重递进在时间上，从在花溪伴花听钟，到暮色苍茫，到仰望寒月孤星，再到睡梦之中。第二重递进是诗意和情感上的，从听钟动情，到旅怀，到相思，再到暮和月夜的凄凉，再到梦中的哭泣。白天的种种伤怀终于在睡梦中整体暴发，他见到了伊人的哭泣，而他醒来时，却无法再与她相逢。

这首诗在结构上具有王子居律诗对偶的典型特点，第一联是远近对、虚实对，远处松林之外传来的钟声在诗境中是虚的，而近处花溪的落花是实的；第二联也是一个远近对，同时也是一个虚实对，飞鸟带着旅怀飞向远方，消失天际，是虚的，而相思伴着秋叶被秋风吹落在地，是近的，也是实的；第三联也是一个远近对、大小对，同时也是一个虚实对，暮色凝于衰老之上，是近的，但反而看不清，所以是虚的，而寒月孤星则是远的、大的、实的。

王子居极善用对偶，尤其是他的阴阳哲学对，虚实相衬、大小相对、远近相生，往往在大背景下还有细致的写实，而无论虚实大小，又都写出意象流及隐喻或象征，这使得他诗歌中的意象美，往往都是多维的、立体的、交织的，只有在详尽的解构中才能细细体会。

云水篇

问我之心，如天上之飞云。

求我之意，如山外之流水。

像不像古代高人隐士的对白呢？很像。这首诗写得流动飞扬、潇洒不羁，意象之美妙、意境之天成，都难出其右。而写心写意，是王子居独有的诗材，可谓独步千古。

这首短诗写心写意，是通过自然之象来表达的，我的心怎么样？我的意怎么样？完全是通过是天上飞云、山外流水来意会的，也就是说，人本无意，由天上飞云、山外流水生出心与意。

《云水篇》在艺术上超越禅诗的禅机，因为它无心无意，故无禅无机，自然超越一切禅机。但它又通过飞云流水写出来了意象，表达了洒脱、风流、自由、随性的性情与襟怀，这就有了意，它又通过天上、山外写出了禅机，不过这天上、山外的意境或者说是禅机，真的就只能意会了，因为这两句都是意象加隐喻，而它的隐喻是相似性最模糊的那种，这种模糊相似性的隐喻的艺术特色是什么呢？就是给我们留下了无尽的想象的、发挥的空间，能达成仁者见仁、智者见智、横看成岭侧成峰的一指多喻境。

这种留下更大想象空间的写法其实是与“杨柳春烟迷蝶路，落叶秋风失雁行”的那种只以象组合不用摹态描写的大物象组合留白的写法是一脉相承的，只不过《云水篇》似乎更特别一点。

游鲁大赠何志钧教授

鲁大夜飞白，山松如画图。

艳阳来相映，青姿透雪出。

这首诗是王子居在2014年进行“寻找最美七律，王子居挑战杜甫最强七律”时在鲁大所写。

这首诗写得很有劲道感，而所含的隐喻也比较有深意。这首诗算不算有气象？其实它是写出了一种气象的，不过它达不到王子居所要求的那种气象，也就是说它气象的味道在王子居看来太淡了。不过意象却是肯定的，但与其他意象不同的是，这首诗的意象是通过气势、意志、隐喻实现的。

说这首诗具有隐喻，其实它的隐喻已经有了象征的意味，我们在2014年时不知道有一指多喻，所以我们的解读完全错了。

“山松如画图”中的如画图显然是赞美鲁大的一种象征，它并不是单喻山松，而是喻整个鲁大，作为鲁大的客人，王子居自然要赞美一下鲁大，于是一幅如画的山松傲雪图便在第一联写了出来。

“艳阳来相映”是最强烈的象征，象征着鲁大如艳阳高照般的我们通俗说的气象、气运，“青姿透雪出”其实是隐喻整个鲁大并同时隐喻何志钧及学生们的，青松透雪展现英姿，象征了鲁大的精神和气象，同时它展现了气势和意志。

夜咏

又是秋风送秋雁，天上云合云复散。

伤花厌酒二十年，孤星一点明河汉。

我们在2014年时竟然没给这首诗一句评论和赏析，而现在看来，这首诗整体隐喻，而隐喻本身是象，隐喻的本体则是意，它是意象之作是无疑的，我们当时一句解析也没有给它，是因为它看起来太直白、太简单了，根本没法讲。

“又是”两字写的是人生，慨叹的是时光流逝，“秋风送秋雁”隐喻着再别，除了对时光的惜别外，它也隐喻着人生的惜别，而云合云散的惜别之喻、人生际遇、缘份之喻就更明显了。

“伤花厌酒”很明显的是个借喻，它指喻着爱情、友情的失落，因为他未曾以时间、精力来照顾这些事情。

“孤星一点明河汉”的指喻就十分耐人寻味了，很明显，它象征着孤独，但又不仅是孤独，它更隐喻着人生理想、文化追求。

秋风送雁、云合云散、孤星河汉，其实在唐诗标准里算是气象之作了，而它们更因本身带着充满复杂感情和意念的隐喻，事实上是气象流和意象流俱有，只不过它们不是王子居所讲的气象流，王子居提的意象流，我们讲解起来实在是太吃力，他心中的气象流可能还需要达到一种极美极微妙的意境才算是。

事实上从意象流和心象一体、物我两化的理论层面来讲，这首诗完全以象为喻，象即是人，其实已经达到了心象一体、物我两化的境界了，而那种境界是妥妥的意象流。

另外，这首诗很清淡，看起来没有复杂的诗意构成，也无绚烂的色彩，也没有微妙的意境，但清淡不正也是一种极美吗？

野凫惊渡噪池塘，行舟尽处水茫茫。

瑶琴一曲衷肠断，隔岸空闻蓼花香。

倒是更简单的“行舟尽处水茫茫”“隔岸空闻蓼花香”被王子居肯定为意象之作，可它的意象在哪里呢？我们反而无从讲析，另外，下联是有所隐喻的，但这隐喻十分隐晦，似是爱情，又似是心境，又似是隐喻梦想和追求隔着岸（隔岸其实是对佛教彼岸的一种典喻同运，是个化用的借喻，它隐喻着未达彼岸，未达彼岸就已经“行舟尽处水茫茫”了，隐喻之义算是相当明显了，另外“所谓伊人，在水一方”的《诗经》故典，与“妻子好合，如鼓瑟琴”的诗经故典，在这里显然是合用的），而瑶琴作为中国文化中几乎是典喻同运的象，除了琴瑟之和的隐喻外，还有“知音少，弦断有谁听”等诸多典故的知音之隐喻在其中，而瑶琴在王子居的诗词中又意义不同（见《诗演2》），很多时候代表着高雅的追求，瑶琴一曲和隔岸都是对借喻的化用。当下联的隐喻出现时，上联似乎就也是隐喻了，而且上联与下联严密对应、形成对比，“野凫惊渡噪池塘”与“瑶琴一曲”是个很明显的对应，一俗一雅显然对比隐喻着文化的追求和现实的情境，“行舟尽处水茫茫”显然隐喻着前路的迷茫，而“隔岸空闻蓼花香”要么隐喻着爱情的不可追，要么隐喻着人生探索未能达到彼岸。行舟已尽而水依然茫茫，隐喻的是离彼岸还有很远，所以才“隔岸空闻”，空闻两字加强了难达彼岸的意蕴，而“蓼花香”却写彼岸的香隐隐传来，令人向往，这种难达、求之不得与彼岸之香是一个循环对比，越是求之不得，彼岸蓼花之香越发迷人，彼岸蓼花之香越是迷人，越是求之衷肠断。

在王子居的喻诗中，有明喻、借喻、透露着明确信息的隐喻，都比较好解读，而这首诗是他的喻诗中隐的比较深的，他对各种故典之象进行了最大程度的简化、浓缩凝练，并通过与其他象组合运用的方法，在意象之美的基础之上，组合出了一种言之成理、诸象贯通和谐或对比照应、逻辑严密、无懈可击的隐喻。

这首诗还通过对比的修辞手法使得隐喻更加明确。

王子居喻诗的特点就是，1.如果不知道一象多喻的基础理论，他的隐喻就很难读出来，读多少遍都不能察觉；2.一旦读出其中一个隐喻，就会发现往往是通篇隐喻。3.当从全篇解析它的隐喻时，就会发现它的隐喻之间是互相照应的、彼此紧密联系的、逻辑十分严密的。4.当通篇隐喻的逻辑关系、因果关系、先后关系等关系明确后，就会发现解构出的每一个隐喻都是合理的、严谨的，即便是一指多喻，无论指向爱情、理想、人事、文化还是文明抑或是历史，它的每一个指向都是讲得通的、都是合理的、都是能圆融起来的。

我们用喻诗学的多维理论来解构王子居的喻诗时，往往能解构出很多维度来，但即便是王子居用他的理论去解构唐诗，往往也解构不出来什么。这也是为什么他在《古诗小论》《古诗小论2》的创作中很苦恼的原因，因为他无法用唐诗宋词完整地、更好地论述他的喻诗学。我们看到在他以前的诗论著作中，他时不时在讲唐诗时举自己的诗作为例子，其实是迫不得已之举，因为唐诗虽然在诗骚汉唐中维度是最高的，但依然不足以支撑喻诗学的多维理论。

比如这一首，无论指喻爱情还是人生的理想和追求，它的喻体的特点和性质，与它的所喻的特点和性质，其相似度、贯通性都是足够的。

事实上，王子居的《京都集》并没有他自己自嘲的那么不堪（一去东山落尘埃，我人都是为钱埋。十年尽写寻常调，曾无一刻有咏怀），他在北京时期写的诗，虽然没有《咏怀》时期那么纯正高雅，但"瑶琴一曲"的隐喻本身就是高雅的，另外，像"艳阳来相映，青姿透雪出""孤星一点明河汉""青松或许生摇动，高峰依旧耸青天""只应龙腾胜虎跃，莫贪细雨润闲花""青山不必知名姓，绿水何须问前程"等诗作，格调其实都是很高的。

我们对这首诗，当年也是未讲一字，因为我们看不到它的意象和隐喻。王子居的诗词，必须深度解构才能读得懂，对这一点，以上几首诗就是最好的见证。

以象生意、以象为喻、以象象征，在对自然景象的运用上，王子居几乎就是众多技巧同运的，正因为他娴熟各种技巧，所以在《唐诗小赏》中他才首次解读出王维《山居秋暝》的意象和象征寓义来。这也合乎他所讲的只有写到那个境界，才能读懂那个诗人的说法，要不然为什么那么多解读者、赏析者都解不出王维诗中的更高维度呢？

王子居一句之中，运用多维技巧或修辞，写出多维隐喻、诗境，让我们联想到玄幻小说里的六道轮回大天功，就是一种能够同时打出六种乃至更多种天功的天功，是一种驾御天功的天功。

喻之多维贯通，喻诗学里的一象御多维，不恰是如此吗？

桂林路小学生联句

体入深山静，心随广川闲。

落花流水上，春梦竹林间（春风明月间）。

这首诗和《云水篇》都是运用的排列组合法创作的诗歌。《云水篇》写于2011年，正是王子居在《发现唐诗之美》的创作过程中写出排列组合奥妙的时候，《桂林路小学生联句》下联的意象极美，虽然王子居曾言自己的所有作品中论到美，都没有这一联由桂林路小学生做出的诗美，但那只是在境界美的层面，因为这联诗毕竟不是意象隐喻等合体的诗句，在维度上毕竟显得单薄了些。

这首诗放到《意象之巅：心象一体与物我两化》中细讲，因为它虽然是以象生意，但它的整体是特别的。

春逝

世事交集意绪忙，人间好景泛流光。不堪杜宇啼春逝，况复蝴蝶舞爱殇。

星影摇风帘外寂，飞花带露枕边凉。多情自古催白发，莫问相思几许长。

在这首诗里，王子居的运笔也很独特，比如“好景泛流光”对应着“意绪忙”，正是因为流光太快、世事交集、意绪太忙，所以青春逝去。春光的逝去带给人们太多的感触，而人的青春逝去更是感伤。那些美丽的日子就这样消散在无情的时光中了，因为每一天的奔波，每一天的麻木，让人们渐渐丢失了青春。每当想起，怎不伤感？在象上，二联取了两个简单的象：杜啼、蝶舞，但王子居在啼与舞上赋予了它们独特的意义，即啼的是春逝、舞的是爱殇。胜景难再，杜鹃声声的啼叫着，仿佛在为这远去的春日泣别，也仿佛为我们渐渐消逝的青春唱着那葬歌。杜宇的歌声已经如此不堪听闻了，而眼中的蝴蝶，又在那里舞着爱情之殇，就更令人情何以堪了。这啼鸟，这蝶姿，是生命中最绚丽的风景，是那么美，却又那么断肠。

如果说二联意的味道浓重，而象的美却未深刻表达的话，那么三联就更注重象的美妙了。

一二联生发的失落感情至夜中亦不能平息，诗人从梦中醒来，此时露水渐凉了，风起了，星沉了，带着那曾经的时光一去不回，就像我们曾共同拥有的春天。透过帘子看去，星星如影，模糊地在风中摇动，一切都是那么寂寂地，而一片飞花落在了枕边，带着露水，也带着夜的凉意。

王子居对象的安排总是要出人意表，比如飞花带露一定要是落在枕边的才更能泛起诗情画意，同样，风摇动珠帘，让星空有了晃动的感觉，隔着珠帘的模糊星光，像是被风摇动一般，它们有着一种无声的孤寂，再伴着枕边凄凉的落花带着春露，一二联生起的青春之逝、爱情之殇在这风帘星影之中摇荡、在带露飞花之畔孤凉，在意象的美上，诗歌的意到了第三联才达到极致。将自然景色与人类情感中的寂寞、凄伤完美地融合，是意象流的典型之作。

对这一联的指喻和象征意义，前面已经讲过，就不再重复了。

无题·野烟

野烟芳草路伤离，几多曲折误前期。秋月小桥人独立，杏花春雨两相思。

醉里不觉分手后，残灯还映梦依稀。当时事过惟余恨，而今想到总犹疑。

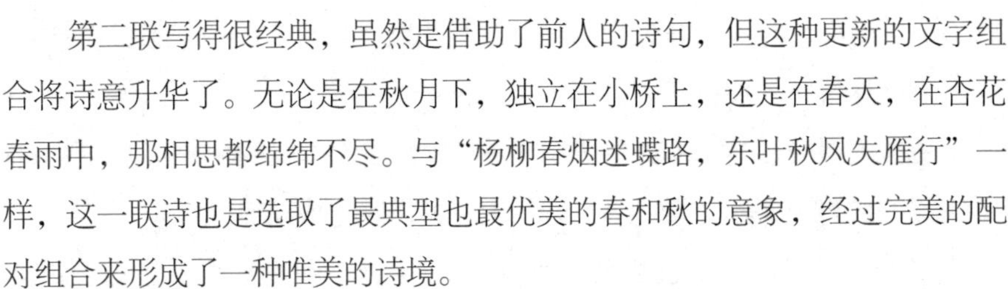

这首诗在意象层面写得比上一首《春逝》还要浓一些，主要是对象的描写更多些，如野烟芳草写客路中的别离之伤，野烟芳草的荒凉恰对应着客路这一特点。

第二联写得很经典，虽然是借助了前人的诗句，但这种更新的文字组合将诗意升华了。无论是在秋月下，独立在小桥上，还是在春天，在杏花春雨中，那相思都绵绵不尽。与“杨柳春烟迷蝶路，东叶秋风失雁行”一样，这一联诗也是选取了最典型也最优美的春和秋的意象，经过完美的配对组合来形成了一种唯美的诗境。

前文其实已经讲了这一联，为什么人独立要在秋月小桥而不是杏花春雨里呢？为什么两相思要在杏花春雨里而不是小桥秋月下呢？因为杏花繁盛而美、春雨绵远而细密，它们的特点性质恰恰是合于浓情相思的；而秋月是孤独的，秋月下的小桥也是孤独的，恰合于一个人独立的孤独寂寞，它们在象性上是圆满、完美而统一的。另外它们其实有着数量上的对比，月、桥人都是独一的，而杏花、春雨都是繁盛无尽的，相思则是连绵不绝的，这一联其实是以一种唯一对无限。所以事实上，这联诗不光是情景密切交融，它甚至做到连事物的性质都具有相似性。为什么王子居做到了很多诗人梦寐以求却无法达到的“物我两化”“天人合一”？因为王子居很多看似平常无奇的作品，都具有完美无瑕、圆满统一的特性（这种深深隐藏的内涵是很难被察觉的，这种不同事物乃至人类情感之间的相似性，恰是喻学贯通性的一种最简单的运用，王子居对喻的这种简单运用，就能令得中国诗歌进入一片全新的、更高维的诗天地，亦从侧面证明了喻学的强大无比）。

王子居诗风绵密周严的特点不只体现在第二联，由于在意境的构造上，他经常以性之贯通实现整体意境和谐，所以他的诗在整体上往往绵密周严，如在意境上，野烟芳草的象，与残灯的象，都是迷离的，野烟笼罩下的芳草和依稀的残灯，都是迷离不清楚的，而醉与梦里的记忆与梦景，也一样是迷离不清楚的，所以野烟芳草的象、残灯映照、醉梦依稀这三重象，其实都是朦胧、迷离、虚幻的。

这其实是一首印象流诗作。

即便是最后一联没有写自然之象，犹疑之想的特质与前面营造出的迷离意境也是相通的。末联其实还明确地呼应着首联，首联说几多曲折误前期，可能是种种误会和矛盾导致了分手，所以末联说那些事情都过去了，只留下了遗憾，而现在每次想到时，都有犹疑，如果当时……又会怎样?

所以这首诗通篇都具有严密的逻辑网线。

诗人几番在这首诗中表达出了那种凄绝又悔恨的感情，他记得清清楚楚的画面开始在回忆中分离断裂，他和她之间仿佛隔着一道并不存在的玻璃，斑驳破碎间能够看得到曾经的样子，但是却映不出如今的自己。昨日的残梦还没有做完，昨日的残泪还没有擦干，它们就这样成了“余恨”，分手的季节已经过去，但是心里的回忆却是经久不息，愈久愈长，愈长愈浓。

落花随流水，痴心负年华。人生就是如此，谁又能在最美的季节邂逅那个最美的“她”，谁又能永生永世地拥抱着“她”，一切都是不可知的变数，虽然遗憾，但是却又有一种剜心般痛苦的美丽，她已经成了回忆，在你的回忆中红颜永驻，这或许就是爱情留给我们最后的最美的地方。

“醉里不觉分手后，残灯还映梦依稀”。在醉中，仿佛回到还没有分手之前，对时光产生了错觉，这应该是相忆太深所致，而一盏残灯，映着依稀的旧梦，在睡梦中有时光倒流的慰籍，这旧梦虽迟早要醒，这一刻虽然可怜，却亦可珍惜吧。

首联的野烟芳草对意境的营造也还算比较美，而二联在造境上则达到了绝美的境地，三联和四联对心理的描写则非常细致，写出了内心的矛盾、留恋、幻想、懊悔和犹疑。

无题·落地

落地无声是前尘，生涯飘荡似流云。悲声哽咽当时曲，泪眼迷离忆中人。
心逐水逝情难尽，梦随花落爱无痕。东风不见杨柳老，只余春恨意深深。

这是一首由意象流升华到印象流的诗作，由于王子居的大部分诗作都是由意象流升华到心象一体或印象流，所以在这里只简单讲一下意象流。

这首诗的意象构造运用了多重手法，首先它是建立在情景交融之上的，因为它情与象是同时写的。如悲声哽咽和曲、泪眼和忆中人、生涯的飘荡和流云、前尘和落地无声、心与情和水逝、梦与爱和落花；然后它又是建立在各种比喻之上的，前尘是个借喻，但它同时又是实象，它是喻与本体一体的（可参考《古诗小论2》中的相关论述），第一句在前尘本是个借喻的基础上还是一重隐喻，第二句是个明喻，三联整体是个隐喻，第七句是个拟人加隐喻，它与第八句共同构成一个隐喻。

以意象流的创作技法而言，在文字构成上这首诗不像是“杨柳春烟迷蝶路，落叶秋风失雁行”那样根本不见任何人事，纯以自然之象组成，而是如上所言混合交织构成，这使得我们在读诗的时候，所见到的意象美似乎不如“杨柳春烟迷蝶路，落叶秋风失雁行”那样浓厚、醇美，但这是单联而言的，从整体的意象造境上来看，落地无声的前尘、生涯飘荡的流云、随水而逝却又连绵不尽的心与情、随花而落无迹可寻的梦与爱、东风中老却的杨柳空余下的春恨……

在整体构境上它通过种种意象的组合，依然为我们构画了一幅伤感销魂的自然美景。

情缘落地后碾碎如尘，它静悄悄地没有留下一点痕迹，那些我最珍视的东西就这样消逝了，可我的一生浪荡漂泊却如同浮云一般停不下来。诗人如泣如诉地在讲着他自己的隐秘的心事，那首歌勾起了他已经刻意掩埋的回忆，但他发现他还是做不到，在那泪眼中仿佛还能看到她的影子，那个梦中人的影子。

可往事如烟，早已消散，“她”也早就在时光中被冲刷得渐渐失去了曾经的模样，爱无痕、情难尽也只是妄言。又是一年春天，又是一个秋天，一年年的日子就这样消散，连杨柳都老了，这里其实有一个典喻“树犹如此，人何以堪”，只不过隐藏的比较深，东风太无情，不见杨柳之老，但是却主宰着杨柳一年年的春恨，而杨柳能如何？只能在深深的回忆中不断地春恨。在这个风姿摇曳的隐喻之中，东风（造物或命运）忽视了杨柳的渐老，曾无垂怜，不曾改变相爱无凭的命运，以致这杨柳伤感对春风，一年一年只留下深深的春恨。

“心逐水逝”，“梦随花落”，这一联丰神华美而带着凄伤，将人类感情中的心、情、梦、爱写出了流水落花之美、流水落花之伤。东风不见杨柳老，则蕴籍深沉，情义依依。悲声哽咽一联则写得沉痛，首联在完美的起兴用喻之中，还有一种强烈的对比，落地无声的前尘心事，对比漂荡不休的艰苦生涯，着实写出了人生的现实和无奈。

另外，王子居的诗风绵密周严，一句诗或一个字词往往具有多维作用，在这首诗中也表现得很明显，其中一个最大的特点是，这首诗的四联，全都写到了时光。第一联是通过前尘落地表现的，第二联是通过当时之曲和忆中之人的对照来实现的，第三联是通过心逐水而逝、梦随花而落的意象来实现的，第四联是通过杨柳见老来实现的。这四联对时光之殇的描写，都是在隐喻中悄然实现的，如果我们不是从整体上解构它，我们是读不出来这首诗每一联其实都写到了时光的。

化蝶

何时化蝶，能到我，自由心境。恨眼迷五色，耳乱五音，失我瑶台天路。倩何时，倦游欲归，奈山遥水远，又已昏冥日暮。转回首，茫然旧愁前恨，掠地烟轻去。横阻池塘，谁思莲花舟度。

且把眼前花折，散向人间飘舞。彩袖轻香，有玉人，相随游冶，桃源深处。怕不能，归依永世，别离终趣。恨不能逃避，只为相思正苦。怕了

柔情蜜意，千结万缕。不忍伤伊片心，若怜若惜，必会遭她系缚。醪梦终夜稠浓，醒来迷失，满天柳花飞絮。

此首读来，倒有秦观词的气息，可它毕竟是王子居的作品，是整体隐喻的意象流。

我们讲王子居的意象流的时候，无法不讲隐喻，因为隐喻令得意象流更加微妙、神奇，但全面讲解王子居喻诗中的意象流的时候，由于他的隐喻运用得太丰富，就容易忽略掉自然之象的本来之美，比如在本章中，很多诗词是应该在《指喻之维》《从明喻到指喻》《意象之巅》《性之贯通》等章节讲的，结果在本章也讲了。

如果我们把《化蝶》中的其他构成去除，单论它的自然美，它也是达到意象之维的：

在经历过山遥水远的漫长孤旅后，在一个昏冥日暮，看着掠地轻烟，被池塘阻断，向远处遥望，想找到一叶渡舟。

这是上阕的想象之境，下阕与彩袖泛着芳香的如玉般的佳人一同游冶在理想的完美的桃源深处，而在他们身边则是飞舞的落花，在意境上十分唯美。这是一段美丽的爱情景象。

在浓情蜜意的睡梦中醒来，满天柳花飞絮飘舞。

这一首想象中的游仙兼爱情词作，单以自然景象来讲也是唯美的。

这首诗写爱情，又有游仙诗的特色，还带着隐约难辨的感悟、一种对绝对自由之心境（道）的追求，又附带各种隐喻和意象，诸多复杂的元素冶为一炉。而统一这些的则是一种迷离朦胧的意境。

上阕写他想心化为蝶，脱离这庸俗的尘世，达到思想的绝对自由的境界，可是凡尘之身困缚了他，眼睛为五色所迷，耳朵为五音所乱，竟然失去了前往瑶台仙境的道路。什么时候在这红尘厌倦了，想要回归，可是山遥遥，水远远，且日已昏，那到达自由心境的道路无从辨识，回头看去，那些茫茫然的旧愁和前恨，就象被风吹动掠过地面的轻烟，消散而去。在这种欲进不能，欲退不甘的情境下，自己停伫在池塘边，忍不住猜疑，在那莲花之中，可有轻舟度我？

在下阕中，追求绝对自由心境与对伊人的爱情成为无法解决的矛盾，而人世之合与分，则令他觉得既然最终还是分离，那还不如不聚。她那千结万缕的柔情，斩不断，他不忍伤她之心，却又不愿让她系缚，为自由心境选择离开她却又斩不断对她的相思，这种种矛盾让他整夜做着酣畅的春梦，醒过来后他的思想迷失在漫天的柳花飞絮之中，用这漫天柳花飞絮来比拟他的思想的混乱和无边际，实在是太神似了，醪梦的稠浓和柳絮的满天、意绪迷失和满天柳絮的飞舞实在是太映衬了，意象之美的意与象在这一句中同时达到了极致。

意象：心象一体与物我两化

垂緌饮清露，流响出疏桐。
居高声自远，非是藉秋风。

诗中近乎明言的物我两化境

古代诗歌里讲的天人合一是一种诗歌境界，与我们想象中的古代中国哲学里的天人合一不是一个概念，只是借用了古代中国哲学中的天人合一这个名词来讲诗歌的艺术境界和创作方法。王子居喻诗学里的天人合一是喻的贯通性的运用，而不是对古代中国哲学里的天人合一概念的运用，而由于王子居的喻诗中象（物）的隐喻运用太经常，所以古代诗歌中的天人合一在他的诗里其实是心象一体表达和物我两化共同表达。对这种技法而言，这三种概念或者说名称自然会有一些细微的差别。心象一体可能偏重于象的隐喻或象征，而前面我们讲过的几例比喻中以本体为部分喻体的例子，就是最简单的心象合一、物我两化。

在《象之贯通：意象流》的《意象流的演变次序》一节中已经讲过意象流是天人合一的最初形式。

而事实上，当我们考察修辞学的时候，我们会发现王子居的心象一体、物我两化可能最初的灵感来自于比喻中的暗喻。暗喻是本体、喻体同时出现，但用是、成、成为、变为等词代替像一类的喻词。

这种比喻中的是、成为可能就是王子居喻诗中物我两化的灵感来源，他将修辞转化进入诗法，从而创造了各种各样的天人合一之境。而我们在《象之贯通：易象流》里讲象意一体，为什么喻诗能脱离比喻修辞中暗喻的范畴而实现象意一体的境界？因为它运用的是指喻，但它又不同于普通的指月喻，因为它的本体与喻体是合一的，整个喻体的行为过程亦是本体的行为过程。也就是说，王子居将暗喻的运用再叠加隐喻的运用，暗隐同运，从而实现了全新的心象一体。对这一点，前面在《象之贯通：意象流》中讲到的几例比喻中以本体为部分喻体的例子，其实已是心象一体的一种方式，只不过它们往往是明喻。

而现代修辞学中所讲的十二种比喻，本体与喻体都是独立个体。

如何天人合一？其实王子居的诗词中给了我们很多答案，因而也有很多方法、路径。

心象一体的第一步其实就是如暗喻中那样将心（本体）与象（喻体）尽可能的混同。

如梦令

似怕离愁沉醉，苍山寒云依偎。看取笑眼中，莹漾潇湘流水。却悔，却悔，别前多少春睡。

这首词里面的“苍山寒云依偎”“莹漾潇湘流水”是暗喻，不是心象一体，但它为我们揭示了心象一体的发展轨迹，即心象一体是从暗喻这一修辞手法中发展变化出来的创作手法。

芳草辞

芳草青青，共吾情之戚戚。既遥遥兮前路，况烟水兮低迷。逐延延兮无穷，更添我之踌躕。

彼芳草兮，吾伊人之思。即荣荣兮日生，遑论吾思之深。即芳草兮日新，遑论吾思之真。

见芳草兮，念彼伊人，既佳德兮皎容，况内慧兮多静。幸彼芳草兮，使吾多思念之情。

在这首诗里，他运用了一种心象一体的笔法来创作，“彼芳草兮，吾伊人之思”，将芳草和心中的思念混为一体，这可能是他后来所提意象的雏形，也是天人合一、物我两化的雏形。

如果讲诗学基础理论的话，“彼芳草兮，吾伊人之思”几乎是明确地把天人合一、物我两化的喻诗创作方法给讲出来了。它以芳草代替自己讲述思念，自然而然地象意一体。

事实上，王子居对喻兴之体有着特别的感悟，他的《秋思》也一样几乎是明确地说出了比兴的运用手法。

在这首诗里，王子居对比兴的运用，终于到了一个新的程度，不只是以一喻一，而是以一喻数，并且他开始运用了一种心象一体的笔法来创作，“彼芳草兮，吾伊人之思”，将芳草和心中的思念混为一体，这可能是他后来所提意象的雏形。

秋思

秋风撩罗帐，桂香潜入衣。
花开月正满，心与物情移。

这首诗前面三句是起，后一句则几乎就是讲起兴、天人合一、物我两化的奥秘了，起兴不就是心理活动见物起兴吗？而“心与物情移”虽不如“彼芳草兮，吾伊人之思”那样直接用肯定句式讲“芳草（象、物）就是我的思（我）”，但也一样指出了我的心是随着物的情而变化的。

无题

月没风无影，烟浓蝶失对。那堪恨语言，谁谙愁滋味。
香为花梦魂，露是春别泪。云雨过清溪，诗人正沉醉。

“香为花梦魂，露是春别泪”一联，看似是比喻修辞中的暗喻，但其实是心象一体的隐喻，因为这首无题通篇是拟人隐喻，在心象一体的道路上，这一联诗其实对心象一体进行了肯定。

云水篇

问我之心,如天上之飞云。

求我之意,如山外之流水。

这首诗虽然是用明喻写就的，但它较为明显地为我们提示出心象一体的前身，因为它所类比的本体是人的心意，再进一步，这个心意就是诗意了。

无题·落地

落地无声是前尘，生涯飘荡似流云。悲声哽咽当时曲，泪眼迷离忆中人。心逐水逝情难尽，梦随花落爱无痕。东风不见杨柳老，只余春恨意深深。

这首诗里面有两处都几乎是明言了心象一体和物我两化、天人合一。

首句的是字，几乎是明白揭示了心象一体源出暗喻，而似字则是明喻，这一联一个暗喻、一个明喻，为我们揭示了天人一体的来源。

而三联则是天人交感的典型，心、情与水，都是一体难尽，梦、爱与花，都是一体无痕。王子居很明确地在诗中为我们揭示了心象一体的发展轨迹。

梦中吟

2012年10月30日晨，于梦中历事，忽便吟诗，醒来努力反复记三联，及披衣提笔，便失一联，于餐前补二联，遂成一首。观首联，我何曾到嵩山与花溪，真似是鬼神之语，假我而吟。

松（嵩）嵩山松外钟，花溪花下情。旅怀随飞鸟，相思落秋风。

暮色凝衰柳，寒月冷孤星。梦中见啼脸，那得一相逢。

《梦中吟》一诗，我们前面讲得较详细，但没有讲它的心象一体，事实上，这首诗通篇隐喻、象征，想要不天人合一也很难。首联中对心物一体可能是有些刻意的，王子居刻意地将松山和松外钟、花溪和花下情混同了，虽然它们有着大小的区别，但花下情和花溪情是一体的，具体来讲就是在花溪的花下生出的感情，而松山松外钟的语法结构也是一样的，是从松外传来弥漫松山的钟声。

王子居对这一联的诗意构造显然远远不是我们从字面上理解的那么简单，从语句结构上来看，这个情是花溪的，这个钟是松山的，因为它们有着逻辑上的从属关系，花是花溪的，花下情也是花溪的情，因为整个语句的结构其实就是花溪的花下情。

王子居经常运用意象来表情与意，但在这一联里，他显然不只通过象来实现意象流，他还通过语句结构来实现另一种心象一体。

第二联是一个明喻，它恰是前面讲到过的以本体作为喻体一部分的那种明喻，所以不用费笔墨解释，它是心象一体的笔法。

对于“暮色凝衰柳，寒月冷孤星”，我们“敏觉细构成无形”了半天，最后认为它是靠隐喻来实现心象一体的，不过它不是那种很明显的心象一体，也许将它视为心象一体会有点牵强。

紫薇

紫薇路头看疏影，浣纱溪畔听浅流。
几瓣心情寒明月，一枝残梦曳深秋。

这首诗其实也运用了以本体作喻体的运喻手法，而以本体作为喻体一部分的修辞中，会自然而然地物我两化。

在我们觉得是比喻中的隐喻时，其实在王子居的诗中很多是天人合一、心象一体、物我两化。

心象一体

新酒词

靡睡不解深愁，狂呼难追旧旅。贪爱酒，把人事荒疏。望明月伤心，看孤云洒泪，心向斜阳，入寒山去。纵使萧条更苦，人随此恨到天涯。

总念当时永诀，泣烟柳黄昏后。久被迷淹情思，况秋暮几番游。残叶引悲心沉落，多扑簌向人间能何求。呼盏酒，要纵饮，却忆伊人含羞。

在这首词里，将人的意与自然万象混同，如“心向斜阳，入寒山去”“残叶引悲心沉落，多扑簌向人间能何求”，心与斜阳一起进入寒山，这是标准的天人合一境，残叶引动悲心一起沉落，并一起在秋风中扑簌向人间，这是心象一体，它的本体与喻体彻底地运用为一体了。

杜啼血

杜啼血，白莲憔悴芙蓉弱。远离别，心事终难说。向晚风里哀词莫复因我吟。怨梧桐雨，滴滴总动情，从晚到天明。

心意且消磨，山水不相得，人事催思发。呀，恰便似六月狂风催骤雨，风吹雨彻真无情，直打得满腹忧伤一腔深情争零落。

前面的讲析里讲过这首词的以本体为喻体部分的修辞，而这种修辞往往就是心象一体。

另外在天人交感上，这首词写得比较直接，如“怨梧桐雨，滴滴总动情，从晚到天明”，而“杜啼血，白莲憔悴芙蓉弱”是一个起兴的起，它的交感就相对含蓄一些。

悲秋风

月缺朱槿落，又岂深情得无缺。悲秋风，不胜寒意，园下残阳如血。连山垂首，清流哀歌，心事与谁说。只愿征鸿，无忧向天涯，情可止漂泊。

这首词里王子居不但以情染景，而且运用了“物有情”的写法。山和水仿佛成了他心灵的化身，随着他的情绪而变化。“月缺朱槿落，又岂深情得无缺”这个喻兴太明显了，而“连山垂首，清流哀歌”通过拟人手法写出悲伤，最后的征鸿与情也都是心象一体的。

廿九日念旧人作

疑是依依梦里人，春风怯入小楼深。
彩笺更住纤尘否，十二行诗岁月痕。

王子居在十八九岁时的青春之笔，入往趣味追求隐微，思处微茫，寻此意趣若有若无，这种境界他曾经很用心地追求过（作者在《发现唐诗之美》里将这种诗归结为意象之作）。

因为这些意象流诗作追求隐微、蕴籍、言外微旨等很难讲得清的东西，所以王子居后来在《古诗小论》里讲“气象易感，意象难会”也就是很自然的了。也就是说真正写到家的意象流作品，需要细品、细品、再细品，还不一定能品到它的真味。

这首诗和《客行春》是王子居意象微渺的典范之作，它写在朦胧之间，在半梦半醒之间，总有那么一种摸不到抓不紧的感情在里面，她偶尔远在天边，偶尔又近在眼前，所以在诗歌的写作与意境之中，最难写的就是似有似无，似真似幻，这几种极端对立之间的切换很见功力。岁月就是这样，总是在不经意的时候投给我们不经意的一眼，就这样远去了，带着我们的理想和心爱的人，消失在滚滚的烟尘中，不着痕迹。于是，在我们明白了这些之后，总会有一些伤感和悲哀，再回头看看这首念旧人的诗作，是否会更加感慨万千呢？

梦里人难见，于是当春风吹拂时，诗人产生了错觉，这春风仿佛就是那伊人。可是，她却是羞怯的，小楼很深，春风犹疑不定，只好怯怯地进入。上联写得很唯美。

彩笺更住纤尘否，这一句很见功力，作者看似问一件很无所谓的事情，实则暗藏了很深的心意在里面，接下来我们看下句：

十二行诗岁月痕。这一句似乎什么也没写，其实却写了极多，它很见笔力，此句融合多重情绪在其中，最是难得：

我曾为你写过的十二行诗，已经很久了（岁月留下了痕迹），而那承载它的彩笺，是否蒙上了灰尘？（这一句意思深藏，蒙尘则是伊人无意，若伊人亦怀念这段感情，又怎么舍得让它蒙尘呢？所以它看似问的是彩笺，其实是问的伊人之心）所以这最末一句看似写十二行诗留下了岁月的痕迹，实际是探问伊人有情还是无情。而又因为十二行诗被岁月印上了痕迹，所以作者愈发担忧这诗笺已经蒙上了厚厚的尘土。这时我们再回头看第二句，那个怯字，春风为什么在诗人心里有怯怯的感觉？恰是因为诗人心中怯怯！

这首诗将春风和梦里人同写，而既然问的是春风，也就是这疑问其实始终都是藏在心中的，其实是永远也不能讲出来的，也因而更加伤感。

这首诗和《客行春》等诗作一样，都是追求隐微、蕴籍、言外微旨等很难讲得清的那些特质的意象流之作，由于对意象流的浸淫，这种意象流是最见功力的，因为它讲求写得细、写得深、写得微、写得隐、写得妙……前面讲过的《咏史•范蠡》其实也是这种意象流。

物我两化

最美的情郎

绿茵是你低垂的裙裳，
竹露是你断续的低唱，
飞花是你遗落的梦想。
而我愿是，
你最美的情郎。

辰星是你的一点眸光，
春风是你的一丝残香，
溪水是你的一曲离殇。
而我愿是，
你最深的忆想。

那里集中了向往，
那里充满了希望，
那里盛开百花香，
那里就是，

我望你的方向。

这首诗描写一个女子的美和情，运用的是自然诸象，通过各种物象构造了一幅意象悠美的图画，而这图画的各个物象都是这个女子，典型的是心象合一，不过这个心不是作者的心，而是那个伊人的心。

在这首《最美的情郎》里，王子居将女子的风韵化为自然的风韵，将女子的感情化为自然的感情，将女子的人格化为自然的人格，从而将物我两化运用到了一种极美的境界。

记得你的好

……你是水中的花朵，映我孤单倒影无情流过。你早已流过，流过，而我，不悔曾经爱过。

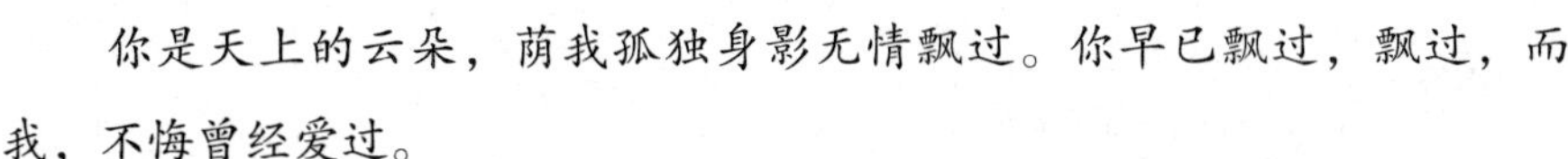

你是天上的云朵，荫我孤独身影无情飘过。你早已飘过，飘过，而我，不悔曾经爱过。

王子居能将暗喻升华成心象一体，就在于他不只是用暗喻比喻一个情状，而是将这个暗喻继续下去，如水中花本是喻你的，但它却继续进行，映着我在水中的孤单的倒影，而它却无情地随着水流过。

王子居将水中花的隐喻继续进行，就写出了一种“映我孤单倒影无情流过”的无情的意象，而有了意象，才有了心象一体，暗喻不是心象一体，是因为它没有意象。

暗喻续喻变化意象，也算是一个运喻的创新吧。

雨临亭

风雨乱袭春宇，寂立檐低花落。哪似纷纷打昨春，笑语冷朝来，欢喧云暮过。

总怪风雨无情，未会风雨深意。到今别绪难相诉，低首晚行急，隐隐昔人泣。

这首词情绪激烈，就好象《菩萨蛮》以春为人那样，这首词则将风雨拟人化。在这首词里，风雨是带着浓浓的感情的，是带着伊人的哭泣而来的。眼前的风雨让诗人想起了去年的风雨，那个时候与伊人没有分别，而这个风雨夜，他却在风雨中心意迷离，将那风雨听成了伊人的哭泣，或者这也是他自己的心在哭泣。

将风雨声和昔人的哭泣合一而写，是标准的物我两化的笔法，而“总怪风雨无情，未会风雨深意”事实上也是物我两化的写法。而前面讲过的“风嘶雨泣渐无力”，则是拟人修辞，不是物我两化。

清平乐

车寻巷杳，泣残愁渐少。仙姬何处划天涯，应有伤思眠芳草。

燕子旧年欢洽，而今宿在人家。六月凄风苦雨，摧落无尽心花。

“仙姬何处划天涯”，道出了情逝的无奈，“应有伤思眠芳草”，写出了相思的难断、爱情的痴缠。只有那芳草之上，可能还有伊人当年伤感的情思吧？而这，是我唯一能够寻到的与她有关的事物，我对她的思念，唯有这芳草可以慰籍了。“摧落无尽心花”，王子居的诗词中将心物化为各种美妙事物，如心花、心山之喻，这种笔法在高中时就已运用了。

以上是我们在2014年时的解读，现今解读，这种心中之象与现实之象合写的笔法，显然是心象一体、物我两化了，而且这首诗有两个心象一体、物我两化，一是仙姬（指恋人）的伤思眠于芳草，一是六月的风雨打落诗人的心花。心花怒放本是一个很常用的比喻，但王子居用一连串意象将它的简单喻义深厚化了。

另外这首词在遣词造句上也很有特点，如“仙姬何处划天涯”，她所划之处，即是天涯，而应有两字也较有味道，它道出了一种憧憬、渴望。

它事实上有游仙诗的笔法，通过神话传说般的笔法令诗意神奇起来。

天人合一

我们很长时间弄不清王子居所提的心象一体、物我两化、天人合一之间的区别。它们都是中国古代哲学或文学中的概念，比如物我两化源自既是文学又是哲学的《庄子》中的人蝶不分。

现在看来，它们的次序是这样的，天人合一、心象一体、物我两化。

既然说天人合一，那就说明天人本是分离的，需要一个合一的过程，而有这个过程的，我们便将之归入天人合一境；而心象一体，没有一个合一的过程的，我们便将之归入心象一体；而人与蝶一体，人可以化蝶，蝶亦可以化人，互相增益的，我们就将之归入物我两化。

桂林路小学生联句

体入深山静，心随广川闲。
落花流水上，春梦竹林间（春风明月间）。

这首诗的下联是桂林路小学生用阿法狗创作法共同创作的，可那堂课到这里时已经下课了，后来王子居补上了上联。

王子居自认自己的诗歌中没有比“落花流水上，春梦竹林间”的意象更美的。对于上联，王子居不太满意，因为它不是纯粹的意象流，配下联有些勉强，但它很好地为我们揭示了王子居的天人合一境，无论上联的诗意是出自庄子的坐忘还是禅宗的禅定，身体合入深山的宁静、心意融入大河的悠闲，都是天人合一的典型之作。

这一联诗通过对身和心与山川在意境上的合一，为我们直接、直白地展示了天人合一的一种方式。

它显示的是在感悟、坐忘的时候，身体逐渐地和大山一样宁静了下来，而心灵则随着远去的长河而悠闲了下来。体入和心随都是在心灵对大山和长河的观察、体验、感悟的过程中而逐渐地静、闲的。

送春词

怎剪云裳对春舞，杨柳争姿，细乱莺燕语。人寂寞，汉唐才子归何处，杳杳追无路。杜宇低飞声惨苦，平添幽叹：人事如川草，千载同荣枯，让春思如许。

想并得山水胸怀，却闲愁恨，早晚写难除。怅觅真意，不觉群华，风轻吹送去。心在失言处。倒算此别，春也还得意，挥洒渺姿，临万里行只微伫。

这首词给了我们一个很好的范例，它是拟物与拟人同运的，裁剪云裳对春而舞是拟物，而春能看诗人的云裳之舞，显然是拟人，王子居拟物与拟人两各辞格同运，就是心象一体、物我两化、天人合一的雏形。而它同时其实还用典了，剪云裳取自唐李义府的“镂月成歌扇，裁云作舞衣”，只法过王子居化典后并运拟物、拟人，实现了他的一种文化理想的隐喻。

这首词充满隐喻的心象一体，如诗人剪云裳对春舞，就是一种神话的虚拟的人格，我们在前面章节中讲过它与“杨柳争姿，细乱莺燕语”是一种对比，王子居用春天的象来写一种文化追求。同样的，“人事如川草，千载同荣枯”不只慨叹了上面的汉唐才子，它同时是诗人的春思，是古今同慨、人我同慨的。而后面的“怅觅真意，不觉群华，风轻吹送去”中的真意也是与群华风送相对应的，而“春也还得意，挥洒渺姿，临万里行只微伫”的春也隐喻着所追求的对象即文化的理想。正因为这个理想高远难及，所以才有了诗中一系列的隐藏在意象隐喻中的忧伤的感慨。

怎剪云裳对春舞，起得高妙潇洒，而作者潇洒，春也很潇洒，她挥洒渺姿，轻轻一伫，就毫无留恋地走了。这首词是叩问宇宙人生和命运理想的作品，问道之心与情与景象很好地进行了结合。对春舞，是与春交通的意思，而问汉唐才子，观人事，叹千载，修胸怀，觅真意，别春光，一系列的情怀与杨柳莺燕、杜宇川草、群花春风交织在一起，为我们构成了这首独一无二的词作。

《送春词》的天人合一比较特别，它是由比较复杂的象以比较复杂的关系和结构而构成的，也就是说，它是由一个整体诗境构成的整体的天人合一，这一点有别于本章中许多单句的天人合一或心象一体。

而在王子居十五岁的五律《登奎山》里，他写道“遥天集秀意，深宇寂无声。人与辉烂漫，山更水清清”，他亦写出了一种神秘莫测的以最真之心与天地交流的境界。

事实上，王子居可能对天人合一有着明确的感悟，只不过他的想法没有往天人合一这上面靠而已。但他的一些诗作中，其独特的创作笔法和独特的意境，都在叙说天人合一的境界应该如何来写。

登奎山

奎山润云尽，松色相更明。遥天集秀意，深宇寂无声。
人与辉烂漫，山对水澄清。孤望使人愁，回首泪匆匆。

这一首诗较明确地写出了他努力对天地宇宙进行感悟，追求一种天人合一的境界。

首联写奎山的风景，云散尽后阳光照得松色更鲜明了。二、三联他就写到了一种感觉，天空辽远，而秀意（很抽象，应是他的一种感觉）汇集待人感悟，宇宙深遂，寂静无声中诉说天人之秘（他这种想法可能与他在小说中读到的《腾王阁序》中“物华天宝，人杰地灵”有承继、发展的关系），只有他一个人在与太阳的光辉一起烂漫地交流，而这山同山下的水相对，水是清清的，而作者却感觉山与水一样都是澄清的（原作：山更水清清，作者觉得山比水还清，可能是因为水相距遥远的原因），而山之所以清可能是因为山光清亮的原因。

王子居感悟天地的思想可能是从古代一些传说故事中生起的，比如古人学琴要在大海边听海潮而悟，伯牙的高山流水也是对山水的模拟，而颜真卿领悟书法妙谛也是在山川中领悟的，草书名家怀素则是观烟云而悟草书的变化无常。古人说的“外师造化，中得心源”，对他的思想影响比较深。即便后来在他的著作《天地中来》中，他还讲到李白、苏辙、王羲之等人师法自然的事迹。

第四联那个愁字，是作者挥之不去的情怀，直到《紫薇》诗中他写道“寂寞影人不了愁”。寂寞和愁，是伴随他的人生，难了的。而在这首诗里，他愁的是孤望，因为在探索“遥天秀意、无声深宇”的过程中，一是他其实并没有得到什么，二是他没有同行者，只有他一个人登上奎山（他后来诗里所称的东山），他那种与天地宇宙交感的情怀，那种历程，可能永远都是孤独的，没人能与他相伴，也无人分享，所以当他回首看向山下时，禁不住流下了眼泪。

“人与辉烂漫，山对水澄清”与“行吟飞花雨，坐赏舞青松”都是人与象互动的天人互动之作，但不同的是，这一联诗的诗意更深，因为行吟、坐赏还是行为状态，而烂漫、澄清则有着心性、人格境界的隐喻或者说象征。从心与象的关系来讲，人、辉、山、水一起烂漫澄清，完全是一副天人合一的作派。

青林

日出江山外，人在乐游园。
火锻青杨林，有梦倚云天。

《青林》里的梦倚云天尚不完美，不只是有梦这个词本身就透出一种认知模糊、未能识透的潜意识，此诗的其他诗句与最后一句之间在意象的构成上也不算完美和谐，算是凑句子的典型。

王子居的《东山集》只留下了七首诗，而“梦倚云天”就出现了两次，可见王子居在那个时候是隐约间意识到这个意象的与众不同的。

晚唱山霞

霞江歌自悲，红灿心独寒。
染洗清秋林，哀梦倚云天。

夕阳下，层林尽染；秋光中，悲歌荡荡。霞光映射着浩荡的江河，在那如同洒满鲜血的水面上，红灿灿的如同燃烧一般，霞光和反射了霞光的水光似乎染遍、洗透了这秋林，构境阔大而美丽，但是诗人在这样的宏阔背景之下，在一片霞光的红灿之中，却独独感到寒意。王子居构造了一幅宏大的、唯美的意境，在这意境中，水光霞色交映、层林尽染（那时候的王子居可是没读过《毛主席诗词》的），他其实在尝试将天地万象染为一象，这个一象的底色调是红灿的，但他却又通过清秋、心独寒两个意象却给这宏大唯美的自然景象里染上了一层凄婉，这是因为在情绪上他无法开怀，似乎有一种破碎的情怀和梦想只能依倚在这云天之上、寄托于云水之间，因为这种情怀和梦想在现实中无处可着。

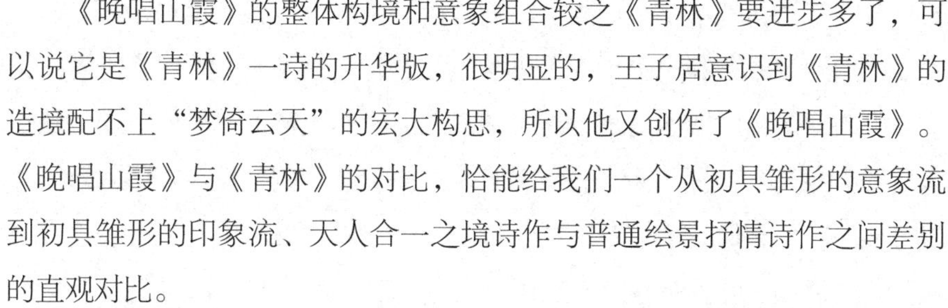

《晚唱山霞》的整体构境和意象组合较之《青林》要进步多了，可以说它是《青林》一诗的升华版，很明显的，王子居意识到《青林》的造境配不上“梦倚云天”的宏大构思，所以他又创作了《晚唱山霞》。《晚唱山霞》与《青林》的对比，恰能给我们一个从初具雏形的意象流到初具雏形的印象流、天人合一之境诗作与普通绘景抒情诗作之间差别的直观对比。

当我们将同时期的另四首山水诗一起来看，我们就会有一个更直观的认知。

炊烟

风吹万户动，绕林遍迷蒙。
深处夹歌笛，唱起鸟鸣声。

青林

日隐江天际，霞映青光林。

水走尘烟下，缥缈人伤神。

芳林

芳林染红绮，高唱知为谁。

回看日落处，彩霞汲江水。

云烟

清明满月辉，摇荡山林里。

转身忽看处，云烟漫天起。

不得不说，王子居那时的文字功底以及造境还是有些生涩的，哀梦一词，如果是现在的王子居，恐怕是绝对不会用它的，他那“一象多维”的大诗人笔法，根本不会这样直白的言情。尤其是诗名《晚唱山霞》，放到《十六岁词集》那里也根本不可能这样取名（可对比一下他《十六岁词集》中的诸多词牌取名的那种唯美创意和意象的流畅）。另外，像“歌自悲”“心独寒”“清秋林”这样的词组，如果是《东山集》时期的王子居，也一定不会这样地浪费笔墨。哪怕《十六岁词集》中他也没有这样铺陈浪费的笔墨了吧？但这首小诗就如同他的《鸿》那样，除了行文有生涩感外，在其他方面其实是极为惊艳的。

首先他的取象与他的情感是恰恰相反的，即他的情感悲伤，但取象却是暖色调，如果讲修辞的话，它是一种反衬，但在诗意的构境中，显然不是一个反衬那样简单。对于一个儿童而说，这种用强烈对比造成巨大反差的造境手法是何其大胆。

而在造境上，霞江两字，颇为不俗，因为他用这两个字写出了倒映着红霞的江，他用霞改变了江，整个江都是霞倒映的，他极为大胆的改变了江的性质，这种造词非常大胆，因为它是喻文字的贯通性造词，他凭着自己的本心创造了这样一个词汇，这种造词方法在他少年时期经常用，比如他的七律“梯脚成绩人皆笑”里的梯脚二字，就是他新造的词汇。当现有的词汇难以表达他的诗意时，他就会创造一个词汇。作为一个少年，能有如此的气魄，实在是惊人。

这种霞光映射一切、改变一切的诗意，还体现在第三句上，“染洗”两字，依然十分博大，因为水映霞光将所有的清秋的树林都染过、洗过了。

虽然前面三句的整体意象构造得极美，但这首诗真正的价值也是真正的神笔只在“倚云天”三字。最后一句是将前面三句升华了的，如果没有最后一句，即便前面三句构造的意境再唯美、再阔大、再混一，也只是象的美罢了。最后一句写的是作者的一种情怀和梦想，倚在云天之上，何意呢？其实是作者的意与云天同化，这个诗意是极为博大的，因为云天有多大，倚云天的梦就有多大，梦倚云天是比较诗意的，但事实上梦倚是跟梦化一样的，因为梦是虚幻无实体的，梦如同那染遍一切、映照一切的霞光一样，化为了整个诗境。作者的哀梦倚着云天霞光，彻底照红了江水、染透了清秋，这种诗意是极为博大的，想象力也很惊人，达到了很多古人孜孜不倦地追求却难以达到的“天人合一”的境界。虽然这首诗语言稚嫩，较之后期如“旅怀随飞鸟，相思落秋风。暮色凝衰柳，寒月冷孤星”等诗句的老熟远远不及，诗意也并不流畅，但那种古人热切追求却苦于达不到的“以天地为吾庐”的思想和文学境界，一个儿童的诗歌又是如何能达到的呢？而“一夜庭前绿遍，三月雨中红透，天地入吾庐”是王子居极为喜爱与倍加推崇的名句，其“天地入吾庐”也是直接表述的，并没有通过心象一体而达成天人合一，而《晚唱山霞》是通过拟人修辞进而心象一体的。

我们当年小看了这首诗，并未能真正理解，只是在2018年后根据王子居的喻诗学和他的多维诗境论后，才读出了这首诗的意象流。

综合以上所讲，这首诗有两个殊胜，一个是上面我们所讲的王子居在儿童时期已经能够完美地实现天人合一之境，二是他事实上已经隐约地掌握了印象流的创作笔法。即他在诗中运用霞光映射一切、改变一切，这种印象流他用得不成熟，因为他是用“染洗”两字着了相的。不过从有迹可循到无迹可循，总是一个循序渐进的过程，也为我们揭示了印象流诗作的渐进轨迹。

这与他在十六岁时的印象流之作《相思雨》就有着很大的差距，《相思雨》的印象流是不着一丝痕迹的，如果王子居不讲解我们根本就读不出来深深隐藏在每一句中的印象。

而在这首被王子居视为极为稚嫩的《晚唱山霞》里，已经是具备印象流的雏形了。

如果我们推究这首诗里的修辞手法的话，它可能拟人与拟物并存，而拟人与拟物是截然相反的两个轨迹，如果我们顺着这个轨迹来讲的话，它们不就是天人合一的雏形吗？以物拟人、以人拟物，合起来不就是天人合一吗？不就是心象一体、物我两化吗？只不过这首诗里的拟人和拟物是分开的。

《晚唱山霞》的造境手法，事实上给中国诗歌新开了一片天，因为这种将天地万象拟人化、从而做到天人合一的创作手法，王子居是不断拓展的，而且一直发展出一象多喻境的《菩萨蛮》《最后一而花片》，以及全篇拟人的《春意》和三十三维胜境的《龙山》，都是这种拟人手法的不断发展而衍变出的。

情景交融与天人相感

情景交融的景，一定程度上是与情的色彩相和谐的，甚至在一定程度上是接近于染色的，天人相感听起来与情景交融接近，但毕竟是相感，象与人之间的联系是更密切的、人所生发的感触和自然景象的特点、性质之间的关联性也要更强。

采菱曲

东风舞漫轻灵，水云流去匆匆。别对黄昏，思想愁容。

早来暖风二月晴，四月旅难成。倚念人情，也如花生，应会此时逢，却落寒雨中。

随着我们对王子居诗词中的各类比喻的深入解析，我们对他诗词中的天人合一境的理解竟然越来越模糊了，因为越是解析得多，越是觉得我们以前认为的天人合一境不全，不只是指喻、拟人等的诗作是天人合一境，就连他的明喻作品，其实也是天人合一境。

究竟什么样的标准才算是天人合一呢？这是王子居至今也没有给出答案的迷题。

不过我们来看这首诗，“东风舞漫轻灵，水云流去匆匆”，它同时是拟人和隐喻的修辞格，舞漫、匆匆本来就是人的行为，所以它的拟人是非常明显的，而同时它又隐喻着离别，因为水和云匆匆地离去了，所以孤独的东风漫无目的地轻舞着。

然后另一个明喻花儿本应在此时盛开（人本应在此时相逢），但却在此时凋落在凄凉的雨中（隐喻人在此时未能成行导致的爱情凋零）。

对人的离别，王子居是用拟人后的自然万象来描绘隐喻的。

既然是拟人后的自然万象，那么人与自然万象本来就是难以分别的，无论是东西、水、云还是花儿，其实都是人的感情的映现。人的感情进入了自然诸象，自然诸象含有了人的感情。

这不就是物我两化吗？天人难道在这里没有合一吗？

七月作·登西山口占

弃却些微事，来登西山峰。行吟飞花雨，坐赏舞青松。
黄鸟穿青宇，玉兔钻碧丛。且暂尽樽酒，此无宵小争。

“行吟飞花雨，坐赏舞青松”，这一联写出了天地万物与人的互动，将景色写活了，西山是八大处所在，此句虽然不是写天女散花，但这花雨花雨纷飞，伴人而吟，似是听懂了人之所吟，自是充满了灵性，另外，当诗人安坐时，青松为诗人而起舞，只有诗人在欣赏它的绝世舞姿，人与景象互动的意味，再明显不过了。天人相感、互动，也许是天人合一、心象一体、物我两化等诗境的前奏吧。

东山

目送孤鸿去，恍失方寸间。
有情难自解，日暮空云山。

此处的“情”字，不单指感情的情，而是整体思维方面引发的情思（主要是困惑）。人都有思，思之不解，便生迷惑，所以说是难自解。既然难以自解，遂只好空对空空云山了，云山之空，恰拟着作者思想之空。最后一句是托空入象的典型。

孤鸿，过去的诗人常以此鸟比喻一人独去的朋友，此处则是实指。方寸，指心。这首诗写看到孤鸿远去，作者恍然若失，这孤鸿引起了作者某种难以名状的感触。恍失方寸间，则将孤鸿和天空都纳入了作者的心中，模糊了作者的心灵活动和现实之间的界限，使两者在作者的神思恍惚间似是融为一体，不分彼此了（孤鸿和天际迷失于方寸心间，实际上是以心容纳了天际）。那孤鸿从天际消失，就仿佛从作者的心中失去了某一件他不舍的事物一样。

而且这份不知所谓的、不知所起也不知所终的感觉作者难以排遣，不禁郁郁莫名，望着日薄西山的景象，看着这渐渐模糊的只剩下白云的空空的苍山，更是把这份感触升级到了与大自然浑然为一的境界，不禁勾起万千读者的三千心事。当然，读者代入诗中，那个情字表的可能就不是作者的情了。

整首诗有一种情绪上的递进和层次，像完成了一串连贯而优雅的动作，隐约间类似于“才下眉头却上心头”那种连绵不绝的变幻感。而失于天际和方寸之间的孤鸿，以及寓托了难解之情的日暮下的空空云山，都实现了天人互感、天人合一。

咏怀·世间

雁高信难系，鱼沉素未托。风动鸟相呼，琴声谁与和。意比云难测，愁随落花多。伤情恐见月，偷泪忍滴荷。枯翠翻疏影，香馨怎如昨。未必人生恨，肯同香馨歇。

这首诗存在着一系列的天人交感，只不过它是用隐喻形式实现的。王子居诗歌中的天人交感乃至心象一体天人合一等境界，可能实质上就是起兴的升级版，因为起兴的起与兴之间不需要存在比喻的相似性，而存在比喻的相似性的是喻兴（见《古诗小论2》），而这首《咏怀》恰是喻兴一体、起兴转进的（见前文）。

这首诗隐喻明喻夹杂，不断地起兴转进，因而也不断地天人相感，从雁鱼到风鸟，再到云、花，再到月、荷，再到枯叶、疏影，每一个象都生发出了一种合于比喻的相似性的情或感，它是一连串天人交感的诗学范例。

如何分清心象一体与一象多喻

同样是隐喻，《无题•春水》作为一个一象多喻境，既隐喻了现实中的同学之情，又隐喻了历史时势、人情消逝，却并没有涉及诗人本人的意和情，所以就不是心象一体。

而《风入松》表面看是写风和松，是用各种明喻来写松的形态，但事实上这首诗代入了两个人，一半是写伊人的情感、形态，一半是写作者的意志、精神，所以是事实上的心象一体。

无题•春水

春水汤汤顺势行，春花无力自飘零。
春风不为多情住，只恐从今难再逢。

风入松

风从远处奔来，
吹入了松林。
由这一棵到那一棵，
不肯停息。

我曾见风轻轻吹动柳枝，
像少女的行姿。
也轻轻吹响了杨叶，
像初恋情人的呢喃。
我曾见风吹皱了湖水，
像离人凝泪的眸光。
也吹乱了雨丝，
像悲伤的哭泣。

现在风吹入了松林，
发出自由的呼啸。
像奔涌的海潮，
像激烈的波涛。
风显出了松树的韧，
一棵一棵苍劲挺拔。
松不是风的俘虏，
风与松一起歌唱。

这首诗确实用的是明喻，但王子居的明喻往往与拟人同运，而他隐喻与拟人同运的诗作中，很多都写入了天人合一境。

事实上在对拟人这一修辞格的运用上，《风入松》并不是简单的以风拟人，而是人化为风，从而实现了心象一体。

她的儿子·我的儿子·紫薇花

那时候我像现在一样，
很喜欢花儿，
那年我也许是十六岁，
也许老一点，

那天我坐在紫薇花下，
我心里的花也和她一样怒放，不为什么，只因为她是那样绽放的。

然后我听到了哭声，
我的心有点难过，
那是那个阿姨，
哭她那年纪比我还大的残疾儿子，
渐渐地我感觉天地开始昏暗，

我赶紧运用观音法门，
听那声音，
当天地从自我中失去的时候，
紧接着失去了自我，
只剩下那哭声，
奇怪的是我的心知道，
那是我的哭泣！
我的心占据了另一个喉咙，
然后尽情发泄他自己的伤悲。
她的悲伤占据了另一颗心，
那是我的，我的心成了悲伤的一座住宅。

她的儿子，原来就是我的儿子，
她的儿子死了，就是我的儿子死了，
只是她有泪，而我没有。
然后我从“禅定”里出来，
我的心又归依了我自己，
外面那个女人，声音开始哽咽，不能再刺激我。
于是我忘记那个儿子死了，
我仰头看着紫薇花，

我的心又开始和花一起怒放、怒放、怒放！

其实单是诗题，就显示了这是一首极为特别的作品，因为三个看似毫不相关的事物，在这首诗中化为一体了。

这是一首想象力极其奇诡的新诗，让人想起《大话西游》里的移魂换魄大法，或者是《聊斋》中的换心，在诗中，诗人的心占据了另一个人的喉咙，而另一个人的哭泣悲伤占据了诗人的心，于是哭泣换了、悲伤换了、心换了，而失去儿子的体验也在这奇诡的意境里完成了。

这首诗写了心灵的活动，作者的心先是与花儿合一，体悟花儿的美丽，然后又与一个悲伤的母亲合一，感悟她的悲伤。这首诗的诗意很特别，如“那天我坐在紫薇花下，我心里的花也和她一样怒放，不为什么，只因为她是那样绽放的”，简直就是自然化蝶的心理，而“我仰头看着紫薇花，我的心又开始和花一起怒放、怒放、怒放！”更是完全的心象一体，虽然它不是通过象的自然表现而是用语言强硬地讲这是心象一体。

而这种自己的心与他人的情完全一体的写法，无异于是王子居明示他的心象一体、物我两化的诗境的轨迹或路程，他几乎是在明确地、强硬地告诉世人心象一体境界是怎么来的，是由个人对象的感觉或者说想象而来。

咏怀•青岛

青岛旧经行，心花绽春风。流光日明媚，欣喜逢站亭。

秋水眸光闪，软语笑盈盈。时光止流转，惟有意朦胧。

而今发思白，独对寒夜星。泪落栈桥水，摇影（莹莹）漾梦空。

残词失半阙，全难续旧情。低吟成哽咽，忍使伊人听。

我们在这一首诗里见到了《登奎山》之后很久都没出现的那种特别的天人合一境。如“心花绽春风”，将心里的花与现实中的春风合体而写，使精神活动与现实的自然诸象天人交感并物我两化了，它与《登奎山》中“人与辉烂漫，山对水澄清”的写法是一脉相承的。

“流光日明媚，欣喜逢站亭”，这是一联化用近现代常用笔法的诗句，虽然它达不到天人合一，但天人交感是很明显的，而且“流光日明媚”很明显的是一种象征。

“秋水眸光闪，软语笑盈盈”其实也是一个心象一体的隐喻，因为这是作者在栈桥边看到秋水，恍然之间秋水幻作了伊人的眸光，虽然没有其他隐喻那种丰富的深意，但却也是一个妥妥的心象一体。不过我们可以推导它的由来如王观的“水是眼波横，山是眉峰聚”，不过王子居连是字都省了。

“时光止流转，惟有意朦胧”，更是纯粹的现代语法文法入古诗，不过它的意境营造得就很特别了，在栈桥上，在作者的思念中，时光似乎停止在了当时见她的时候，只有朦胧的说不出的情意。“时光止流转”是极少见的诗意，如《登奎山》中“遥天集秀意，深宇寂无声”一样罕见，时光停止了流转，天地间只剩下了唯一的朦胧情意，时光和这情意之间，是天人合一呢还是天人交感呢？十分地微妙难会。

“泪落栈桥水，摇影（莹莹）漾梦空”与“秋水眸光闪，软语笑盈盈”是一样的笔法，当相思之泪滴落在栈桥水中，打碎了那水中的倒影，并使得碎影不断地摇动，漾出一圈圈的涟漪，仿佛打碎了、摇空了诗人的美梦……这联诗没有什么很美的象，只是简单的水，但它写出的意境却是极美的，它是一个以本体为部分喻体的物我两化。

独立在阳台的夜里（两首存一）

思绪像黄昏的灯火，
将一切照的低迷。
风中的将离，
香似伊人的气息。
微雨将繁喧换了沉默的柔情，
孤独的人只有自己怜悯自己。
倾听外面那欢夜的人群，

只有似水的黑暗将一切抹失。

青春的流光匆匆奔驰，

我不知淹留在何处，只知道自己满心的悲凄。

独立在阳台的夜里，

风雨打失了落花和愁意。

“风雨打湿了落花和愁意”显然是一个以本体为部分喻体的物我两化境，而“思绪像昏黄的灯火，将一切照得低迷”这种用拟物修辞令思绪给一切染色的直接表白，几乎是不曾见的。

咏怀•忧思

忧思逼人老，困倦复伤情。朝朝对明镜，细数白发生。

人生本苦短，更奈愁频仍。原当寡奢望，顺世自然行。

美人遥一望，此夕沐春风。放歌振林樾，寄意起飞鸿。

美人：意美之人，不是仅指女性。这首诗里的“寄意起飞鸿”是心象一体境，而且它是明言的心象一体境。

听刘军峰说莱阳八景思而叹之

人言八景好，意岂归苍庐。梦破帘轻抹，楼尽岭迭出。

烟树千方阵，冰河万转图。造化自钟人，登临谁（孰）共吾！

这首诗气象和意象兼具，相对唐人的五律来说，已经可算是出神入化了。此诗中的千古苍茫之慨叹实非平常，其中烟树一联，大有雄威之气，更有造化之神奇。

把酒临风，挥斥方遒，想必是在这般胜景下的必然之举。对于诗人来说，在这样的胜景感染下，必然会铭记于心。而在友人的描绘后，就对此胜景感以千古之慨，当然是用自己的语言，那如画般的语言。因此，才会有“梦破”这样有神采的字眼出现，下一句所对应的“楼尽”也才成为整一句的妙处所在，三言两语间就将这莱阳的胜景在读者面前铺开，既隽永又壮丽。

二联是王子居学习孟李气韵的范例（气韵之流，孟最擅长，可参看《唐诗小赏》）。王子居的第二联看似较为普通，其实匠心独到，除了在气韵上他具备孟李的那种气韵外，诗意上其实也极为讲究，“梦破帘轻抹”一句，写得摇曳多姿，而且与下句恰为良对，王子居的诗中经常出现大小对、阴阳对，这一联也是的，上联以梦的虚无和帘的轻柔，来使下句的高楼望尽峻岭迭出的胜景以及后面的“烟树千方阵，冰河万转图”的雄奇神秘多了些莫名的意韵。而“梦破帘轻抹”又承接首联的“意岂归苍庐”，王子居的诗作，重视意，莱阳八景所蕴含的胜情、意义，是不是湮灭不在，而归于苍穹了呢？显然，这里的苍庐与尾联的造化是相互呼应的，而它们又与“梦破”一起将天意与人梦、万象混一起来。

首联是全诗中看似最轻柔的一联，实则不然，它写出了历史的沧桑、古迹的湮灭、胜意的虚无、人世的轮转……实则较之后面雄奇的两联更富内涵和感慨，人间万象和意气，终归苍庐，写的是一种人世浮沉和人类归宿的终极叩问，所以它的意象事实上是极雄大极高远的。

而“梦破帘轻抹”承上启下，将胜意归于苍庐的八景纳于梦中，将重迭山岭、烟树方阵、冰河图卷通过帘子纳入眼中，这一在全诗中看似是最不起眼的句子，却是妙用无穷。当然，因为律诗的本质是诗意的对偶，所以与“梦破帘轻抹”直接形成强烈对比的就是“楼尽岭迭出”了。

“千方阵”和“万转图”这样的比方更是将风景描绘到让人瞠目结舌的地步，相信没有人会不为此感慨万千，它写出了万象的宏大、自身的渺小、造化的神秘、人类认知和想象的神奇，王子居在诗歌中点化天地万物的能力，真的是无与伦比，无边的错落树林和蜿蜒流淌的河流，被他点化为天地的阵和图，在诗歌中，可以说王子居就是造化，就是造物主，能够任意安排山川，升华万物。诗人在此也没有光顾着为莱阳“做广告”，而是由景入人，联想到自己，这天地壮阔，而人的志向一样高远，这造化钟情于谁？谁能够领会？将来谁能与我一起登临领会？（这句还有一重意思：这天地造化赋予每个人的都不同，将来展现在我身前的会是怎样一幅图卷？）最后一联其实是作者对自我命运、将来的一种叩问。

且看，那轻抹的珠帘，那恢弘层叠的峰岭，那仿如列兵般地在烟雨中若隐若现矗立的铁树，那仿佛图卷般冰寒彻骨蜿蜒远去的大河，这幅浩荡雄壮的图景，相信每一个读者都会受到感染，无不抚掌扼腕而叹，也会有人会就此浮一大白吧。

可诗人的高明之处，在于他于前文的纵横捭阖后，又渐渐回收，把人物单单地列出，收放自如。只有在这样宏大的画卷背后，那个孤单站在帘前的人才更让人感到敬佩，因为他一个人独问苍天，独问造化，独问历史浮沉，独问命运将来，在古诗人中，除了屈原还有谁时常发出这样的天问呢？诗人的孤单在此句过后彻底升华，天地浩渺，人若蜉蝣，看似渺小却又为天之所钟，这份难以说明的雄壮情怀想必会感染许多读者的心灵，深深地镂刻在读者的记忆中。

王子居的诗歌，往往诗意勾缠绵密，互为增益，如首联“意岂归苍庐”讲的是叩问苍天，过去的胜景胜义是否已归于虚无，而末联“造化遂终人，登临谁共吾”则讲天地造化钟情于英雄俊杰，属于我辈的造化又是什么呢？首联并未结束，只是开始，而末联与首联共问苍天，一个是问过去如何，一个是问将来如何，前后呼应，进行过去未来的时空对比，是一个诗意的大对比，令整首诗的结构十分紧密。

有许多学者反对诗歌比较，其实，“观千剑而后识器，操千曲而后知音”，只有不断地对比，我们才能真正地认识诗歌。

这首诗是王子居五律初步成熟之作，我们可对比杜甫二十四岁时的《望岳》来品读一下（这是四年前的品读了，至于望岳在2019年被王子居如何批评，读者可参看王子居批判杜甫的《古诗小论2》）。在唐人五律里（包括初盛唐古律，可参看《古诗小论2》），能与《听刘军峰说莱阳八景思而叹之》类比一下的，也只有《望岳》了，可事实上，《望岳》一样差得很远。

望岳

岱宗夫如何？齐鲁青未了。造化钟神秀，阴阳割昏晓。

荡胸生层云，决眦入归鸟。会当凌绝顶，一览众山小。

首先我们摘录《古诗小论2》中王子居对杜甫诗的纠正：

再如杜甫那首著名的《望岳》中的“决眦入归鸟”，眦的本义是上下眼睑接合之处，决的本义是大水冲破堤坝，用大水冲破堤坝来形容眼睛睁得大？这个决眦肯定是用字不对，是个败笔。

除了用字在语法上完全错误外，杜甫的诗还有用字不当、诗意全错的问题。如他的《望岳》“阴阳割昏晓”，这个割字就是用字不当，导致诗意全错。

中国的阴阳学说，讲究的是含阴抱阳，也就是说阴中有阳阳中有阴，阴阳是不断的，比如黄昏有星月、拂晓也有星月，两者互相交织，阴阳是没有明确分界的。这一点，杜甫其他诗中也讲过，如他那甚是知名的“不夜月临关”，大白天的月亮就出来了，昏晓如何“割”呢？再如清晨天已亮但星星依然高挂，所以杜甫用个割字，是违背客观规律的。

相比“无边落木萧萧下”的落木仅是个语法错误，贻害尚浅，阴阳割昏晓则是一个知识错误，而且是事关中国文明中最基本概念的知识错误，则是贻害无穷的。

有读者曾指出《唐诗鉴赏大辞典》上解释这一句，我手上有这本书，将它的内容摘录如下：

山前向日的一面为阳，山后背日的一面为阴，由于山高，天色的一昏一晓判割于山的阴、阳两面，所以说割昏晓，割字本是个普通字，但用在这里，确是奇险。由此可见，诗人杜甫那种“语不惊人死不休”的创作作风，在他的青年时期就已养成。

归鸟是投林还巢的鸟，可知时已薄暮，诗人还在望。不言而喻，其中蕴藏着诗人对祖国河山的热爱。

那我就顺道纠正一下这种解释，首先，山前为阳，山后为阴，在日常生活中山前通常指山南，山后通常指山北，而太阳是从东向西转的，这个阴阳在不断地移动，如何可以说是割？割字的本义是用利器划开、划断一个整体事物（割，是指切断，截下，划分出来。出自《广雅•释诂一》）。那么，能用阴阳截断昏晓吗（昏晓本就是阴阳的一种）？大山割开的昏晓，与山阴山阳不就是同一个事物吗？至少它们在物理上是一致的、在空间上是重合的。如果杜甫的诗山阴为昏山阳为晓，那么阴阳和昏晓就是同一个事物，能用同一个事物割断同一个事物吗？

《唐诗鉴赏大词典》上的这种解释，其实是这样的语序："雄伟的大山割开了阴阳昏晓"，但杜甫的诗明明是这样写的"大山的阴阳昏晓割开了大山的阴阳昏晓"。

这种思维逻辑岂不很错乱？

即便按《唐诗鉴赏大词典》那样的勉强理解去解释，杜甫诗的语病就出来了，名+动+名的语序，乃是一个主谓宾的语序，大山是主语，但杜甫的诗呢，是宾+动+宾的语序。（古代语法中有很多倒装、很多主语宾语省略，但逻辑次序不能乱，动词和主谓语之间的关联性是不能乱的。正因为杜甫的诗在文法、语法上如此之乱，所以他虽然生在盛唐，但盛唐的诗人们却都视他为不入流。）

所以《唐诗鉴赏大词典》的这种讲法根本就讲不通。

从这两首两人较早期的作品我们可以看出两人的区别。杜甫的诗中有强烈的自我，而王子居更注重一种抽象的"意"，这个意可以是国学和文化，也可以是天地之"心"（"诗者，天地之心也"，见《诗纬》），甚至在王子居的笔下，花鸟虫鱼之中都透露出"意"，他追求天人的合一，追求见天地之心，追求一种"道"。这许多种内涵在诗论中他往往以一个"意"或"义"字来表示。

杜甫多写实，他的笔力超不出实际的事物，不能达到抽象的境界，如"齐鲁青未了"写只出了泰山的绵延亘广。而王子居则是"意岂归苍庐"，将自古流传的莱阳八景进行了归纳，这方天地的八种妙景的深深古意，难道归于上天了吗？（作者未曾游，也未曾见，是故有此感慨。）一句中人世沧桑、对历史和宿命的叩问尽在其中。杜甫的"会当凌绝顶，一览众山小”广为人所称道，写出了他要超越同代诗人的志向，可孟李王刘他一个也没能超越。而王子居则直问造化，不同的造化赋予不同的人，而不同的人见到不同的造化，那么，你将赋予我什么？谁能与我一同见证这天地造化的神妙？虽然不言超越而诗意中饱含着自信和不凡（他的诗歌中很多在言及自己的志向时，都同时伴随着宇宙天地的浩大和自身的渺小这种强烈的对比，这除了宇宙人生的终极叩问外，这种强烈的渺小感其实还有一种谨慎的谦虚在里面），这种境界的高远深妙，是杜甫那种要高于众人、高高在上的志向（杜甫的诗中，有很多这种表述，自视极高却很不相配）所无法比拟的，在境界格局上有着云泥之别。

以上对比了首末两联，我们看到了两种格局。杜甫的中间两联，在文法上是饱受垢病的。决眦两字受到的批评最多，这与杜甫用字求奇的习惯有关，“阴阳割昏晓”的割字也是用字求奇而犯错，这首诗里“决眦入归鸟”一句最弱，与整首诗的雄壮不相称。杜甫的诗里只有“造化钟神秀”一句大气，“阴阳割昏晓”一句概括凝练，“荡胸生层云”一句则激情壮烈，而“阴阳割昏晓”一句还是病句。

王子居的三联气象雄浑，而二联看似是弱了些但诗意却很流畅，且是十分独特的虚实相生、人与自然互感的妙笔。第一联他听说了莱阳八景，有了感慨，一梦醒来，前意未尽，于是他轻抹窗帘，看一看这莱阳的美景，这一联看似简单，却有着历史时空的变幻，以及天意迷茫的叩问，所有一切，因这轻轻一抹而进入眼帘，实则是极为深妙的一句，轻抹可以说是风华无限。“楼尽岭迭出”也是颇有气势的一句，这一联的妙处在于，它含有两种对比及人与天地景观的互动，人是轻轻抹帘的，轻微而又渺小的一个动作，而群山在楼群之外，绵延不绝，其雄姿因为作者的抹帘相看而展现出来，轻柔雄壮两种极致对比呼应，这种基调是符合全诗气韵的，因为梦破对应的是胜意归于苍庐的虚无，自然阴柔轻虚，而重重山岭绵延无尽，迭迭入目，是雄伟且绵长的，通过这一虚一实的变幻，从而带出了三联的雄奇壮伟。所以事实上第二联和第一联一样，看似轻柔，实则骨力强绝，首联用一个归字，就将人世浮沉、历史遗迹、人间胜意的归宿写出来了，归字看似平缓，但它容纳的却是人间万象和意气，骨力又岂得不强？而二联的迭出这个动态，它的主体可是莽莽群山啊，群山重重迭迭地出现在诗人的眼帘，这骨力又岂能不雄壮？

而且抹帘所见还紧接着三联的“烟树千方阵，冰河万转图。”这一联气象雄壮至极，盛唐人的五律中，是没有这种奇句的。王子居遍览《全唐诗》选出的杰出五律尽在《唐诗小赏》，唐人的雄奇之句五古、七律、七古中有，但五律中很罕有，只有杜甫的《望岳》在气势与格局上还能一比。但这一联最主要的却又不是在于气象，而在于王子居对造化的描写，正因为造化神奇，所以才能在天地山川中布下如此雄伟的阵图。这一联上与“意岂归苍庐”相呼应，意谓古意或尽而今意未止，下与“造化自钟人”相呼应，意谓今之雄伟与未来之奇迹自有关联。这也是王子居诗中的“意”字的一个生动注脚。而这一联的动态万转，可是天地布下的阵图在转动，骨力又怎么会平凡？气势又怎么会弱？而这些雄奇之象都是在苍庐之意的梦破后对帘子的轻轻一抹而展现出来的。

王子居的第三联妙处就在于它赋予山川万物以灵性，而杜甫最强的一联“造化钟神秀，阴阳割昏晓”则是对自然景物的描摹。一种是赋予天地以生命和意志，赋予山川以造化和神奇，一种是直接的神格的描摹，两者在艺术层次上的差距也很明显。

尾联其实跟首联一样，看似不雄壮的平淡叙事其实蕴含着极其雄壮的意，造化钟人，那造化之巅自然难以攀登，而“登临谁（孰）共吾”的终极一问，似有古往今来、天人独钟之感慨，前三联的雄伟，似皆不及。

在这首诗里，深意（意象）和雄壮（气象）的相互组合、切换做得非常自然和谐，由于雄壮本身与天地造化的“意”融而为一，所以雄壮之气不但没有破坏深密之意，反而十分和谐。对于历代诗人而言，在一首较短的律诗中想要将雄壮、神秘、深远等意相互融合为一体是很困难的。王子居这首诗元素很多、诗意也很丰富且具变化性、动态性，但他却顺次道来（按简单叙事的顺序），极具次序性。

另外，王子居的中间两帘，意象与气象兼有，再加上气势、骨力、天地造化，达到了单句五维的多维境，在诗歌的维度上也远远超越了杜甫。除了在所有的单句上十八岁的王子居都完胜二十四岁的杜甫外，在整首上，他的诗融会气象、意象、气韵、气势、意志、骨力以及宇宙、历史、古今、人生、命运之感悟，兼之天人交感、合一，达到了十维左右的境界，也是远远胜于杜甫《望岳》的。

当然，王子居精通国学，他的诗很多时候是对国学的一种概括，对于第三联，读者们或可读一读《龙山》，或读一读《天地中来》中《大山的雄兵伟将》一节及《局道》对于古军事学的论述，才能更好地理解“阵图”二字。

王子居的诗歌有一个很大的特点，就是他的雄壮奇伟往往蕴含在典雅婉约里，而他诗意中的深喻厚义往往蕴藏在简单的景象里，而他诗意中的百千绚烂往往蕴含在寻常平淡里。所以他的诗很容易被忽略。但这种蕴至繁于至简的笔法，却令得他的喻诗同时具有诗骚汉唐的所有长处。

中国古代诗歌，《诗经》失之于富丽，而得之于风雅比兴；《楚辞》失之于风雅，却得之于喻义和富丽，汉朝失之于富丽，而得之于风骨；唐朝得之于富丽（气象和意象），而失之于风雅和风骨；而王子居往往在一联诗乃至一句诗中，并得诗骚汉唐之长。对于这一点，我们下面展开的诗中会逐步展现，而读者更要读《龙山》来体会。

王子居十一岁的名作《鸿》即已有了气象与意象，而当他到了十八岁时，他的诗歌将意象与气象及宇宙人生命运之感悟混融为一、完美和谐，天人交感、合一，在艺术上和思想上都达到了一种圆熟的境界。

佳人

佳人独立小楼头，世上风情一半出。
家中百日黄花酒，醉倒春风有时无？

“世上风情一半出”把佳人之美形容到了极致，言至于此，无需再多加赞美，已是无与伦比，而“佳人独立小楼头”也写出一种别样的神韵，首句所写实在是平平，但配合它的下句则风采无限、神韵天成，王子居的诗中经常运用这种通过另一句的排列组合而使某一句化腐朽为神奇的笔法。这首小诗虽然短小，却十分精美，尤其是最后一句“醉倒春风有时无”极为优美，深得风雅之旨，让通篇都上升了一个档次，变得不再浮艳，而是添上了一缕难以逾越的优雅。而“家中百日黄花酒”其实也很美，只不过那种美的感觉难以言传，它和第一句是一样的，通过下一句而变得神奇，不过，百日黄花酒本身就是一种很美丽、很传奇、很醉人的意象。

这首诗其实是通篇隐喻，可他用美人隐喻什么呢？隐喻绝世的风采？还是盖代的才华？世上风情和醉倒春风，令上面的诸概念不足用了，因为这不是天人合一，也不是天人相感，而是天人互动了。

春意

帘外浓香促游晨，桃露杏蕊沾满襟。鱼入新流怯深浅，鸟辞枯树快啼音。
绿柳应风成舞韵，飞花触地开禅心。万物含情皆有以，碧草鳞虫俱可亲。

帘外的花香太浓，不可抑止地勾起了诗人早起游春的意念，这句用笔闲适，所以带动的情绪也就非常淡然巧妙，这种妙到豪巅的自然感很是难得，也是难以企及的地方，很多人在作诗的时候匠气太重，因此写不出清新自然的作品。作者用一个浓字，一个促字，一个满字，写出了春意的浓烈和勃勃的生机及热情。

诗人惊人的观察力和想象力在这首诗中得到了充分的体现，花鸟虫鱼皆有性，树草风云皆知禅，它们在诗人的眼中不止是那单纯的“物”，而是一个个充溢着灵性的“所在”，它们都是一个个灵魂的承载，所以鱼和鸟在这春日中是有心的，花和树在这春日中是有心的，它们和诗人一样有着一颗热爱生活的心，他们在这一刹那是朋友，是知己，也是融通了的自我和世界。

我们可以以这首诗再度佐证王子居的“排列组合论”，同时，这首诗也是炼字的典范。

鱼入新流怯深浅，鸟辞枯树快啼音。怯，原作量，快，原作变，量深浅其实写得更细致，一条到了新环境里的鱼，自然而然的第一反应被生动地写了出来。而变啼音，也是写枯树萌发绿意后鸟儿的变化，最后取怯字和快字，因为这两个字写出了鱼和鸟的感情，鱼进入了新环境有点怯怯的，而鸟儿因为树枝萌绿而欢快了起来。

第三联，“绿柳应风”的“应”字，原来作“摇”，后来改成“迎”，又改成“因”，最后定为“应”。“摇”字固然写出了柳在风中的姿态，但还是很普通的境界，而“迎”字使得柳有了主动的意思，它不再是死物一个了，变成了活的，但这个境界仍不够好，于是改成“因”，因为有了风的存在，所以柳树变化出了舞韵。这个“因”字还是不够好，“因”显得是风的水平高，一切都是风成就的，不关绿柳什么事，绿柳是被动成就了舞韵，最后把这个字改成了“应”。什么叫“应”呢？我们来体会下面这些词：回应，应答，对应，应变，我们说应声而答，表明一个人反应的敏捷，所以这个“应”，就把绿柳写得很聪慧，水平很高，随你什么风来，我就能跳出什么舞蹈，狂风有狂风的舞法，轻风有轻风的舞法，好比“随所住而生其心”，所以有了“应”字，后面这个“成舞韵”就比用前面几个字更好了。而且“应”字还含有“应风之约，风柳相契”的意象。

又如“飞花触地开禅心”，一作“红花入目开愁心”，一作“残花满地开禅心”，一作“飞花落地开禅心”。满地落红的凄美，这境界不灵动，残花满地虽美，但境界是死的，于是又改成了“残花落地开禅心”，“落”字就是动态了。佛经中讲，辟支佛观飞花落叶而悟道（辟支佛出于无佛之时，他悟道有两门，一是观飞花落叶，一是观十二因缘），因为看到万物的摇落而领悟无常的道理，残花落地和飞花落地，“飞”字比“残”字的意思要更适合本诗的意境，所以又将“残”改为“飞”，于是在“落”字上面又添了一层动态。

不过飞花落地还是太普通，于是就把“落”改成“着”，飞花着地，差别在于这个“着”字，因为“落”是着地前的动态，而“着”是着地时的刹那动态，在动态上更丰富了。可惜“着”字还是不够惊艳，于是最后变成了“触”字。

我们看到，即便写诗强如王子居，对那种以一刹那蕴含天地之大美、大悟的神句，王子居也是一步一步做到的，他先从静态开始，写到动态，最后才完成了一刹那的升华。以此对比那句“一声长笛蜀天碧”，相信读者的体会可以更深刻。

佛学说：“十方世界，自他不隔微末毫端，三世古今，始终不移当前一念”（好像这个是王子居改过的版本）；又有电光火石之悟的说法。这个“触”与“禅心”联系起来才是最恰当的。因为“触”是一瞬间的动态，飞花触地的那特定一刻，行者因之蓦然开悟，飞花、诗意和禅机就在刹那间真正地融为一体了。

这两句诗，总的排列组合会有十几种吧，王子居对每一个字都要追求匠心独到，在排列组合之中，诗意变化无穷，最终会找到最适合的字词，组合出自己想要的意境。

作者在最后一联中点明了诗的主旨，天地万物都是含情的，都有所缘由而来，就如同那飞花触地使禅心大开一样，我们互相联系，互相触动，以此而言，就算是小花小草和小鱼小虫都是应当去亲近的。花、柳、鱼、鸟、人被他写成了一幅和谐智慧的天地万物图，应该说，这首诗达到了一种天人合一的境界。不过，这个天人合一不是前面所述的种种天人合一，而是类似于中国古代哲学里的那种天人合一。

当然，前面所述的天人互动，这首诗里也是有的，如“飞花触地开禅心”，飞花用刹那之触地，打开了行者之心门，这是典型的天人互动。

不解佛学，不知佛学故事，是不会明白“飞花触地开禅心”这句诗的诗意的，佛学中有“闪电悟”“刹那悟”之说，而这句诗从一个典故中来，可见《虚云和尚自述年谱》，光绪二十一年，时年五十六岁。“一声破碎，顿断疑根，庆快平生，如从梦醒。”是因为打碎一个杯子，所以有了电光之悟。

不过王子居写诗，显然是要化腐朽为神奇，飞花在他的笔下可不是死物，而是“万物含情、万物得智、万物有心”的境界，但单看“飞花触地开禅心”，这个飞花与杯子是没有差别的。它们之所以会有天地之别在于，王子居的诗极其讲究整体性，“单句成境，句句互益”是他的写诗心得和常用笔法，这一句的前三句，“鱼入新流怯深浅，鸟辞枯树快啼音。绿柳应风成舞韵”及后两句“万物含情皆有以，碧草鳞虫俱可亲”，都为我们揭示了这一境界，所以飞花之开禅心，不是偶然，而是飞花有意，因为飞花一句与绿柳相对，绿柳的有知正对应着飞花的有意。而这个飞花的开智，比绿柳的应变还要更深一层，诗意更加玄妙、深奥。

王子居不只是写飞花之智、万物含情，他还通过飞花绿柳写出了世间万物之间微妙的联系，飞花如老师一般为我们揭示这天地万物之妙，而鱼水、鸟树、柳风也为我们揭示着万物之间的微妙联系。因此他的《春意》事实上构造了一个神奇的“万物皆有灵”的世界。这也恰合了他在《东山诗话》中所讲的“小诗人固是写诗，是抒情怀，大诗人则非是写诗，是创境界，是造世界”的论点（见《古诗小论》）。

从诗骚开始，咏春、描写万物的诗数以万、十万计，但能写到这种“万物含情、万物得智、万物有心”并构造出一个独立的、完美的诗世界的，除《春意》外，又有哪一首？

落花流水：如典之象

中国古诗词中，有一些象自然带意，这样的象之所以自然带意，是因为它们有着著名的典故或者经典的意象。

其中最典型的代表是落花和流水，流水的意象，主要出自于“逝者如斯夫”的时光之慨，落花的意象，无非就是繁华谢尽、美好凋零，若说它的出处，也许佛教中“辟支佛观飞花落叶而悟道”的说法是它最著名的典故了，但飞花在中国文学的意象里不只代表了无常。

由于流水和落花在古代诗词中运用最多，而它们又天然地带着典故里的意象，所以它们事实上成为近似于借喻的象。

如李煜“流水落花春去也”，流水本身就是时光流逝的象，而落花自然也是春逝的象，所以它们自然而然成了在古诗词中比较典型的象。

在《天地中来》一书中，王子居举了古代诗歌中的很多落花之象，可以参考。

王子居的诗词中多有典喻同运，其中落花流水的典喻，运用得尤其多，事实上在本书所举的一些诗词中，已经有过不少例子了。

如《独立在阳台的夜里》中讲“独立在阳台的夜里，风雨打湿了落花和愁意”，就是一个变化比较复杂的以本体为部分喻体的意象流隐喻。

又如《荼蘼》：“了知一物非我有，落花流水去来今”、《春烟》“独坐啼鸟晨，吹笛落花暮”、《咏怀·世间》“意比云难测，愁随落花多”、《念奴娇•悼王国维》“落花流水，啼尽杜鹃千度。纵有万紫千红，怎禁风雨，百代但孤独”，这些落花都是用的历代相同的典喻。

当然，王子居用喻一向随心所欲、千变万化，如《遥想五莲山光明寺》“花落花开幽涧中”则是用的世事代谢无常的典喻，而《悔歌》“落花之入流水兮，将随行而不静”则是化用的“落花有意，流水无情”的典喻，而其名作《红豆咏》“水流欲卷落花戏，不知立志如磐石”则用花入流水不再自由的状态比喻爱情。

古代另外一个比较典型的典喻之象是鸿、鸿鹄，以象征、隐喻中正和雅或志向高远，王子居的诗歌中，以鸿为喻的诗有很多。古代还有一个典喻之象是朱槿、朝槿，由于它朝开夕落，所以自带无常之意。

这里讲落花流水之典喻是因为在王子居的写诗生涯中，曾经一贯有意无意地想将露和泪写成典喻之象（见下节）。

露与泪：真正的合一只有在指喻之中才能实现

如果万花都注定凋零，那我就做那最后一朵，坚决地怒放（《最后一页花片》的隐喻）。

露珠，无论是朝露还是夜露，在我看来，都是大自然的泪滴，看到它，就触到了大自然的忧伤（《最后一页花片》诗意）。

王子居将露与泪合一，最典型的是他的一象多喻境代表作《最后一页花片》，诗中讲：

春快要刮尽了她最后一场风，
最后一叶花片还没有变成尘泥。
还要捱最后一夜的孤冷，
等待清晨，春的最后一滴泪（露）珠。

在这首诗里，泪和露是同一个事物，因为《最后一页花片》是整体隐喻和整体拟人的。

由于王子居对《最后一页花片》印象深刻，所以泪和露的一体就成为他以后写诗时经常用到的一个如典之象，他对露和泪的运用，就像上节讲的流水落花一样。

如：

无题·来是

来是偶然去决然，东风遗泪百花寒。花开可知凋时恨，花落何恋盛时鲜。
岂堪泣血生枯木，那得心誓挽无缘。湿露承花花承泪，水逝风歇春不还。

这里的东风遗泪，就是露珠，而“湿露承花花承泪”的泪，更是直接言明了春的泪是露珠。又如“花正好，滴露泪湿巾”，也是将露当成泪来写的，又如：

无题·月没

月没风无影，烟浓蝶失对。那堪恨语言，谁谙愁滋味。
香为花梦魂，露是春别泪。云雨过清溪，诗人正沉醉。

这首诗里他直接把露是春之泪这一隐喻给挑明了。

事实上，王子居在自己的诗歌创作中就是这样运用的，泪与露是一体。又如：

梁祝咏

堕地谁相伴，清泪露珠凉。爱重翻得恨，心敏变情伤。
月黯鹃啼血，花落蝶双亡。勿说余意远，瘗骨铭文香。

首联的泪与露不是一体的，因为在这一首诗里是写花蝶同殉的。这首诗有三个典型的意象，就是第三联和第二句，它们都是双双相伴而伤。

这首诗写情至苦。除了清泪伴着露珠堕地外，还有杜鹃为月暗而啼血，蝴蝶为花落而双亡，泣血殉身的痴情之类，良为苦也。爱重心敏一联，虽是直白，却正道得男女事之实相。

关于梁祝的故事，我们听过太多遍，为何还要再次的吟唱呢？那是因为他们已经深深植入了诗人的心海里，深深烙在了人们的记忆中。而在浪漫深情的诗人心中，那份传说和爱恋已经成了一个如同伊甸园般的存在，不容亵渎。

因此，才会有那么多的感慨。只有爱得深才会恨得重，只因心下有太多关于对方的牵挂，才会落得一身情伤。这月色暗沉的夜幕里，只能听见杜鹃在声声的啼血，凄苦的声音萦绕在诗人的耳边。诗人仿佛看见了花海中一双死去的蝴蝶，他们和着花瓣，和着春泥，沉沉睡去，宛若永逝的浮尘。

这美丽的传说如同一部隽永的图画，余意绵长，如同一部亘古唱响的巫曲，似魅惑似蛊毒，就这样深深地植在了人们的心里，这同眠的枯骨才是这千年来流转的音符，激荡在诗人和世人的耳边，久久难以忘怀。而诗人在这个物欲铅华的时代，以华丽的文字为大家咏响了这一曲梁祝，怎能不引起慨叹呢？

王子居对诗意的锤炼非常讲究，即便是最普通的事物，他也要写出美和不凡来。他怎样写露珠呢？露珠落在了地上，谁来与它相伴呢？只有我感动的眼泪，将泪珠和露珠写到一起，这个意象真的非常美。而让我的泪珠与那落地的露珠相伴，这份情也被写得独特而深沉。作者为谁落泪呢？为梁祝？为自己的爱情？还是为天下人的爱情？

显然第二联是一个总结，它总结了所有爱情的规律，就是因为太投入，太在乎，太敏感，所以才承受种种痛苦。

第三联则是达到了美的极境。月光黯淡了，杜鹃伤心至啼血，花儿凋落了，蝴蝶为之殉葬，这杜鹃、这蝴蝶，真是痴情到了极致！单以写景物而言，这一联便已极美，何况那月亮、那花，还象征了人世最美好的感情，那杜鹃、那蝴蝶，更隐喻了痴情的梁祝以及你我。

第四联看似平淡，其实寓意也很深，那爱情无论多么挚热，无论多么轰轰烈烈，在这尘世中还不是悄悄地远去？唯一能留传下来的只有葬骨的文字，这一句既有历史的感慨，也隐喻了人世的现实。

从王子居诸多诗作中泪与露的连续运用来看，他是想将泪和露合为一体的，成为一个像落花流水那样经典的诗词之象，只不过落花流水被诗歌采为经典之象是经过千百年的时间的，而露与泪仅有王子居一个人偶然写到。

性之贯通：印象流喻诗和气韵

垂緌饮清露，流响出疏桐。
居高声自远，非是藉秋风。

象性贯通

王子居在整理《古诗小论》时，还没有提出完整的喻诗学理论，所以事实上他在《关于造境：物象的选择》中提到的《商山早行》《天净沙•秋思》《山居秋暝》等几首诗，其实是古代诗歌中意象流进化到了印象流。

王子居对印象流或意象流的概念，其实取法自围棋的概念，围棋里面讲棋手行棋比较显著的特色或特点时，会称流，如宇宙流等，当然流的概念也合于诗歌流派这一概念。

印象流的诗歌创作，来源于意象笔法，只不过印象流是用特点、性质相同或类似的意贯通更多特点、性质相同或类似的象，或者用更多特点、性质相同或类似的象隐喻更多特点、性质相同或类似的意，或者象、意、喻及拟人等修辞共同贯通相同或类似的特点、性质。也就是同类的意象扩大至更多的句子乃至于全篇，亦即印象流是以性贯通的升级版的意象流。

我们在2014年时解构《王子居诗词》，是将印象流称为混一境的。按照王子居近期的理论，诗境与画境相通，如画冬季之景，则无一景一物不透冷意，如画雪景，则无一景一物不蒙雪，虽有青松透出，但亦带雪意；如画秋悲，则一物一景不透萧瑟、凄清；此令万象皆化成我之情感印象，如画《呐喊》，则无一景一物不抽象至压抑呐喊之意。整体印象流诗作大体如此喻，全诗中诸景象必然如此。王子居在《古诗小论》《唐诗小赏》

等著作中谓混一境，而更高一重境界则是印象混一境，如印象画派梵高之《呐喊》《星空》，连普通之日月星辰石土草木，皆化成我之精神印象，同理，印象流喻诗中天地万象皆化成精神意志、文化理念、文明内涵等之印象。

那么混一境或可专指人之情感（如悲、孤、寒、凄、伤、思等情感）染象中能以一类情感贯通多句乃至全诗的作品，而印象流则专指以同类之精神印象乃至文化理念、文明精神之印象贯通多句乃至全诗的作品。

其实在那个时候，我们解读七律《紫薇》时，讲“他的律诗中对于诗意的完美统一，各联之间在意境上的和谐，在意象上的统一”，其实就是以性贯通的印象流，只不过同一概念的名称不同而已，以性贯通的概念要比印象流和混一境明确得多，从而也科学得多，但诗歌的特点决定了，我们要用以性贯通的印象流来命名，因为有些所谓的性，比如缥缈、清淡、虚幻等性质，其实是感性的而非理性的。印象流的概念其实源于王子居对梵高名画《呐喊》《星空》等的感觉，他的一些作品是将印象画派的技法移觉到诗歌中进行创作的，也就是说他的一些诗歌是采用了印象流画派的感觉进行创作的。

本身是一种感觉，如果想将这种感觉转化为科学的、逻辑的、数理的表述，我们现在的认知水准还做不到。

梵高的《呐喊》《星空》给了王子居极强烈的印象，让他在诗歌中产生了一种抽象流诗作，如新诗里的《躁动》《呼唤》《死了》，其中《呼唤》《死了》简直就是《呐喊》的文字版。这样说起来其实印象流画派开启了王子居混一境、意象流、印象流、抽象流等诗风。

从意象流诗作进化到混一意象流，再进化到印象流、混一印象流，再进化到抽象流，是王子居对喻诗创作的又一种升华或进阶，如同他将音乐原理写进诗里从而有乐演与诗演的结合，以及将戏剧原理写进诗里从而最终创作出诗演一样，王子居将印象流画风写进诗里，就有了印象流诗作乃至抽象流诗作。

不同的是，印象流画派笔下的自然景象是抽象、扭曲、变化了的，所有的景物要符合印象就需要改变，但王子居印象流诗作中的自然景物，依然保持了自然景物的本状和自然之美，也就是说他不用抽象、扭曲、变化自然之象，依然写出了统一的意象，将诗作中所有的景物用同性的意染过了。

当我们发现像《躁动》《呼唤》《死了》这样的作品跟印象流画派的关系之后，我们就能明白印象流诗作不是王子居偶然发现的，而是他在创作历程中从未放弃的追求。

印象流作为一种古已有之而被王子居深刻发掘的诗风，其实王子居写的也不多。

要说王子居诗作中最纯粹的印象流，当属他十六岁时的《相思雨》，不过若论艺术成就，则当属他那号称“一句九重天”的《紫薇》及《梦中吟》等诗作了。

我们知道喻学概括起来只有四个字“由此到彼”，简化一下是两个字“彼此”，按喻诗学理论，在中国诗歌中，以象为基，就是以象贯通出去，产生气象、意象、指喻等，从而一此喻多彼，而印象在喻诗学中极为重要，因为它是“由彼及此”，它是用一个印象（或感觉）染所有象的，它的发展尚在初始阶段，可谓是中国诗歌中可探索空间很大的一类诗风，至于它将来会演化出何等诗歌的境界或天地，都是未可知的。我们现在研究王子居首倡的印象流，除了有数的几首古诗外，就只有王子居的有数的几首。不排除当代诗人中有一些人也创造了印象流的诗作，但可惜的是，中国当代诗歌至少也得以百万计，我们恐怕发现不了。

所以印象流的提出，诸位诗友可以同自己的诗歌相互印证一下。

事实上，由于王子居的喻诗有多种多样的变化形式，读多了，自难免有一些感悟，比如对性之贯通的印象流，其实2014年我们解读《王子居诗词》时就已经有了一些感触了，我们当时是这样解读的：

这首诗写爱情，又有游仙诗的特色，还带着隐约难辨的感悟、一种对绝对自由之心境的追求，又附带各种隐喻和意象，诸多复杂的元素冶为一炉。而统一这些的则是一种迷离朦胧的意境。

“统一这些的则是一种迷离朦胧的意境”，这个统一其实就是王子居喻诗学中的性之贯通。

王子居在《东山诗话》（见《古诗小论》）中说“气象易感，意象难会”，而作为意象流之升华境界的印象流，自然就更难意会了。而且，整理到这一章时，作者已经有力竭之感，感觉迟钝了，很难钻进诗中了，一遍遍读着这些印象流的诗作，明明有感觉，但就是抓不住本质，形成不了语言，尤其是《十六岁词集》《莱农集》时代王子居未全同尝试近体格律诗道路的时候，他的许多诗都让人有感觉却无法表述，抓不住那种诗的本质。我们只能试着来讲，至于讲得是否足够清楚，还需要时间来证明。

以单字动态或单词特质贯通

无题·舟轻

舟轻桨溅玉珠凉，苍烟碧水两茫茫。

风拂白苇惊鸿雁，一片秋声荡夕阳。

虽然在2014年之后王子居的诗基本都是无题，除了《龙山》外，他连诗名都懒得起了，诗似乎也写得很随意，带着一种慵懒的感觉，根本没有年轻时那种对诗的气象与意象的高追求，但这首小诗依然写得十分绵密，并在连绵不绝的细致描写中写出了意象流乃至印象流。

王子居的诗作，上下句之间往往有密切的联系，如三句的风拂白苇，对应的是末句的荡夕阳，惊鸿雁对应的是一片秋声。而事实上，如果从远处观看这诗中的场景，那么舟轻桨溅、苍烟碧水，其实都在秋声之中荡着夕阳。因为除了风拂白苇、苍烟（风拂）是一种摇荡的动态外，桨和舟划过时荡起的水波，也是一种荡的动态。在这里，王子居用字是很讲究的，舟轻说明船划得比较快，而一艘快舟荡起的水波会比慢舟大一些，而桨划水也自然会生起水波。

这首看似很不经意的小诗，其实在境界构造上，是另一种印象流，也就是它的所有景物，都荡在秋声和夕阳中。

亦即，看似不少的零碎的景物，其实有一个完美的统一，就是用荡夕阳将这些景物融合在一起，从而实现一种独特的抽象的艺术境界。

同《相思雨》《旅思》等作不同的是，那几首作品是以景物的某种相同、相似的感觉为贯通成混一诗境的，但这首诗却是以景象的一个动态为贯通成混一诗境的。不过，这个动态是很特别的，它除了眼中的现象外，还有声觉的现象，声色都在摇荡。

这也应该算是印象流的一种，但它是以一个统一的动态为喻进行的贯通，在创作出《龙山》之后，王子居又在不经意间给我们展示了喻诗的另一种作法。

这首诗里有一个关键，就是惊鸿雁，鸿雁惊起，于是一片秋声荡夕阳，被风拂动的白苇、苍烟，被桨溅起的水珠、被舟划破的碧水，仿佛都是被雁鸣的声波所荡，在夕阳中似是一波波涟漪，从而将前三句的实景在最后一句给抽象化了，而抽象化是印象流的一种方法。

当然，如果不往艺术的想象中讲，而讲现实的层面，荡夕阳的夕阳也可能是浆荡起的水波和风荡起的水波将水中的夕阳给荡了起来，从而水中的波光被荡漾出了一片。而从艺术的想象来讲，秋声是无形的，它既然能荡起夕阳，自然也能荡起苍烟、碧水等。关键就是看想象力的丰富了，而从文字上来讲，以上两种境界都是讲得通的。

而喻诗的特点恰恰就是一象贯多维，只要讲得通，就是喻诗的多维，因为它是由自然的万象自然生成的。

王子居的诗往往是喻诗，而喻诗的特点是以象贯通出多维，事实上，喻诗的创作笔法既然能贯通出多维诗境，它自然也能照顾到更多其他诗意的要求，如白苇的白字，看起来是一个极普通的字，其实它与夕阳的红是相对的，是互相映衬的，只不过这首喻诗首重的是多维的意象，所以在文字中就不直接表达夕阳的红（文字数目有限，太多的诗境不能直接表达），但它事实上通过白苇的白给读者做了一个点醒。

同样的，玉珠的玉字，也有着色彩的匠心在里面，因为它的下句对应的是碧水，而这首诗里在上下句之间的色彩对应之中，还有一句内的色彩对应，那就是苍烟和碧水的对应。

同时，四联的色彩总体上都是互相对应的，也就是说在四句诗里，都或明或暗地彰显了色彩。

当然另一个对应就是上面所讲的声与色的对应了。

除了以性贯通的整体印象流之外，这首诗还是意象流。之所以能成为意象流，主要是靠第四句的印象合一，因为第二句说意象流颇为勉强，一三句根本称不上意象，但第四句不但与第二句联合起来有一种萧瑟苍茫的感情，更有无言的秋意在诗中，单独就具有意象，而一二三句其实都是半句，因为它们的每一句后面都要加上“荡夕阳”才圆满，所以它们每一句在加上“荡夕阳”之后就都具有了意象。

这句诗的第四句其实是前三句的后半部分。因为秋声是不能荡夕阳的，在夕阳中摇荡的、覆盖在雁鸣声、风声、荡桨声交织出的秋声里的，恰是前面三句的水波、风中苍烟、风中芦苇等物象的摇荡。

王子居的短诗中，常有在第四句出人意表，或总括前三句，或变化前三句，或升华前三句，如前面所讲的《傅疃河芦花》和后面所讲的《此薇》等。

这首诗可以和宋诗中的名作，寇准的《书河上亭壁》对比来看：

岸阔樯稀波渺茫，独凭危槛思何长。
萧萧远树疏林外，一半秋山带夕阳。

《书河上亭壁》是宋诗中极少有的意象流名作，其构境也比较复杂，但它依然无法像《无题•舟轻》那样耐解，无法解析出那么多笔法、诗意层次。

现代注家讲诗，基本上是从诗的意境、感情来讲的，但我们讲王子居的诗作时很少从意境、感情上来讲。因为王子居讲诗通常只讲技法、维度，比较注重理性和逻辑，而现代注家讲诗的意境、感情，往往想象过度、发挥过度，比较注重感性，从而失真地将一首诗讲成了美文。

情绪流

按王子居所讲的古诗创作方法，其实是有很多种写法的，但从排列组合的角度来讲只有两种，其中一种就是凑句子。因为古诗词是押韵的，限定韵脚之后作诗其实本质上就是凑句子，比如唐代盛行的联句，几个人互相联句的时候，根本不可能有一个共同的中心思想，只能是凑句子。而事实上韵脚的限定令诗人的创作在很多时候就是凑句子。

王子居自然也凑句子，不过更多的时候他是先立意的，而他的先立意也有很多种情形，比如《月赞》里面他立夜和慈两个基本意，《红豆咏》里面他立爱情、故事、相思三个意，这些都是诗意层面的立意，而他还有情绪、氛围这些感觉层面的立意。也就是说有时候他写诗全凭感觉，他用诗写出一种情绪或者感觉，这种情绪和感觉是贯通全诗的，全诗中的所有象、所有行为都带着这种感觉，它不是以情染象也不是以意染象，而是以感觉染象。

于是就有了情绪流和氛围流。

另外，情绪流、氛围流和气韵是密不可分的，王子居立意时，气韵也是其中之一。

王子居的情绪流和氛围流我们其实很难分别，它们贯通的性不是一种感情而是一种感觉，而感觉应该比感情更难辨别吧。

我们现在发现的他的氛围流和情绪流都是那种慵懒的、无聊赖的感觉，而且都创作于他对诗歌创作不怎么花力气的《京都集》时期，虽然这是他无心写诗的时期，但由于他思想和技巧的逐渐圆熟，他的很多无聊之作却也随心所欲地创造出了一个新流派。

我们以前解读《游园口占》时，用的是意象流或通感流的名称：

游园口占

樱花李花艳俗，杨絮柳絮轻浮。暖风醺人欲睡，诗兴才起还无。随多随少来众，任飞任游野凫。

渐行渐远前路，忽聚忽散池鱼。新花渐替旧蕊，男女成双连对。长歌美酒无味，缺个红颜同醉。

初读这首诗，不禁会心一笑，以前见王子居的戏笔，每每戏出独特诗意来，这一首终于是落入下乘，成为真正的戏笔了，然而多读几遍却蓦然发觉，这首诗的戏笔还是戏出了特色。从“随多随少来众，任飞任游野凫”中，我们忽然读出了大自然的随和和放任，人，来多来少随便，鸟，想飞想游随意（我懒得理）。亦读出了作者的随性和漠然，他是懒懒地、百无聊赖地在春游啊。然后再来看其他几联运用同字的诗句，原来都透露着这种意绪。正是因为这种漫无目的的游春，所以他才被暖风醺得昏昏欲睡，而那诗兴才生起又消失，因为他根本懒得去写一首诗。

我们初读这首小词时，感觉就是这首词好散，它的每一句诗都是随意而写的，而且没有什么中心思想，简直就是想到哪儿写到哪儿，看见什么就写什么。而事实上，这些散漫的自然景象恰恰就是王子居要以一种随心所欲、慵懒无聊赖的感觉来贯通的。

古人讲“暖风醺得游人醉”，这首词则是暖风把慵懒醺到骨头里的感觉，浑身都被暖风给醺酥软了的感觉，而这种感觉王子居全部是用意象来表达的。

这首小词算是王子居意象流的一种创新之作，因为他不是运用传统的以情染象、以意染象，而是运用一种感觉，一种散漫无聊赖的感觉，把种种景象贯穿起来，给我们营造一种极为独特的意境。用情绪流或通感流来称呼这首小词，倒也贴切。

飞鸿远·随笔草三阙无调，且名飞鸿远调

人生太无暇，况闲情雕琢文字，组合诗意。任庭前，几许新花，随时落地。这双燕，日日绕梁，欢啼似语；说甚些，芳意风流，佳人心事；可惜了，切切低语，传不到，海角天涯，伊人难知。

几曾欲诉，辗转都无，理由凭据；谁能会，千百情结，亿万思绪。次次都误佳期，对不起，桃红柳绿；辜负了，和风细雨。最苦莫如追忆，携手处，往事幕幕；眼看时，成双的，丽人帅仔，满街繁华，无穷店铺，唯有心难许。

无语，正销魂陌路，渐愁孤旅。回首行来，几度天涯，黄昏日暮。纵万种风流，经不住岁月，翠袖红裙休妒。遥望有，孤鸿冲天，青云远去；近叹惜，残花泥絮，都零落尽相思。算只剩，闲情无数，一个春如许。

这首词其实跟《游园口占》的情绪差不多，只不过写得更细碎，情绪的特点也更多。

在宋词人中，王子居是很喜欢吴文英和史达祖的，因为他们两人的长调是宋词里面最成功的变体，以词的气韵而言，以音乐性著称的姜夔，在气韵上也不如吴史两人的创造性。

词的气韵远比诗的气韵变化繁多，《化蝶》《飞鸿远慢》是王子居诗词中气韵独特的长调，而后期的《飞鸿远慢》在气韵上尤其突出，它的语句结构多变，远离正常语序，因而构造出了独特的气韵，而这种独特的气韵也增益了诗中的情绪流。

事实上，我们从《化蝶》《飞鸿远慢》的气韵中，能更清醒地意识到，王子居对诗词韵律的悟性。如三字结构中，一般写词会像“抬望眼”这样的组词结构，三字是连续的，但这首《飞鸿远慢》里的“近叹惜”的近字，就是单独一字单独成一意这种组词结构，王子居在《唐诗小赏》里讲过孟浩然的“心随雁飞灭”的例子，但王子居的字词结构显然要更复杂一些，除了三字中第一个字就单独一意外，像“遥望有”，则是后面一个字单儿一意，这首词用三、四字为主反复排列组合，构成了一种断断续续、停停顿顿的气韵。

《飞鸿远慢》在气韵上的折回（紧伴诗意的折回）、重复（即排比，王子居诗词中常用的气韵造作之法）、重复中微调，使得它的气韵独特并增益了情绪感。尤其是诗中多三四字联句的重复及重复中微调，使它的排比效果在音韵上是极为明显的。

现代修辞学中的排比，其定义是为了增强语句的气势，但王子居对排比的运用显然是变化了的，他是用排比句式写出一种折回断续的气韵。

这种气韵贯通一气到底，在情绪上有一种慵懒的、无气力说话的感觉。所以王子居对排比的这种改变运用，事实上有产生气韵、情绪流的双重效果。

而在语言上，它通过一些实写，如“况闲情”“任庭前”“随时”“说甚些”“可惜了”等语气十分明显的词汇、语助词来增益那种慵懒的、爱答不理、随你便、无所谓的情绪。但与《游园口占》不同的是，在这种随你便的爱答不理中，他写的其实是一种刻骨的相思。

中下阕不见那么明显的慵懒，但淡然、无所谓的文气始终贯通，依然主要用慵懒无谓的气韵来贯通诸象，这是《飞鸿远慢》的艺术特色。

事实上，这首词也是充满了隐喻的，王子居写爱情的时候，常常在不自觉间与他的文化理想同写，这应该是因为他的爱情的失落，最重要的原因就是他对文化理想的追求。无论是《化蝶》《飞鸿远慢》还是更多的其他的诗篇，这两者往往交缠在一起。

这首词的下阕就是慨叹他的文化之旅对爱情的失落的。比如“销魂陌路，渐愁孤旅”，他的孤旅显然就是文化理想的远征，而“万种风流，经不住岁月”显然也只有文化理想中才有万种风流，而“遥望有，孤鸿冲天，青云远去”显然是对文化理想的一种可望而不可及的隐喻，而“近叹惜，残花泥絮，都零落尽相思”里的相思零落，显然正是因为孤鸿的远征才导致的。

王子居的诗词结尾都极强，如果没有极强的结尾，他往往也会用唐人中较强的托空入象，这首词也不例外，“算只剩，闲情无数，一个春如许”将三阕所写的无数闲情，都融入一个“春如许”里了。

氛围流

我们对这一类诗把握不太好，这类诗王子居创作得也很少，没有更多例证去对比体会，只能盲人摸象地讲了。

周六口占

置笔呼吸处，园观春景良。池水清未碧，新叶嫩才黄。
稠柳悠悠舞，闲花淡淡香。小诗随口就，知我暂逃忙。

王子居的印象流，是他的喻诗学中的一类，这一类的特点是以一氛围（印象、感觉）贯通诗中所有的象，使所有的象都为一种诗味。

这首小诗，看似很简单的即景抒情，其实，王子居的小诗中有些看起来很简单的，也不可等闲看，不可忽略过了，因为这是一首印象流的诗作（对于这一类诗，王子居尚未足够重视，所以他还顾得上没有起一个确定的名字，像印象流、气氛流、气息流、氛围流等名字，他尚未思考确定）。

按王子居的说法，印象流的诗风，最高境界，一定要一性染全篇，如一篇阴柔之作，就连写到钢铁，也要带上一层柔和之气或意，《春江花月夜》被王子居尊为印象流的开山之作和巅峰之作，是因为《春江花月夜》中的所有事物，无论是江、春、花、树、鱼、人，都染着月和夜、春的气息。

这首小诗王子居说是有瑕疵的，因为稠字破坏了整体的印象，我们建议可以改为轻、柔、细等，他也认可，不过他不肯改，因为诗歌对他来说，主要作用是承载了岁月，是他岁月的印迹，是他的记忆，一旦写成，当时没有发觉的，不论是错还是不足，他一般都不会改的。当然，如果稠字修改了，这首诗也就不叫口占了。但像《龙山》那种他写作的目的就是为了中国文化，为了传之千古、留之后世的作品，他是会一得闲就修改的（汗，看样子他不太可能得闲修改一首诗）。

说起这首诗的氛围流，其实算不上典范，只不过王子居潜意识的口占，他用来染象的，是初春。

在写景上，这首小诗其实也颇有讲究，新放的池水，因为是刚放上不久，所以还没有渐渐变成绿色，而新叶刚刚萌发，还透着黄意，没有变成浅绿深绿。他其实是用未变这个主旨来写当下的。

这首诗的氛围流，大约主要是闲散。首句的置笔呼吸处，写的就是闲下来。三联的悠悠、淡淡，为我们描绘了一派闲适的、随意的、从容自在的意象，这一联因为着了个悠悠、淡淡的直接描写，所以它的氛围比较清晰，其中悠悠是个拟人手法，令诗意多了一层妙处。而第二联则是写得比较隐约的氛围，即未曾变绿的水和叶，也隐隐地透露出一种不急不缓、从容自得的意韵，这是写得比较隐微的，而王子居诗歌中的最妙之处，就是这种难以察觉的隐微入神，这一类的诗作，他往往隐微地进入化境，一般极难察觉。

最后一联他的描写就更加直白了，他用逃忙二字，点出了全诗从容闲雅的氛围主旨。

忆昔

清流激细沙，弯弯绕我家。墙外多种树，门前常有花。守门卧土犬，信步踱鸡鸭。绿竹藏鸣鸟，石阶伏蔓瓜。财利非所虑，农事多闲暇。无须劳心计，万事尽由他。长日自陶陶，许此一生涯。

这似乎是王子居的打油诗，但却是他非常钟爱的，他用最质朴的语言，写出了农村生活的悠闲和适意，只有这种最简单的语言才适合这种最简单的生活。

2014年时我们解不出这首诗的妙处，但它却是王子居深爱的，我们以为可能王子居写了太多喻诗，像这种单维诗境的原始、淳朴的作品，反而更容易让他对过去的农家生涯有所共鸣，现在看来，它是氛围流的诗风，可是它是什么氛围流的诗风，我们却难有一个准确的表述。

清平乐

黄金檐下，白玉堂前，桃花数度濯细雨。
绿柳田畔，锦鲤池边，闲人几许下银钩。

这首词写得很闲适，意境构造得比较富丽而又优雅。通篇透露着富贵闲适之气，金玉、锦鲤、银钩等透露着富贵气，而它们又与堂前檐下、田畔池边、绿柳桃花细雨一起构造出了闲雅的气氛。

但如果我们将氛围流视作一种小巧，那就又错了，因为王子居能够将氛围流诗作带入更高的境界中去。

春烟

春烟罩村树，遥失海曲路。无风浸斜阳，有风迷万户。
独坐啼鸟晨，吹笛落花暮。惟解寂寥深，不知何所悟。

这也是一首思悟之作。每一个啼鸟的清晨，每一个落花的黄昏，他都在这里静静地思索和享受。在这样的环境里，抛开一切的俗世纷争，安安静静地领悟这深深的宁静，思索这生存的意义。而第四联的惟解寂寥深，则将我们带入到“寂兮寥兮，独立而不改”的境界中去。在这种境界中，排除了语言文字，所以说是“不知何所悟”。

“寂寥深”和“深宇寂无声”是一脉相承的。

这首诗的前三联其实和前面几首诗的懒散、无聊赖毫无分别，我们根本看不出前三联究竟在表达什么？不是吗？它的前三联其实就是单纯的描写景象，无心、无意、无情。

可是，当最后一联出现时，我们才发现它们并非毫无所表，而是为我们深刻地表达出了一种无所悟、无所觉的无心状态，这个无心才是这首诗用以贯通的核心。

而同样的，独坐、吹笛，是王子居给我们透露出的意象，亦即整诗是在写一种悟道状态的。

正因为这是一种悟道，所以前面二联就有了象征和隐喻。

而吹笛又何以是悟道？还请参看《龙山》中的《诗演2》。这首诗还可以与《八月十九日闲有思》互相参考。

风气流

风气可能是一个比较抽象的东西，它又跟朝代有关，比如说汉风唐韵，似乎汉朝风比较明显，唐朝韵比较明显。同理，在诗词中，唐五代的词风和宋词的风气和元曲的风气又自不同。

我们这里讲的风气流有点像是仿古，也就是说在今人诗歌中写出汉朝特质、唐朝特质。

王子居的某些诗作被很多人说像极了唐诗，但其实王子居只有一个阶段即《东山集2》时期是比较注重学习唐诗的，另外《京都集》中他创作《发现唐诗之美》时期创作的七律也应该比较接近唐诗。

但对于王子居来说，比唐诗还唐诗显然是不足贵的，像汉诗乃至更古老的诗歌，才值得一表。

我们现在对王子居性之贯通的诗作中，有些概念也许并不十分契合，比如我们现在讲的风气流，也许并不是很准确也不是最契合的概念，但更好的概念只能随着认知的加深在以后再改了。

春自由调

霞散云开皆由性，野兔闲凫不惊动。渐烈花香侵人意，随山随水相送。

万山啼鸟竞春风，山居十里绕桃杏。主人粗麻系柴门，正酣一场春梦。

这首诗给我们的感觉像什么呢？体会很久，忽然想明白了，诗人似乎带着我们回到了上古时期，先民的那种质朴之风仿佛迎面扑来，什么汉魏的风骨，什么盛唐的高华，什么宋词的绮丽，什么咏怀的端穆，在这上古的风化前都一扫而空，皆为下乘，难怪王子居本人非常喜欢这首看起来一点也不起眼的诗呢。读着读着，忍不住想要再读一读《上古天真大论》呢。

这首诗深得道家无为之旨，又兼具山水诗派的淡。但这都不是最重要的，最重要的是古风古气。

霞散云开皆由性，民风之天真自然也。野兔闲凫不惊动，万物之和谐也，人与禽鸟之近也。

渐烈花香侵人意，自然之会心也。随山随水相送，万物之若有情也。

万山啼鸟竞春风，见万灵生机之旺盛也。山居十里绕桃杏，见居之野美也。

主人粗麻系柴门，生之简朴也，粗麻正是古简之象。正酣一场春梦，生之全神天真也。

皆，尽无异也，不惊，无所扰也，侵，言盛烈也，随，洒脱不拘也，竞，繁而勃发也，绕，密护也，粗，古拙也，酣，浓畅也。

古人所谓言外微旨，王子居在这首词里做到了极致，所谓言外微旨，我们前面讲过的《咏史•范蠡》也是一个很好的例子。

王子居的诗往往在简单的物象中蕴含天地自然的意义，因为他善于运用比喻和象征，透彻地观察物象和物性，这类诗不认真体会就根本读不懂，你只能读到他写了一种还算美好的景物，读不到这景物所隐含的意义，因为王子居根本就不用文字点出来，很多人在读这首诗时觉得挺美，还行，但说不出任何特点，确实也是，从汉魏以来，谁会把诗写到上古先民时期的风气呢？谁能从一山一水、一花一鸟之中读出上古的味道呢？谁也不会想到他会把上古天真之风用这么简单的景物随意地写来。王子居几乎从来不读自己的七律，却经常读这首诗，陶陶自乐，评者原先也不懂，后来好奇问他，他说这首词有点古，他读起来心得安稳，可以养性，评者反复体会，才终于似是弄懂了。

所以王子居的诗越是简单直白，就越难解读。要感悟出其诗中的三味，对于评者来说，也是一件很难的事情。

闻母哭子

痛哉苦哉，彻于心肺，摧于髓脑。苦切不可言矣！

嚎哉哽哉，不知天地之所存矣！

蜷哉倦哉，若絮于狂风，无所依哉！

哀哉殆哉，心随子丧，行若尸哉。

去矣去矣，不可再见矣！恩爱如梦，不复有哉！

如梦如梦，梦幻梦虚，求不可得哉！

思想思想，思亡想失，惑不知彼何所归哉！

这首诗几乎就是一种直接的描写，较少通过象来抒发，所以它不会是意象流，但它是不是风气流呢？毕竟它的气息简直就是汉或汉之前的古诗了。

这首诗写得酣畅淋漓，很有汉诗的风采，无论从气韵还是感情上都深得其精髓，那种厚重感和粗糙的哀伤感都很精彩，掩卷闭目，亦不能从中脱出。我们从这首极具特色的诗中，亦可深切感受到王子居诗风的千变万化。他写某一种特殊的题材，就会自然运用上一种最适合这种题材的诗风，没有任何借鉴，自然而然就创造出来。

我们看到在这种厚重感和粗糙感下，却是极为细致的描写。前四句的痛、苦、嚎、哽、蜷、倦、哀、殆，写了妇人的八种状态。这八种状态是层层递进的，是以时间先后而展开的，而后面的描写或直抒，或用喻，都写出了妇人的某个细节。

而后面三句，则是写虚，将妇人心中那些无法言说的感触，将她的困惑和迷茫，伴着深切的痛楚，一个细节一个细节地描绘出来。而这些精致细腻的细节组合在一起，却是一种粗犷的、厚重的、古朴的风格，这种风格直达生命那最原始的质朴。作为一个现代人，王子居竟然可以写得比汉人更古朴。

当然，除了诗中文字粗如沙砺所造成的古气外，这首诗在气韵上的构造也非常独特，它独特的字词结构（如重复、换位等手法）搭配上古代语气词，为我们展现了完美的古气。

咏怀•翠微

苍苍翠微，幽幽竹扉。人声杳杳，天地恢恢。
鸟去山空，人去掩扉。世无和者，吾与孰归？

作为一首四言诗，这是作者最得意的诗作之一。得意之处，其实不全在于诗意的对偶在全诗中的巧妙和繁复，而在于这是四言诗中极少有的进入意象之境的作品，而除了进入意象之境外，它也达到了叩问宇宙人生的境界，是天人合一境的典型作品。

而更重要的是，它具有一种高古的、无声的天地人生大寂寞之美和奥义。

它的语言苍古，仿佛自三皇时期而来。

王子居诗中颇近风气流的，还有如《咏怀•经秋》《咏怀•孰奏》《咏怀•将归》《咏怀•层楼》《咏怀•攀笼》《咏怀•弹铗》，他在《莱农集》时期的《咏怀》，大多都极为苍古。前面《喻兴一体，起兴转进》等节中已经讲过，这里就不重复了。

运远古之文，行远古之气，流远古之韵，抒远古之怀，荡远古之风，应该是王子居写诗的一种潜意识的追求。

混一境和印象流

印象流的诗风，读者们可以参考《春江花月夜》及《古诗小论》中讲过的《商山早行》等作品。

青林

日隐江天际，霞映青光林。

水走尘烟下，缥缈人伤神。

这首小诗虽然很普通，但它已经有了王子居后期的以性贯通的印象流诗作的雏形，那就是他在一首诗中追求整首诗的性之贯通，当然作为最早期的这首《青林》做不到整首印象流，但它依然充满着那种努力。

诗人为我们描绘着这样的一副画面：朝阳在水天相接的晨雾里若隐若现，而它偶尔透出的点点霞光则映照着葱郁的青林，这一切宛如梦境般美好，让人深深迷醉。而这水雾所生的缥缈，令诗人生出一种若有若无的迷惘，莫名有些隐隐神伤。

尘烟和日隐所绘之境，无非都是缥缈之境，也就是说事实上这首小诗在努力追求性（事物的特点、性质）的贯通，如果说他缥缈伤神的感情染了日隐和水烟，也许会有点牵强，但总的来讲，儿童时代写诗的王子居，已经很深入地运用性之贯通来印象全篇，并且努力地以情、意染象了，不管这个染象是否成功，但他都是在染的。

由于年纪尚浅，这首诗中“霞映青光林”一句，在整体印象流中，似乎有点违和，对印象流来说，算是一个败笔。

从我们前面对意象流的讲解来看，很多意象流在诗歌中是局部的，那么印象流作为意象流的升华版，自然也有局部与全体之别。如此首的“霞映青光林”就没有印象流中性的贯通，这首小诗只能算是局部印象流。

无题•一笑

一笑一叹一流光，一人一事一衷肠。杨柳春烟迷蝶路，落叶秋风失雁行。梦里不知花谢尽，诗成还道酒余香。漫随流水青山下，心声琴意两悠扬。

王子居的诗意绵密周严，各句之间交织贯通，在这首诗里亦有表现。

我们看第一联，一笑一叹，一人一事，是哪人哪事？是哪一段流光？是哪一段衷肠？第一联紧紧地扣着二三联。就是蝶已迷路、雁已失行、花已谢尽、酒已饮光。对这些已流逝的美好，笑又如何？叹又如何？就好像那流水在青山下漫漫流淌一样，而那无法表达的心声，只好追逐悠扬的琴意。这一首诗的四联诗意环环相扣，互为表里，达到了整体上的统一。

贯通这一整首诗的感觉是什么呢？我们隐约感觉得到，但寻觅不到一个合适的词汇来概括。

暂时用虚幻、梦幻、迷离失落来作为这个贯通的性吧，这是王子居的诗歌中经常出现的东西，而它确实也能解构得通，但它并不是我们感觉中的那个东西。

“一笑一叹一流光”，确实是很虚幻的，因为一流光本就是虚幻的东西，这一句其实十分经典凝练，王子居将整个一生用一笑而过、一叹而过的轻微，使之像流光一样消逝，看似轻松实则无比沉重，因为所有在流光中逝去的美妙事物，你也只能或者一笑，或者一叹，还能如何？一笑的，或许是会心珍惜；一叹的，或许就是只能一叹。

“一人一事一衷肠”，让诗人难以忘怀，记在衷肠中的，是一个人，是某一事。这句虽然简单，但如上句一样，也是凝练了一生的。一生之中，记忆最深刻而无法忘怀的，无非是那一人、那一事。

第二联用春秋之象来讲这一人、一事、一笑、一叹，在唯美的象中讲出了迷茫和失落。

第三联也是虚幻的，梦里迷蒙，不知道人生的花儿已经谢尽了，这一句紧承二联，花谢尽象征着人生最美的年华、最美的事物已不再。醉后成诗，并不知道酒席已散，还以为酒在散发着香气呢。第三联是用醉梦来写虚幻的，然后在醉梦中再加上不知、还道的词汇来加深这种虚幻感。

第四联中上句写的是无心或者说随性，下句是极为惊艳的句子，我们放在《龙山》《诗演2》里来讲了。当然它也是有些虚幻的，因为诗中人毫无意识地在青山下的流水中漫游，他的心与琴化为一体，悠扬传播，无论心声还是琴意，也都是虚幻之象。

我们勉强用虚幻、梦幻这种感觉来贯通解释这首《无题》，确实全部讲通了，但这并不就是我们感觉到的那种奇妙的感觉。

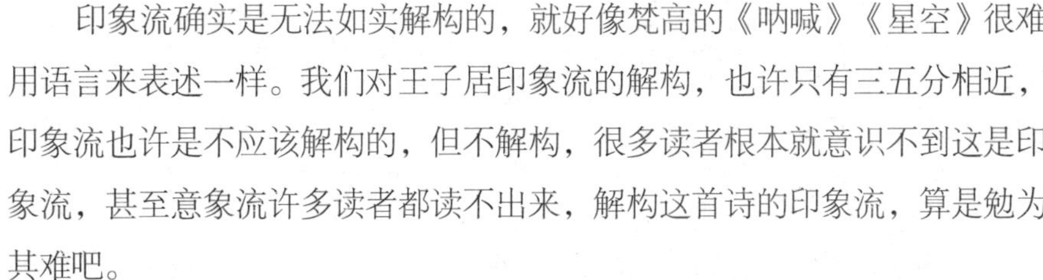

印象流确实是无法如实解构的，就好像梵高的《呐喊》《星空》很难用语言来表述一样。我们对王子居印象流的解构，也许只有三五分相近，印象流也许是不应该解构的，但不解构，很多读者根本就意识不到这是印象流，甚至意象流许多读者都读不出来，解构这首诗的印象流，算是勉为其难吧。

连山低

从书寻千古人迹，问讯风流，苦学彩笔，到而今，写不了相思。目远春黯，向何处看足云曦。紫燕来时欢飞，引愁人意。

美景纷呈罗绮，错落屋宇，乱林掩门，农人依稀。目断连山低矮，流水浅岸鱼栖。心被风吹碎，乱叶残声里。

这首诗是以情染象和以意染象并行的，而它的隐喻则迷蒙难测。这首诗的印象流和《相思雨》的印象流一样都很难讲，王子居词中的印象流比他的绝、律的印象流要更难以捉摸。

它的写景主要在下联，可下联写的景象实在是有一种奇怪的感觉，无法用语言来归纳它的特点和气韵。

这种特点在王子居早期的词作里十分明显，由于《东山集2》之前的王子居没有学习近体格律诗，使得他的诗词有着完全不受束缚的发挥，所以在这个时期的诗词里常常出现一些十分独特的写法，对其中的一些特质无法准确地认知，更无法准确地表述，我们只能感觉到它是印象流的作品。

相思雨

云落松阴，山起丘柔，烟轻绕川里。叶坠无声，风微林冷，修竹那堪倚。纵有几多相契，毕竟不曾留住，寂心如旧起。

春寒切，细流遥，连雨相思季。无处诉深情，还留长叹里。欲下孤径万里愁，一衫尘黯心念伊。

王子居早期的印象流与后期不同，早期的印象流初读起来会有一种怪异的感觉，因为它对景物的描绘很特别，视角十分独特，它的每一个形容词都形容出了一种出乎我们意料的印象。

这首词有一种纤细的、阴柔的、瘦净的感觉。作者刻意构造出了这样一种气韵和意境。他的这种对诗境的感觉是很敏锐的，他连续运用性质相类或相近的形容词或动词，来定性一个一个景物，然后通过这种种物象组合成一个全景，终于为我们构画出了一个独特的画面。这种高难度的操作就在于你要对多个物象观察入微，既要找到一个物象的典型特质，又要找到多个物象的共同特质或近似特质，以最凝练的字词描绘出来，我们知道，要找到一个物象的典型特质就已很考验诗人的观察力和总结能力了，何况是多个物象的共同特质？所以王子居这种笔法不细看是不能知其难的，这种诗风也很难做到。虽然进入大学后他的诗风大变，以咏怀体为主，但在《旅思》中，他还是偶然运用了这种笔法，而这种笔法虽然一度不被他重视，却在《紫薇》一诗中被运用到了更典型更成功的境界。

《相思雨》看起来是非常简单的一首诗，题材就是常见的写相思，比起王子居那种蕴含宇宙人生真义的喻诗来，简直平淡极了，但，它却是比诗中熊猫还要少见的印象流诗作。

什么是印象流？王子居的著作中，他举出唐人的印象流，目前为止也只有《春江花月夜》《商山早行》两首而已。

读者想必明白印象流的可贵了吧？

即便是王子居曾经在数年时间里每夜都要翻开《春江花月夜》以笛声演绎，他一生也不过这首《相思雨》和《旅思》《紫薇》总计三首比较整体、纯粹、明显的印象流而已。而且其中的《旅思》只能算是多半首的印象流。还有其他的几首则虽同属印象流但却更贴近于氛围流。

印象流诗作之难，从古来至王子居，也不过一手之数。

仅以此来观王子居的《十六岁词集》，我们也能明白，为什么这个十六岁的少年写的词集可以用惊艳千古这四个字来形容。

因为他不光是在十六岁实现了“一象多喻境”这一旷古绝今的创造，他还实现了中国诗歌史上如凤毛麟角一样稀少、如惊鸿一瞥一样难得一见的印象流。

可是有一个事实是，王子居后期的印象流好解构，但他早期的印象流极难解构，我们甚至都把握不到印象贯通的性，也讲不清楚他早期印象流中一些印象的特质。

王子居的指喻有时候和意象是合一的。如《相思雨》里的“春寒切，细流遥，连雨相思季”，“连雨相思季”初看起来是说连雨的季节就是相思的季节，但连雨的季节凭什么就是相思的季节呢？这句诗里内在的逻辑其实是相思就像连绵的春雨不绝，因之连绵不绝的雨季也就成了相思季。当我们读出这一句其实是一个指喻时，那么“春寒切”“细流遥”事实上除了意象之外，也隐隐地带有一种指喻，只不过它所指向的是什么，就只能意会了。而且在那个阶段，王子居对指喻的运用还不算很成熟，它作为指喻是否有些牵强？而它隐喻的究竟是什么，作为一首描写爱情的词作，涉用到个人隐私，恐怕只能在作者的心里寻觅了。

旅思

冷日远枝疏，啼鸟待寻无。残冰浮流水，层云乱山墟。

方寸羁学乱，归期岁月徐。儒生可轻误，休恃一床书。

题目一作《莱农思家》。王子居写景写山水，其趣总在若有若无中，这首诗中他以独特的气韵营造了一种思绪如片断般碎碎、断断续续的寂寞而冷淡的意境。王子居后来以气韵归纳为唐诗的总特点，原来在莱农就读时，他就早已有了运用，只不过他当时并没有清楚地产生诗歌之气韵的概念。

在这初冬的天气里，读着这样略有落寞的诗句，瞬时感到寒气蔽体。白日给人一种冷的感觉，树枝萧疏，那树上的啼鸟因为远，仔细看时却看不见。首联就构画出了一幅冬日的萧索画卷。错落的冰已经在冰凉的河面上破开并漂浮，层层的浮云杂乱无章，遮蔽了那远处的山岭。二联加重了冬日的萧索。

在这寒冷的初春，想起故乡，我的心因为羁学而乱，而在学校的日子却是那么缓慢。古人已经说过"青袍今已误儒生""儒冠多误"，我的文化理想可能会非常漫长而又艰苦，无人理解，前途可能黯淡无光，这一床的书籍恐怕是靠不住啊，它会不会误了我一生？

我们当年解读《紫薇》时，子居告诉我们印象流，但我们解读这首诗时只看到了气韵，其实这首诗也是真正的印象流。

王子居营造的整诗意境，是残碎的、稀少疏缓、若有若无的，在构境上，是一种印象贯通了景与事。这与印象贯通全景的作法是不同的，它同时贯通着自然景象和人事。

冷日挂在稀疏而遥远的树枝上，啼鸟听得到却寻不见，层云使山墟显得纷乱，冰残破了，浮在流水上，这些写的是自然的基本物象，而方寸混乱，归期迟迟，则是人世的事象，王子居统统给他们蒙上了一层正在消减的、不可把握的、不可捉摸的稍带一点慌乱的印象。

喻诗诸流中的印象流，较之指喻、意象更难解读，即便我们可以时时向子居请教，但也只能解到这种程度了，印象流的诗风，尤其是物象所染的印象，较之唐人的意象更难以把握，像《春江花月夜》《商山早行》那样的印象流，主要就是写景，王子居能够解释得很清楚，我们读着也会觉得很清楚。

但王子居的印象流是受到梵高等抽象派画风的影响，如《呐喊》《星空》所描绘的精神世界，自然就较难解构了。

我们当时能解读《紫薇》的印象流，因为《紫薇》主要讲人事，更偏近于哲学，所以更近理性，而《相思雨》《旅思》都是写一种莫名的心绪，而且对物象的渲染不是如《春江花月夜》那样用月和夜这种物理现象染所有的物象，这两首诗是用人体感官对外界事物的一种特殊的、稀有的印象来贯通全象，这种印象有着一种微妙莫名的心绪在里面，实在是太难以解读了，也许这两首诗的妙处，只能凭读者吟咏感悟。

王子居的印象流诗作，《紫薇》为尊，《紫薇》的印象流是整体的，而《旅思》的印象流只有前三联，《相思雨》虽然也是整体的印象流，但所染的物象较《旅思》《紫薇》都简单了一些，更偏近于《春江花月夜》的以月和夜染万象，及《商山早行》的以晨染诸象。

我们在前面讲了《青林》的片段性的印象流，2019年的时候我们还认为王子居的印象流只有《此薇》《相思雨》《旅思》这三首，事实上，王子居早期作品中对印象流的创作远比我们当时认为的要多。

忆清华园

嫩叶飘翻似染芬，细尘著雨印屐痕。醉花台榭春远近，梦柳池塘忆浅深。
疏影拂风弯月淡，闲身照水细鱼沉。长歌不复林中响，旧意阑珊渐隐沦。

2011年在创作《发现唐诗之美》的过程中，王子居对诗歌中的意象有了更深层次的理解，并赋予全新的内涵，而他这一段时间创作的七律也比较讲究气韵和意象。

嫩叶飘翻在风中，似乎染了花的香气，而细细的尘土被细雨打湿，鞋子踩上去印下了痕迹，而这究竟是谁的屐痕呢？似是有所寓意，又似是平淡的描写。这一联通过嫩、似、细、痕等象，刻意地写得很细很轻，让诗意进入了一种微妙隐约的境界。第二联则是王子居“文字排列组合论”的一个很好的例证：

上句的中心是一个“花”字，用一个“醉”字，写出了花之美、花与台榭错落有致（有远有近）的美，同时也意在写出游园的舒适，他所得到的美的享受，因为太美，所以他醉了。

这一句五个字词：醉、花、台榭、春、远近，组合出了多重意思，第一重是，花和台榭，远近则勾勒了花和台榭布局的一种动态，也写出了作者游玩的动态，台榭曲折延向远方，而花儿依因台榭错落分布。第二重，用一个“春”字将这种动态延展出去，以花和台榭概言整个春。第三重和第四重，“远近”两字所指向的，既有花和台榭，也有春。花和台榭的远近，是实的，而春的远近，则是虚的。这句既是概括当时之景，也同时延展到人生的岁月当中，作者怀念的是近前的，也有远去的春天，是他在远（从前）近（今春或昨春）的春天中醉花醉春的一种意象。于是，一个“春”字，是相同或相似的，而“远近”两字，则是显示了这春有近前的，也有遥远的，通过对意象的组合把对岁月的感慨勾勒出来了。“远近”两个形容词，与花、台榭、春（春光春景和春时两个意象）分别进行组合。第五重，“醉”字直指的是花，延展的是台榭和整个春。这个“醉”字，醉了花，醉了台榭，醉了春，醉了春错落有致的布局，醉了一春又一春的时光流逝（远近）。在意象的组合上，它有明的，有隐的，共有五重组合。

下句的结构和层级也基本差不多，“梦柳池塘”的语序，是交叉的，而不是并列的。它或者是说曾经梦到柳树的池塘，或者是说柳烟如梦的池塘，或者是说对那池塘和那柳树的一梦，这一梦是追忆，而对于此忆，则诗意迷离不清，是浅是深？有浅有深？或浅或深是言回忆与梦的多与散乱，与远近一样，意在用两个截然相反的字，组成一幅错落的、广阔的而动态变化的画卷，从而将诗意延展开来。

而就在这幽幽的梦境，悠悠的回忆中，作者仿佛回到从前，在月夜下，微风轻拂花木，疏影离披，在地面上晃动，而闲着无事，作者俯身去看游鱼，结果影子一晃，鱼儿被惊得下沉了。三联为我们描画了一副幽幽的、寂静的景象。而这一联在细节上也是非常讲究的，它与一联同样的细节描绘，用疏、影、弯、淡、闲、细、沉为我们贯通一幅轻渺、幽深的梦境。

而作者此时回忆起当年在清华园的闲适生活，对比当下的忙碌奔命，不由感慨万千，那歌声再也不曾在那清华园中响起了，那爱花爱月爱自然的心情也许久不再有了。

一三联的细节上性的组合贯通，加上第二联的组合意象的贯通，最后一联人事的林中寂静、旧意阑珊、隐沦，为我们构画出了一幅如梦般缥缈、幽深、隐约迷离的梦境。

这首诗通过组合意象来构画一幅复杂但有着贯通性感觉的印象流诗境。

在以前我们没有认真思考印象流的时候，我们还发现不了喻诗中印象的行点，而综此篇的诸诗，他的印象流大多都有虚、幻、淡、朦胧、隐约、迷离、深细的感觉……

他是用一个或几个象性的贯通组合来写出这种种微妙的感觉的，对于这一点，可参考《古诗小论》中对排列组合的相关讲述。

这首《忆清华园》也不例外，无论是“似染芬”中似乎有的香气，还是台榭春花的陶醉，抑或是池塘忆浅深的梦，都是虚幻朦胧的，而嫩叶、细尘、屐痕、疏影、淡月、闲身、细鱼等，都莫不有纤细、柔雅的感觉在里面。

无题·落地

落地无声是前尘，生涯飘荡似流云。悲声哽咽当时曲，泪眼迷离忆中人。
心逐水逝情难尽，梦随花落爱无痕。东风不见杨柳老，只余春恨意深深。

这一首和《忆清华园》一样都带有一种虚幻感，但《忆清华园》是淡淡的、轻轻的，这首则是激烈的。

在意象上，无论是当时之曲，还是忆中之人，抑或是逐水之心、之情，还是无痕之爱、随落花之梦，还是无声落地的前尘或者是杨柳春恨，都是虚无缥缈的，王子居将虚幻的感情与自然唯美之象合体，从而写出了一种特殊的印象流。

紫薇

紫薇初谢月初秋，著地无声竞轻柔。香花美眷词中老，事业名山梦里休。

流水绕石悄然瘦，寂寞影人不了愁。寓言此意谁堪寄，长空碧海一浮沤。

曾令王子居决意封笔停诗的作品，自然会有它与众不同之处，《紫薇》和《月赞》的创作，可能是王子居对《春江花月夜》笔法的一种升华，而对号称“孤篇盖全唐”的《春江花月夜》的印象流进行升华后，已经无可攀登的王子居决意封笔停诗，也就很自然了。

事实上，对于《紫薇》的解构，我们时有疑虑、经常审视、反复品读，但最后它还是承受得住我们的各种解构。

这首诗的意境茫茫渺渺，以轻、悄、难觉为其氛围，花悄然而落、石悄然而瘦、香花美眷悄然而老、事业名山悄然而休。梦，是无奈无知迷乱未觉之法，影，亦是如幻轻柔之物，寂寞亦是虚幻之物，月光洒落、紫薇飘落之柔亦只是想象之中，而紫薇与合欢是花中轻柔之典型，长空碧海比一浮沤，给我们刻画了一种如梦如幻的意境。人生年华逝去之叹，虽非“逝者如斯夫”简而易，却也别有滋味在难分难解之处。

这首诗中的每一事，每一物，以及其所构成的每一境，都给我们以相似的印象，浑然一体，没有任何不协调的地方，这就是王子居反复修改诗作而要达到的一种境界。

在《紫薇》这首诗中，他不止做到意象的统一，情景意和指喻、象征的统一，他甚至做到了氛围、印象的统一。他给所有的要素赋予了一种共同的印象的特性：轻柔和微渺。

王子居对诗的完美追求是令人敬佩的，他的律诗中对于诗意的完美统一，各联之间在意境上的和谐、在意象上的统一、在意象之性上的贯通，令人叹为观止，这一点是号称朦胧派鼻祖的李商隐所做不到的。无论是整体的诗意，还是具体到一词一字的词性和字性，他都力求完美统一，他所追求的这种完美统一，在诗歌史上是没有人提到过的，古人说信七律之难全璧，想要一首诗没有毛病都很难，何况是达到每一联每一句之间在逻辑、在意象上的完美统一呢？而这恰恰是初盛唐律的诗意流和近体格律诗之间的差距。

印象流的诗非常注重整体，对整体的意象要求更加和谐，转承之间的要求也很高，不允许发生诸联的性不相关的情况。

下面我们来看一看这首诗的几重境界：

首联抒写时令，其实是带有淡淡的气象的。诗歌中的气象往往是雄浑的，而这一联的气象却是清凉而又兼具意象之柔美的。气象和意象合一最难，唐人七律里面只有刘长卿的《送郎士元》一首做到了完美，而这一联中也将气象与意象统一了起来。可能我们大多数人读"紫薇初谢月初秋"时，读不出那种轻柔的感觉来。所以王子居下句说"著地无声竞轻柔"，它们好像在比赛谁更轻柔一样，尽量轻轻地著地，让人无从察觉。它们为什么这么的轻柔呢？因为它们怕惊动了坐在紫薇花下，在初秋的月光下思考的诗人？还是它们在比赛谁更加唯美，谁落地的舞姿更加曼妙？抑或是，它们钟爱这月光下静静坐着欣赏着紫薇花和月光的诗人？其实更加可能的是，王子居整诗写的是天地造化，他笔下的天地万象都是让人难以觉察的，而竞轻柔自然隐喻着天地万象的秘密幽深隐秘、悄然无声、难以觉察，所以它的隐喻之意其实是很深的。

好像两个无声无息的事物，花儿悄然落地，月光悄然洒地，她们非常小心在意，不想被任何人察觉。这非常符合王子居当时所感受到的那种意境之性：轻、悄、虚、幻、难以察觉。

在气氛、感觉和气韵上，前面已经讲了王子居是如何统一的。那么诗中的花为何选紫薇呢？一是王子居家的紫薇是陪伴他长大的，而在他失业的那段时间中，他经常坐在这棵花下思考；二是在花中，最轻柔的花有紫薇和合欢这两种。月初秋也是很有讲究的，从时令上来说，初秋紫薇花开始凋落，而初秋两字令这个月非常美，它刚刚开始变得更明亮、更清凉，也更洁净，初秋刚刚消了暑热，又不至于太凉，初谢的紫薇和初秋的月，还有初秋的时令，都是处于最美好的时候，初谢的紫薇其实也就是开得最旺盛的紫薇，因为紫薇花期很长，有一百天左右，花谢与花开同步，所以当刚开始花谢时就是花开最浓时，其实这一联是有隐喻的，它隐喻着人生初入烦恼，人生最美好的青春年华其实也是开始步入人生烦恼的时候。而一象多喻境的特点又决定了，它绝不是仅仅隐喻青春年华，而是隐喻到了文化理想和文明追求乃至人生。

落和谢的区别在哪里呢？花和叶都可以用落，但谢字是花专用的。落是一种动态，而谢则意味着美好的终结，是花朵生命的终点，王子居对落和谢，是很讲究的。

这个世界上什么最美呢？是香花和美人，但现实中的花儿和美人并不是最美的，最美的花儿和美女在文学作品里、在诗词中，也就是在想象里，所以诗人才说“香花美眷词中老”，那么美的事物，也终归要老去。诗人感到青春逝去，又感慨人类的无尽代谢，因为香花美眷的感慨是一个典喻，这不仅是诗人的感慨，而是所有人的。这一点从上联的初谢和初秋中已经透露出来了，他用诗词铭刻下的那些相思，那些恋情，已经开始老去，他在诗词中描绘的完美的花儿和人儿，也开始老去。究竟是他们老了，还是诗人的心境有些老了呢？恐怕很难分清了。而在这个世上最美的词中老去的，究竟是香花美眷，还是对香花美眷憧憬依恋着的心？恐怕是后者的可能更高些吧，是那爱恋香花美眷的心在词中已老。

生活中最美好的风景已如此了，那么事业呢？司马迁说“藏诸名山”，著书立说，算是名山事业，可这名山事业如何呢？隐在那深山之中，或许千年后才会有一个人去开启这尘封已久的文明盛典，这名山事业终归还是如一场春梦，终于还是有失去它的那一天，亦可以休矣。第二联概括地写到了生活和事业，带着一丝失落和虚无，诗人感悟到了文字的虚幻也即人生名相的虚幻。

二联在意境上与一联很和谐，词中、梦里都是诗人独有的境界，外人难以感悟，就算他自己也要细细品味才能进入诗境，所以说诗意近乎虚无而且悄然难以察觉。

是谁说水滴石穿？那在流水中的石头，被水温柔地环绕、抚慰，就在这东逝的水中，也许百年，也许千年，它悄然地消瘦，而又浑然未觉。这消逝的流水和时光，令人在无知无觉中失去良多。在这里，诗人以流水绕石隐喻时光对人的消磨，时光悄然偷走了人生所有的美好和梦想。时光流逝，给人一种种的伤，想挽留却挽留不住。而寂寞呢？却如同影子跟着人一样，无论如何都摆脱不了，这一联运用了非常强烈的对比[时光刹那不住，影子（寂寞）刹那难舍，一个留不下，一个甩不开]，但是我们却很容易把这对比忽略过去，因为，诗人用一种悄然而隐约的诗意，把这种本来非常强烈和鲜明的对比给很好地掩盖了。在这一联中，诗人依然是感怀人生，时光和寂寞是人类永恒的主题。而他那种善用意象和指喻的诗风，将他那旷古的情怀隐藏在唯美的意境之中，我们想要读明白他的诗，想要弄明白他的意思，是需要反复而细致地品读的。

“悄然”与第一联“落地无声”的意境是统一和谐的。影人含有无法摆脱的含义，寂寞二字是从第二联生出的，与一二两联意境和谐、相关，香花和美人都因为诗人沉湎于诗词和他的文化理想而老去了，诗人心无旁骛，如此专注，自然很寂寞了。

作者有这些感悟，可是此意有谁堪寄？谁亦有这般感悟和感动？寄此意向人？向天地？当想到寄意于天地时，诗人感受到了时空的邈远，而自己处于这无限的天地中，就好像那无边的长空下，那无岸的大海中，一个浮起的泡沫，随生随灭，渺小、无所归依。

如许多的惆怅，最后一联王子居用了一个明喻，托空入象并且转象入喻，让无尽的感怀在意象和隐喻中如同长空碧海下的那个浮泡一样沉浮难测。

浮沤的意思出自佛经，但这里属于化典而用，既是说大海里的一个泡沫微不足道，更有其他喻义，这是一个一象多喻，而所多喻者，即前面六句。这样作者最后一句就与前三联完全和谐了，前三联所有的感触，都好比长空之下，碧海之中，一个浮泡一样，微不足道，谁会发觉呢，所以作者最后的感情和领悟，也像诗词里的香花美女、梦境里面的事业名山一样，是无法被别人感知与察觉的，也像紫薇和月光落地一样，是无有声息的，也像水中的石头渐瘦，影人的寂寞不可能了结一样，只会悄悄地发生，悄悄地流逝。

最后的“长空碧海一浮沤”达到的维度可能是王子居早期诗作中最高的了。王子居写这句诗是要表达他内心无数感情和认知的。因为这一点，这些景物都是隐喻。而这个隐喻是自带光环的，它源自佛经中“譬如百千澄清大海，弃之，唯认一浮沤体，目为全潮，穷尽瀛渤”，佛经中的这句话本就带着对宇宙人生的感慨，写人的固陋和无知、认假为真。而王子居在这首诗中是自比浮沤、前六句共同“寓言此义”然后以浮沤为喻进行共喻共运的，他感叹人生的微渺和宇宙的浩大、事业名山看似伟大却实则渺小、爱情香花的词境看似美好实则虚无、时光流逝难觉却只有寂寞陪伴、花已始谢月已入秋的美好难留又无声无息……这些意象都是带着一股迷茫、一种无奈、一种失落的。所以在他的创作本义中，是将对宇宙人生、时光情感、爱情事业的感怀，都用这长空碧海中的一个微不足道的泡沫来隐喻的。

而长空碧海中的一个小小水沫，既是微不足道的，也是危脆不安的，还是瞬间生灭的、无常的（一象多喻），所以它本身带有种种隐喻，所以这个事物既带有喻义，更带有宇宙人生的感怀。而一个人感到自身的渺小、脆弱、无常和宇宙的浩大、渺远而不可认知，这本身就带有迷惘、忧伤、无奈、失落等感情，所以这些物象经过对比后，是自带感情的。王子居说意象就是以意染象，那么这自带感情的天地之象本身就是意象。

《紫薇》的混一境是非常强大的，它是印象、风味、气韵、神韵的统一。除了印象流中景象的完美混一外，《紫薇》还将人生感悟、寂寞之情、佛教哲学、文化理想、时光之逝等隐喻完美地混一在一起，它是印象流和混一境的完美合体同运。

中国诗歌最奥妙最深刻的地方，如同中国文化的其他领域一样，都是对喻的运用，像“长空碧海一浮沤”，明明是仅仅写了三种景物，但它是通对极大与极小的强烈对比（实质上算是一种阴阳之喻），进而生出种种喻的。这些喻，通向感情、通向事业、通向命运、通向哲学，所以说只有运用喻的工具，才可能在诗歌的创境界中创造出七维诗境，乃至更多维的诗境。

长空碧海和浮沤一个极大、一个极小，事实构造出了一种具强烈对比的空间维度，它表达了一种穷尽天上地下、深入至微渺小，也难寄此意的神奇意象。

现在我们抛去作者的人生感悟、宇宙情怀和意象气象的美妙，也不管什么象征和指喻，仅以抒情的短诗来看待，我们整体再来看一看这首诗的意境：

红颜弹指，刹那芳华！想必这是诗人最为害怕的，我多想留住你，留住你最美丽的年华。但在这个紫薇花谢的初秋，一切都归于寂寥，而我也再次浮想联翩，恼人的回忆和现实的迷茫紧紧地抓紧心脏，交织在一起就如同一把锋利的剪刀，一下下地在裁剪着所剩不多的青春和记忆。

可在我留下的文字之中，有过太多你的影子，那孑然的单薄的身影，都反复地在我的诗句中出现。但，如今青春渐逝，可那理想却还是那么遥远、虚幻，而且不止一次地在梦中破碎，可现实中的诗人却一直不愿屈服。直到此刻，我发现那如花般绽放的你也在我的诗句中苍老了，或者是我青春爱慕之情竟已苍老无力了，岁月在悄然间改变了许多，甚至包括那坚硬的石头，只有寂寞的孤单旅人却还是这样飘荡，伴随着他的那没完没了的忧愁。

2015年版的《王子居诗词》中我们记录王子居讲诗歌创作的几重境界：第一重境：情是情，景是景。第二重境：情景交融。第三重境：情景交融兼意象气象。第四重境：以上种种结合再加上指喻和象征。第五重境：以上种种结合再加上印象、风味和神韵的统一。第六重境：以上种种再加上对宇宙人生的感悟。

在一首诗或一联诗中做到第六重境，才能算是诗人中的不世高手。

实际上这六重境很难驾驭，即便是唐代名家，有些诗也是连第二重境都很难做到。情和景都不能完美统一，更遑论更多的统一？有些诗诸联之间互相割裂，就更做不到完美统一了。王子居在《古诗小论》中提到的“混一境”，对唐代名家来说是一个极为严苛的标准。

事实上那个时候喻诗的概念还没有形成，王子居对诗歌分的六重境显然是笼统的说法。

除了印象流的完美混一外，《紫薇》还将自然之象、人生感悟、寂寞之情、佛教哲学、时光之逝等隐喻完美地混一在一起，它是印象流和混一境的合体。

王子居的《紫薇》具备他所讲的全部后五个层次，体现了他对诗道和诗艺的执著追求，这几个层次是完美统一的，没有任何不谐。甚至，我们可以将他的诗分成五个层次来解读，而每一个层次都会有不同的理解。

抽象流

前面印象流作品中讲梵高作品对王子居笔意的影响，实际上这种影响还使他创作出一种抽象流的诗作。

这种抽象流诗作在对拟人和隐喻的运用上，将精神状态抽象化并拟人化，然后展开描写。

王子居没有在古诗词中写抽象流，可能他对古诗词要求更严格，他的古诗词追求喻诗的多维境，并要求象的唯美。

而在他信笔而写的新诗中，他经常有抽象流的作品。

躁动

当躁动又一次奔来了世界，
立即就俘虏了很多人。
躁动嘶哑的狂歌，
踉跄乱舞。
人们就追随着躁动，
做一种奇异的狂欢。
躁动带着人做一种大旋转，
直至累倒，

人们还不知做的是什么！

这首诗以人类的躁动情绪为拟人，写集体的不智。这首诗将人心中的躁动（不止是情绪吧，它应该还涉及人格、思想中的静和躁）拟人化、抽象化，从而构造了一种极为深刻的隐喻。

这是一种抽象的隐喻。

呼唤

你听，那深沉的黑夜，
发出了一种什么声音？
你在黑夜里不能入睡，
这声音会不会惊警了你？

那是一种什么声音，
在城市的上空游荡。
像失去了情人的女子，
在悲伤的歌唱。

疲惫困惑的我听见了这种声音，
像母亲在摇晃着摇篮。
使受惊的婴儿，
在温柔的吟唱下渐渐安静。

你听见了这种声音，
在楼群的街道间漂流。
像日暮寻找孩子的母亲，
发出了深情焦急的呼唤。

只有夜深仍在思索的人，
才听得到这种声音。
那些浑浑噩噩的人啊，
为何不倾听这种呼唤。

这深情的呼唤，
一刻也不停息。
让多少人在惊恐中得到安慰，
在困乏中休息。

这种声音无法捉摸，
在都市灯下的夜雾里飞舞。
在人们很少去的地方流连，
却拨动了每根静下来的心弦。

迷茫的我倾听着这种声音，
这声音渐渐地远了、小了。
我的眼睛不再睁着，
这声音就停止了呼唤。

这首诗将人内心最深处的呼唤拟人化并抽象化，不过王子居很注意分寸，他用拟人的手法写呼唤，使之与人的行为契合，从而在逻辑上、常识上都不太偏离，他还是很注意不让自己的新诗流入狂诞的。

《呼唤》篇幅比《躁动》长很多，从而在情态上、抽象表态上也更加丰富了。

王子居的这两首新诗，和《莱农集》中的《咏怀》，以及整体一象多喻境的《最后一页花片》《咏怀•孰奏》，都作于同一年春夏，应当说那个春天王子居在诗歌探索中做出了很多的创新。

死了

我在寻找
寻找
寻找
寻找什么呢？

我发现一切死了。
我走过平原，
平原死了，
我走过沙漠，
沙漠死了。
我翻过高山，
高山死了。
我涉过河流，
河流死了。
我游过大海，
大海死了。
我飞向天空，
天空死了。
我奔向太阳，
太阳死了。
我穿越宇宙，宇宙死了。

一切都死了，
只有我活着，
我空虚，
我恐慌，
我呐喊。

后来有个人叫梵高，
把我画进画里，
我很不满意，
但后来这幅画竟卖了很多钱。
后来有个人叫鲁迅，
把我写进文字里，
我很不满意，
可他居然成了名。
早知道这样，
不如当时，
连我也死了。

事实上，这首诗的主旨就是呐喊，不过王子居是用呐喊表他的意，已远远不是梵高画作的本意了。

这首《死了》的精神抽象极为强烈，王子居将《呐喊》的画意进一步强化了，他构画了一种宇宙万物尽死后的残存精神的抽象意境，令人很难理解其真正想要表达的深意。

如果说王子居古诗中比较接近抽象流的，也许是他的一些《咏怀》作品了。

咏怀·层楼

幢幢层楼，如林莽莽。林自莽莽，风雨润之。
熙熙人丛，岂如林兮？风雨润之，贞利舞之。

楼林人互相替代起兴，算不算是一种抽象呢？

咏怀·翠微

苍苍翠微，幽幽竹扉。人声杳杳，天地恢恢。
鸟去山空，人去掩扉。世无和者，吾与孰归？

作为典型的意象流诗作，这首诗中的极尽之境，有没有抽象的意味呢？显然是有一些的，人声的杳杳和天地的恢恢，以及翠微竹扉、鸟与人的强烈的象征，其实已具有了抽象的意韵。

王子居的诗，往往初看平常，但只要一细究起来，才发现他的诗立义高远、寓意深刻、技法巧妙、艺术构成丰厚，都超出了我们的想象。

比如他的《月赞》，是一首礼赞之诗，礼赞的诗，往往会写成歌颂，从而失去艺术的美感。但王子居的月赞不但颂写得好，在艺术上也达到了一种全新的境界，是一种诗歌笔法的革命性的创新。

当我们读他那首惊艳千古的《涛雒将别》，我们发现他将《易经》化为一种全新的诗歌创作手法，而《月赞》却又令我们看到，他将神话传说中的慈悲理念也化成了一种全新的写作手法。

这种将古代其他经典中的思想顺手拈来，便为中国诗歌开辟全新创作方法、更高诗歌境界的能力，实在是让人觉得不可思议。

我们现在能对《月赞》做出的解构就是，它是抽象流的骨、印象流的貌，以拟人为态、以隐喻为心，而它又以天地万象为体。

《古诗小论》及《唐诗小赏》里讲唐人的“物有情”，其实是对拟人的一种升华，即它拟的是人的情。如李白的“仍怜故乡水，万里送行舟”、李清照的“唯有门前流水，应念我，终日凝眸”，都是讲水有情的，《月赞》是讲月有情的，但它除了通过拟人来讲月有情外，它更通过意象流的隐喻来讲情。

它同运意象流、印象流、抽象流的写法，又同运隐喻、拟人的修辞。

张若虚的《春江花月夜》是有感于春江花月抒发宇宙人生之感慨，是触景生情、情景交融，它里面的天人交感中天和人是分开的，它的意象流是春、夜的性之贯通。但王子居的做法不同，他是将月与万物直接写成人，虽然看似是拟人的笔法，其实已经超越了拟人，而是带了种种指喻，整体来讲，它已经是一种意象、拟人、指喻混合一体的多维诗境。写《月赞》时他二十四岁，这种笔法还尚未成熟，而后来达到这种天人一体的《相思》《春意》《龙山》等诗作，才真正越来越成熟，艺术构成也越来越深厚，但那些喻诗之笔法最初的萌芽，却是从《涛雒将别》《月赞》这些尚不太成熟的作品开始的。

虽然《月赞》较之王子居后来的作品尤其是《龙山》显得要单薄很多，但它较之于大多数的唐人七古，其艺术构成依然要丰富得多。

它首先将人类的悲悯之心抽象为月亮，然后对月亮用拟人的笔法处理，而在拟人之中又有一次抽象，即将世间诸象抽象为月亮的身体。在这个过程中，一些象也拟人化了，如珊瑚树、宝莲塘、庭花等似乎都化成了月亮所悲悯的对象。

这种拟人之间的联系其实在诗中是有明确地讲的，如“慈母春晖怜稚子”，显然，月娘这个慈母所怜的稚子中不仅仅是人，珊瑚树、宝莲塘、庭花等都是她所爱抚的对象。

《月赞》通过抽象、拟人、隐喻等多种手法，为我们构画了一个月亮的精神世界。

月赞

青山眉兮波眸光，晕黄衣兮烟为裳。金作体兮玉为肤，桃红胭脂桂蕊香。璎玔摇玲清碧落，云散风微环佩凉。洒露暗滋珊瑚树，蒸烟轻抚宝莲塘。望宜人兮遥未见，独起舞兮复徜徉。碧海潮音梦沉沉，空照庭花益幽芳。光有意兮芳有情，思人知此费参祥。慈母春晖怜稚子，祈祷礼敬称月娘。万苦横流心垢重，对此悲悯夜未央。引潮生兮复流光，谁能为此动思量。减亏盛满未有常，雾重云多使心伤。

1.单句的多维构境。

作为王子居早期的作品，《月赞》的单句构境还没有那么丰厚，但他的单句也依然有达到二三维的，如“洒露暗滋珊瑚树，蒸烟轻抚宝莲塘”，在意象上他构造了一个月夜之下静悄悄、轻渺渺的意象，算是达到了意象维度，但洒露暗滋、蒸烟轻抚都属拟人的写法，他将珊瑚树、塘中的宝莲写成了月亮的慈悲情怀所爱抚、滋养的对象，于是令得诗歌情景一体（超越情景交融的诗境），再加上它的印象流，构成了三重境。

同样的意象之句，如“碧海潮音梦沉沉”，没有拟人，也没有感情的融入，但却暗含着指喻，它与下句“空照庭花益幽芳”及最后那一联“减亏盛满未有常，雾重云多使心伤”遥相呼应，用一种指喻的笔法，写出了一种“贫子迷家，慈母无眠”“愚者迷梦，智者难唤”的慈悲母性的感情忧伤。意象加指喻，使得这一句诗也达到了盛唐人才较多有的二维诗境。

事实上，我们以为像“青山眉兮波眸光”这样的比喻也可算一个维度，但王子居可能多维诗境写得多（或者是他的诗中比喻太多），始终不愿意将明喻或拟人列入单独一个诗境维度，而是将它们列入修辞维度，他只将象事一体的指喻视为一维。象事一体这种要求对于大多数诗人来说可能有点太高了。

2.整诗的印象美。

印象流的诗作，王子居所举例的只有他的《相思雨》《紫薇》《旅思》三首作品，《月赞》里面描物绘景比较少，但他其实依然做到了印象流，那种朦胧迷离略带迷茫梦醉的境界全诗都是统一的，而且这种统一还有一种对比，即月亮那种清醒的、慈爱的、怜惜的感情。全诗都在这种正反对比、映衬之中，这样的通篇运用，再加上它的通篇隐喻、拟人，它事实上通篇运用四种修辞。

《月赞》是罕有的具有两种性之贯通的印象流诗作，第一种朦胧迷离略带迷茫的梦境，其实还透露着自然的美，如“青山眉兮波眸光，晕黄衣兮烟为裳。金作体兮玉为肤，桃红胭脂桂蕊。香璎玔摇玲清碧落，云散风微环佩凉”，都是夜景，而且都是以自然诸象为月亮的抽象身体来写的，很明显，王子居将中国古代神话中盘古化身天地山川的传说化用到了《月赞》里，而这两个性的贯通，其中夜色的性之贯通还有后面的“碧海潮音梦沉沉，空照庭花益幽芳”“洒露暗滋珊瑚树，蒸烟轻抚宝莲塘”都有十分浓重的夜的性，“光有意兮芳有情”“慈母春辉怜稚子”“减亏盛满未有常，雾重云多使心伤”也都是有夜的性。

以夜之性为贯通的作品，读者们可以参考《春江花月夜》，它与《商山早行》一晨一夜，是王子居举出的少有的性之贯通。

“碧海潮音梦沉沉，空照庭花益幽芳”亦是夜景，它和“洒露暗滋珊瑚树，蒸烟轻抚宝莲塘”“光有意兮芳有情”“慈母春辉怜稚子”“引潮生兮复流光”“减亏盛满未有常，雾重云多使心伤”都具有第二种贯通，即清醒的、慈爱的、怜悯的感情。

这两种贯通是同时对比、映衬地来写的，这是王子居诗词中性之贯通中比较独特的造境，他同时运用两个相对的性来贯通所有的象。

《月赞》的两种性的贯通，有其重合的地方，有其不重合的地方，两种印象流重叠贯通，给我们构画了一个抽象的具有人间大慈的月亮的形象。

这种以自然万象为体、为衣的形象，自然而然地也是一种天人合一之境。

所以《月赞》的独特价值还在于，它是极少有的正反相对双性印象流兼天人合一的印象流+抽象流喻诗作品。

“青山眉兮波眸光，晕黄衣兮烟为裳。金作体兮玉为肤，桃红胭脂桂蕊香。璎圳摇玲清碧落，云散风微环佩凉。”这三联是写形状的，写月（或者说是月神）的美。作者运用了一系列大自然中最优美的事物，以之为月的身体部位或饰物。

“洒露暗滋珊瑚树，蒸烟轻抚宝莲塘。”写出了一派月夜的美景，而在这美景中蕴含着月亮的情意，暗滋、轻抚，既写了月的温柔，也写出了月的爱心。

“望宜人兮遥未见，独起舞兮复徜徉。”月亮在等谁呢？谁是恰当合适的人呢？她没有等到，于是独自起舞、徜徉。这一联写出了月的寂寞，又隐喻着一种我们难以揣测的深意，它隐喻着月亮等待万古，也没有在人间寻到那个能托付深义的人。

“碧海潮音梦沉沉，空照庭花益幽芳。光有意兮芳有情，思人知此费参祥。慈母春辉怜稚子，祈祷礼敬称月娘。万苦横流心垢重，对此悲悯夜未央。”这四联写月亮的慈悲。碧海潮音是她的呼唤，而梦沉沉则喻众生的沉迷未觉，所以月亮空照庭花，虽然让花更加芳香，可又有何益呢？

这四句和前面的一联其实写出了一种万古的感慨，既对人类沉迷的感慨。

她流出的光、她散发的香、她引动的潮，都饱含了她的情和意，可是又有几人能懂呢？

3.整诗的多维构境。

古代诗人写月，往往是写悲欢离合的情感，所以在亲和度上，更贴近我们的感情，但王子居写诗较少触及个人感情，他抒发的往往是文化情怀、精神世界。所以古人的咏月会比王子居的咏月更令我们感情共鸣，更能获得我们的喜爱，但在境界上，王子居的诗歌却有着更高的高度、更深厚的精神内涵、更远更妙的文化追求。

这个现象就好像是扎西平措受到所有专业歌手的尊敬，但他的歌永远都无法流行。王子居的诗歌具备中国诗歌的所有层次，所以他的诗歌里有可以流行的，但他最好的诗歌，是那种描绘文明、精神、文化、哲思的作品，这样的作品理解起来都很难，何况是喜爱。

古人咏月诗不少于万首，《中国历代咏月诗全集》里所收录咏月诗约在四千首左右，然大众所熟知并高举的，不过李白《静夜思》和苏轼《水调歌头》等数首而已。

为什么说王子居的诗歌充满着大面积的创新？因为古人诗作，很多都局限于绘景抒情，而王子居的诸多诗作，是从绘景抒情中超脱出来的，比如这首《月赞》。

王子居为月亮写赞，首先写的是月的精神，在他笔下的月亮，是慈悲和母性相结合的月亮，是一种抽象的月亮。在他的诗里，月亮是一种完美的、伟大的人格的化身。

王子居将慈悲和母性赋予月亮，然后又将月亮的“意”扩展到天地万物，1.在他笔下的月亮，以青山为眉，以碧波为眸光，以金色的月光为衣，以烟为裳，它将月亮置于整个天地之中，成为唯一。2.在他的笔下，天地万物都如月亮的孩子，而月亮是慈悲和母性的化身，而不仅仅是神话的月亮。

二十四岁的王子居初研佛学，所以那个时期他的诗作有一个最大的特点是抛弃了万物的外在美，而追求一种纯内在的哲学诗境（如《紫薇》《悔歌》），以及一种博大的、慈悲的情怀。所以在《月赞》里，描物绘景所占的篇幅不多，如上所讲，这些篇幅不多的万象诗句依然写得义理与情景互相交融，并且写出了整体的意象美和印象美。

正因为王子居对自己诗作的要求非常之高，他既要求文明的博大精深，又要求天地万象的大美，还要求情感世界的深厚，更要求人类精神与意志的深妙雄奇，鱼与熊掌、蜜之与糖，他要在诗歌中兼得，所以他才超越盛唐单句二三维整体三四维的诗歌境界，将以上种种，全都写入古人的“情景交融”，从而接续了盛唐喻诗的断路，并将单句二三维推升到了单句四五维乃至数十维。

意象、印象、抽象合一，然后写出一种慈悲、母性和独特的人格，《月赞》里的这种混多境为一的创作手法，在历代诗歌中尤其是咏月诗中，都是不曾见的（《春江花月夜》也是王子居所推崇的多维诗境、印象流、混一境的代表，但它没有《月赞》那样的多境混一），所以我们说王子居的喻诗，充满着艺术性的创新，从盛唐人的境界中超脱了出来。虽然在感情的共鸣上，这种普世的慈悲情感不及李白苏轼那种个人情感更容易获得共鸣和认可，但在诗的境界高度和精神内涵上，《月赞》显然不是其他咏月诗所能比的（当然，如果《月赞》所讲的母性能够引起所有人共鸣那就更好了，不过这首诗的母性是通过拟人抽象写出来的，不是直白讲的，它的共鸣也许要打很多折扣）。

数理的贯通与排列组合的领悟

垂緌饮清露，流响出疏桐。
居高声自远，非是藉秋风。

排列组合

王子居在《古诗小论》里讲诗歌的本质是字词的排列组合（凑句子），事实上对这一点在他的诗歌中早就讲到了。

是不是任何一个诗人在写诗的历程中都会追求诗歌的本质？但在诗里写诗歌本质的却不多。

夜感学诗无成又闻风作

里恨奇愁夜底声，敏觉细构竟无形。
呕心沥血销魂事，只在昙花一梦中。

里恨奇愁，描写作诗时的深切感受，敏觉细构形容写诗时搜肠刮肚般的辛苦，呕心沥血则形容对作诗的认真和投入，昙花一梦是作者对写诗产生的怀疑：自己这么投入写诗，感觉就像一场梦幻，究竟有无意义？究竟值不值得？

正是因为王子居时刻在探索诗的本质，所以他才有了排列组合的意识。

苦吟

有情难为表，搜句欲断魂。

排文翻新境，远胜苦思心。

题目一作《谈诗》。

苦吟，是一种写诗的状态，这种状态并不代表诗人的才思枯竭，而更可能是精益求精。于是这首《苦吟》就应运而生了，它向我们生动地展示了诗人此等情形下的状态。情难表、欲断魂都是对写诗之艰难的描写。

同时这首诗也为我们点出了王子居所领悟的诗道，那就是诗的创作本质上是对文字的排列组合。这一点，可参看他的《古诗小论》。

苦吟

此诗情中存已久，情中生苦为寻求。

纵难从他心外觅，安排文字欲强留。

题目一作《论诗》。

这首诗隐隐写到了诗意和文字的内在关系，也就是我们在《本书的读法》中所讲的文字与实义之间的差距、隔阂。而它再次探讨到了诗歌的本质（亦即一切文学的本质），也就是王子居在《古诗小论》中所主张的“创作在本质上就是对文字的排列组合”。

排列组合的方法有多强大？王子居一象多维境的喻诗，不就是排列组合出来的吗？如以性贯通的印象流，不就是一组同性的象组成的诗境吗？

当然，创作诗歌本质上是感性的，是写诗（感性）的冲动开启了诗歌的创作，但王子居分析、解析诗歌却是理性的，他依靠的是逻辑和数理的方法，从逻辑和数理的视角来看，诗歌的创作需要感性的冲动，但基础理论的分析却不能靠感觉。

飞鸿远·随笔草三阕无调，且名飞鸿远调

……人生太无暇，况闲情雕琢文字，组合诗意。……

这首较晚期的词一开篇就写出了诗词创作的本质是组合诗意。

数理贯通

《古诗小论2》其实是一部用数学思维写成的文学理论著作。

《古诗小论2》中讲过数理的贯通，王子居讲多维诗境的时候，其实是将数理之维省略不讲的，这是因为自《诗经》开始的两句或四句字数相同，到文人诗的字数相同、两句为对，一直发展到初盛唐古律诗的四联对偶，再到近体格律诗的平仄相反，事实上古诗在数理上有数个维度，即：字数相同一维、两句相对一维，上下句对偶一维，平仄一维，再加上上下各两联的相反（近体格律诗）或相同（初唐古律，也叫偷春格）也为一维，所以事实上只要是古律诗或近体格律诗，在形式上就具有五维，再加上有些诗歌实现的内对偶，它事实上可以具有形式上的至少六维。

而大小对（见本章）、阴阳哲学对（见《龙山》）等对偶具有变化诗意的作用，它们事实上从诗意的层面上将对偶升华，如果将它们也视为数理形式（或可视为哲学形式）的维度的话，那么目前的认知中，在数理形式的维度层面，古律诗有七维，近体格律有八维诗境。

也就是说，除去诗意的多维之外，中国古诗在形式上可能也有八维。

这是包括中国在内的世界上所有的文学形式都不具有的，这是由中国象文字的空间形式决定的（《古诗小论2》《喻文字：汉语言新探》中有所论述）。

诗意格律和形式格律

很明显的，在尝试了一阵子近体格律诗的形式格律之后，王子居最终的选择是彻底废除形式格律（主要是平仄形式）的，在废除形式格律的同时，他在诗意格律即诗意的对偶上，则走得更远。

比如初盛唐古律绝的形式四句全对：

九八仲春咏君子兰

宽厚长一色，挺直世无多。

列叶兄弟对，簇蕊同心结。

暑景

缓水澄沙土，新凉间暑风。

湿烟莽青树，淤雨褪残红。

如果我们将对偶不按整体来要求，而是一个字一个字来要求的话，《暑景》可称对偶的典范。

此诗十分工整，用字求奇，缓、澄、新、间、湿、莽、淤、褪，皆不常用。下联写于十六岁，上联补于二十二岁，两句五年得，比贾岛之苦吟，尤甚矣！

间字，一为入。

此诗用字求奇，因此也用了五年时间来写就。寥寥二十字，却可扩充为有着各种形容词的一篇散文，其中功力，非有多年苦功，难以至此。

“澄”字写出了泥沙在水中渐渐沉淀、水逐渐变清的状态，澄是有着缓慢动感的词汇，而这个形容动态的字必须要配合缓字，因为急水是冲刷沙土的。这首诗中每一句的第三个字都是奇字，也就是较生僻的字，都是很少在诗中出现的。可是，一旦用好，就像这首诗一样，就会有着极大的魅力，也极有新奇的感染力，让人过目难忘。

“间”又是一大妙笔，暑风虽盛，而阵阵的凉意时不时进入这暑风之中，间字原用入，却不如间字更好地表达了大雨过后凉气的那种在空间中的状态和动态。间字很少有人会想到和用到，刹那间，此字一出，就完全写活了那个雨后的暑景。“莽”字更是奇崛，突兀，更加让人难以想象，看着这样的字眼，说是作者五年所得，亦不欺人，它取青色莽莽之意，一下便写出了雨后湿烟中那葱郁的树木之迷朦苍莽，也活灵活现地点出了颜色，一字胜似万语描摹。最后一句当然也是胜在“褪”上，取凋落和冲淡的意味，夏日雨后，落红浸在水中，而“淤雨”将这花的红色褪去，这实在是千年来难以见到的妙笔，实在是将景色写活的上佳诗作，扑面而来的气息直让评者热泪盈眶，感觉回到了故乡村居。

这首诗的每一句的第三字简直可称作鬼斧神工，笔力之雄奇、契物之准确、气韵之雍容，都很少见。因此，此诗用字之妙，需多读细品，方能享受那流淌在每一个字眼里的味道。

我们读王子居的诗，要注意他的诗意的整体性，《暑景》在整体性上有什么特点呢？就是它的每一句、每一个物象，都紧紧围绕大雨之后这一主象。

为什么这么说呢？缓水一词，是指大雨后水流渐缓，所以被大雨冲刷出来的沙土开始被澄清并落下。新凉两字，也契合雨后，盛夏只有雨天才能带来新凉，而这场雨似是暴雨，所以过后还有暑热，而因为雨后余湿所产生的凉气，就会阵阵吹入暑热之中，而这些凉气从犹带着雨气的树林中吹来，湿烟一词，也紧扣雨后，因为柴火湿了，空气中也湿，所以升腾起的烟，带着湿意，正因为青烟袅袅带着水汽的湿重，所以使得树林变得葱莽一片。而淤雨，则更是直白地点出了这首诗写的是暴雨过后。

所以王子居的这首小诗，除了上下联都是对偶，中间三字都求奇（实际上缓、湿从整体的诗意上来讲，也是求奇之字）之外，它更大的艺术特点之一就是切题之紧。

历代诗歌，往往向外散发，而紧紧向内收束却又能将境界写得拓开的，例子是不多的。

二十四岁之前的王子居，对写诗的要求是很高的，他的一些看似极为简单的小诗，其实蕴含了他的很多功夫，有很多层次的长处和特色，不是深入地挖掘，是看不到这些特点的。

另外，古人用奇字，杜甫是第一个标榜的，比如他说“语不惊人死不休”，但杜甫用奇字，往往受人诟病，而且他用奇字，一首诗中不过三两字，比如他的五绝用奇字最多的“泥融飞燕子，沙暖睡鸳鸯”，融字有十分奇，暖字不过有三分奇，而这个融字还被王子居在《古诗小论》里批评过，王安石以一个绿字传佳话于千古，但一首七绝奇字也不过一个。

所以我们上面讲“这实在是千年来难以见到的妙笔”，其实并非夸大其词，我们只要与古人五绝乃至七绝、七律中的用字求奇的诗作来比较，就知道在二十字中有六字乃至七八字算得上奇字，可以说是绝无仅有的。

而从另一个层次，即诗意的层次来讲，王子居的整篇诗意，也都是求奇的，都是由不常被关注并用来做诗材的雨后之象组成的。

无论是“缓水澄沙土”，还是“新凉间暑风”，还是“淤雨褪残红”，哪怕是“湿烟莽青树”都是历代诗人少用或没用过的诗材。

所以这首诗不光是用字求奇，就是诗象的选择，也都是求奇的。王子居刻意选择了那些很容易被我们忽略的暴雨之后的现象，组合成了一种极为特别的诗境。

而这种紧紧围绕一个中心进行描写的写法，与我们前面讲过的性之贯通的意象流和印象流可参考来看，因为这首《暑景》其实也是以一个性为中心进行贯通的，那就是暑热雨后。

但它却不被王子居归为意象流和印象流的诗作，是因为它是直接描绘自然景象，没有以情染象、以意染象。这些诗作的性之贯通有着维度上的差别，对这一点我们要分清楚。

咏怀·弹铗

弹铗弹铗，铗音壮哉。志士慷慨，其心远哉。悬铗悬铗，光不显哉。志士踌躕，须待时哉。

鼓琴鼓琴，琴音和哉。君子仪端，其心正哉。盒琴盒琴，声不扬哉。君子晏机，待宜人哉。

作歌作歌，歌声越哉。君子福患，与民同哉。缄唇缄唇，言不发哉。君子洗心，使意诚哉。

这首诗通篇结构统一，每阕都是前两联言出，后两联言隐，一出一隐，互相对应，属于结构层面的大对偶。

而在每两联中，都是上联言声，下联言志，上联乐器，下联君子，每阕四联中两两相同，其大对偶的特点十分明显。

三阕都运用同样的句式，加强了整诗的统一感。

这首诗具有三个层级的诗意大对偶。

农家

打场收谷遮幕，呼来歇忙就树，茶饱各寻归路。提篮挎袋相约，三五个上集去。

叔伯浅酒闲话，大娘烹鱼怨价，五婶炊熟浇花。祖爷抱杖马扎，坐看斜阳西下。

小词写得很简单，把农村生活中农忙时节的生活细节刻画了出来，一二句写的场景非常多，打场之后收谷，收谷后为防雨遮起来。打场完了互相招呼歇一歇，各自找个树荫坐下喝茶。第四句也是这样的笔法，两个字写出一个情境。下阕将不同人物的不同行为比较细致地描绘了出来，充满了生活的色彩。

这首小诗的特点就在于它所要表达的诗意多数是用二字构成的，而大多数的二字都表达了一个句子所能表达的内容，除了特别的凝练外，也导致诗歌含有一种特别的节奏和气韵。王子居将这些简短的词汇组合排列，就完整地表达了农家生活在一个特定时间的全貌。

上阕的特点在于为我们构画出了农忙时节农民的忙碌和歇息的全貌。

下阕的特点在于写出了农家生活中不同人物在农忙时节的不同形态。

六言诗可能都会采用这种二字结构，只不过中国诗史上的六言诗很少。

很明显的，王子居是刻意运用二字成词，然后由这种节奏来构成全篇，从而有了一首独一无二的小词。

用二字之词组合成诗，用最简短的话语表达最多的形态，就是王子居这首小词的独具匠心之处。

游园口占

樱花李花艳俗，杨絮柳絮轻浮。暖风醺人欲睡，诗兴才起还无。随多随少来众，任飞任游野凫。

渐行渐远前路，忽聚忽散池鱼。新花渐替旧蕊，男女成双连对。长歌美酒无味，缺个红颜同醉。

《农家》《游园口占》都是追求形式统一的，其实也是一种格律的探索，不过它们都是采用的六言这种稀少的形式。

记得你的好

你只消羞涩一笑，胜过那倾城艳丽傲人娇。你早已去了，去了，而我，还记得你的好。

你只消淡淡轻语，胜过那百曲郦音千般妙。你早已去了，去了，而我，还记得你的好。

你在杏花春雨里，依稀身影拂过微风春晓。你早已去了，去了，而我，还记得你的好。

你在我心幽境里，永不提起若两世梦遥遥。你早已去了，去了，而我，还记得你的好。

你是水中的花朵，映我孤单倒影无情流过。你早已流过，流过，而我，不悔曾经爱过。

你是天上的云朵，荫我孤独身影无情飘过。你早已飘过，飘过，而我，不悔曾经爱过。

在新诗中也追求一种形式上的统一。

而对这种形式上的统一以及诗意的大对偶的探索，走得是比较远的，如他在组诗中实现的大对偶。

戏笔•岳阳楼诗二首

岳阳城起岳阳楼，岳阳楼上望归舟。归舟久望谁帆过，帆过空余湖上鸥。
湖上鸥群常聚散，聚散无常致深愁。深愁更起深思念，思念常把寸心揪。

岳阳城上岳阳楼，岳阳楼下洞庭秋。洞庭秋水连天际，天际白云任悠悠。
悠悠白云无情义，情义动心人登楼。登楼远眺思千古，千古闲情一笑休。

这两首诗的结构是完全一样的，它们的特点在于第一首写思妇，第二首写思人，一个是男女之间的思念，一个是天地人生千古今昔的感怀，但它们的起承转合是完全一致的，都是第一联用岳阳楼起兴，第二联写象（顶真），并托空入象、以象涵情（义），第三联以一二联的象为起（顶真）而兴，第四联（顶真）做最后的总结。

这种相同类似于上面所讲的《咏怀•弹铗》，但却将阕的统一扩展到了组诗的统一。

这种组诗的结构、转进、笔法、修辞完全一致，是王子居对诗意及形式的大对偶的又一种探索。

咏兰四首

从兰碧岩下，承露月清凉。
不遇盆中赏，同他一样香。

置彼琉璃座，来严白玉堂。
新花无自傲，还散旧时香。

雅性常称异，谁堪与比奇。
醇香能自赏，何必要人知。

深谷幽兰隐，超出百草芳。
迎风独自舞，何若共同香。

在《组诗之喻：喻诗的维度和层次》里讲了这组诗的每两首为一组，从而实现了两个大对偶。如果说《戏笔•岳阳楼诗二首》的诗诗大对偶是对《咏怀•弹铗》的阕阕大对偶的拓展，那么这首组诗就是组组大对偶，又是对《戏笔•岳阳楼诗二首》的诗诗大对偶的一种拓展。

从大小对到哲学对

《古诗小论》中提出的诗意的大对偶，即初盛唐古律正宗偷春格。

王子居能发现诗歌的内对偶和大对偶，不是偶然的，是因为他在这条路上走得更远，所以他才能更清楚地看清大对偶和内对偶。

大对偶在《古诗小论2》中有不少案例，总的来说就是七律四联，二联一阙，上下一致。下面讲到的《八月十九日闲有思》就是一个大对偶，即一三联对偶，三四联不对偶。不过王子居追求的是诗意的大对偶，而不是形式的大对偶，也即一三联对偶，都是意象，都是起，二四联都是人事，都是兴。当然，诗意的大对偶一样是不拘泥于形式的。

无题·野烟

野烟芳草路伤离，几多曲折误前期。秋月小桥人独立，杏花春雨两相思。
醉里不觉分手后，残灯还映梦依稀。当时事过惟余恨，而今想到总犹疑。

这首诗在形式上的特点是什么呢？就是它的每阕中上联写得比较虚，下联写得比较实。虽然不是十分严格的上下大对偶，但在诗意上依然是大对偶的走向。

除了大对偶外，在一联的对偶中，大小对是王子居十分乐用的诗意对偶笔法，这种对偶的好处是显而易见的。对大小对的发现和运用，是王子居大学时就十分娴熟的。如他那首著名的《咏怀•翠微》：

苍苍翠微，幽幽竹扉。人声杳杳，天地恢恢。
鸟去山空，人去掩扉。世无和者，吾与孰归？

在这首诗里，他每一联的上下句，都是若明若隐的大小对，比如第一联，他以人事对自然，第二联，以人事对天机，第三联，以人事之消逝对自然之空虚寂静，第四联，以人之无侣对世之无和。

作为大对偶的倡导者，这首作于十八岁的古诗，第一联和第三联，第二联和第四联是明显地相互呼应的。它们在内容上近似或相同，是诗意的大对偶。

也就是说，这首诗几乎达到了诗意对偶的极致，除了前三联的上下句都是严整的对偶外，每一联都是大小对，第四联上下句在形式上对得不完全工整，但也是诗意的对偶，而这种在最后一联不严对，显然是为了整首诗的气韵不呆板僵硬而自然为之。以上的对偶之外，他的一三联、二四联互相呼应，事实上形成了一种更大格局的诗意上的大对偶。

这首诗中王子居运用了他后来总结的大小对，而且运用得非常自然。他以翠微对竹扉，以人声对天地，以山空对掩扉，每一联都将个人的意象置于天地的大背景意象之下，而苍苍对幽幽，杳杳对恢恢，三联的笔法都一致，三联合构，给我们美妙地展现了天地的苍茫和人的渺小。人类渺小无依且不算，最终还是孤独的，而一个叩问大道的人则要孤独无助地走完自己的人生旅程。

王子居这首诗是一气呵成的，他并没有刻意地去运用对偶，但阴阳之喻本身就有各种玄妙的出人意料的作用，所以王子居的《翠微》，可以十分典型地证明对偶对诗意是增强的，格律诗中采用诗意的对偶是一条正确的、有前途的道路。

这种大小对还表现在五律《八月十九日闲有思》里：

络绎人间路，西风海曲云。有情疑梦幻，烦恼自家寻。

朱槿门前落，秋阴万户深。义真寻未到，山水自登临。

一三联是写象的，都用到了大小对。整首诗用的都是宽对，而且二四两联用的是比宽对还散一些的散对，因为这首诗是四联皆对偶的初盛唐古律。但很明显的，王子居的诗意大对偶在很多时候是用宽对的，虽然他也有像“秋月小桥人独立，杏花春雨两相思”“杨柳春烟迷蝶路，落叶秋风失雁行”这种较工整的对偶。这首诗的大对偶在于它的每二联中，首联起，二联兴，首联写象，二联写人的情志活动。

首联的络绎是真好。“络绎”二字写出了人世的变幻和沧桑，还有人生的忙碌和繁复，也许在茫茫然中还有种命若转蓬的漂泊和无奈，也许这才是人生本来的面目，人间路三个字配上络绎这个形容词，瞬间就为我们开启了人世间的千古苍茫之象。而王子居的托意入象的笔法在这一联中得到了充分的运用。他在下句用宏大的景色将这人世间之路的感慨归入天象之中，劲健的西风，吹动着苍凛的浮云，让人思虑万千，究竟为何在这人世漂流？就像那络绎不绝的蝼蚁？我们在2014年时不知道王子居有托意入象、托空入象的笔法，所以我们解不出首联中人世间与天象（隐含着天意，但不甚明显）之间是存在着一个隐约的对比的。

这种隐约的对比，其实在下一句中明确地点出来了，那就是“有情疑梦幻”，他对人世间路途和西风海云的天象所隐喻的天意的感触是如梦似幻，并不清晰的。

多情总被无情恼，也许再多的梦幻，再多的美好都是一厢情愿。在现实和时光的洗刷下，这些烦恼都如同梦幻泡影，一触即破，而最后才会发觉原来这一切的一切都只是自己的心事，与他人无关。第二联仿若细语，又好似情话，略带哀怨的情话，不过一句“烦恼自家寻”就把一切烦恼拉到了自己的身上，婉转处不着痕迹，这才是能够引起共鸣的绝佳方法。当然，作者的这个有情包含了人世所有的情感，是一种总括，总体的思索，与它相对应的烦恼也是作者思考的对象。

第一联的西风点出了写作的时间是在秋日，而这秋日的风景在第三联中写出了鬼斧神工，寥寥十个字，却仿若描摹出了这初秋的最本质的色彩，又带有微妙隐约的意象。如果用微妙与博大这对分表两种极境的词汇来形容这两句诗想必并不过分。

八月，正是一个美丽而浪漫的时节，朱槿花铺满了门前，这是多么唯美浪漫的情怀；而秋日的气息也悄然地飞入了千家万户，人们似乎都在享受着初秋的味道，这一联诗中，王子居从自己门前写到千家万户，从朱槿写到秋阴，这种角度的变幻自然而又流畅，那行云流水般的诗意一下子挥洒开去，将自己的感触一下子扩展到整个人间。王子居作诗一向是多重构画的，这一联诗中除了美丽的意象和气象外，其指喻就着落在朱槿二字上，朱槿朝开夕落，古人认为它代表了盛衰无常，而王子居着笔一个落字，好像生怕我们读不懂一样，开字只是一半，而落字则一切完满。而落字如果说是一个浪费笔墨的字的话，那它与门前的结合就真的是鬼斧神工了。门前两个字，是无可取代的两字，门，一出一入，恰对应着花一开一落，人若不出门，也就见不到世事的无常，而也就对应不上“络绎人间路”这一句，所以门前两字，看似平平无奇，实为诗中妙要，将朝开夕落的朱槿置于一出一入的门前，其所隐喻的诗意实在太神妙了，这是化腐朽为神奇的笔法。而作者寻求人生的真义，显然不会拘泥于自身的，他必然要拓展诗意，于是秋阴万户深，只有秋阴能笼罩千家万户，而于千家万户中突显门前一棵朱槿，这棵朱槿又突显一个落字，为后面的“义真寻未到”做一种我们几乎难以察觉的铺垫，门前飘落的朱槿，无疑给作者以深深的警醒，这种构造境界的笔法，实有出神入化之妙。试问即便是唐代的诗人们，又有几人能达到这种鬼斧神工的境地？这首诗的首联也是运用这种大小对（作者在《发现唐诗之美》中提出的理论），在西风海曲云这种大背景下，写道路上络绎不绝的行人，气象雄浑，可谓佳句，前三联除了气象美、意象美、隐喻美之外，其组合精密，寓意深广，不但是深具匠心，更是有着大宗师的风范。

一个人面对朝开夕落的朱槿的无言感悟，和千家万户在浓浓秋阴

笼罩下的无觉，这一联运用了一种我们无法表述的极为强烈的对比来构画了一种不可思议的大小对的意境。

就好像他在《紫薇》中“长空碧海一浮沤”所运用的那种天地间极大与极小的对比一样，强烈而又蕴含着无穷意味。

我们从这首诗里面再度看到王子居诗意的绵密交缠，他在一二联中接连着写了人间路的疑问和疑梦幻的疑惑之情，而在三联中，再次对一联进行了重叠式的递进。

朱槿落于自己的门前，而门前是出去走向人间路的一个关键意象，这一句不但强化了首联的感悟，也强化了二联的有情、烦恼的感悟，它是同时针对前两联实行递进的。在写法上，第三联是第一联写法的重叠。

而秋阴万户其实与第一联的写法完全一致，是将上句的小用下句的大来对应。

而诗人从首联的浩大到二联自己的细致，三联再回到秋景的浩大，最后一句必然会再次拉回自己的身上，如果说朱槿一句概括了前二联，“义真”两字则再度概括前三联，它们之间是一个不断地递进总括的关系。“义真”二字相信是大多数人最为关心的问题，何谓“义真”，何谓人生的真意？这才是终极的问题，才是人生最终的迷惘。由于作者没有寻到这个答案，所以只好登临山水，这究竟是他在苦苦追索之余的散心之举呢？还是想在山水中找到答案呢？是一种无奈呢？还是因为尘世中无人可语，只有面对青山碧水，像李白那样“相看两不厌”呢？诗到此而止，却给我们留下了无尽的想象空间。而他末句的一个“自”字，虽然没有为我们讲明登临山水的缘由，却也道出了他的孤独，无论是他寻求真义还是登临山水，都是一个人的孤旅或远征，而没有他人能够陪伴的。

当然我们也可以把末句视为诗人给我们提供了一个答案，那就是山水之间自有答案，流连于山水之间，忘却那所有的不快，忘却那不该有的烦恼，或许这样才是生命的某一种意义，或许这正是诗人打算告诉我们的初衷。

诗人在诗中描述了一种感悟，但他却讲不出，道不明，也许对诗人来说，只有寄情于山水才能忘却，也许只有流浪于尘世才能一朝顿悟，才能找到真正的人生意义。我觉得诗人之所以为诗人，就是因为他们都有着一颗敏感而丰富的内心，善于捕捉一时一刻的欢欣或抑郁，他们可以花前月下，他们可以烈血狂歌，而这纷纷乱乱的世界实在让人癫狂，莫不如携酒一壶，泛一扁舟，在山水间飘摇，和风而眠，抱云而卧，这难道不好吗？

在这首诗的各种意象的绵密交缠之中，西风海云、秋阴万户的气象和意象，登山临水的难言之意，这其中交织着人间络绎之路和门前朱槿花落的意象，构成了一种极为复杂的人生终极叩问的整体隐喻，而这隐喻，只有与王子居其他名作中的一象多喻境配合起来读，才能明了。

这首诗中的大对偶不仅仅是初盛唐律诗中四句皆对的对偶形式，它还运用了重叠+诗意重叠递进的大对偶形式。

正如王子居所讲的，对偶是格律诗的精华和本质，对这一结论，他自己的诗歌就是最好的证明。

也正是因为他的诗歌写到了那个超越盛唐的境界，他的感悟才更加清楚、深刻。《八月十九日闲有思》《听刘军峰说莱阳八景思而叹之》两首五律，都是天人叩问与意象完美结合的佳作，这种达宇宙人生之慨的诗作，我们从王子居选辑唐人最强五律的《唐诗小赏》中是找不到的。

雁阵高

秋清云淡，雁阵乘风天高远。呼朋引伴，雄胜山川随飞变。
红花深院，信步从容无拘管。百年心愿，人间气象今朝换。

同王子居的大多数诗作一样，他的诗句往往互相关联、互相呼应，乃至在诗意上追求以阕、联为对的大对偶。如这一首的“雁阵乘风天高远”与“雄胜山川随飞变”一描写上、一描写下，是一种隐含的诗意的对偶。

而“信步从容无拘管”和“人间气象今朝换”也是互相呼应的，一是重在描写自我，一是重在描写国势，是一个小大对。

王子居这种以整联的诗意为大对偶的写法，除了这首诗中的隐含的并不拘于形式的较为松散的大对偶外，还有一些是不但诗意采取大对偶，连文字也采取较严格的对偶的。

无题·舟轻

舟轻桨溅玉珠凉，苍烟碧水两茫茫。
风拂白苇惊鸿雁，一片秋声荡夕阳。

也是一个典型的大小对，都是上句小，下句大；上句实写，下句归虚。它既是大小对也是虚实对。

诗意在对偶：从单句内对偶到内生关系型内对偶

其实王子居曾自以为是自己发现的内对偶，但事实上这种对偶古人叫作自对、当句对。

说到简单的内对偶，比如单维诗境的《插禾》：

海风蓦卷腥咸亢，骤雨忽生天地白。

在单句上，海风对腥咸，蓦对亢；骤雨对天地，生对白（这个白是动词变白义）。许浑的云起日沉、雨来风满要比王子居对得更工整，但在诗意上，许浑的艺术结构是并列式的结构，在艺术构成上不如王子居的精妙，因为王子居的内对偶是内生对，即腥咸是由海风卷来而有的，而天地变白则是由骤雨忽生而有的，它们之间有内生的逻辑关系。

如果我们仅以这首简单的单句单维诗来讲内生关系型内对偶的精妙，那反而显得内生关系型内对偶的精妙与普通的并列式内对偶并无太大差别。事实上，王子居的这种内生关系型内对偶是有运用得真正精妙的例子的，如他《无题·莫将》中的妙句：

泰岱峰雄晨雾重（尽），北斗星高夜云多（豁）。

上句峰雄对雾重（尽），下句星高对云多（豁）。是一个典型的内对偶，而这个内对偶也是一个内生关系型的内对偶，雾尽云豁与峰雄星高的关系是不是简单的并列关系，而是紧密影响的关系，因为雾尽了才更显峰雄，而云豁开才更显星高。

王子居运用这种内生关系型内对偶除了实现诗意的紧凑、绵密外，还实现了气象和指喻。

除了内生型内对偶外，这一联诗还是一个典型的阴阳之喻的天地对偶，他除了营造出泰山峰雄的雄伟气象外，还营造出北斗星高的高远气象，天地的特质不同，而雾与云也是天地对偶的一部分。

两个对偶相互映衬，于是这一联诗的隐喻就变得明显、凝实起来。

而隐喻之外，它还是一指多喻（请参看《喻文字》等相关论述），也就是说，它事实上是一个典型的一象多喻境。

即便是只论在指喻的构成上，这一联诗也是四千年诗歌史上指喻构成最丰富的。它以泰山之雄和北斗之高指喻着学问和标准或者说偶象、高度，以雾重和云多指喻真知识的难见难求。

而诗歌史上最著名的喻诗《蝉》《白莲》《咏柳》，都无法达到这种繁复细致的指喻。如：

乱条犹未变初黄，倚得东风势便狂。
解把飞花蒙日月，不知天地有清霜。

他们都要靠景象的铺陈来指喻一件事，而王子居的内生关系型内对偶则是各喻一事，然后整体又喻一事乃至多事。

而对于一象多喻境来说，凡是指喻都有可能是一象多喻境，不过通过王子居全诗的上下句来看，这个指喻更多指向的是王子居对未来自己人生境遇的一种想象。而真知难求和人生际遇本来就是一体的。所以这个一象多喻境是非常天然的一象双喻境，正因为真正的知识、高端的知识如同云遮雾绕难以理解，所以那学术界的泰山北斗的人生际遇也会被云遮雾绕、分辨不清，但云雾只是暂时的，所以才有后来的晨雾尽、夜云豁。

自从王子居的喻诗学籍由《古诗小论》的出版而面世后，我们解读他的诗歌，往往发现他的诗歌的艺术构成达到了世界四千年诗歌史上最精密、最严谨、最细致、最完美、最和谐的境界，除了他在《相思》中实现的那种惊艳天人的双重阴阳子母喻外，这一联诗所实现的内生关系型内对偶+气象+意象+多维指喻+一象双喻境，除了气象雄浑高远的意境之美外，它简直还具有一种最昂贵的瑞士手表般的“工业精密美”。

如果说内对偶在格律诗中已属少见，那么内生关系型内对偶就更少见，而在五言中如果出现内生关系型内对偶恐怕就更少见了。

而王子居那首梦中写就的《梦中吟》则是在梦中写出了五言中的内生关系型内对偶：

暮色凝衰柳，寒月冷孤星。

暮色对衰柳，寒月对孤星，而一个凝字、一个冷字，构成了它们的内生关系。

除了内生关系型的内对偶，这一联诗的意象是很明显的，无论是暮色带来的他乡无寄之惶恐难安，还是衰柳给人的那种萧索的感情，以及寒月让孤星更冷的孤寒感受，都带着强烈的意念，而如果我们再联系它的上联“旅怀随飞鸟，相思落秋风”，他直接将相思与落叶一起被秋风吹落，运用混一境将旅愁与相思之苦合写，有着上一联那落叶飘飞般混乱的相思和旅愁，那么这一联的暮、衰、寒、冷、孤等字，其意象就更易理解了。

而这些意象自然是带着指喻的，孤星的那种自比，旅愁加相思之苦所带来的凄凉萧索，都是一种人生际遇的指喻，只不过这一联诗中的意象过于强烈了，以至于连意象与指喻的边界都模糊难辨了。较之“泰岱峰雄晨雾尽，北斗星高夜云豁”的气象与指喻的十分分明，应该说这一联达到了尽乎完美的混一境，指喻与意象几乎不可分别了。

在五言中实现一个内生关系型的内对偶，不知道是不是有很多其他诗例。而内生关系型内对偶+意象+指喻+混一境，恐怕真的是五言诗的极限了，至少它是四千年古诗人的一个极限，想要突破王子居的这个极限，怕只能是当代人和后来者了（有喻诗学理论的明确指引，这应当不是很难吧）。他几乎创造性地在每一个盛唐的极限领域，都超越了盛唐。他几乎突破了盛唐诗人的所有桎梏、瓶颈和极限。

一个学着白话文的现代人，是如何在古人最强的方面全面超越古人的？

我们真怀疑他是穿越来的。

很明显，王子居的内对偶是升级版、加强版的内对偶，这种内对偶事实上可以实现诗歌的更高境界和诗意的升华。

诗意的对偶作用如何？以上诸例可见一斑。

无题·来是

来是偶然去决然，东风遗泪百花寒。花开可知凋时恨，花落何恋盛时鲜。

岂堪泣血生枯木，那得心誓挽无缘。湿露承花花承泪，水逝风歇春不还。

“湿露承花花承泪”是一句循环诗，因为泪即是露，东风用自己的眼泪（湿地的露珠）承载着凄凉的落花，而凄凉的落花又无比珍惜地承载着东风的眼泪（湿花的露珠）（对于露与泪的写法，请参考《露与泪：真正的合一只有在指喻之中才能实现》）。

这种在一句之中实现两个象的循环，应该是比较少见的吧？我们目前只看到这一句。事实上，除了这一句内实现的象循环外，“花开可知凋时恨，花落何恋盛时鲜”则是一个通过两句实现的循环。

而除了这两个循环外，这首诗中还有“来是偶然去决然”的一个未曾循环的来去之对。

王子居的诗很是不可思议，他明明是凭感觉创作诗歌的，但给我们的印象却是他似乎是有意通过他的诗歌来为我们讲清楚中国古代诗歌和喻诗学，否则怎么会在他的诗中往往集中出现各种不可思议的、前所未有的写法呢？

除了内对偶之外，再加上句内循环、联内循环，这首诗在诗意的结构上向着更细密的境界迈出了一步。

无题·雁高

雁高鱼沉花落尽，伊家消息无处问。

烟迷水转渐愁人，芳草斜阳何限恨。

律诗中的对偶和对比往往是一体的，这首诗的排列组合除了在心意构境上不断递进、加强之外，它的象在自然构境上也极具特点，雁高是写高，鱼沉是写深，烟迷写近，水转写远，芳草写近，斜阳又写远，通篇都带着内对偶兼内对比。

从《闲梦乱》和《花正好》看王子居对词的路径认知

在《古诗小论2》里提到中国诗歌的两条路径，读到这里，大多数读者应该已经明白王子居走的是与近体格律诗不同的另一条路径，即诗意的路径，他与王勃、李白等人走的都是诗意化曲的路。

比如他的《花正好》变化了《望江南》的词牌名，《闲梦乱》又变化了《花正好》的词牌名，并不是王子居刻意为之，而是自然而然，因为古诗人的写古曲之路，就是取曲子的意而不取曲子的形式（见《古诗小论2》）。

花正好

花正好，滴露泪湿巾。摇响争如梁燕媚，飘香不到伊人身。谁与拭啼痕。

花正好，鹃色与梅香。深院幽阁人未识，碧纱窗锁积浓芳。春宵日知长。

花正好，东郊满目新。双燕筑巢争来去，暖风弄柳作舞勤。能不忆伊人。

花正好，红萼最堪怜。蛱蝶同来不同散，双莺相唤逐相欢。有怨却羞言。

闲梦乱·忆孙海峰

闲梦乱，别夜到莱城。梨花园雪含香积，乌龙河鲤四鳃重。为君理钓绳。

闲梦乱，昨夜到乌龙。碎石波映晃银钩，碧草久卧恹春风。与君放鱼生。

花正好就是写花的，闲梦乱就是写梦的，依词意而取词名，是初盛唐之前的古路。

王子居为什么能发现古代中国诗词其实有两条路径？很简单，因为他十几岁的时候就把两条路径都走了，所以他在2019年创作《古诗小论2》时才会一眼就发现初盛唐古路。

从自创词牌到重立词牌，少年时代的王子居，较之宋元明清的诗人们，要勇敢得多了。

他是两条路都走的，这从他也有《渔家傲》《如梦令》《念奴娇》等传统词牌的创作中可以看出来，但王子居最终选了哪一条路呢？显然是诗意化曲（请参看《古诗小论2》）的路。

而他走的这条诗意的路是十分明显的，也即《花正好》全部是写花，而《闲梦乱》全部是写梦。这对于高中时连《唐诗三百首》《宋词三百首》都没有的少年诗人来说，根本不可能知道在近体格律诗和倚声填词之外还有一条以诗意为曲词的道路（2019年王子居创作《古诗小论2》时才发现古人有这一条路），显然是一种潜意识的选择。

我们且看《十六岁词集》中王子居运用的古词牌：菩萨蛮、摸鱼儿、如梦令、满庭芳、点绛唇、玉楼春、卜算子、清平乐、定风波、踏莎行、破阵子、望海潮、霜天晓角、虞美人、唐多令、击梧桐。

我们再看他自创的这些词牌：雁问、送春词、莫长嗟、花正好、采菱曲、连山低、墙外树、雨临亭、小园幽、彩云朝、新酒辞、物华催、立河滩、翠云幕、野游、登楼、云想词、相思乱、彩云曲、木兰舟、弃佳人、梦旧游、思渺濛、秋无岸、才子痴、伊人泣、眸凝波、小园秋、杜啼血、悲秋风、舞女词、趁流年、漠楼云、相思雨。

虽有像野游、登楼这样极平常的，但也有雨临亭、相思乱、相思雨、连山低、杜啼血这样颇为典雅的。当然，他后来自创的词牌名闲梦乱（即花正好、忆江南）、飞鸿远，更富于诗意和迷离的美（飞鸿远也具有一种象征的美），而松孤月、化蝶，则更富于哲理的、性情的、象征的美。

即便十六岁还比较年轻，他自创的相思雨、秋无岸、雨临亭、杜啼血等，不需要看词，单从词名来看，就已经是颇具意境了。

我们所知道的忆江南，有很多别名，如“望江南”“梦江南”“江南好”“望江梅”“春去也”“梦游仙”“安阳好”“步虚声”“壶山好”“望蓬莱”“江南柳”等，难得的是，王子居在十六岁时，就敢于以自己的花正好代替忆江南。

单从词名上来看，江南柳是最初级的词牌名了，而望江南、望江梅又是一个层次，江南好是一个层次，而花正好的正字较江南好显然要好一些，而相思雨、雨临亭、秋无岸、杜啼血，因为暗含一种寓意和情感，显然就要再上一个层次了。闲梦乱和飞鸿远则意境要更强一些，而他后来的松孤月、化蝶，则显然是词牌中另一种境界，松孤月有人格、人生境界的象征，而化蝶则是有着物我两化、天人合一哲学境界的词牌名。

不管怎么说，单从词牌名上来看，《十六岁词集》就已不逊于任一古词人。

再来看莱农时代：鹊踏枝，落梅风，算行期，点绛唇、少年游、蝶恋花。

莱农时期王子居的诗词创作有一个特点，就是他开始注重格律平仄，如他在《春花咏》的题目下特意标注“此六首不合律”又如他后来在《红豆咏八首》题下标注“不合律”三字。

事实上，莱农时期王子居对古代诗词的更多了解，仅仅因为那时他在学院的小书店里购到了《唐诗三百首》（虽然他在小学时就从同学那儿借过繁体版的《唐诗三百首》读了一段时间，但那个时代书籍的匮乏是我们现在无法想象的，此后很长一段时间直到大学他才再次看到《唐诗三百首》）《宋诗名篇赏析》等书，他对格律的了解也甚少。他创作的诗所遵循的格律，在平仄上首先他不知道平水韵，再次，他所遵循的新韵的平仄，也是按古代律诗的新韵读音来标定的，直到《东山集2》的晚期，他倚声填词创作的《念奴娇•悼王国维》还是先从宋词中找出一首《念奴娇》的词，将这首宋词的读音按现代读音写出来，然后依这个读音来填词的。

对于一个资讯闭塞的小城农村人来说，得不到一本关于格律的著作，自然只能用这个土办法，而这个土办法搞出来的格律平仄，自然不可能严格。

所以事实上一段时期内王子居按所谓“格律”搞出来的诗词，其“格律”本身就不会是正宗的。

《站亭集》时期：渔家傲、鲁冰花。

《东山集2》时期：松孤月（ 2 首）、峰头月、晚晴、孤旅、清平乐、渔家傲（2首）、彩云、念奴娇、花正好（4首）、浣溪纱（2首）、闲梦乱（2首）。

《京都集》时期：戏题、花月吟、雁阵高、将军令、快马加鞭、飞鸿远、游园口占、农家、春自由调、清平乐、啸傲行（破秦关）、风拂令、风行令、五月令、化蝶、无题•这。

《莱农集》《东山集2》的时期王子居是要回归正统的，除了他的许多律诗都尽量依新韵创作外，他在这两个时期按宋词牌创作的词也是最多的，但到了《京都集》时期，他根本就懒得理什么平仄了，他连一首宋词牌都没填，全部是自创词牌。

与杜甫“老来渐于诗律细”截然相反的是，王子居不但越往后期倚声填词就越少，甚至他在自创新词曲的时候，连词牌名都懒得取了，有些直接就是以无题、戏题命名。而且越是到后期，他按宋词的词牌作词的情况就越少，基本是自创新词，甚至连宋词牌的固定格式都放弃了。

事实上，对中国诗史和诗坛中那些错误的限制，王子居从来就没有放在心上，他甚至有直承唐代习惯，连传承固定的宋词牌都动大手术的例子，如：

清平乐

车寻巷杳，泣残愁渐少。仙姬何处划天涯，应有伤思眠芳草。

燕子旧年欢洽，而今宿在人家。六月凄风苦雨，摧落无尽心花。

在林丛桂，正当春光暖。性里本来香馨重，只道穆风多远。

挺拔未有人怜，酷日狂雨无言。我似劲松方幼，何时咬定青山。

第一首是写于《十六岁词集》时期，按王子居的回忆，那个时期他“依韵填词”是不准确的，首先他只能确定字数和押韵，这两点他能做到，但是平仄就没有办法了，因为他手边并没有关于词牌的平仄标准的任何书籍或资料。

对于一个乡镇高中的普通学生来说，他只能将自己知道的词的平仄写出来，然后照葫芦画瓢。可是古代字的平仄跟现代字的平仄是不一样的，所以王子居用新韵还原宋词的平仄本身就不准确，何况王子居作词一向都是依意不依声的。所以这两首“倚声填词”的《清平乐》，根本不会真的合于平仄，如果依新韵它们能合于词牌平仄，那也是巧得不能再巧了。

而到了《京都集》时期，王子居不但不愿“倚声填词”，甚至连词牌的字数都不愿守了。

清平乐

黄金檐下，白玉堂前，桃花数度濯细雨。

绿柳田畔，锦鲤池边，闲人几许下银钩。

这首词写得很闲适，意境构造得比较富丽而又优雅。

清平之乐，有哪首诗词比这首更具清平意象的吗？正因这首词的词义极契合清平之乐的主旨，所以王子居才不管你格律派的那些烂规矩，直接冠以《清平乐》之名。

而这，才是真正的清平乐。

相反的，在王子居前期“倚声填词”的两首《清平乐》，一首极其凄伤，一首极其艰苦，没有一首合于词牌《清平乐》的清平之乐的意思。

我们再来看《风入松》：

现在风吹入了松林，
发出自由的呼啸。
像奔涌的海潮，
像激烈的波涛。
风显出了松树的韧，
一棵一棵苍劲挺拔。
松不是风的俘虏，
风与松一起歌唱。

《风入松》的最后一段显然是指喻，它所喻的是一种精神，是自由的、奔放的、刚健的精神。如果我们用古诗的标准来衡量这一段的话，它在修辞上有拟人、隐喻，在诗境上有气象、有意象、有气势、有风骨、有意志，妥妥的多维诗境。

“像奔涌的海潮，像激烈的波涛”一联情绪激荡、气象雄浑、气势奔涌，“风显出了松树的韧，一棵一棵苍劲挺拔”则风骨、意志兼具。

这一段最大的特点是风与松的互动，除了“风显出了松树的韧”“风与松一起歌唱”明确地讲两者互相鼓舞激荡外，“风吹入松林”，然后风与松其实是一起自由呼啸的，因为风荡松树的声音与风声是一起的，同样的，奔涌的海潮、激烈的波涛也都是风与松共同实现的。

正是因为风与松是紧密互动、融合一体的，所以诗名《风入松》，这个入字是很讲究的。毫无疑问，这首《风入松》具有自然的景象美、意象美、精神境界美，而且三种美都写得出类拔萃。

《风入松》作为一个词牌名，谁真正地写出了它的意呢？古代《风入松》的词牌写得很突出的似乎只有吴文英的《风入松》，但那首词的凄婉与词名的本义是不相契甚至相反的，倒是王子居用新诗的形式写出了《风入松》这一词牌的真义。

从另一条路径的视角来看，这首新诗才是真正的《风入松》。

困缚中国诗歌一千多年的近体格律诗之路，王子居走过，而另一条自唐朝后就没有人走的路，王子居亦走过。

所以他才最清楚中国诗歌的两条道路。

他的取舍本身就说明了问题。

我们前面讲了王子居的古诗是追求形式上的统一的，事实上，他在自创词牌时，也非常注重形式上的统一，即他的短词往往是上下阕相对的，如：

雨临亭

风雨乱袭春宇，寂立檐低花落。哪似纷纷打昨春，笑语冷朝来，欢喧云暮过。

总怪风雨无情，未会风雨深意。到今别绪难相诉，低首晚行急，隐隐昔人泣。

无论韵脚还是字数，都是非常整齐的，韵脚全部仄声。

云想词

问讯湖边春已浓，偷分流水声。天光花草群艳丽，有独立万里风情。翠宇暮临船尽，一声长笛人惊。

欲得青山新形容，乘风携云英。同游远处此难见，定可度别样人生。几个黄鹂归晚，一片舒喧无穷。

鲁冰花

鲁冰花，鲁冰花，点点泪，在天涯。灿灿桃红深院内，人不愿还家。

不还家，不还家，飘零苦，任风沙。我唯能对春风笑，黄昏暗愁发。

春自由调

霞散云开皆由性，野兔闲凫不惊动。渐烈花香侵人意，随山随水相送。

万山啼鸟竞春风，山居十里绕桃杏。主人粗麻系柴门，正酣一场春梦。

这一首是上下整齐的，而与之近似的《晚晴》则作了变化：

晚晴

桂香满院临郊界，凭风吹小花轻落。半阕琴音犹无续，尚喜此心真切。

信步独上玉楼台，碧空细云原野。情怀欲问谁堪比，有湖心一轮明月。

这一首的下阕对上阕的字数进行了倒置，即下阕将上阕的四句用作二句，二句用作四句，在韵脚句进行了变化。

除了在唯一的六字位置进行了交错外，王子居还特别注意了另一句的格式，即“凭风吹”“有湖心”都是1+2字的字词结构。这算是别有情趣的一点小技巧吧。

游园口占

樱花李花艳俗，杨絮柳絮轻浮。暖风醺人欲睡，诗兴才起还无。随多随少来众，任飞任游野凫。

渐行渐远前路，忽聚忽散池鱼。新花渐替旧蕊，男女成双连对。长歌美酒无味，缺个红颜同醉。

农家

打场收谷遮幕，呼来歇忙就树，茶饱各寻归路。提篮挎袋相约，三五个上集去。

叔伯浅酒闲话，大娘烹鱼怨价，五婶炊熟浇花。祖爷抱杖马扎，坐看斜阳西下。

这两首词都是二字排列结构，而这种结构也是六字诗词的显著特点，它们都是上阕对称，除了句数少了一句外，基本相同。

松狐月·夜思

惶恐险途漫漫，痴子极生厌倦。无奈世聪人，翻笑我为迷乱。

清月遥遥挂林间，照醒迷人宿愿。虔思拜望何由达，遥礼心香一瓣。

松孤月·夜读

穿隙北风凛冽，思断残词半阕。室水已成冰，谁解夜寒难卧。

起读经书手难捉，灯照幽幽角落。危楼久坐寂无声，一棵枯松孤月。

这两首《松孤月》都是创作于《东山集2》的时期，那是王子居向唐诗也是向近体格律诗靠近的时期，他遵守了自己所创的词牌，无论词牌名还是格式。甚至连平仄都少有的近同。

不过它们在诗意上也是同于初盛唐古路的，因为两首诗都写到了月、松（第一首是林）。而且它们的副标题一思一读，标出了区别。

而到了《京都集》的时候，相同的字数格式取名就完全不同了。如下面两首。

将军令·物美晚餐，口占小令励温建

将军令，风云动，乱世战国纵英雄。

挥金戈，跃铁马，百万军中挫敌锋。

聚会·花月吟

春有花，秋有月，人生不缺好时节。

玉环肥，飞燕瘦，趁有佳人歌不歇。

第二首其实是另一首《清平乐》。

从个人的口味来说，王子居比较喜欢吴史那种气韵多转的长调（类似于歌曲中的转音变声、音乐中的旋律多变），这从他早期的莫长嗟、送春词、相思雨、连山低、杜啼血等词牌及后期的落梅风、飞鸿远慢、化蝶、彩云等词牌可以看出来。

但他相当长的时间里，是以朱淑真的《生查子》为宋词之最佳的，事实上，秦观、欧阳修等词家正宗的词在中期影响王子居甚深，因为他们的词最接近于诗。所以四五六七字的句子的排列组合，在王子居的词作中较为常见：

墙外树

风撼屏树，云黯行人疏。黄昏收拾小屋，久坐无心思言语。
清白内宇，墙外湿翠幕。一人辰醒读书，凝思对落花淤雨。

翠云幕

墨浥云鬟，彩拥吴带。溶烟妩媚心渐远，流泉声里双莺歇。
细腕宽钏，修体松罗。暮风吟里怅离桥，倚楼恬默花迷蝶。

秋无岸

渺然思远，凉风晓梦残。黑水流连不肯行，有道波光曾可羡。
惨淡江山，秋色应无岸。伊人声悄芳尘歇，笑笑流光独凭栏。

快马加鞭·自为调，咏于回馆

快马加鞭，何事行人不解鞍？人生匆匆仅百年，前行只为叩苍天。
快马加鞭，何事行人不解鞍？人道救兵如救火，前行只为克时艰。

雁阵高

秋清云淡，雁阵乘风天高远。呼朋引伴，雄胜山川随飞变。
红花深院，信步从容无拘管。百年心愿，人间气象今朝换。

风行令

席卷天下，畅游虚空。也摇江海也长啸，看谁英雄我等。
吹舒柳绿，拂透花红。欲来欲去任行踪，不让苍天捉弄。

这几首词的特点是它们彼此之间非常接近，有的只在一句之中有一字之差，但是这一字一字的差距延展开去，就成了好几种词牌。

如《风行令》和《翠云幕》只在最后一句差了一字，而《翠云幕》和《秋无岸》在第二句差了一字，而《秋无岸》和《墙外树》在第三句差了一字，而《秋无岸》和《快马加鞭》在第二句差了两字，而《雁阵高》和《快马加鞭》在第三句差了三字。

依近体格律诗派的作法，一字之差是完全可以补全的，但王子居并不肯，因为一字之差，诗歌的气韵就会改变。而气韵与诗意是一体的，一字之差，变了气韵，自然也要改变诗意。

这是近体格律派应该深刻反思的事实。

总的来讲，王子居从早期的不依平仄到《莱农集》《东山集2》时期的逐渐靠近平仄，到最后彻底地舍弃平仄，他在《古诗小论2》中所提到的中国古诗词的两条路径，他都是认真走过的。

对于近体格律诗人来说，并没有走过另一条路，又如何就断言自己走惯的路就是最好的路呢？

最后一节《排比营造的气韵和气势》，见《多维修辞与多维诗境》一章。

多维修辞与多维诗境

垂緌饮清露，流响出疏桐。
居高声自远，非是藉秋风。

现代修辞学与多维修辞

修辞似乎是文学中最简单最易理解的概念，所以这一章本来是计划放在本书前面完成的，但因为只有意象流、气象流、隐喻流、印象流等古诗词中的大美之境解构一通之后，读者才能深刻地明白多维修辞与普通修辞的区别，才能真正体会多维修辞的意义和价值，所以它最终放在了最后面。

现代修辞学里面有辞格的兼用和套用，在近体格律诗里，除去天然的对偶外，辞格的兼用和套用极少，就连辞格的连用也很少，这大约是近体格律诗里对偶和平仄的限定，使得诗意很难兼顾修辞，而即便往初盛唐古律及再往前的散体里，辞格的兼用和套用也不是很多。

但王子居的多维修辞是超越历代极限的，如我们前面在《月赞》中讲他的通篇同运四种修辞，事实上这种通篇同运多种修辞的手法在《龙山》等诗作中尤为突出。

现代汉语里的兼用修辞和套用修辞，缺陷在于不够经典，无论艺术的美和思想的深刻性，就网上举例来看都要显得轻微一些，这是现代修辞格的天然缺陷。

初盛唐古格律诗天然有一重对偶的修辞，由于没有近体格律诗那样的平仄限制，因之加上拟人、比喻等修辞后很容易实现修辞的兼用，但由于对偶是初盛唐古格律诗天然具有的，所以王子居的习惯是，在讲诗歌创作时对偶这一修辞便不讲，而对非诗人的诗歌爱好者讲诗词时，对偶这一修辞就讲。

王子居的律诗走的是初盛唐古律的道路，而无论是他的绝律里还是古诗里，他的修辞都有很多兼用和套用，而由于他的兼用和套用同现代汉语中的兼用和套用在本质上是不一样的，所以我们将他的兼用和套用称为多维修辞，这是因为喻诗的修辞与多维指喻、意象、气象等诗意诗境是一体的。

在《古诗小论2》里有一些章节中王子居批评了宋诗的修辞，因为宋诗的修辞比较简单，大多就是单一的修辞，或者拟人或者比喻，更差一些的是顶真等小的文字游戏[见《古诗小论2》所举王世贞“盖七字为句，束以声（平仄）偶（对偶），气力已尽矣，又欲衍之使长，高则难续而伤篇，调卑则易冗而伤句，合璧犹可，贯珠益艰”]。

近体格律诗在对偶和平仄的束缚下，宋元明清的诗人就连修辞也做不好。

由于很多时候多维修辞与多维诗境是紧密结合在一起的，所以事实上大多的修辞格往往在其他章节讲过了，如《采菱曲》分别在两章里都讲了它的修辞。

在前面章节中已经讲过的喻诗中，经常见到隐喻、象征、拟人的同运。这种情况下他的单句通常有三维修辞，而事实上，我们忽略不讲的一种修辞对偶，是所有律诗中都有的，而王子居的古诗其实也多间有对偶，所以事实上我们前面几章中所讲的很多喻诗的单句都具有四维修辞。

另外，典喻同运也是修辞手法中的一种较容易较常见的多维修辞。

在对比喻的运用上，《从明喻到指喻》一章中统计王子居对比喻的新用法，就有典喻同运、组合典喻、喻兴一体、起兴转进、喻喻转进、喻兴一体转化（进）、双体喻、总纲喻、喻中喻、暗转隐喻、暗喻续喻变化意象、循环对比喻、多维修辞兼喻、以明为隐、以明为隐多维指喻、相对连环喻、喻体递转、阴阳相对博喻、明喻递转隐喻、喻体连续递进明喻兼隐喻至一指多喻、指喻携带其他修辞格多维贯通、以隐喻或拟人出意象及气象及气势及意志等维度、托空入象转象入喻、喻转所喻、喻转所喻总纲喻、指喻携带其他辞格多维贯通喻转所喻总纲喻、阴阳对立一象矛盾双喻……

事实上，以上诸修辞格可能还与对比、排比、层递类迭、婉曲、顶真、映衬等修辞格同运。

在王子居的喻诗里，单句三五维修辞较为常见，而《龙山》更是达到单句九维修辞，也就是说，喻诗的修辞维度的密度，可以达到乃至超越一字一修辞的极限。

上面讲过王子居的喻诗以象为基，因而修辞常与意象、气象、指喻等维度合体，其他维度在前面多已经讲过一些，故本章主要讲修辞。现代修辞学里总结出来的修辞格有63大类，78小类，对于大多数学者来说，想尽数掌握这些修辞并用于分析诗歌，其难度还是不小的，我们在本章中只能讲常用的大类、作用比较大比较突出的修辞格，其他较罕见的修辞格就不考虑了。

多维修辞是《古诗小论2》里所讲的中国古代诗歌的两条路径中另一条路径即诗意的路径乃至喻诗的路径所走出来的更多维度，它事实上是两条路径之优劣在修辞角度的体现。

如《雪夜》一诗：

满天满地落纷纷，无声无语渐销魂。
此夜此心犹此雪，何情何事为何人。

很明显的有层递类迭修辞中的同字，而第三句又具有比喻修辞格。而第一联和第二联显然还有映衬的修辞格。“无声无语”四字，究竟是人雪合写还是写雪表人？总之，其中映衬的修辞格是肯定的，而三四句显然也是一种映衬。

以第三句而论，比喻、同字类迭、映衬、对偶，具四种修辞格。

映衬与意象的关系比较密切，很多映衬都具有了意象，只不过王子居的喻诗理论里，意象需要象本身透出意来，而王子居的意象流有多种层次，现代修辞学中映衬的修辞手法，可能主要就是以象衬情，它们有一些可能达到以情染象或以意染象了，属于最基础的意象形式。

在前面《象之贯通：气象流》一章中讲了《无题•这》：

这思念，压不下，挡不住，斩不断。恰便似滔滔江水浪腾天，又似要崩堤决岸。

这首很短的小诗中，他连用四个三字组成的单句，从而运用排比的手法营造出了一种气势，而最后两句依然是运用排比来营造气势，除了排比修辞外，它后二句又有明喻的修辞格。但在第一联里，它又有移觉（通感），因为压、挡、斩都是对物的，斩的是丝、挡的是水、压的是什么呢？所以移觉之中其实还带着隐喻，而第二联除了比喻外其实还有夸饰，同时，便似和又似事实上也构成了排比。

所以总的来讲，这首小诗是多种修辞格：排比、移觉、隐喻、明喻、夸饰。由于从压不下开始就是移觉、排比和隐喻并用的，比喻贯穿第二到第六句的所有句子，所以这首小诗其实是修辞的连用和兼用一起的，而且它还是排比、比喻两种修辞格同时连用+兼用。

在《古诗小论2》中讲了多维修辞，但维度比较少，现在就让我们来看多维修辞的一些情况。

入青

唯怜栀子馥出群，万里清芬思见人。临晓春风吹入梦，重行青路特相寻。
掠影回忆实情远，点水前缘惆怅深。同是隔年知再访，崔生犹解写柴门。

“栀子馥出群”有谐音和隐喻两种修辞，栀子谐音之子，它和隐喻合体，就变成是一种双关，“万里清芬”是继续隐喻修辞并且有夸饰修辞。“临晓春风吹入梦”是拟人修辞格，春风有知，吹其万里清芬入作者之梦，令作者起而追寻，这句其实除了承接上一联的隐喻外，又加了拟人修辞。

掠影回忆、点水前缘，都是明喻。崔生写柴门则是用典，用的是“人面桃花相映红”的典故。

也就是说这首小诗《入青》句句修辞。

由于王子居时常运用比喻、象征、拟人等各种修辞手法，而这些手法都是通过象来实现的，所以除了一象多喻境外，自然也就发展出了多维修辞，而除了这两点，诗境构造方法的突破和创新，也是王子居对诸多修辞方法的升华、进阶运用。

《王子居诗词》里有两首特别的作品，一首是《咏怀•青岛》，一首是《咏怀•望海》。这两首诗的修辞我们在前文讲过。

从拟人到整体
拟人、隐喻拟人

王子居诗词中当然有简单的拟人，就像他有《咏君子兰》那样简单的明喻一样。如《芳林》“芳林染红绮，高唱知为谁”，染字似是一个比喻，但却又是一个拟人，初读会难以理解，但王子居的诗往往需要稍稍解构一下，芳林染上了红绮一样的颜色，这个绮一般红是比喻，而谁染的芳林呢？这个将芳林染得像红绮一样的主体自然就是拟人了，而我们即便不探究这个主体，单是染的动作本身也是一种拟人。又《晚唱山霞》“染洗清秋林，哀梦倚云天”，“染洗”自然是拟人，但“梦倚云天”呢？是夸饰？是移觉？是拟物？似乎三者兼而有之吧。

劝春风

清宵持酒劝春风，多吹天涯路上人。

吹开碧云星拱月，吹来花气似香魂。

上联运用的是拟人，因为春风是如人一样可劝的。

下联其实是用了三个修辞，吹开是紧承上一句的春风而来的拟人，星拱月又是一个拟人，而花气似香魂看似是一个比喻，实则是一个拟人，因为香魂本就是人格化的比喻。

为什么要将花气比喻成香魂呢？因为花气似是伊人之香，而在朦胧星月的迷梦之中，熟悉的花气似乎是伊人的魂魄一般。

伊人远去，正在天涯路上，但与伊人常伴的花还在，而诗人愿在迷梦之中，闻到这曾与伊人同芳的花气，将这花香视为她的香魂一般，其思念之情的蕴藉含蓄，实在是写到了极致。

另外，这首诗隐约带有象征，王子居在《古诗小论2》里讲“凡象征必出自隐喻，而隐喻多有象征”，但事实上，意象也一样能带出象征，因为意象也能带出隐喻，实则这首诗的下联有着意象隐喻带出的隐隐象征。

为什么说它意象带出象征呢？因为“吹开碧云星拱月”有一种高洁、开阔、和合的意象，而“花气似香魂”有一种德馨的隐喻在，上下两联的写作时间相差十多年，王子居很明显地是想将少年时期那忧伤的离别给一个完美圆满的结局，所以才有下联那种美好的意象，这种意象的象征意义（象征人生的圆满）是很明显的。

同样的道理，用春风吹出一片朗阔的天空、似芳魂一样的香气，自然而然地有一种情怀在，王子居所一直尊崇的风骨情怀，在这两句诗里体现得非常明显，它从少年时代的关怀和忧伤，转换成青年的开朗、豁达。

这使得上下两联都十分的有情怀。

我们在2014—2015年赏析这首诗时是这样讲的：

赏析：都说不同时代不同的诗风，从这些作于不同年代的诗中就可看出。下联工于对，很典雅，写景物也很美，在文字功夫上远胜上联，但细读上联却发现，上联是那么的天真细腻，又是那么的温情关怀，用“思无邪”不足以表达，还要加上一个“心有爱”。

我们觉得上联比下联好多了，而当我们意识到这是比喻拟人象征一体同运的多维修辞并兼运意象后，我们才意识到当年我们对这首诗的品读，还是根本就没有抓到本质的。

春风

依依不愿游，春风多少愁？

未敢深近院，来去总含羞。

年年催花事，殷勤不可言。
四季知有信，春风最可怜。

两首诗虽都叫《春风》，但不可视为一体，第一首《春风》其实是拟人化的写法，诗人将春风和他心中的伊人混为一体了。那个春风（少女）懒懒地不想游玩，因为她暗怀心事，有诸多惆怅。为什么她有这样的愁怀呢？因为那座院落是她内心向往的地方，有她最爱的人在，可是她却不敢接近，羞涩无比。解析到这里蓦然发觉，作者不完全是在用春风比喻那个她，而是在不知不觉间把自己的思想感情也代入了春风吧？这种犹豫惆怅的心情，不正像一个男生的单恋嘛。

而第二首则是单纯地写春风，上联写出了春风的勤劳和可爱，下联则写出了自己对春风的理解和怜惜，但它事实上还是运用了拟人的修辞，因为催、殷勤、知有信都是人的行为。

这两首诗的整体修辞格都是拟人，拟人本来是一个最简单的修辞手法，但王子居的多维诗境和多维喻诗经常用到拟人，比如他最典型的一象多喻境的诗作里维度较高的《菩萨蛮》《最后一页花片》《相思》《龙山》等，都运用了拟人，都是拟人修辞与一象多喻等诸维共构的多维诗境。

这两首诗和上面所举四首诗的共同特点就是它们都是运用整体拟人。

送春词

怎剪云裳对春舞，杨柳争姿，细乱莺燕语。人寂寞，汉唐才子归何处，杳杳追无路。杜宇低飞声惨苦，平添幽叹：人事如川草，千载同荣枯，让春思如许。

想并得山水胸怀，却闲愁恨，早晚写难除。怅觅真意，不觉群华，风轻吹送去。心在失言处。倒算此别，春也还得意，挥洒渺姿，临万里行只微伫。

《送春词》是王子居《十六岁词集》中内涵最丰富的诗作，而王子居内涵丰富的诗作中修辞也往往极为繁复，如这首词就是整体隐喻和整体拟人共运的。

其实我们在讲整体隐喻或整体拟人的时候，整体就意味着它肯定是修辞格的连用。只不过在王子居的喻诗里几乎不出现如、像、是、似等修辞专用语，我们在很多时候意识不到他运用有很多修辞格。

“怎剪云裳对春舞”这一句的拟人修辞格其实是极度压缩的，因为它的拟人修辞体现在“对春”两个字上，如果春不是用的拟人修辞格，又如何对春舞呢？而整词的最后一联的得意、挥洒、微伫，也明白地显示了春在本词中是拟人的春。

杨柳争姿、莺燕语、杜宇惨苦、山水胸怀（含用典）、风送群华都是拟人写法，而它们又同时具有隐喻。

当然这首诗中有将隐喻明确写出来的，那就是“平添幽叹：人事如川草，千载同荣枯，让春思如许”，所谓的“春思如许”，就是前面两联所述。这是从隐喻到明喻，而接下来的下联就再度转入隐喻，而“不觉群华，风轻吹送去”再次呼应“人寂寞，汉唐才子归何处，杳杳追无路”和“人事如川草，千载同荣枯”合成的明喻。

整首诗拟人和比喻共运，隐喻和明喻交替，唯美的意象和情感的变幻交融，从而有一种神龙见首不见尾、雾里看花、美人却在灯火阑珊处的神秘的、绰约的、朦胧的美感。

事实上，“倒算此别，春也还得意，挥洒渺姿，临万里行只微伫”其实还具有一种映衬或者说象征，因为它是王子居在“杜宇低飞声惨苦”的痛苦，及“却闲愁恨，早晚写难除”的烦恼、“心在失言处”的惆怅之后，所发出的自我安慰。

说它是象征，是自我期许，是讲得过去的，因为王子居经历了焚诗之痛一年，并被抑郁症折磨一年之后，他终于写出了像整体隐喻和拟人共运、拟人隐喻两种修辞格连用和兼用的诗作，以及一象多喻境、印象流的诗作他在这个春天都创作出来了……那么“倒算此别，春也还得意，挥洒渺姿，临万里行只微伫”的那种从极度烦恼痛苦的深度抑郁症之中稍作解脱的象征意味，是无论如何也讲得过去的。

而说它是映衬的修辞格，事实上是因为它的稍作欢娱、轻松之境，是写的春，而它真正反映的是作者的心境，这不是传统意义上的映衬而是反映更浓些，就好像镜中影像一样。

它反映的是在王子居在十六岁的这个春天，经历焚诗之痛后他总算觉得自己略有进步、略有所得的一点欣慰。

而“临万里行”算不算夸饰呢？事实上，在一首意象流兼隐喻流的作品里，有没有一个夸饰的修辞格完全不重要了。

菩萨蛮

春风嬉戏旧时门，词人怎倚春无韵。春到也无聊，携春过小桥。

伤心春雨泣，蓦觉春无意。何况写春难，痴心春不怜。

作为王子居最早的最纯粹的一象多喻境，这首《菩萨蛮》如较博杂的《送春词》一样，是整体的拟人和隐喻同运。

也就是说，它是拟人和隐喻（一象多喻）两种修辞的连用和兼用。

王子居的一象多喻境有一个特点，就是他通过拟人的象的具体行为特征，来实现一象多喻，也就是拟人转隐喻再一象多喻。

本诗里具体的一象三喻境，将在《龙山》一书中的《指喻之维：一象多喻境》中解构。

另外，这首词如《雪夜》一样有重字，它句句带春字，这种写法用迭字的概念也许不准确，不如另用一字贯通来称呼，似更妥帖些，如果一字贯通算是一种修辞，那么其实它的下阕具有排比的典型特征，即除“何况写春难”外它的第三字都是春字，事实上构成了一种排比。

而全诗不同位置的春字，是否起到了排比的效果呢？恐怕是有的。

雨临亭

风雨乱袭春宇，寂立檐低花落。哪似纷纷打昨春，笑语冷朝来，欢喧云暮过。

总怪风雨无情，未会风雨深意。到今别绪难相诉，低首晚行急，隐隐昔人泣。

这首词情绪激烈，就好像前面那首《菩萨蛮》以春为人那样，这首词则将风雨拟人化。在这首词里，风雨是带着浓浓的感情的，是带着伊人的哭泣而来的。眼前的风雨让诗人想起了去年的风雨，那个时候与伊人没有分别，而这个风雨夜，他却在风雨中心意迷离，将那风雨听成了伊人的哭泣，或者这也是他自己的心在哭泣。

这首词是不明显的意象流，因为它直接叙事抒情的比例太高了，将诗中的意象流给冲淡了。但乱袭、春宇、寂立、花落、纷纷、冷朝、云暮、晚行急、隐隐泣等还是组合成了一种伤感凄凉的意境。首联其实就是意象流，它用风雨的乱来隐喻或象征心绪之乱，而用“檐低花落”来隐喻或象征一种失去的、不得意的人生境界或心情。或者我们说它不是一种隐喻，而是一种映衬，用风雨乱袭、檐低花落来映衬此时寂立念离别的心境，它们都是讲得通的。而这两句与后三句又形成一种映衬，它是一种反衬而事实上又是一种对比。而风雨、檐低、花落本身也有一种双关意。

由于王子居诗词多用隐喻象征，所以往往他的隐喻与象征、双关、映衬等修辞格是混同的，它们之间只有细微的差别。

上下阕存在着对比，如同王子居在诗歌中常运用诗意的大对偶一样，这首词的上下阕存在一个诗意的大的对比。上联是写从前的无觉，下联是写刹那的领悟。

风入松

风从远处奔来，

吹入了松林。

由这一棵到那一棵，

不肯停息。

我曾见风轻轻吹动柳枝，
像少女的行姿。
也轻轻吹响了杨叶，
像初恋情人的呢喃。
我曾见风吹皱了湖水，
像离人凝泪的眸光。
也吹乱了雨丝，
像悲伤的哭泣。

现在风吹入了松林，
发出自由的呼啸。
像奔涌的海潮，
像激烈的波涛。
风显出了松树的韧，
一棵一棵苍劲挺拔。
松不是风的俘虏，
风与松一起歌唱。

在修辞格上，这首诗用的主要是拟人、明喻和博喻。

王子居的明喻往往与拟人同运，而隐喻与拟人同运的诗作中，很多写入了天人合一境。

事实上在对拟人这一修辞格的运用上，《风入松》并不是简单地以风拟人，而是人化为风，也就是说这首诗的修辞格也许不是拟人而是拟物。

这首诗是整体的隐喻、拟人连运、兼运、套运。

另外，中间一阙由于比喻的连运中出现了修辞词汇像，所以它事实上是一种排比，而下阕也有两句是排比。

另外，它的心象一体代入的是两个人，一个是女子，阴柔多情，属阴，属柔，一个是男子，激昂壮烈，属阳，属刚；一个是过去的曾经，一个是现在的自己，性不同象亦不同。它同时有两个或三个（如果刚柔也算入的话）在诗境上、结构上的大对比。在心象一体或天人合一的诗境中，这首诗是很特别的。

芳草辞

芳草青青，共吾情之戚戚。既遥遥兮前路，况烟水兮低迷。逐延延兮无穷，更添我之踌躕。

彼芳草兮，吾伊人之思。即荣荣兮日生，遑论吾思之深。即芳草兮日新，遑论吾思之真。

见芳草兮，念彼伊人，既佳德兮皎容，况内慧兮多静。幸彼芳草兮，使吾多思念之情。

芳草青青之所以具有了意象，是因为它后面的“共吾情”，这句其实有拟人、隐喻的手法在里面，王子居将这两种修辞手法合用，从而产生了一种类似于同化的诗学效果，或者说它有一种通感的效果。

王子居传承比兴作法，他的骚体不多，而他的骚体也是诗骚同运，比（喻）和兴经常不可分别。

这首诗的中下两阕，首联都是《诗经》式的起兴，但后续的写法又不同，中间一阕，是继续起兴，它与诗经中的起兴完全一致，就是看到景物、兴起思感。而下阕则是续兴而写，我们要注意的一点是前面两阕的第二句都是句号，但第三阕的第二句用的是逗号，这是因为第三阕是续兴而写，没有重新起兴。

而上阕的首句起兴同时用喻，以芳草的青青喻起相思之浓。而它的后面两联则象征与隐喻同运。芳草遥遥，铺展于前路，而烟水低迷，将它笼罩，隐喻或象征了爱情之路的迷离、遥远，它的意境与感情完全融为一体或者说它的感情完全用象来表达，令我们仿佛看到了一个迷蒙的画境：一个人在烟水低迷的遥遥芳草路上追爱而去。而这芳草随着道路无限地延展了开去，无穷无尽的道路象征了追求的难以达成，更加重了诗人的踌躇之意。

这芳草，和我对伊人的思念一样，一日日茂盛地生长，何况我的思念还是那么的深呢？而这芳草每日都更加新鲜，何况我思念她的真诚呢？这两联以芳草的荣荣之象和日新之象，来引发自己的深沉的、真挚的思念，除了隐喻之外，它还是明显的起兴。应当说这两联也是有隐喻的，但它们的象之间的相似性似乎又不是那么强。

除了不断的起兴、隐喻外，如果我们不从整体来观察，我们会意识不到整首诗运用的是博喻，它是博喻、隐喻、象征、喻兴共运的一首喻诗。

梦中吟

2012年10月30日晨，于梦中历事，忽便吟诗，醒来努力反复记三联，及披衣提笔，便失一联，于餐前补二联，遂成一首。观首联，我何曾到嵩山与花溪，真似是鬼神之语，假我而吟。

松（嵩）山松外钟，花溪花下情。旅怀随飞鸟，相思落秋风。

暮色凝衰柳，寒月冷孤星。梦中见啼脸，那得一相逢。

首联的修辞非常特别，花溪除了名字的作用之外，还有落花满溪而流的意象，松山则是通过松外的钟声而有了意象。

另外，松外钟与松山、花下情与花溪，王子居运用谐音，使得它们之间产生了一种微妙的、难以言传的关系和意象。除了谐音外，它还有一字贯通的用法。这种一字贯通既像是迭字修辞，又像是镶嵌修辞，实在不好把握它究竟该算是哪一种修辞格。

二联的修辞中其实是将心象合一了，我们在前面讲过它是一种本体直接替代部分喻体的比喻，事实上它颇有点镶嵌的意味，不如叫镶嵌喻好了。

三联是隐喻和象征、拟人同运，凝字和冷字是人的行为或感觉，所以这一联带有拟人。如果说“暮色凝衰柳”的隐喻和象征比较晦涩，那“寒月冷孤星”的隐喻和象征就比较明显了。而事实上，它们也算得上是一种映衬，只不过它们所映衬的除了下一联的梦中之伤外，它们本身的隐喻和象征就是它们的自然景物所映衬的对象。

也就是说由于王子居的喻诗太过凝练，导致他在一句之中，一种修辞格里的对象就在其他的修辞格中隐藏，比如这两句的自然景象，映衬的是他所隐喻的本体，而本体不显，就在自然景象里，所以映衬的对象就是映衬本身所隐喻的。

王子居喻诗的繁复性，不只体现在他诗词的诸多诗意维度里，就连他的修辞维度，也是充满了各种各样的变化、各种各样的结构、各种各样的形式。

象征与指喻的合一

王子居诗中的一指多喻不好讲，其实他诗中的象征也不好讲，因为象征有时候是诗人图吉利创作的，不免有点个人的隐私在，所以是不好讲的。

正常来讲，隐喻出于明喻，象征出于隐喻，王子居喻诗多维，很多隐喻自然而然地化出象征，但大多数情况下，隐喻化出的象征应该不是十分明显的。

但王子居的诗词中也常有象征意味重于隐喻的，这是因为他化春联之旨入诗，而春联都是求吉利的，所以像《雁阵高》《咏诗迎马年》这样的诗作，象征意味很浓，但隐喻意味就很淡，几乎看不出来了。

我们读他的《雁阵高》《咏诗迎马年》《五月令》《龙山》等带有象征意味的诗作，可以感觉到象征逐渐从隐喻中蜕变而出。我们可以体会他在《古诗小论2》里所讲的“所有象征必出于隐喻，而所有隐喻不一定能写出象征”，他的很多诗都是隐喻与象征两种修辞格完全一体的，这一点在《龙山》中尤为明显。

望青

岛城遥望紫烟轻，海畔云山万里情。

户户歌声春会过，繁花满目盛梧桐。

这首七绝其实是很好的意象流，它的上联意象十分之唯美，但它的后两句就是意象流+象征了，而这种象征自然是出于隐喻，因为没有隐喻就不会有象征，不过隐喻的意味已经被象征的意味遮掩了。

应当说，在王子居的喻诗里，这首诗的隐喻或者说象征没有其他诗作那样高的契合度。

都说万里是一种夸饰，那么这首诗里的“海畔云山万里情”算不算是一种夸饰呢？

咏诗迎马年

原上野马健如龙，千骑奔来势若腾。远观浩荡如潮涌，近看绝尘似乘风。
两轮日月鬃毛带，万里江山足下行。精神勇毅元无碍，齐竞飞驰意气生。

这首诗是整体的以马为喻，是喻诗中较为浅显层次的明喻为诗。很明显的，如果说这首诗象征了什么的话，它显然如同王子居一贯的一指多喻一样，它也同时象征了个人事业的蒸蒸日上和国势国运的昌达。

象征嘛，是个图吉利的事，所以我们就不多讲了。

而“所有象征必出于隐喻”，即便这首诗的隐喻十分之隐，但无论怎样淡化，它依然是象征与隐喻的合体。

如果我们将它译成白话文，它的修辞格就更明显了：“就好像那奔驰在草原上的健如游龙的野马一样，（我愿）国家的运势如龙马奔腾”……

在古诗中，我们第一感觉是气势和气象，而一旦翻成白话，它的象征和隐喻的意味其实是非常浓的。

这首诗的格局、境界、气势、气象，其实放到盛唐中跟任何一首七律相比都不落下风，不过它在2014年四所高校中举行的“王子居挑战杜甫最强七律”活动中，没有入选王子居最强十首七律。

这首诗是整体的以马为喻，是喻诗中较为浅显层次的明喻为诗，相对而言它的艺术构成确实不够繁复。

当然，如果我们从小的修辞格来讲，二联有对比或者说互衬，同时也算有夸饰，而健如龙、势若腾、如潮涌、似乘风都是明喻，也都是夸饰，同理，二句的千骑、六句的万里，按传统意的修辞来讲也是夸饰，而三联整体就是夸饰。

而健如龙、势若腾、如潮涌、似乘风的明喻中是有着隐喻+象征的。

而三联的气象、气势、意志更是带着明显的象征。

而从最后的意气生三字来看，它整首诗其实都是映衬，王子居诗中的隐喻多含映衬是经常出现的。

而这首诗是通篇隐喻象征，所以它事实上明喻连运、隐喻连运，夸饰连运，而兼运、套运也是同时运用的。

所以这首主旨为象征比较明了的诗，其实在修辞上也是相当繁复的。

雁阵高

秋清云淡，雁阵乘风天高远。呼朋引伴，雄胜山川随飞变。
红花深院，信步从容无拘管。百年心愿，人间气象今朝换。

在王子居的诗词里面，有些隐喻和象征往往是很难分辨的，但《雁阵高》一词中的象征则是十分明显，虽然所有的象征都出自隐喻，但显然这首词主要是一种象征。

事实上，多维诗境的创作要远比我们想象得复杂，比如说《雁阵高》是以鸿雁为喻，而鸿雁在古代文化中的象征意义，几乎已经形成定式。

雁，在古代传统文化中，为德禽，为中和之象，而我们所看到的王子居以雁为喻的诗作中，哪怕是《鸿》和这首《雁阵高》属于气象雄伟的作品，但这雄伟的气象也一样是中和平正的。

所以，王子居所有的喻诗，都是紧紧扣着象的特点、性质来写的，不论是明喻还是指喻或指喻，都丝毫不脱象的特性（可参考《古诗小论2》，跟杜甫那些过度不真的用字用词可以对比来看）。所以我们看他写鸿雁的诗词，从来不会出现雄鹰那样的气势，也不会出现险、绝、奇、诡的气象。

在王子居的喻诗学理论里，对偶有形式对偶和诗意对偶，也许在形式上有工对与散对的差别吧。

王子居的大多数诗作的诗句往往互相关联、互相呼应，乃至在诗意上追求以联为对的大对偶。如这一首的“雁阵乘风天高远”与“雄胜山川随飞变”一描写上、一描写下，是一种隐含的诗意的对偶。首联与三联是对比的，或者说是互衬，它们一个象征志向高远，一个象征生活优渥。

而“信步从容无拘管”和“人间气象今朝换”也是互相呼应的，一是重在描写自我，一是重在描写国势，是一个小大对。另外“雄胜山川随飞变”与“人间气象今朝换”也是映衬的关系并且是互相呼应的，这种呼应在变和换两个字上体现最明显。

王子居这种以整联的诗意为大对偶的写法，除了这首诗中的隐含的并不拘于形式的较为松散的大对偶外，还有一些是不但诗意采取大对偶，连文字也采取较严格的对偶的。

春联就是讲吉利的，王子居以春联之旨入诗，他的象征中自然有一部分就是吉利的象征。除了像上面讲的《雁阵高》《咏诗迎马年》中有着对国家气运的象征外，还有一些自我的象征。

梦中诗

梦中有人来试我才，命题一出，即口占而成，醒来记之。

一树桃花香露浓，回飘摇曳舞春风。
茎油叶亮光色好，必得甜果坠枝成。

在王子居梦中吟成的诗作中，这是最俗也最普通的一首，由中我们看到王子居在家庭生活的现实压力下，渴望有所成就的心情。

而香露浓、舞春风都是外境好的象征，而茎油、叶亮、光色好、甜果坠枝都是自我好的象征。

王子居甚至是把周公解梦和乡间民俗里的象征手法都运用到他的诗歌里去了。

五月令

春风渐软，玉兰花盛，富贵谁家堂前。碧空一洗，绿柳含烟，啼着双莺双燕。倩何人问讯，怡人五月，花开几分，对他春风醉人暖。

软软的春风，吹开了玉兰花；那如洗过般的蓝天，滋润着那青青的杨柳，而飞舞的燕子更是在此回绕徘徊。通过这简单的几句描绘，相信这幅五月的美妙画面已经在我们的面前展开了，也不禁让许多人深深沉醉其中，忘却一切。

这宜人的季节，花瓣半开半羞，美不胜收，于是诗人在这春风里渐渐醉了，而我们在读这篇词作的时候，也跟随诗人一起醉了。

除了美好的意象外，它的象征意义是十分明显的，不过相比王子居《咏怀》诸体中的文化理想的隐喻和象征来，这唯美销魂的《五月令》，不免显得“太庸俗”了。尤其是“玉兰花盛，富贵谁家堂前”，简直庸俗得快要赶上他所深深不齿的杜甫了。

不过，这既然是为小姑娘写的诗作，那么有点肉麻也就可以理解了。

另外，这首《五月令》其实在气韵上是很独特的，颇有词韵。

清平乐

黄金檐下，白玉堂前，桃花数度濯细雨。

绿柳田畔，锦鲤池边，闲人几许下银钩。

这首词写得很闲适，意境构造得比较富丽而又优雅。它是一种幸福美满的象征，当然它也很庸俗地写到了富贵气象。

聚会·花月吟

春有花，秋有月，人生不缺好时节。

玉环肥，飞燕瘦，趁有佳人歌不歇。

这首诗也很俗，既有春花秋月，也有环肥燕瘦，不过环肥燕瘦纯属夸饰或者说不符真相的赞美。

戏题

马年到，春意闹，白马欢腾黑马啸！万家灯火伴烟花，一年数此佳节好。

这首诗和《马诗迎马年》都是跟春联一个写法，想必读者不会觉得是瞎说的，因为它的象征太明显了，几乎把隐喻都压盖没了。

万家灯火算夸饰还是写实呢？其实修辞学也不是泾渭分明的，很多时候不同的人感觉不同。

其实“白马欢腾黑马啸！万家灯火伴烟花”两句所写的气象也是不错的。除了一字贯通外，它其实有排比的感觉在里面。

王子居诗词中经常出现的单句内排比，也许在以后会被视为一种独特的诗歌修辞手法吧。

忆农家·因与五叔聊农事而感旧事

田野满金红，车中稻穗盈。
果实千处美，秋光一派清。

诗境构画得很美，写出了一派秋天丰收的景象。它就差喊出我是象征了，我们读它第一感觉就是想到多年前的年画，说不定这首诗就是从年画里直接写出来的呢。

不过王子居的象征可不仅仅是吉祥春联，那样就太俗了，他诗词中真正意义上的象征都是文化象征和理想象征，不过我们在这里不讲他的高维象征了，只讲他一些较普通的象征，高维的象征放在《龙山》里讲了。

鲁冰花

鲁冰花，鲁冰花，点点泪，在天涯。灿灿桃红深院内，人不愿还家。
不还家，不还家，飘零苦，任风沙。我唯能对春风笑，黄昏暗愁发。

这首诗虽然写得很苦，但它象征着一种精神，即天涯孤旅的不悔精神，这种精神体现在“在天涯”“不还家”“任风沙”上，而三个“不还家”顶真、排比连用，更是象征了一种孤独的精神的、文化理想的远征。

当然，这首诗还具有爱情隐喻，它作于莱农，但王子居是把它选在《站亭集》里的，所以它事实上是一象多喻，还隐喻着爱情。《莱农集》《站亭集》的喻诗，大多都隐喻精神追求和文化理想，所以这首诗中的爱情，是在精神追求和文化理想的孤旅中出现的一个美好事物，所以它们一体同喻，是个典型的一象三喻境。

而鲁冰花、灿灿桃红、风沙、春风、黄昏，都是隐喻与象征同运。

无题·真空

真空妙有两无情，梦幻虚花渡此生。岂因成败生啼笑，不为因缘乱古风。
无常世事烟云散，有业微躯竭死诚。百代千秋万古论，沧冥宇宙一微萤。

梦幻虚花显然是被用得快泛滥了的典喻同运，用烟云散来比喻世事无常显然也是一个常用的比喻，这首诗的隐喻妙在末联，哪怕是能传千秋万古的大论，也只不过是沧冥宇宙中的一粒微弱的萤火。

这最末一句的喻义何在呢？是喻万古长夜中的一丝文明之光的伟大或悲壮？还是喻人类文明的微不足道和随时可消？

两种截然相反的喻义，似是兼而有之。因为伟大或悲壮可对应“有业微躯竭死诚”的执著，微不足道可对应“无常世事烟云散”的无奈。

事实上，王子居的这种“沧冥宇宙一微萤”的无力感是经常在诗中抒发的，如《紫薇》里的“长空碧海一浮沤”，个人的渺小与历史时空、沧冥宇宙的浩瀚形成强烈的对比，而就在这种强烈的对比里，“香花美眷词中老，事业名山梦里休”，可以说这首《无题》的对比更强烈也更多，像“无常世事烟云散”“成败生啼笑，因缘乱古风”“有无两无情”“梦幻虚花一生”“百代千秋万古之论不过一微萤”，整首诗都是运用强烈的对比构成的。其中“百代千秋万古”对论的强调，和“沧冥宇宙一微萤”的巨大反差，上联极剧夸张，下联极剧贬低，这一联对对比或者说互衬或反衬的运用达到了极致。

这首诗对对比、互衬修辞的运用是无处不在的。

而这种巨大的反差所构成的迷茫、失落、无力，共同构成了一种对人生的深深的怀疑，而这些不断的对比加重了“沧冥宇宙一微萤”的无力感。

而在这种“沧冥宇宙一微萤”的无力感、“梦幻虚花”的虚幻感、“真空妙有两无情”的残酷感、“成败啼笑”的挫折感、“因缘乱古风”的异类孤独感、“世事烟云”的无常感里，王子居也透露出“岂因”的坚定、“不为”的执著、“微躯竭死诚”的身心之祭、“一微萤”的不屈挣扎……

悲夫？壮夫？

这首诗叹千古而怀万世，穷宇宙而悯人生，悲因缘而感命运，伤无常而尽人事……

格局之大、格调之高、感慨之深、情意之切，概无伦比。

咏怀·水温

水温碧苔美，苇密可依栖。那忧道路远，飞行志不移。

猛风摧双翼，骤雨急相击。缥缈山似叠，深险谷若失。

常信阴云开，日照山河奇。可以自在翔，能与岁月驰。

这首诗依然是以雁为喻，但它的象征十分明显。

第一联是象征美好的环境和生活，第二联是隐喻舍弃美好的环境和生活去追寻梦想，道路远和志不移的人生追求、文化理想的隐喻再明显不过了。

三、四联是隐喻追梦之路上的艰难和险阻。

四五两联就是极为明显的象征了。

王子居的《咏怀》里隐喻与象征同运的有很多。

东山

富贵艰难取，清贫自在得。

山中无异物，只是白云多。

青山白云的隐喻或象征古人已有，王子居只不过在这首诗里写得更明白些而已。

富贵于我如浮云，这是怎样豁达的心胸，特别是在这样的时代里，这是多么难得的品质。诗人如是说，富贵是如此艰难才能得到，甚至要卑躬屈膝，甚至要低三下四，而清贫却会易如反掌的拥有，可是却难有那安贫乐道的心。

那诗人自己是如何表现的呢？诗人并没有正面回答我们，他只是说那远山上没有其他东西，只是白云，这样的意境和回答，相信大家一定懂了，白云是高洁的象征。

这首诗读起来很顺口，最后一句有清平朴实的谐趣，拯救了整个诗，使这首诗没有流于富贵和清贫之类的励志诗的俗套中。

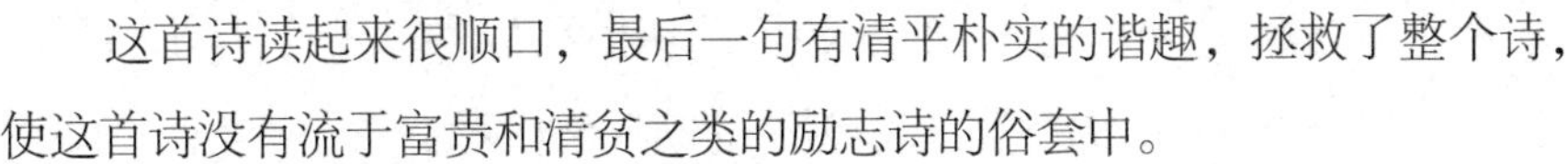

排比营造的气韵和气势

这一节其实同时是《数理的贯通与排列组合的领悟》和《象之贯通：由气贯通出的气象诸流》两章的组成部分。

在王子居的写诗生涯中，他注重平仄的时间并不长，但这并不妨碍他的诗具有自己独特的气韵，而有些创造性的气韵相对于一千多年的近体格律诗来说是独一无二的（可参考《古诗小论2》）。

这个独一无二其实与他喻诗中多维修辞里的排比密切相关。中国古诗其实本质上很多都具有二维修辞，这个二维修辞就是对偶和排比，这个在律诗中常见。

现代修辞学讲排比时，有些人觉得要是三句以上相同句式的修辞手法，但中国古代诗歌的对称性决定了它们大多都是只有两句的（包括古风在内），所以中国古诗中的排比两句就可以算。

现代修辞学的排比定义是如何的呢？“把结构相同或相似、意思密切相关、语气一致的词语或句子成串地排列的一种修辞方法。”

在这个概念中对语气是要凭感觉的，而“结构相同或相似”这个要求，中国古诗中对偶的句式不但相同，还要求词性相同、相近或相反，至于意思密切相关，中国古诗中的对偶句，意思不相关的似也不多，所以很多古诗事实上对偶的同时就具有排比。

而王子居的诗词有一个什么特点呢？就是他时常运用气韵排比，气韵排比就是很多诗中一联的平仄大体相同，他将排比中的“结构相同或相似”变化为平仄的相同或相似，而平仄相同或相似又近似于“语气一致”。一联的平仄大体相同会怎样呢？就是加强了气势、气韵。

也就是说王子居在古律诗的对偶本具的句式结构排比之上，又叠加了一重语气结构排比。

当然这种语气结构排比不可能全部相同，因为那样会使有一些诗句产生僵硬感。如“鸿雁宿深林，举翼向阳晨”“原上野马健如龙，千骑奔来势若腾”“十年铸剑剑初成，振庐彻野龙啸声”“时化蛟龙搏瀚海，更变鲲鹏振长天”“帘外浓香促游晨，桃露杏蕊沾满襟”“万物含情皆有以，碧草鳞虫俱可亲”“杨柳春烟迷蝶路，落叶秋风失雁行”“漫随流水青山下，心声琴意两悠扬”“心逐水逝情难尽，梦随花落爱无痕”“东风不见杨柳老，只余春恨意深深”“何为大力决成败，谁堪胜智定兴亡。千朝万代歌一曲，贤达遗史策犹良”“身倦京华何所得，辛苦奔忙事正多”“幼时立志著万卷，壮年竟尔厌言说”“我道临高正可呼秋雁，云深才好觅仙屐”……有的时候，王子居甚至在七律中近乎全诗都用这种气韵排比，如《江上怀古》“点点星辰耀上苍，浩浩洪流涌大江。千秋历史观雄略，百年人世阅沧桑。时势营成兴大国，俊才拔出理万邦”，但我们注意到的是，这三联诗中，每一联与上一联的平仄都是有变化的。也就是说王子居运用气韵排比时，也注意到了避免雷同带来的僵硬，他是在一联之间运用语气结构排比，而在联与联之间进行变化以避免僵化，事实上，这也是一种大格律的体现。

其他如《龙山》中的“山拱河卫形不尽，山依河倚势无圻”“崇嶒气激嘘长啸，巇峪潮生泛疾漩”等，都是运用相同或相近的平仄格式来加强诗歌气韵、气势的。

整首诗上下联都用同韵排比的如：

昨夜梦丁兆良

终日思君不见君，门对枯塘曲巷深。

但藏碧树心山里，相依游戏是白云。

除了同韵排比外，“门对枯塘曲巷深”显然是一种隐喻或者说婉曲，而“但藏碧树心山里，相依游戏是白云”显然就是隐喻了。

这首诗是气韵排比的典范之作，虽然由于是绝句的缘故，它的最后一字决定了它不能像律诗那样有更多的平仄相同，但它依然一联之间平仄大体相同，两联之间平仄大体相反。

王子居的气韵排比、平仄近同，是中国诗学道路上的另一条路径，它是与近体格律诗截然相反的路，可以说，王子居用他的喻诗，强力地证明了近体格律诗的局限性和不科学性。

无题

浅塘孤月碧荷残，惊蝉凄弱柳风寒。

客旅只觉身心倦，何处青山伴长眠。

这首无题的两联也都是同韵排比。当然它也揭示了同韵排比的特点，就是在最后结韵时，它往往会有变化，而中间主要部位的平仄，会是相同的，尤其是偶数位，也就是每一个词汇的尾字位，会尽量相同。

王子居在气韵层面的语气结构排比有时候会与语法结构排比结合起来，如以下几联：

“岳阳城起岳阳楼，岳阳楼上望归舟”“岳阳城上岳阳楼，岳阳楼下洞庭秋”“松山松外钟，花溪花下情”“又是秋风送秋雁，天上云合云复散”。

他不但在气韵层面的语气结构近似，而且还运用了现代修辞排比中最俗气的同字结构。现代修辞中极为俗气的同字结构如“他的品质是那样的纯洁和高尚，他的意志是这样坚韧和刚强，他的气质是这样的淳朴和谦逊，他的胸怀是那样的美丽和宽广。”两相对比一下就明白，王子居诗词中的有些排比，是完全合乎现代白话文排比定义的所有要素的。

但完全合乎现代白话文的排比定义的所有要素又有什么实际意义呢？显然是沦于下乘的。但王子居毕竟是王子居，我们上面所举的几联诗句，都是除了排比之外兼具其他维度的，并不是为排比而排比，并且，如果按现代修辞学对排比的定义，以上诸联的排比其实是在一句内就实现的，根本不需要现代修辞学所定义的“句子并排三句或三句以上”。

现代修辞学中的排比定义僵化而又呆板，如“结构相同或相似”这一要求，现代人做起来就是“他的品质是那样的纯洁和高尚”，这种雷同放在古诗中显然就是一种笔墨的浪费。按现代修辞学这样的雷同要重复三句以上。

但王子居的喻诗是怎么做的呢？他是一句内就做到。这倒不是他非要刻意在一句内做到某种修辞，而是古诗的体裁本就是限定字数的，而且喻诗要在一句之内做到多维，显然不能像白话文那样浪费笔墨。

同样是一句之内文字结构相同的还有：

无题•来是

来是偶然去决然，东风遗泪百花寒。花开可知凋时恨，花落何恋盛时鲜。岂堪泣血生枯木，那得心誓挽无缘。湿露承花花承泪，水逝风歇春不还。

我们用不同的字体将这些结构相同的部分标出来。

游园口占

樱花李花艳俗，杨絮柳絮轻浮。暖风醺人欲睡，诗兴才起还无。随多随少来众，任飞任游野凫。

渐行渐远前路，忽聚忽散池鱼。新花渐替旧蕊，男女成双连对。长歌美酒无味，缺个红颜同醉。

记得你的好

你只消羞涩一笑，胜过那倾城艳丽傲人娇。你早已去了，去了，而我，还记得你的好。

你只消淡淡轻语，胜过那百曲郦音千般妙。你早已去了，去了，而我，还记得你的好。

你在杏花春雨里，依稀身影拂过微风春晓。你早已去了，去了，而我，还记得你的好。

你在我心幽境里，永不提起若两世梦遥遥。你早已去了，去了，而我，还记得你的好。

你是水中的花朵，映我孤单倒影无情流过。你早已流过，流过，而我，不悔曾经爱过。

你是天上的云朵，荫我孤独身影无情飘过。你早已飘过，飘过，而我，不悔曾经爱过。

既然王子居有诗意的大对偶，那么有没有诗意的大排比呢？这首新诗显然是有的。

快马加鞭·自为调，咏于回馆

快马加鞭，何事行人不解鞍？人生匆匆仅百年，前行只为叩苍天。

快马加鞭，何事行人不解鞍？人道救兵如救火，前行只为克时艰。

王子居对排比的拓展运用，除了向内压缩实现一句内的小排比外，他也向外扩展实现阕与阕之间的大排比。

鲁冰花

鲁冰花，鲁冰花，点点泪，在天涯。灿灿桃红深院内，人不愿还家。

不还家，不还家，飘零苦，任风沙。我唯能对春风笑，黄昏暗愁发。

这首鲁冰花虽然语法结构不如《记得你的好》相同、近似的比例更大，但它依然有着局部的大排比。

前面讲了这首诗是整体的隐喻与象征同运，而它还有顶真、排比的修辞格，其中阕首各两句排比，而事实上不还家上下阕合起来有三句排比，这种顶真排比还真是王子居独有的创造。这里的排比增强了本诗中隐喻象征的“天涯孤旅”“一个人的征途”的决心或者说执著之意。

而在向内压缩的单句内小排比，王子居其实也有更惊人的，如《雪夜》一诗：

满天满地落纷纷，无声无语渐销魂。
此夜此心犹此雪，何情何事为何人。

四句全部用单句内小排比，而且从前面的单句两个重字，加强到了下联的单句三个重字。而它不光有单句的小排比，它的上下联实际上还有一个大排比。

事实上，王子居对同字数的阙阙大对偶大排比同运的笔法是经常运用的，较典型的如：

有感

前有路，后无峰，怎攀登？英雄壮志悠然花月对春风？
高寂寞，浅孤寒，已无愁。听得门前风紧卷叶声嗖嗖。
衰躯倦，枯心冷，鬓早秋。只问尚有余生可愿再漂流？

整首诗都是运用隐喻，除了隐喻外，“花月对春风”还是一个用典，当然它是象征、隐喻、用典同运。

这首诗的特点是它具有两种排比，一是小的排比，即每阕中前九个字，他是用三字形式进行气韵排比的。这三阕之中，除了枯心冷的冷字外，其他的末字都同平仄。

而三阕的每阕结构都相同，事实上也构成了一个大排比，这跟他诗意大对偶的思路是一样的。

这首口占的曲子其实在修辞格上是很高维的，比如“前有路，后无峰，怎攀登”“高寂寞，浅孤寒，已无愁”两联，它们有隐喻（亦含象征）、排比的辞格，同时它们还有对比的辞格，因为有与无、路与峰、高与浅，都是对比，所以它是一个同运隐喻（亦含象征）、对比的排比修辞格。

彩云

彩云忽逝万山空，东风悠雅扬柳絮。落梅笛声意未终，残花咬枝不肯舞。只在斜阳沉坠处，动闲愁还被闲愁缚。算春来春去春无数，名花瑰丽争为主。急摧新萼，空排老绿，谁善殷勤求春住。此情此景岁岁同，不惹万般凄楚。

莫爱孤独杨柳月，莫向楼台停伫。怕见绿袖红唇，怕听莺声燕语。太多芳华，太多美意，与谁言，太多恨，太多情，太多苦。纵梦魂疲倦欲归来，怕不识天涯芳草路。算恁么笑我，已把青春虚度。

王子居善用一字贯通或一词贯通来形成句内小排比，如“动闲愁还被闲愁缚。算春来春去春无数”，而“此情此景岁岁同”七字中用了六个重字，怕是七言中重字的极限了。事实上他在单句之中就构成了排比所能营造的气韵或气势，如果说“动闲愁还被闲愁缚”的单句中排比感还不强，那“算春来春去春无数”的排比感就比较强了。因为三个小排比几乎是古诗的极限了，因为古诗词中一句超过十个字的名句是很少的。

而在这一首词中，王子居运用排比营造气势的还有连句排比，如“莫爱孤独杨柳月，莫向楼台停伫。怕见绿袖红唇，怕听莺声燕语。太多芳华，太多美意，与谁言，太多恨，太多情，太多苦。”他是连续用四个语法结构排比来增强气韵和诗意的，前面三个语法排比都是两句排比，而最后一个是三句排比。

而在“此情此景岁岁同”里除了一字贯通的排比他还用了迭字。另外，“急摧新萼，空排老绿”其实是一个结构相同的对偶型的排比，只不过按现代修辞学的视角来看它不算排比。当然，“莫爱孤独杨柳月，莫向楼台停伫。怕见绿袖红唇，怕听莺声燕语。太多芳华，太多美意，与谁言，太多恨，太多情，太多苦”的一系列排比其实也都是对偶型的排比，只不过它只有三联对偶，第一联并未对偶，因为如果连续四联对偶的话，那行气就会僵滞，事实上，它连三联连续对偶也用一个“与谁言”三字进行拆分了，因为词尤其是长调、慢调，是不可以连续对偶的。

除了以上的局部修辞外，这首诗其实还是拟人与隐喻整体运用的连运、兼运、套运。

当然这首诗局部的拟人、隐喻、排比也有连运、兼运、套运。

另外，它还具有一象多喻境。

当然，它的意象流也很浓。

这首词在艺术技巧的繁复性上，我们且不论其诗意和隐喻维度，单以修辞维度而论，恐怕就是极少有能抗行的了。

用典

王子居诗歌中的用典，其实前面已经讲过很多了，那就是喻诗中的典喻同运。王子居全诗用典的作品，比较典型的如《无题•函谷》：

函谷青牛（浮海微槎）道无地，后夜涅槃佛非时。
洗耳高士智逃智，饱腹愚人痴抱痴。
庄子蝴蝶梦中梦，摩诘山水诗外诗。
良匠袖手观断指，日上三竿睡起迟。

通篇都在用典，而且首联的同一个意，他用了两个典故，竟然难以取舍，一个是老子西出函谷关，一个是孔子的“道之不行，乘槎浮于海”，两个典故的意思是相同的，都是中国没有道，则出于关外、海外。

“后夜涅槃”其实也是同一个意思，佛经的《阿含经》中讲过去七佛，其中有一位佛成佛后观察世界，觉得没有人可以传他的法，于是他初夜成道，后夜就涅槃了，首联的用典都是一个意思，佛道儒的三大智者，都认为“道之不行”。

第一联显然是隐喻时之不至、道之不行，或时非其时，道应当隐。

洗耳高士用的是许由的典故，下句依靠对偶写出深义，单是作为一个智者还不够，还要能够“逃智”，躲开智识的束缚，智者连智识都要逃离，而愚人则用痴心紧紧抱着痴著。它是一个典型的互衬或者说对比。

第三联用梦中梦（人蝶难分）隐喻真义（道）的难知，而诗外诗意味微妙难辨，用以隐喻真义（道）的难识。这一联诗依然是道之不行的意思。

良匠袖手是柳宗元短文里的故事，是说拙匠伐木，断其手指，鲜血淋淋，而良匠在旁，袖其手旁观。

事实上，良匠袖手的典喻不只隐喻良匠袖手旁观，更隐喻贪权者、贪利者不肯用贤，宁可断指慌促，也不容人染指。

最后一联是隐喻“智逃智”的行为，即对劣匠断指连看都不看了，只顾大睡。日上三竿出自《南齐书·天文志上》，在本诗中它典喻的味道可能是最淡的。

顶真

王子居诗作中对顶真是升华进阶了的，即我们在前面讲过的喻兴一体、起兴转进，但这并不意味着他没有较简单的顶真之作，如他的两首戏笔之作：

戏笔·岳阳楼诗二首

岳阳城起岳阳楼，岳阳楼上望归舟。归舟久望谁帆过，帆过空余湖上鸥。
湖上鸥群常聚散，聚散无常致深愁。深愁更起深思念，思念常把寸心揪。

岳阳城上岳阳楼，岳阳楼下洞庭秋。洞庭秋水连天际，天际白云任悠悠。
悠悠白云无情义，情义动心人登楼。登楼远眺思千古，千古闲情一笑休。

事实上，虽然是戏笔之作，这两首诗也都是达到了意象流的佳作。

即便是戏笔的顶真（诗歌中又有衔头接尾之说）之作，这两首诗尤其是第二首在诗意、境界、格局上，都几乎是可以与崔颢《黄鹤楼》相媲美的。因为《黄鹤楼》的上阕很强，但它的下阕“晴川历历汉阳树，芳草萋萋鹦鹉洲。日暮乡关何处是？烟波江上使人愁”是很弱的。而王子居的诗歌特点却是一气贯注、从无弱笔，是从头一直强到尾的。

虽然是顶真，但王子居的顶真显然不仅仅是顶真，因为他的每一句诗都是对前一句诗的递进，现代修辞学中的层递，局限于同类事物的大小等层递，而这首诗的递进，则是诗意的递进，因为它的每一句都是对上一句诗意的递进，显然是对层递的一种升华运用。整首诗都有着叙事上的转进流畅、诗意上的转进流畅，一步一步，紧密衔接，一步一步，诗意转进，直到最后转进到诗的核心。它的逻辑严密却又意境优美、情感真挚，而且情景完美相融，达到了意象流。尤其是第二首有着千古今昔之慨、天道人心之感，并且两首诗都是隐喻、映衬不断。

而在这种不断地意象转进（起兴转进）之中，楼与景、人与楼、人与景、心与象，都在不断地互相融合、激发，从而构合成一个诗意绵密、互相勾缠的意境。

以第二首的千古今昔之慨、天道人心之感而言，崔颢的《黄鹤楼》的上阕虽强，但较之这首的整诗皆强，恐怕也很难胜出。

顶真作为古代诗人的一种游戏之作，写得好的还真就没有，至少在大家的印象中是找不出来上乘佳作的。但王子居的这两首顶真，尤其是第二首，是天人交感的意象流佳作。

这两首诗其实也具有起兴转进，它们从第四句开始，就进入起兴转进的节奏了，虽然这节奏很短，所以这两首诗各有一半是顶真与起兴转进同运的。但事实上第一首的首联就是起兴，因为岳阳城建起了岳阳楼，所以思妇才上楼望归舟，二联和三联的上句则是三联下句的起。

两首诗的首联都有岳阳一词贯通，有迭字的修辞，第一首由城至楼至人至望归舟，颇合古风之致，第二首则用上面的楼和下面的洞庭秋，为我们展开了一幅十分开阔的画卷。

这两首都有托空入象的笔法运用，如“归舟久望谁帆过，帆过空余湖上鸥”“洞庭秋水连天际，天际白云任悠悠”都是托空入象、以象涵情（第一首）、以象涵义（第二首）的典型诗句。

另外，这两首组诗构成的组诗间的诗意大对偶，在《数的贯通与排列组合的领悟》中已讲过。当然第二首也有局部的拟人。

顶真的格式其实限定是很多的，除了对内容的限定（起始词已定决定了后续诗意受限）外，对气韵也有限定（起始平仄已经决定了后续平仄受限），但即便顶真对气韵有限定，这两首诗里还是实现了气韵的排比，如“岳阳城起岳阳楼，岳阳楼上望归舟”“岳阳城上岳阳楼，岳阳楼下洞庭秋”都用气韵的排比为我们开阔了气象或凝练了意象，而第一首中“湖上鸥群常聚散，聚散无常（这一联其实还有回环）致深愁”“深愁更起深思念，思念常把寸心揪”也是运用了排比（第一联用常字为贯通进行连句排比，第二联用深字为贯通进行单句小排比）增强气韵。

刚读这两首诗的时候还以为这是王子居的文字游戏，但读久了，从第二首诗里就可以读出别具匠心，因为在这首诗里他不是通过赋予景物以意象，而是将不同的景物融入一境，他是通过一事与另一事的关系，不断地变换和推进，最终通过这种种不同的事物，而引出他诗作的主题，就是那千古的感慨和浮云苍狗的人生叹惋。

且不说我们上面所讲这两首戏笔在艺术技巧构成上的无比繁复，就连我们说《黄鹤楼》在诗意、格局、境界上未必能胜这两首戏笔，也一样真的不是瞎说或随便说说。

下阕就不必说了。我们来看《黄鹤楼》的上阕：

昔人已乘黄鹤去，此地空余黄鹤楼。黄鹤一去不复返，白云千载空悠悠。

二联和三联它都有一个今昔对比，这个今昔对比其实是重复的。“黄鹤一去不复返”一句，其实是多余的累句，因为“昔人已乘”“此地空余”都已经讲到“黄鹤一去不复返了”，而“空余黄鹤楼”和“空悠悠”在诗意上也是重复的。

这些重复意味着什么呢？意味着崔颢十分浪费笔墨，他用整整四联来讲了一个诗意，即今昔千古的成空。

当然，崔颢浪费这么多笔墨也不是全无好处，它在意象的美上做得还可以。

但王子居的诗意呢？他每一联每一句都是不同的。

首先，“天际白云任悠悠”写出了天（大）道的自在和难及，而这种大道的自在是与前三联紧密相关的。因为“岳阳城上岳阳楼，岳阳楼下洞庭秋”看似是简单的写景，但它们其实是一连串的动态，人从岳阳城到岳阳楼，在岳阳楼上看到洞庭秋，从洞庭秋水拓展到天际，然后才带出来了白云任悠悠，它是一个人登楼、观景、感怀的动态进展的过程，任悠悠不但是自在，更是难及，正因为天际的白云是自在难及的，所以下一句才提到“无情义”，白云是无情无义的，但人却是有情有义的，有情有义的人登楼远望无情无义的白云（大道），他们之间有着强烈的对比，而这种对比是置于“洞庭秋水连天际，天际白云任悠悠”的意象之美下的。秋水连天，一望无际，而天际之间，飘着悠悠自在的白云，它展示给我们的，是远阔苍茫的意象，因为在这幅图画中，除了水就只有白云。它在意象上是很美的，而它同时又是一种托空入象、托意入喻。

我们在前文中不止一次提到过王子居诗意构境绵密，诗境互相贯通勾缠，这首戏笔也不例外，他在第六、七句贯通第一句“岳阳城上岳阳楼”，因为他“情义动心人登楼”，我们前面讲崔颢的诗有重复，而王子居的第六句循环到第一句之前，却无任何重复。什么情义动了他的心让他登楼的？显然是第一首中那些感慨，如“帆过空余湖上鸥”“聚散无常致深愁”“深愁更起深思念”（第一首诗中的“湖上鸥群常聚散”的人生聚散无常的隐喻，与崔颢的前四句除了在格局境界上不如外，本质上没有不同，“帆过空余湖上鸥”和“此地空余黄鹤楼”在诗意上没有区别，但在意境上，显然“帆过空余湖上鸥”的意象要更美一些。它先是动态再是静态，以动衬静，增强意境不说，更强化了惆怅失落的感情），才有了“情义动心人登楼”，而第七句“登楼远眺思千古”除了贯通增益第一句外，它还是“天际白云任悠悠”的注脚，正是因为诗人登楼后所行的就是“远眺”“思千古”，所以才体会到“天际白云任悠悠”的大道无情的自在。而正因为大道无情，所以他的千古之感在这悠悠的无情大道面前，也不过是一种闲情，既然只不过是一段微不足道的闲情，那不如一笑而休。以格局的高、诗境的妙、意象的美、语言的凝练而言，通过我们以上的分析，崔颢的四句恐怕已经落在下乘。

我们在前面许多诗歌的解构中都反复讲王子居的诗多维贯通交织、多维交织贯通，其实即便他的戏笔，他诗意结构的绵密复杂也远超我们

想象，比如这一首在诸多的修辞维度外，它还在次序上有着倒叙，有着穿插，比如第六句的次序其实还在第一句之前，第七句的次序其实在第二三句之后，第四句之前。

所以王子居的这首戏笔，其实每一件事、每一个象，都在不停地推进出新的一个象、一件事，跟他修辞中的顶真一样不断地推进下去，从而将诗意不断地推到高处、深处、妙处。

这首诗最核心的创新恰在这里，它通过顶真的笔法写出了一种事物间的特殊关系，它为我们展现了一系列看似毫无关系的事物（象）之间通过文意的推进，在人类的思想中产生的一种不断贯通的类似起兴的思想感触关系。这使得整个世界本没有关系的事物，因着起兴转进而发生了一种特别的递转的关系。《黄鹤楼》一诗中，各种景象之间是没有这种关系的。

这是一种很新鲜的创作笔法。它是对我们前面讲过的喻兴一体、起兴转进的最直观的展示，因为这两首诗是通过顶真的修辞实现起兴转进的。

我们在初读的时候，会以为他最像戏笔的首联是最弱的，但其实当我们看到他的倒序时，我们就会明白，他的首联哪怕是在诗境层面也并不弱，而且他的首联是气韵排比，而气韵可是被王子居视为在气象、意象之上的维度。

如果首联也一点不弱，那么这首戏笔其实没有一联是弱的。而崔颢的前二联就已经是重复很多了，而他的后二联又很弱，所以我们上面所说崔颢的《黄鹤楼》怕是胜不过王子居的戏笔，还真不是随便说说。

解构王子居的《戏笔•岳阳楼诗二首》，感觉就像是《水浒》中武松即便戴着镣铐面对围攻，他也能打出一套武松脱铐拳（巧得很，王子居小的时候还买过《武松脱铐拳》学过呢）！而且镣铐在他手里是可以反化为武器的。武松是《水浒》中唯一一个没有了哨棒也能空手打虎、戴着镣铐桎梏也能打出新拳法毖敌的人，而其他好汉包括卢俊义在这种状况下都是无能为力的。

多维修辞的《紫薇》

紫薇

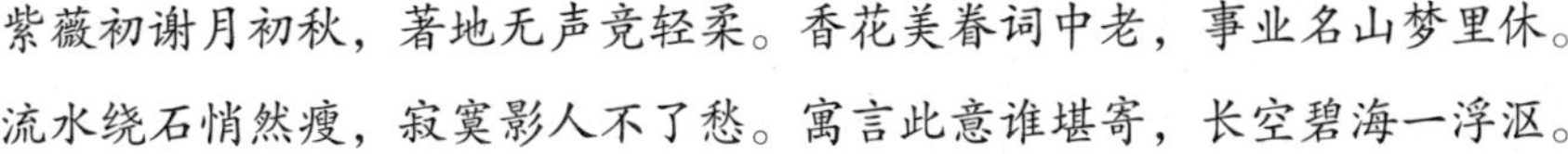

紫薇初谢月初秋，著地无声竟轻柔。香花美眷词中老，事业名山梦里休。

流水绕石悄然瘦，寂寞影人不了愁。寓言此意谁堪寄，长空碧海一浮沤。

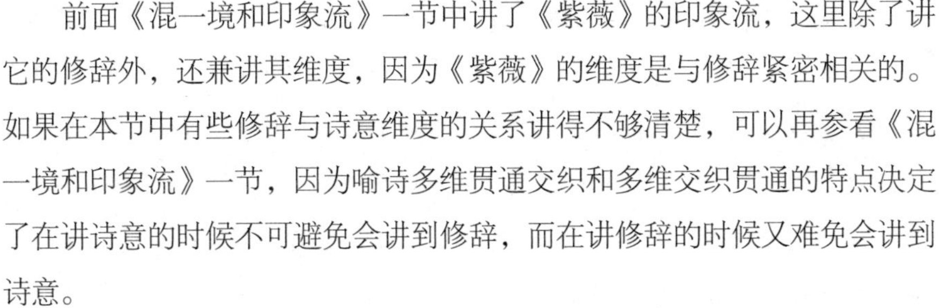

前面《混一境和印象流》一节中讲了《紫薇》的印象流，这里除了讲它的修辞外，还兼讲其维度，因为《紫薇》的维度是与修辞紧密相关的。如果在本节中有些修辞与诗意维度的关系讲得不够清楚，可以再参看《混一境和印象流》一节，因为喻诗多维贯通交织和多维交织贯通的特点决定了在讲诗意的时候不可避免会讲到修辞，而在讲修辞的时候又难免会讲到诗意。

说实话，由于对《紫薇》的解构是越解构越复杂，所以很多时候我们觉得难以置信，但它偏偏又承受得住各种解构，实在是一个奇妙的现象。

而且我们对《紫薇》等诗的多维解构，其他诗不是承受得住承受不住的问题，而是根本解不出来的问题。这些喻诗之维令得“天成偶得”的偶然性与构思布局的必然性之间的关系变得更加耐人思考。

这首诗通篇隐喻、象征，而拟人也贯穿半首，只不过由于隐喻的意蕴较重，这首诗里的象征不是很明显的。

前三联的隐喻之维在《混一境和印象流》一节中已经讲过了。而二三五六句都有拟人的修辞格。

如果说“事业名山梦里休”是隐喻+用典的修辞格，那“香花美眷词中老”就是通感（移觉）+用典（香花美眷古有“如花美眷，似水流年”之句）的修辞格，当然它还有拟人修辞格，这两句加上对偶是三四维的修辞格（象征不是很显，但其实是有的）。

这首诗中的比喻和拟人一体如“寂寞影人”，我们把这句话翻成白话是“寂寞就像影子一样紧紧跟随”，其中像影子是比喻，跟随是拟人，因为这里的影是个动词，它暗藏着两个修辞格，加上对偶也是三维修辞格。“流水绕石悄然瘦”本身就是一个复杂的隐喻，它以流水绕石比喻时光对人的消磨。时光流逝，给人一种种的伤，想挽留却挽留不住。而寂寞呢？却如同影子跟着人一样，无论如何都摆脱不了，是一个很明显的反衬或反比，流水绕石同时是化水滴石穿的典故而用。

又如“长空碧海一浮沤”，他用长空碧海的无限广阔和一个浮泡的无限渺小做了一种强烈的对比，它具有对比的修辞格，然而它又带有多重指喻+总纲喻，然后它又有用典的修辞格，不算对偶它有三四种修辞格。

长空碧海和浮沤一个极大、一个极小，构造出了一种具强烈对比的空间维度，它表达了一种穷尽天上地下、深入至微渺小，也难寄此意的意象。这些使得“长空碧海一浮沤”达到的维度可能是王子居早期诗作中最高的了。

我们前面讲现代修辞学里的兼用、套用、连用，却又讲喻诗的修辞格是多维修辞，是有其道理的，比如紫薇这一句的对比修辞格，就是贯通运用的，因为它除了象本身在空间之中形成极尽性的反差对比外，它还在隐喻中形容宇宙天地的阔大和人生的渺小。

而更由于“长空碧海一浮沤”一句是一个总纲喻，它所喻的“此意”是前面六句讲到的种种意，所以从总纲喻的多重分喻来讲，这个对比修辞格跟随着总纲喻的修辞格，可能贯通出以下的多维对比：

这一句诗纯粹的是写了三种景物，看起来是一维的诗，但王子居写这句诗是要表达他内心无数感情和认知的。因为这一点，这些景物都是隐喻。而这个隐喻是自带光环的，它源自佛经中“譬如百千澄清大海，弃之，唯认一浮沤体，目为全潮，穷尽瀛渤”，佛经中的这句话本就带着对宇宙人生的感慨，写人的固陋和无知、认假为真。而王子居在这首诗中是自比浮沤，感叹人生的微渺和宇宙的浩大、事业名山看似伟大却实则渺小、爱情香花的词境看似美好实则虚无、时光流逝难觉却只有寂寞陪伴、花已始谢月已入秋的美好难留又无声无息……他是带着一股迷茫、一种无奈、一种失落的。所以在他的创作本义中，是将对宇宙人生、时光情感、爱情事业的感怀，都用这长空碧海中的一个微不足道的泡沫来对比表达的。所以最后一句的对比有着至少五六维的贯通。

在指喻携带其他修辞格多维贯通的情况下，对比也会成为总纲对比。

由于对比修辞格还有象本身的对比，所以它在这一句中事实上比指喻还多出一维。

正因为王子居对比喻的运用千变万化，所以像这种指喻携带其他修辞格多维贯通的例子，加上其他普通的以隐喻、拟人出意象、气象、气势、意志等维度的修辞笔法，我们才说喻诗中的修辞是多维修辞。而在《数理的贯通与排列组合的领悟》一章中讲的各种对比，也是喻诗学对比修辞的一部分。

中国诗歌最奥妙最深刻的地方，如同中国文化的其他领域一样，都是对喻的运用，像“长空碧海一浮沤”，明明是仅仅写了三种景物，但它是通对极大与极小的强烈对比（实质上算是一种哲学层面的阴阳之喻），而生出种种喻的。这些喻，通向感情、通向事业、通向命运、通向哲学，所以说只有运用喻的工具，才可能在诗歌中创造出九维诗境，乃至更多维的诗境。

这首诗其实还有隐藏的对比，即紫薇初谢其实是鼎盛与初衰共蕴的。而一联中它们的“竞轻柔”也是一种意味较淡的对比。

这首诗对对比修辞的运用远超我们想象，“香花美眷词中老，事业名山梦里休”其实隐藏着更微妙的对比。香花本来是短暂的事物，但词中的香花应是不老的，因为只要翻开它就生起，而名山是典故，是古代帝王藏策之府，事业名山是指事业可以刊成名著，藏诸名山，世代流传，它本身有不朽的意味在，可就算是被写进词中、藏于名山的不朽事业，作者依然感觉到“词中老”“梦里休”，是用人世间最不朽的事物来刻意突出了红尘的无常和易朽，所以事实上它是一个叠加对比，即将本来易谢的香花、易老的美人、易消的事业，写进词中、藏进名山中以使有不朽的意蕴，然后再“词中老”“梦里休”，就连人类最永恒的载体也无法永恒，那么其他事物自然就更不堪了。

所以说这是一个隐性的、强烈的对比，是一个叠加对比（而王子居在最后一联又加了一个叠加对比），是对对比修辞的叠加运用或反衬运用。如果我们把它看成是一种反衬或递进的修辞的话，那这个对比是与反衬或递进同体的，当然它还有隐喻、拟人（香花之老）的修辞格。如果再算上对偶和用典，它已经接近一字一修辞了。

“流水绕石悄然瘦，寂寞影人不了愁”事实上也隐藏有对比，其中悄然无觉和不了是一个对比，因为不了意味着作者有意识地去了，所以它上句是无知无觉，下句则是用意去了，是一个隐约的反比。另外，石被流水绕瘦，和水滴石穿一样，动辄是千年时光，它其实是讲时光之远的，而寂寞影人总是当下的感觉，我们无法感觉过去的寂寞，事实上这一联是当下和长远的一个隐性的对比。也就是说它是两个对比共存的。

不论是清晰的对比还是隐约的模糊的对比，《紫薇》中对比的运用同隐喻、象征的运用一样，都是贯穿全篇的，全诗四联，联联对比。而最后一联对前三联的对比是一个叠加对比。由于第二联本就有一个叠加对比，所以第四联其实对它构成了一个叠加再叠加的对比。

而《紫薇》对对比的运用显然超越了现代修辞学中对对比的概念定义范畴。

作为一个总纲喻，“长空碧海一浮沤”总喻前面三联六句，但前面三联中有一些句子本身就是比喻，如“紫薇初谢月初秋”隐喻人生的芳华初谢；“著地无声竟轻柔”隐喻人生的最美、梦想和追求的最美逝去的悄然；“词中老”隐喻人生最美丽的事物与自己的绝缘，也隐喻着自己荒废了青春时光；“事业名山”则是一个典喻，它与“长空碧海一浮沤”“流水绕石悄然瘦”其实都是典喻，但流水绕石可能是化自“水滴石穿”，但王子居化用了它的意思，并取了一个唯美的意象，因为水滴石穿在意境上是谈不上美的，流水绕石悄然瘦隐喻了时光的漫长、无觉，石的悄然而瘦显然是隐喻人在时光中不觉走向衰老；影人本身就是一个比喻，寂寞影人与流水绕石其实隐喻着二联中关于词章事业（文化理想和文明探索）的漫漫孤旅。

由于前六句诗都是隐喻，而这六个隐喻到了末句“长空碧海一浮沤”中则整体再比喻了一层喻义，它是一种极为少见的喻上加喻的叠加喻。

“长空碧海一浮沤”在王子居的《古诗小论》里他极为谦虚地说可能达到了七维境，事实上，在意的维度上它具有意象，同时达到印象流、混一境、心象一体、天人合一境，另外它实现了空间维度。

而在修辞上，它有对比、指喻和象征、用典的四种修辞，而且是升级版的修辞。它的对比、指喻、用典是指喻携带其他修辞格多维贯通的修辞格。而它的指喻又有典喻同运、总纲喻、指喻携带其他修辞格多维贯通、托象入空转象入喻、叠加再叠加对比、叠加喻、指喻携带其他辞格多维贯通叠加总纲喻等升华版的用法。

而携带其他修辞格多维贯通在诗意上事实上是一个乘法而不是加法（见《混一境和印象流》一节）。

“长空碧海一浮沤”利用典喻同运、总纲喻、指喻携带其他修辞格多维贯通、托象入空转象入喻、叠加再叠加对比、叠加喻、指喻携带其他辞格多维贯通叠加总纲喻等多种手法，写出了两重一象多喻。

第一重是典喻所具，即浮泡的微不足道（渺小）、危脆不安、瞬间生灭和无常、无所归依、面对碧海长天的无能为力、认一浮沤为海洋的认知局限……我们说它是一指六月，当然它还可以合并为三四个或再扩展为七八个指喻。

第二重是总纲喻所具，即上面五个指喻所指喻的维度也具有总纲喻里的至少五六种维度。

第一重典喻所具的这五六乃至六七个指喻又贯通向第二重总纲喻所讲的五六乃至六七个维度，从而各各形成五六个隐喻，这五六个隐喻是总纲喻式的明喻，而事实上，王子居喜用隐喻，事业名山的隐喻里面，是不是如同他的诸多《咏怀》以及一象多喻境的诸诗作一样，也包含着文明的、文化的隐喻呢？事实上，“名山”一词本就具有这样的含义。如果“名山”事业本就有文化理想、文明探索的隐喻，那最后一句的总纲喻自然包含之。

就算是五个明喻吧，六个指喻贯通向五个明喻维度，五六就是三十，而且它同时还有五个叠加的对比修辞格，在指喻携带其他修辞格多维贯通的情况下，对比也会成为总纲对比。如果我们把所有的维度都列为单维并往多处捞摸的话，这首《紫薇》最后一句的维度能达到几十维？粗算起来以最大公约数计是六七十维左右。

《紫薇》这首能令王子居决意封笔停诗的作品，将喻诗的象与数变化出了新的境界，它使得喻诗与数产生了另外一种关系，从并列式变成交叉式，从加法变成乘法。至少我们目前以为它们之间贯通有一种变幻加法乃至乘法的关系。

王子居在《古诗小论》里是将《紫薇》的指喻算一个维度的，他只算大维度，但气的贯通中气韵、气质、气象、气势、意志都被他算为大维度，喻诗学中象性数理的维度中，由象贯通出的气、意都有多种分维，一象多喻的喻维度显然也应该分多维，如此而言，如果我们算上华夏文明、文化理想的隐喻，乃至问道的隐喻，“长空碧海一浮沤”的单句如果以乘法算，显然要超越《龙山》的单句33维境了。

而《紫薇》中修辞维度的共同贯通也更大程度地体现了王子居在《古诗小论》《古诗小论2》和本书前面都讲过的喻诗的多维交织贯通、多维贯通交织。应该说《紫薇》对这种复杂的贯通交织维度的构造，超越了想象。

事实上，《紫薇》一诗中还有一种对现实与虚拟的贯通交织也是很典型的：

二联将自然之象写进了虚拟之中，香花美眷、名山殿堂，本来是很美也具象征意义的景物，但被写到梦里词中，就具有了虚幻感。这一联是用虚的象写实的象的美。而三联整体写的就是一种虚幻的象，但它又具有实际的美，它用影子的实体写虚无的寂寞，用石的悄然而瘦写时光的漫长难觉，这一联是用实的象写虚的象的感受（如果虚实算一种对比，那么加上前面所讲的两个对比，这一联其实有三重对比）。一联则是实的象与虚的象兼运，上句用实的象进行隐喻，下句用无声的虚象和竞轻柔的拟人辞格写虚象，而四联则用长空碧海一浮沤的实的象通过典喻同运化为佛典中虚的哲理来总纲前面六句的虚实之象，从而实现了一种虚实交织、互相贯通的虚实叠加的繁复意境。

当我们这样解构《紫薇》时，它在修辞维度有对比、隐喻的叠加，在文法上有虚实的叠加。也就是说王子居运用指喻携带其他修辞格多维贯通的方法，做出了三种叠加，指喻不但能携带出其他修辞格的叠加，也能携带出文法的叠加。

这首诗整体上还是一种起兴，第一联是印象起兴，第三联是印象起兴和隐喻起兴并有。前三联其实和第四联共同构成喻兴和印象起兴，所以它事实上也有着复杂变幻的起兴转进。

但我们在最后结稿的时候才在《混一境和印象流》一节的解构中意识到其实印象流的一性贯通，对诗意叠加、维度交织贯通也有着特殊的意义，让我们来看一下：

浮沤的意思……而所多喻者，即前面六句。这样作者最后一句就与前三联完全和谐了，前三联所有的感触，都好比长空之下，碧海之中，一个浮泡一样，微不足道，谁会发觉呢，所以作者最后的感情和领悟，也像诗词里的香花美女、梦境里面的事业名山一样，是无法被别人感知与察觉的，也像紫薇和月光落地一样，是无有声息的，也像水中的石头渐瘦，影人的寂寞不可能了结一样，只会悄悄地发生，悄悄地流逝。而这正是《紫薇》印象流的强大所在。

也就是说不仅末联对前三联进行了隐喻和诗意的叠加，从混一印象流的角度来讲，前面三联其实也同样可以隐喻或印象叠加末联。那么《紫薇》事实上可能还有一种印象交互的叠加，它总共能达到四种叠加。《紫薇》的维度在解构上没有任何逻辑问题，喻诗里的超高维和超多维，也许需要更长时间的洗练、检验和更多诗歌案例才能更清楚的认识、断定。

之所以花很大力气讲《王子居诗词》和《龙山》，其实讲的主要不是诗词，而是方法。因为无论是《王子居诗词》还是《龙山》，都是目前仅见的高维贯通的案例。

《龙山》维度高，一句能达数十维，《王子居诗词》则是贯通的内涵、维度、层次、角度、方法、技巧等都有各种各样的创新。

它们都是其他各个知识领域中所能借鉴的仅有的超多维贯通的案例，对于其他各知识领域中对超多维贯通的借鉴，具有无法取代的作用，这才是我们花大力气讲王子居诗词的最主要原因。

除了已经公开出版的围棋领域、医学领域、道德领域、智慧领域、美学领域、诗学领域、文字学领域外，包括其他领域或正在创作的路上或正在出版的路上，它们都未曾像《龙山》和《王子居诗词：喻诗浅论》这样明确地分析出如此高维、多维，如此多维贯通交织、多维交织贯通（可参考《局道》《喻文字：汉语言新探》）的方法和技巧。

其实王子居是想从历代古诗中论证喻诗学的，但即便是唐诗中诗境最高的一系列唐诗，如《登幽州台歌》《春江花月夜》《代悲白头翁》《滕王阁诗》《黄鹤楼》等探及宇宙人生感怀的比较高境界的诗作，也不甚耐解（可参考本书《诗歌的外解和内解》一节）。至少他在唐诗中还没有找到几例像“杨柳春烟迷蝶路，落叶秋风失雁行”那样多维的单句。

王子居在创作《古诗小论2》的时候最终放弃了通过诗骚汉唐来讲全讲清喻诗学的想法，他从古诗中大约讲到了盛唐诗境的单句三四维，而这已是盛唐的极限了。

王子居为什么会最终选用自己的诗歌来讲喻诗学，我们读过《紫薇》的多维诗境，想必应该就很清楚了。

在某种程度上，王子居的诗歌继承了中国古代诗歌中的诸多未为人明确知晓的艺术手法，并且发展了这些艺术手法，再进一步理论性的总结、明确了这些艺术手法。所以对于当代诗人和诗歌爱好者来说，王子居的诗和他的诗学理论，都是值得去认真一读的。而对于文艺理论家来说，不读王子居的诗歌和诗学理论，显然也是一种缺憾和不足。

《鸿》与《秋风引》所展现的喻文字的贯通

当我们在2020年重新回头看在2014年解读的《王子居诗词》时，不免感到可笑，因为在那个时候，我们根本没有解读出真正的《王子居诗词》。

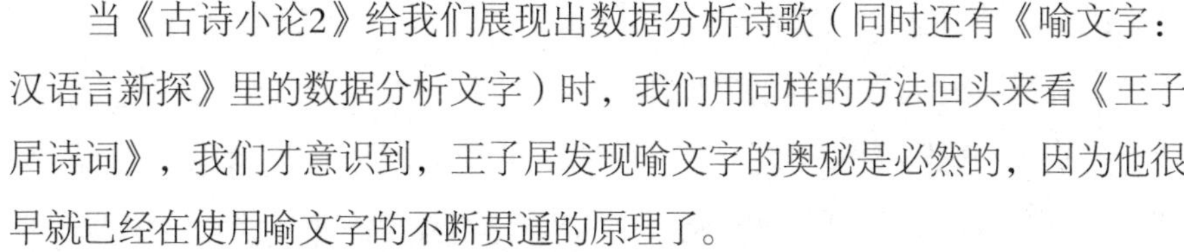

当《古诗小论2》给我们展现出数据分析诗歌（同时还有《喻文字：汉语言新探》里的数据分析文字）时，我们用同样的方法回头来看《王子居诗词》，我们才意识到，王子居发现喻文字的奥秘是必然的，因为他很早就已经在使用喻文字的不断贯通的原理了。

如果我们不运用王子居引进诗学理论里的数理分析方法，我们不会读懂他的任一首喻诗。比如我们下面对《鸿》的解构，就是用数学中的统计方法，以及分类、对比、归纳、总结等逻辑方法才解构出它的真实诗境的。之所以用到这些方法，是因为，王子居的诗歌真正解构出来的时候，其复杂的艺术构成是让人难以置信的，而数学和逻辑的方法不同于感觉，它们所解构出来的事实是无法质疑的。

如王子居焚诗后留下的诗作，仅有《鸿》一首和《晚唱山霞》等六首风景诗作，七首中就有两个深字，比例快要占到三分之一：

炊烟

风吹万户动，绕林遍迷蒙。

深处夹歌笛，唱起鸟鸣声。

在王子居高中时的作品中，用到深字的诗词有《闲思诸同学•九一生日作》两首，《春风》《宿舍夜作》《登奎山》《老者》《无题•一声》《秋风引》《咏志辞》《偶成对句》《莫长嗟》《摸鱼儿•和辛稼轩》《雨临亭》《新酒词》《菩萨蛮》《如梦令》《彩云曲》《小园秋》《杜啼血》《悲秋风》《相思雨》。

他高中时留下来的诗词，计九十九首，而用到深字的，有二十一首，也就是说，每五首诗词中就会用到一个深字。

那么，王子居是如何不断地贯通运用这个深字呢？

在《喻文字：汉语言新探》中，王子居讲他在研究厚字时曾经凭着自己的记忆和对造词的认知自造词与古代典籍印证，而事实上，在他早期的诗歌中，他已经进行着那样的不断贯通了，我们来看这些不同的贯通：

平常的运用也即形容词的使用：

1.普通的用词如“深处夹歌笛”“风寒秋已深”“学习于深室中”“又岂深情得无缺”“无处诉深情”“直打得满腹忧伤一腔深情争零落”“小园秋已深”“思深更觉愁苦”“未会风雨深意”。这些都是现代白话文里常用的用法。

2.字词典上未有的如“深院人孤寂”“女困深宅院落”“靡睡不解深愁”“四年悲苦深住”“烟深惆怅起”“会使病愁深住”。

3.比较新的如用深来形容天籁的“夜夜情伤天籁深”。

以上从已有词汇运用到未见的词汇运用最后到未有新创词汇运用，少年时的王子居已经在自造新词了。除了形容宅院、秋、室等自然事物及情、思、病愁等感情活动外，王子居对深字的贯通运用还到了抽象事物的层面，如孤寂、天籁，而他形容病愁、悲苦的“深住”，也是对词汇的一种很惊人的创造性运用。

4.自造的新词如“别后觉深寂”，而“未敢深近院”用深来形容近的程度，则是很创新了，同样的如“春雷震枕深惕人”“深宇寂无声”，都是用深来形容某种程度，除了有形的自然事物院落的深入程度外，还有无穷的宇宙的深的程度，然后有感情的程度，再贯通运用到心理情志的程度，可以说对深的创新性的贯通运用，在这些诗词里已经是相当丰富了，也运用得相当成熟了。

从用深来形容寂寞，到用深来形容接近的程度，到用深来形容警惕的程度，到用深来形容宇宙深妙，可以说少年时代的王子居对喻文字的贯通运用其实已经非常深入了。

“深院人孤寂”，如果我们寻其源流，可能是“庭院深深深几许”，显然，它不是形容庭院之深，而是形容庭院闭锁造成的寂寞之深，因之庭院也深了起来，因为王子居的家不是侯门，自然是浅院。而用深字来形容浅院，自然是因为闭锁、孤寂造成的深的感觉。

5.而附带有哲学意味的如“广哉大矣，斯人之高无以观。善哉厚矣，斯人之深无以测”，这已经是《易经》中以象为喻的运用了。这个深是喻文字贯通中最典型的用法，及从自然之象贯通为深度后再贯通到人生哲学的领域，无论是斯人之高还是斯人之深，都是形容一个人的思想境界、智慧境界的、人格境界的，所以说王子居这个深字的贯通运用达到了一个新的高度。它隐喻一个人的种种人生境界的深奥秘密不可揣测。

如果说以上的四种贯通运用还局限于对字的贯通运用，那么“善哉厚矣，斯人之深无以测”除了是对《易经》中象的贯通运用（亦是用典）之外，它还具有了哲学性的人格意义，并且运用了隐喻。

只有当我们清楚地看到以上对深字不断地深入贯通的明确轨迹之后，我们才能来理解《鸿》《登奎山》和《秋风引》。

6.在《鸿》中，深字因为上下句之间的对偶，而成为象征、指喻的合体运用，从而使对一个象（深、阳）的运用达到了人格象征或隐喻的层次。

7.在《登奎山》中，开始探入天人合一的层次，并如在《偶成对句》中那样探入了哲学、喻学的层次。

8.在《秋风引》中，直接返本溯源，实现对中国古代最朴素喻学中喻在音乐中的贯通运用，将之与象、文学、人格结合了起来。这首诗并没有直接写到音乐，但《秋风引》的引字本就是音乐称呼，而《咏怀•琴操》一诗就是循着这一首诗来的。引在乐曲中属于序奏，而一两年后王子居终于创作出了《咏怀•琴操》以为正曲，不能不说是一种文学上的美妙传说（具体可参看《龙山》《诗演2》一章）。

让我们看看他的《鸿》：

鸿

鸿雁宿深林，举翼向阳晨。
只鸣云汉志，何关寂寞心。

不必说下联的气象雄阔、志向高远，上联就写得极有气象，那栖息深林中的鸿雁朝着朝阳飞行，这样雄浑的画面，这样的气魄怎不让人为之心折。而这些画面的背后，隐藏着这少年的志向：我当如那鸿雁，朝着鲜红的朝阳进发，朝着我的远大理想高飞。

有了这样的理想，还谈何寂寞，谈何清冷呢？少年当有壮志，气概当涤荡这浑厚的天地，因此我们只把这壮志鸣响，直冲霄汉，就忘了那戚戚然的小情感吧。这首诗读罢，让人拍案叫绝，让人心驰神往，对着这个少年，也许我们应该尊重，他在这个浮华年代里透出的清正高远之气，令我们深感慰藉。

深这个字，并非是王子居偶然碰巧用到，而是他经常用的。

登奎山

奎山润云尽，松色相更明。遥天集秀意，深宇寂无声。
人与辉烂漫，山对水澄清。孤望使人愁，回首泪匆匆。

《登奎山》的天人合一境，在《意象之巅：心象一体与物我两化》一章中讲过，而少年时的王子居其实对宇宙人生的把握不是很精确的，像“深宇寂无声”中，其实寂无声已经触碰到“寂兮寥兮，独立而不改”的意境了（王子居在大学时才在图书馆读到《道德经》），只不过它仅仅停留在一种感悟的状态，却没有对道的总结，好在它还有深宇二字，用深来形容、比拟宇宙（大道）的无极、无限，这个深字的意蕴自然非同寻常。

“深宇寂无声”其实是少年王子居努力感悟天象，但却并无所得的真实写照，正因为毫无所悟，所以他才“孤望使人愁，回首泪匆匆”。但这个无所悟却也并非毫无所得，至少他在拟态上感悟到了宇宙之深、之寂。

事实上，每当王子居的诗作中涉及悟道这一层次时，就经常会有深字出现。我们上面讲了他高中前对深字的贯通运用，现在我们再略举他高中以后对深字的运用，如：

春烟

春烟罩村树，遥失海曲路。无风浸斜阳，有风迷万户。
独坐啼鸟晨，吹笛落花暮。惟解寂寥深，不知何所悟。

这也是一首思悟之作。每一个啼鸟的清晨，每一个落花的黄昏，他都在这里静静地思索和享受。在这样的环境里，抛开一切的俗世纷争，安安静静地领悟这深深的宁静，思索这生存的意义。而第四联的惟解寂寥深，则将我们带入到“寂兮寥兮，独立而不改”的境界中去。在这种境界中，排除了语言文字，所以说是“不知何所悟”。

“寂寥深”和“深宇寂无声”是一脉相承的，它们都表一种无形大义的程度。

八月十九日闲有思

络绎人间路，西风海曲云。有情疑梦幻，烦恼自家寻。
朱槿门前落，秋阴万户深。义真寻未到，山水自登临。

这首诗中的探索、领悟之意写得是极其明白的，二四两联都是明写人生探索的，而深字又出现了。

对这首诗的详细讲解请参看上一章《从大小对到哲学对》一节。

“秋阴万户深”的深字，突出的是秋阴对万户的笼罩程度，它是别有深深的隐喻的，也许是隐喻了众生的无限沉迷，也许是隐喻了人生与人世的深深联系，当然也许它本就是一指多喻。

以上的深字虽然贯通出了多种层次、境界。但真正能为我们揭示王子居深字的喻义的，自然是他生平最得意的作品《秋风引》，他又一次用到深字，这个深字用的，就超乎想象了：

秋风引

金风萧萧兮过吾林，吾知吾心之宜深。

金风萧萧兮过吾林（庭），吾知吾心之宜真。

这是作者最钟爱之作。秋风萧萧，林木摇动，令作者心有所感，他觉得自己的心应该深沉、真正。作者那时候尚不知道儒家讲究正心、诚意，佛家讲究直心、深心、菩提心，但他也隐隐有了这样的概念，虽不明晰，却也初具。世间之心，无非真伪，宜真之说，是谓深得要道。而这一颗真心要不断深入下去，不停于肤浅表层之境，一真一深，极得心的妙理。

2018年《古诗小论》出版，我们才明白王子居从小时候写诗开始，就已经是达到喻诗的极高境界。

这首诗看似极为简单，其实已达天人之际，境界之高，足以傲视千古，只不过他写得过于简单，而喻诗之意往往深藏于象中，故我们当时解这首诗，竟然感觉解无可解。既不能从艺术上讲它，也不能从内涵上讲它。

他小时候诗歌中讲深与心的关系，除了十六岁这首诗外，十七八岁时的这首《琴操》也为我们透露出了端倪，而且我们想要理解《秋风引》，其实必须先理解《琴操》。即他诗歌中的象，是心与物会、感应天地的。常人大多并无此通晓天地奥秘之能，也无窥探造物玄妙之智，自然察觉不到王子居诗歌的深妙之处。

秋风萧瑟之音对心灵的触发，可能王子居有深刻体会。他对深与心的运用，在其后的诗作中也时有出现，如：

遥念丁兆良求学西安

何事忽相忆，金风萧杀音。

秋深心自远，唯念异乡人。

王子居的诗歌继承了《诗经》中的比兴手法，但他的表现手法却远比《诗经》要丰富和灵活，这一点，在这首小诗中得以体现。他先提出疑问，而后起兴，因为听到了金风萧杀的声音，所以影响了心的思维活动，令心思虑得更远，于是想到了异乡人。这首诗的四句诗是环环相扣的，如同一句。从这首诗中可以看到王子居后来所追求的浑一之境的雏形。

如果说这两首诗写出了秋风萧杀之音对作者的心灵有莫大触动的话，那么《咏怀•琴操》才算是具体地写出了这种触动的轨迹和历程：

抚七弦于林下，求天地之应情。循幽明之幻化，入琴声而隐微。隐哉，微哉，乃孤处之敏心。

抚七弦于林下，求受命之有响。引秋风之浩荡，遂肃穆而高昂。高哉，肃哉，慨有志于四方。

这首《琴操》将天地万象的变化与人的心志、琴道、天地之情、人生命运之间冶为一体，而用风和光影两个象表达了出来。真正达到了喻诗学的巅峰高度。这是另一类的一象多喻境（《龙山》的《诗演2》中再讲）。

而且在这首诗里，他非常明确地讲到了他的诗是将象不断地贯通为各种喻的。所以我们不能简单地理解他在《鸿》中的“宿深林”，那样无异于走马观花。

这首《琴操》有多强？简单地说，它是古诗中意象流和气象流的典型代表。王子居在其著作《古诗小论》《唐诗小赏》中曾赞美过几首诗，说它们是气象与意象兼得，这就可见气象与意象兼得，在盛唐大诗人那里，都是非常难以做到的。

但王子居在这首《琴操》里，上联写的是意象，下联写的是气象，意象与气象兼备。尤其下联，是气象与意象存在于同一联中的。

这首诗写琴，琴音即为心音；上写造物之幽隐，下写天气之高昂；天心幽隐，故我心隐微；天心肃穆，故我心高昂；心与物会，感应天地，此诗之旨趣也，其意趣在于天地。若论以道意入于诗歌，王子居之境，堪称超迈独绝。

上阕写他寻求自己的情怀与天地的对应，结果他循着光和影的变幻，与自己独处修行的敏感心灵相契合，于是演奏出了隐微的曲调。

下阕写他寻求所受命运的回响，于是他找到了秋风，秋风浩荡，这是因为有事业心想要有所成就的缘故，于是他演奏出了肃穆而高昂的曲调。

诗中写天地、琴声、秋风等几种常见实物，却有着绝不普通的意境，其中的潇洒之气，其中的慨然之情，千载之中难寻一二，堪称不世出的名品。评者读过许多的咏怀诗，不是拘于格式，就是流于滥情，常常会见到无病呻吟，又或是发之艳情，失了那浩然的男儿之意。而这首《咏怀》做得最好，于格式上不受局限，于情感上呼号慷慨，这才算得了诗之真意。为诗者，不在几言几字，而在那与天地共通的灵性，只有这样才能以妙手摘得那天成之美言。

读罢此篇《咏怀》，让人觉得情怀顿小，眼界甚窄，大多凡人并无此通晓天地奥秘之能，也无窥探造物玄妙之智。而王子居的这首诗，给我们提供了一个新的视界，一种全新的思考方法。

这首诗也写出了王子居对音乐的理解，那就是音乐是抒天地之心的。知道了这一点，我们才能读懂“始吹笛罢下楼台”这一句诗的真实意思，也才能读懂他后来所作的《春烟》一诗中“独坐啼鸟晨，吹笛落花暮”一联的意思。他吹笛的过程，就是寻找大自然之心的过程。

只有当我们真正理解《琴操》为我们透露出来的王子居诗歌中喻诗学的多维诗境由一象贯通的奥秘，我们才能理解他《秋风引》中心与深的关系，然后我们才能理解他《鸿》这首看似极简单的小诗中“宿深林”所内隐的奥秘。

其实我们从第二句的“向阳晨”那比较明显的指喻，就可以料想到宿深林并不是简单地讲一种鸿雁的行为，而亦应是一种指喻。因为这六个字是对偶的（上联的整体不对偶，但不妨碍局部对偶）。

他十二岁写的《鸿》，其实已经摸到了喻学的门槛了，所以这个宿深林的指喻，由一个十二岁的少年写出来，不管他当时的诗意是否很清楚，都足以惊艳千古了。而明显的是，他的诗歌中深与心的关系，是一直相续的。

我们再回头来对比，二句虞世南的“流响”，指的是名声，讲得更好一点，可以说成是学问的普及、道德的被传颂，但，这都是我们的美化。因为他第三句的“居高声自远”，本来是指高位的。王子居的解读将它升华到了学问、道德、思想境界之高，在解构层面自然是没有问题的，因为它承受得住。王子居在《古诗小论》中将虞世南的《蝉》选为十首“巅峰完美，无与伦比”之列，是认为这首诗属唐人五绝的前十名。

那么虞的第二句如何呢？它只有“流响”二字是上上乘，因为它用流响比喻名声远布，是很好的比喻，但他的“出疏桐”三字，就属平常了。

而王子居的“举翼向阳晨”一句，“举翼”指喻着奋发向上，它的格调其实比讲名声远布要高、要纯正，而“向阳晨”三字意喻着向光明、希望进发，这三个字的喻义就更加健康、光明、积极、向上了。王子居的这种用喻习惯，在他高二时还有重复，如：

雁问

栖稳在高楼，斜照当休。水碧山青经几回。
一声应无梦，迎向春风。已是辰明何处飞。

这首词也是通篇用喻，只不过，这首诗通篇用的是意象。

所以第二句“举翼”足当“流响”，但“向阳晨”比“出疏桐”就要高明了，因为它是两重喻。两重喻在艺术上通常要比单重喻要更高一些。

虞世南的诗好在下联，王子居将之解读为凭学问和道德的高度而不是靠外力居高声远，自然是很有格调的。

但王子居下联的格调也很高，他写的是自我的修养，一生都只应高昂向上，而不要为自己考虑太多，不可陷入个人的凄凄艾艾（可对比一下杜甫）。两个人一个是写外，一个是写内。

所以事实上，在咏物言志的这一类诗歌中，王子居的《鸿》，虽然在语言上不够成熟，但从格局、境界的高下等诗意层面来讲，遍观整个诗歌史，都是能争一争五绝千古第一的作品（尤其在托物咏志这一领域）。

古人论唐朝七律，公认崔颢《黄鹤楼》，论五律，王湾的《次北固山下》也算公认，论七绝，则众说纷纭，有“秦时明月汉时关”“葡萄美酒夜光杯”“渭城朝雨浥轻尘”“朝辞白帝彩云间”“奉帚平明金殿开”“黄河远上白云间”“回乐峰前沙似雪”“山围故国周遭在”“烟笼寒水月笼沙”“扬子江头杨柳春”之多。

而五绝，古人就直接没有选。在《古诗小论》里，王子居以孟浩然《春晓》为当之无愧的五绝第一。

从王子居精选唐人五绝五律的《唐诗小赏》中来看，类似的、能比较气象、格局、境界的五绝，只有虞世南的《蝉》和王之涣的《登鹳雀楼》，这三首诗，都是隐喻人生境界、格局的。

中国古代诗歌中托物咏志的，最好的莫过于虞世南的《蝉》：

垂緌饮清露，流响出疏桐。
居高声自远，非是藉秋风。

那么，同为咏物言志，《蝉》和《鸿》，谁高谁下呢？（有一些诗人讨厌诗歌比高下，但事实上，如果不知诗歌的高下长短，又如何真的懂诗歌？不怕不识货，就怕货比货，只有在诗歌的各种对比里，才能真正地认识诗歌。把低下的捧上天，把很好的说成一般，这种情况在历代诗歌赏析中是很常见的，是中国诗坛的一大病。）

《蝉》的下联隐喻情怀，意向高洁，但并不如《鸿》的博大、高远。

《蝉》的上联辞采要比《鸿》好多了，但偏偏《鸿》里所内蕴的隐喻要比《蝉》更胜一筹。

“流响出疏桐”一句隐喻名声广布，但有点个人化了，有些俗了。

“举翼向阳晨”一句，“举翼”指喻着奋发向上，它的格调其实比讲名声远布要高、要纯正，而“向阳晨”三字意喻着向光明、希望迸发，这三个字的喻义就更加健康、光明、积极、向上了。总的来讲，虞世南毕竟是儒家的士大夫，他的思想境界和格局比不上打小受着共产主义伟大理想教育的王子居在精神境界上的彻底无我。

虞世南咏的情操，虽然高洁，但《鸿》诗的指喻，在格调和境界上，显然要更高一筹。虞世南的首句，在于一个清字，而王子居用的是一个深字，深自然远比清要复杂和深妙的多，除了安身立命的隐喻外，深在古代哲学里是一种美德，如佛经中讲三心：深心、直心、菩提心（见前面《秋风引》）。鸿雁的宿，宿字很重要，它有依栖、归宿的意思，一旦用作指喻，自然是除了安全之外，还有着更深层次的安身立命（它亦是“云汉志”三字里所蕴含的，宿其实有心灵归宿的隐喻，因为它的下联无论是“云汉志”还是“寂寞心”，都是思想感情层面的，所以上联的“阳”有阳光、正能量的喻义，而“深”有心灵归宿于深隐而不肤浅之处的喻义）、安其心于深义中之意，无论是深处安身立命还是深处置心，这样的意义较深的隐喻，自然比清高之品要更深厚得多。

登鹳雀楼

白日依山尽，黄河入海流。
欲穷千里目，更上一层楼。

为什么说《鸿》可争一争千古励志诗的第一？因为除了志向的高远外，《鸿》与《登鹳雀楼》一样是向内求的，是真正的向内励志，而其他的大多数励志诗，如王子居这首《鸿》的蓝本张文姬的“只待高风便，非无云汉心”、李白的“大鹏一日同风起，扶摇直上九万里”都是写人生际遇的，它们都要靠外界的风，算不上纯粹的励志。

王之涣的《登鹳雀楼》上联在气象上在历代五绝中是无敌的，可《鸿》的上联优胜的地方不在气象而在象征性的隐喻人格、理想、人生境界层面。

王之涣的“欲穷千里目，更上一层楼”是写人生境界和格局的，当然也是上进的励志，还有毛泽东主席的“男儿立志出乡关，学不成名誓不还”也是励志，但主要是求学的，即便是上面虞世南的“居高声自远”的居高，本来也是可以解读为居高位的。王子居的“只鸣云汉志”胜在于极为精纯，可以说是“精诚所至”，因为这种志向或者说精神是不受任何外物干扰的，甚至就连自己的寂寞之心都不能影响它，既没有什么秋风高处，也没有任何情绪可以改变它，所以它专一无二、至真至纯。而其“何关寂寞心”其实更加可怕，因为这一句的真实意义是，这个十一二岁的少年，已经满怀壮志，准备好接受人生中那可怕的、长期的寂寞煎熬了，所以“何关寂寞心”才是更有志向且意志十分坚定的，这一句诗也是全诗中最强大的一句。

其实这首《鸿》整首诗都是无我的，它写的是对人生理想和境界的追求，并无任何名声广布的欲望存在。这跟杜甫的“会当凌绝顶，一览众山小”是截然不同的境界，一个有自我，一个是无我。

《鸿》虽是一首简单的五绝，但他用喻实现了很多诗意层次，不单是单纯的励志，如首句的宿深林指喻着安身立命、安心于深义的智慧，而第二句写的是对希望和光明的渴求，第三句是写志向和意志的纯粹，第四联是写对自我心灵的调治，而且这一句还是对自我精神境界的升华和超越，是对高远情怀的一种追求，是对自我人性中弱点的一种克制。所以“只鸣云汉志，何关寂寞心”受到很多诗人的敬佩，这也是它为什么可以成为人生最佳励志诗的内在原因。纯粹的励志，五言中谁找得出比“只鸣云汉志”更高昂的？而论坚定的决心和意志，谁又找得出比“何关寂寞心”更坚定的？

所以这首诗中，即便王子居用喻，也有层次，二三句是明喻，较浅，一句是隐喻，则较深，而整体上，二三句意思很明确，一四句意思则更丰富、更隐微。他的一四句其实极为老成，达到了诗歌艺术的巅峰境界，在简短语句中蕴含甚多、甚深的意义，笔力可谓极其深厚、老练。哪怕这首诗不是深思熟虑，而是天成之作被妙手偶得，但这运气也实在太好了吧？

王子居曾多次强调，想要真正的认识诗歌、读懂诗歌，就一定要对诗歌进行比较，否则，是认知不到诗歌中的不足和妙处的。

子居说过，用比喻而能称为喻诗，必须是象喻合一，且象喻各成一体。所以像“露似珍珠月似弓”这样的诗句，就不能算是喻诗，只能算是一维诗。

王子居的这首诗，是一句达到三四维的。而盛唐的大诗人最好的诗句，也不过是单句三四维，当维度、年龄、境界、格调这数者综合起来考量，我们才会觉得这真是难以置信。

哪怕我们退一步说这首诗的妙处都是天成偶得，可为什么别人没那好运气？何况，我们的多维解构，这首小诗全都能承受得住。

另外，我们想一想他二十四岁的《紫薇》之维，似乎对应《紫薇》维度的十年前，恰应该就是《鸿》这样的维度。

《鸿》中这种深心、寂寞的想法是一贯的，似乎是一种深刻铭记的潜意识，以至于在《十六岁词集》中王子居还这样写“前生寂寞，今生寂寞，来生也还寂寞。”为什么一个人一直在确定自己无比寂寞，而且认定自己一生都会十分寂寞？

无论在内涵还是在艺术手法上，这首《鸿》根本就不是他所作的自我谦词那样“诗虽幼稚，但志气可嘉”，而是在艺术上极其老成，即便王子居的早期作品没有他后期的诗那样老成，但他的艺术感触之强、艺术天赋之高，依然是惊人的。

正是因为王子居对诗歌创作的极度刻苦和极高要求，他才能超越诗骚汉唐的所有极限，从而将中国诗歌带入一个全新的境界和高度。

他的用心之深、造境之妙、运笔之工、艺术之巧，在早期时就已初露端倪，哪怕盛唐大诗人都不能做到这样的深妙精工。

中國臺灣網 www.taiwan.cn www.chinataiwan.org
新闻 评论 台湾新闻 部委 各地 视频 论坛 博客
图片 娱乐 两岸旅游 时尚 体育 文化 读书 求学

岸文化网

您的位置：中国台湾网 > 两岸文化 > 总览

“寻找最美七律”：王子居挑战杜甫

时间：2015年01月26日 15:59 来源：南方网

news.hebei.com.cn/system/2015/01/26/014832557.shtml

河北新闻门户 权威主流

长城网 河北新闻 news.hebei.com.cn 2019年02月05日 星期二

“寻找最美七律”：王子居挑战杜甫

来源：光明网 作者： 2015-01-26 16:00:19

“寻找最美七律”：王子居挑战杜甫

由中国言实出版社、中国纺织出版社、北京共赢时代文化传媒有限公司、北京万卷图书宣传策划中心联合国内古体诗爱好者开展的“寻找最美七律”活动自去年下半年启动以来，受到各诗歌研究机构、各大学诗歌研究专家、民间诗歌研究人员、诗歌爱好者和热心读者的热烈响应和积极支持。

该活动发起方和组织方先邀请国内相关专家和诗人30余人遴选出李商隐和杜甫的“最美七律”各十首，并已在媒体上公布。接下来，活动组织方又约请当代知名古体诗诗人王子居拿出自己最好的十首“七律诗”与杜甫的十首“最美七律”相比较，活动以盲选和问卷调查的方式在清华大学、青岛农业大学、鲁东大学、曲阜师范大学等四所高校学生中进行。活动组织方要特别感谢青岛农业大学的王宝海副院长、刘学忠督导、丁慧圆老师，鲁东大学的何志钧教授、涂荣臻老师、徐谱老师，曲阜师范大学的潮声文学社及李蕊老师，谢谢你们所付出的辛勤劳动。

王子居著作书目

王子居：喻学和演学理论体系的建立者。华夏古老的喻学、演学是中国古代文明传承中唯一能称为具规模理论和应用体系之学的学。它亦是贯通中国古代文明全部认知领域的学术。国学大宗、33维大诗人、博学家、中医和养生理论学家、医学科普作家、散文大家（天地大散文的开创者）、诗词评论家和诗学理论家、语言学家、哲学家、管理学者，从事培训师、出版人、经理人等职业。

喻文字理论体系的创立者、喻诗学理论体系的创立者，还建立了局演论、诗演论、琴演论、文演论、体演论、德演论、智演论、美演论、礼演论等诸多演学理论体系（具体皆见下文诸图书简介，目前已经出版相关著作十一部）。

呼吸术理论领域的集大成者和创新者，平衡养生学、国喻养生学、喻医学理论体系的创建者（具体皆见下文诸图书简介）。

2020年出版的由温雅主笔的《王子居诗词：喻诗浅论》《龙山》给我们显现了单句33维诗境的极限境界，并让我们看到了真实的王子居诗词：

我们现在能看到的已出版著作中，他对喻学的实际应用在医学尤其是诗歌方面的成就极为突出，在12岁他的第一首诗《鸿》中，他就写出了一句四维的诗境；然后在《十六岁词集》中他写出了“一象三喻境”“印象流”等具突破性、创造性的作品，并实现了古人梦寐以求的“天人合一境”；而在17岁的《涛雒将别》中，他建立了一个博大精深的混融多维境（见《王子居诗词：喻诗浅论》）；24岁创作的《紫薇》实现了“单句九重天”的多维胜境（在《古诗小论》里讲九重境，事实上有49重左右，具体可见新出版的《王子居诗词：喻诗浅论》）；26岁创作的五绝《相思》，创造了4千年人类文学史上唯一的一个双重阴阳子母喻，并创造了一句五字具十四种诗学殊胜的纪录；2019年创作《龙山》，实现并超越了“一字一修辞，一字一诗境，一字二指喻”的诗学奇迹，并最高达到乃至超越了一句33维的不可思议的诗境。

而盛唐大诗人一般是二三维的诗境，极少作品能达四维。

《龙山》在闲闲书话等论坛发表后（贴名《千古第一雄诗龙山》）在2019年一整年点赞率保持在最低70%左右，无一差评。成为世界文化史上唯一一个没有任何反对的世界第一（对于这一点，读者可参考论坛中无论说李白第一或杜甫第一都会有很多人反对的现实，且此贴非常明确地讲李杜差得很远却未被质疑）。

同时这一学术贴也成为网络史上点赞率最高的贴子（可以仔细想一下你的记忆中可有无一反对、点赞率达到70%的贴子？有疑问的读者可以进天涯去尝试能否找到另一个点赞率过5%的贴子……）

而且，天涯的点赞率跟诸多论坛及自媒体是不一样的，天涯的点赞要满足很多条件，一是必须是注册会员，二是必须会员登录，三是登录者手里必须有能量。而且天涯的点赞是有货币值的，它是可以当钱花的。

所以《龙山》的这一纪录是极为难得的。

因为《龙山》的维度很高，所以事实上喻诗学四部曲都是为讲清《龙山》的维度而创作的，以此而言近八十万字的著作，只为了讲清一首《龙山》，而且它事实上并未讲完。

著作年表：

2003年，创作《人生百喻》《比喻学》（于2018年以《天地中来》《喻文字》为名出版了部分内容）《寻找自己的玫瑰》《佛教养生十日谈》（于2006年出版）等作品，建立了全新的比喻学，是中国文学理论中修辞学方面的突破创新性作品，他全面改革、升华了比喻修辞学，并将之升华到了哲学层面。

2004年，创作《大师的足迹》等作品。2006年，创作历史著作《大秦帝国》

（于2018年出版），并策划出版《中国养生文化》系列图书（同年出版）。

2007他创作《决定健康的八大平衡》（同年出版），以阴阳平衡为喻创立了平衡医学、养生学的理论体系，他运用华夏喻学的基础原理，从古中医学中的象类运用进步到象律运用，是首部大规模运用象律而构建一个学说体系的著作。这是体系最完善的关于平衡医学理论的图书，当年受到各电视台多次邀请。

2008年，创作或出版《大树下的思考》《身体里住着个神医》《一切都与呼吸有关》《小动作大健康》《病未生先知道》等作品。《小动作大健康》是目前动养生理论界体系最完备、科学性更强、创新性观点最多的著作。

2009年，对东西方文化融会贯通，创作《大自然的启迪》。提出大自然学习法、万物明德论。用喻的贯通性对传统文化的道德文明、智慧文明等层面进行了新的阐释。这是他对喻学潜意识运用的延续。这一年他建立了国喻养生学的初步理论体系。指导创作《不抱怨不折腾不怠慢》，成为畅销十五万册的图书。策划营销、指导写作《一流员工工作宣言》《尽心尽力尽责》等销售数十万册的职业培训图书，并为跨国企业做职业培训。2010年，集中时间创作《……》《发现唐诗之美》等作品，《发现唐诗之美》通观《全唐诗》，建立了新的唐诗审美观，并对全唐诗重新做了分类和大排行，是中国古诗词欣赏领域的突破性作品，它是一部充满诗学秘密的里程碑式的作品，提出了很多新的属于喻诗学初级维度的概念和理论。

2012或2013年，其最重要著作《……》《大树下的思考》《大自然的启迪》等因电脑病毒而丢失，被他视为一生最重要作品的《……》则一字无存。而其他不重要的作品和资料因为不在一个磁盘中而幸存。同年著作并出版历史著作《中国史上的忠诚与背叛》《那情那人那诗》。创作《礼道》（尚未完成），对中国的礼文化进行了巅覆性的革命和创新。

2014年，出版《职业三字经》，是中国七百年来唯一成规模的三字经形式的著作，篇幅是古代《三字经》的数倍，古代《三字经》是常识性的，《职业三字经》是基础理论+实操性的，它们并不是一个层面，《职业三字经》的内涵显然要深厚得多。他将职业道德、职业伦理、职业技能等知识升华到了哲学的层面。他首次提出家思维和公思维的概念，并提出职业观、职场观、工作观的“小三观”。指出学习型及其他各型组织的不足，重新建立第六项修炼，赋予组织全新使命，正在完善理论并实践中。这本书总结职业培训学界种种理念，重新梳理并建立职业伦理体系。王子居对《职业三字经》十分重视，事实上，这本书也是他对喻学贯通性的强大运用的一个证明，因为它内涵丰富，至少含六堂课程（更多的内涵王子居没有明言），具有多重功用。也就是说，它不只是专门领域的书籍，更是一部思想多维的著作。

2015年，创立《喻论》，第一次明确地将传统的比喻修辞明确上升到了华夏古老哲学、认知工具学的高度。也是第一次真正在理论层面接触到了喻学的核心。

2016年，《王子居诗词》出版。创作《你的呼吸还好吗》，对中国古老的呼吸术进行了集大成式的梳理和创新。

2017年，创立对中国文化意义重大的《喻学》《演学》，完成了喻学和演学的基本理论体系和架构。对古老的华夏文明进行了重新总结和归纳，将华夏文明中的各个层面完整地结合起来，尤其是将易学、乐、中医、堪舆、古哲学、数理学体系、自然科学、围棋等局演、太极等体演、华夏德文化体系、象形文字体系、文学艺术体系等诸多层面完美而统一的构合成了一门学问，从而使得华夏文明成为人类历史上唯一一个完美贯通统一的学问体系，也在人类历史上第一次实现了多学科的高程度的统一。同年著作或出版《给男孩的古诗词》《论语原解》《大秦帝国》《唐诗小赏》《读你千遍也不厌倦》等著作。同年创作《天地中来》，这是他早期作品《人生百喻》《大自然的启迪》的合体。在语言学上，他运用喻文字的理论创作的《论语原解》，纠正了历代国学大家的诸多错解，是有史来最接近于正确的《论语》译本。

2018年出版《古诗小论》《局道》（讲述局演论）《职业三字经》，运用华夏古老的喻学，对中国诗歌理论进行了创新和改革（中国历代诗论大多是关于诗歌赏析的，而《古诗小论》是关于诗歌本身的），提出“格律诗的本质是阴阳之喻”“诗演论”“格律的黄金分割率”“诗境维度论”“排列组合论”等全新的重要诗学论断，对我们全面深刻地认识中国古诗词具有重要的价值。

2019年出版《天地中来》《喻文字：汉语言新探》等著作。

2020年出版《古诗小论2》《唐诗小赏2》《十秒入戏》，由温雅著作的《王子居诗词：喻诗浅论》《龙山》出版。

挑战杜甫

高二时王子居在班上进行了小规模的匿名与村甫名诗名句做比较的测试，他的“晚风声小人对月，池塘摇影泛黄昏”“晨光静海日，遥山微曙拥”等句子胜过杜甫在课本中的名句。从此以后他放弃了对杜甫的学习和模仿（更多见《王子居诗词：喻诗浅论》）。

2012年底或2013年，他创立《礼道》的基础理论，对中国的礼文化进行了巅覆性的革命和创新。正是此时他较深入地发现了中国国学中存在着的诸多问题。由于《礼道》超越了孔子对礼学的认知范畴，他担心这样的学问很难被人所理解，于是王子居决定挑战杜甫的最强七律，以便给诸多学子、读者一个心理准备和缓冲。两年间他先后在北京和西安的党校、报社、出版社、图书公司等进行了小规模的挑战杜甫李商隐最强七律、王维最强五绝的测试，其中王子居的《相思》对王维的《相思》具有压倒性的优势（详情请见《龙山》一书）。

于是在2014年末，由中国言实出版社、中国纺织出版社、北京万卷联合开展“寻找最美七律，王子居挑战杜甫最强七律”的活动，先由数十家国内知名媒体、杂志的诗人们选出杜甫最强十首七律，再由四所院校千余学生参与。青岛农业大学、鲁东大学文学院、曲阜师范大学由校方组织本次活动，在清华大学由北京万卷组织活动。他成为有史来敢于挑战杜甫最强七律和王维巅峰五绝而不败的诗人。

此次活动腾讯读书、新浪读书、中国网、中国日报网、中国台湾网、光明网、新民网、南方网、长城网、鲁东大学官网（义博国闻）、哎奇头像网、最济源……皆有报道。

“寻找最美七律”：王子居挑战杜甫

这些网页在2017年王子居出版《唐诗小赏》《读你千遍也不厌倦》等作品时，出版社的编辑还曾全部打开并一一检验过（因为作者简介需要核实）。不过由于新闻的时效性，现在还能打开的网页已经不多，再过几年也许就看不到这些曾经的报导了。

http://news.hebei.com.cn/system/2015/01/26/014832557.shtml

这是目前唯一能打开的，但也不知道能保留多久。

http://www.360doc.com/content/14/1205/09/450087_430524197.shtml

http://www.xq0757.com/read.php?tid=912828

作者相关资讯

新浪博客：王子居的博客

微信公众号：紫薇国学馆

大鱼号、一点号、头条号：王子居的国学前沿

快传号：王子居

腾讯内容平台：我看我思我行，微信公众号：紫薇国学馆。

豆瓣：一羽卒来

知乎、简书：温雅的毒舌

已出版著作简介

王子居的著作大多是以最简单的语言写出来的，他的《发现唐诗之美》语言简易到小学生都爱读，但它里面的知识和维度，可能要很多年才能认知。

他的著作有一个特点，就是带序的著作往往是次要的，无序的著作反而是突破性作品，而维度特别高的著作，其前面都有《本书的读法》，《本书的读法》出现时就意味着这本书具有超多的维度，而这些维度并不是可以在书中明言的，这就像《王子居诗词》在2016年出版，“王子居挑战杜甫最强七律在2014年举行”，但没有人认知到他的诗是喻诗具有多维诗境一样，王子居其他著作具有更多维度，并不是他的著作所彰显的那样能轻易领悟。《王子居诗词》只是一本书，诗的字数不过一两万字，但它的维度却需要用喻诗学四部曲乃至更多著作超百万字来阐释，而仅《龙山》一首诗，就阐发出了诗演论、喻诗学、多维诗境论、多维修辞……并为我们展现了“一字一修辞，一字一诗境，一字双指喻”的

多维奥秘……这也意味着，王子居已经出版的一些著作，如果他要对你讲明这部著作对你的好处的话，可能要再写几部哲学性的著作才能讲得清。

所以他的一部作品，足够普通读者反复参悟很久才可能领会。而他的著作里的有用的知识点，无论是数量还是密度都是前所未有的。而它的用处正如上面所讲的，要再用几部书才可能对你讲清。

这是因为他的书是一个超多维哲学世界的投影，就如同他的诗歌中具有33维诗境一样，他的喻学是一个超多维的学理世界，他用这个学理世界认知、著述出的著作，亦是多维的，如果有读者没有读出在他书中隐藏的维度，那就是因为没有真正读懂，并且不会更大限度地利用。

对于大多数读者来说，想透彻他书中知识的真正价值是很难的，这就好像《射雕》中的郭靖，马钰教他时，他不知道自己学的是中神通的最强内功心法，周伯通教他时，他不知自己学的是武林最强五绝都在抢夺的《九阴真经》，郭靖很笨，不懂武学理论和奥妙，学得很慢，只会练招式，但他只学了降龙十八掌的一招，就将以前打得他满地跑的王府高手和欧阳克打得满地跑了。

王子居书中的维度其实他是有暗示的，比如《职业三字经》的封面上讲“一本书，六堂课”，其中有一门语言课，为什么一本讲职场修养的书会是一门语言课？因为它是喻文字运用的巅峰之作，对这一点，你只有读完喻诗学四部曲和《喻文字：汉语言新探》才能理解。这就好像他的喻诗中一句七字，表面看只是写了一个景象，但它却蕴含三十三重维度，如果说《龙山》是七字语言的巅峰，那《职业三字经》自然是三字语言的巅峰，它的创作、运用的奥妙，当然称得上是一门语言课了。

《职业三字经》是一门“至阳，至刚，至正”的书中“九阳真经”，它的真实维度并不止图书封面上的“六堂课”，它还有更多的更重要的维度，只不过王子居没时间给你讲清楚。要知道，仅仅两三万字的王子居诗词，就已经用超百万字的篇幅来讲其中的维度了。

《射雕》里面的欧阳克、杨康、黄蓉，一个比一个聪明，可为什么最后学成各家绝技的，却偏偏是只会练招式的郭靖呢？如果读者没读出王子居书中的奥妙，那不如像郭靖那样老老实实地练一辈子招式。

一句简单的话，背后可能有数维、数十维的喻学思想做支撑，就好像“寻找最美七律”活动中，33维的王子居得票不如多数单维偶尔一二维的杜甫一样，谁能在七个字里看出33维的诗学世界呢？还是那句话，看不出奥妙，就学郭靖。

《古诗小论2》

《古诗小论》的续篇，喻诗学四部曲里的第二部。1.他指出了中国诗歌史上的两条不同道路，与此同时，他提出了喻诗学的发展道路。2.全面、彻底、根本性地批判了杜甫，从基础理论层面终结了杜甫的文学史。3.全面、彻底、根本性地批判、否定了中国一千年的近体格律诗道路，从基础理论上终结了近体诗。

《王子居诗词：喻诗浅论》

喻诗学四部曲的第三部，为我们展示了从唐朝的二、三维诗境到王子居的五六维、超九维乃至四十九维的诗境（可见书中对《紫薇》等诗的阐释）。

《龙山》

喻诗学四部曲的第四部，它为我们展示了难以想象的33维诗境。这部书究竟如何，读者只要想一下李白的诗歌单句最高是三四维诗境就可以了。

《十秒入戏：中国本土的墨菲定律》

它超越同类图书的特点在于，它是一个创立喻学理论体系的大学者用喻学视角创作的一部类墨菲定律图书。十秒入戏的最大价值在于，它通过日常生活的小事来论证一个你很难相信的事实：你学到的社会知识可能大多是错误的。

《唐诗小赏2》

这是第一部以喻诗学的视角，用多维诗境论来解读的诗词赏析类著作。

《古诗小论》

33重天的诗帝论诗，其实已不必多讲。

此书初步提出了喻诗学、多维诗境论、诗演论……

《古诗小论》作为喻诗学四部曲的首部，它所讲的主要是喻诗的基础维度，如气象、气象、气韵、印象等，都是基础的单维度。

不读《古诗小论》，你永远也不会真的懂诗。

《读你千遍也不厌倦》

唯一一部文学传记作品。

多情多才的诗人，铭心刻骨的爱情，销魂无奈的结局

多情多才的诗人，铭心刻骨的爱情，销魂无奈的结局

这里有风流不羁，这里有愁肠百转，这里有豪放和热血，这里有寂寞和凄伤。我们解读的不只是动人的古诗词，更是珍贵的情感和光辉的人性。

《王子居诗词》

33重天诗帝的诗，想来无需多说，诗词的高度和秘密还有美，都在这里面。

对于一个喜欢诗歌的人来说，如果没有读过33重天诗帝的诗歌，那简直不能说自己喜欢诗。而且强大无比的喻诗学也一定得从王子居的诗词中去体会，因为盛唐三四维已经是极限，真正的突破性高维诗境，只有王子居的喻诗做得到。

《唐诗小赏》

读诗不读王子居，千篇万首也枉然。

33重天诗帝的解读，会一样吗?

不读《唐诗小赏》是不可能真正懂唐诗的，其他的著作，大多错谬连篇。与所有赏析都不同的一部唐诗鉴赏著作。以当代大诗人的诗心，印证唐朝大诗人的诗心。解读到痛处、痒处、深处、高处、妙处的唐诗读本。

历经二十载，写诗数千首，通阅900卷《全唐诗》，增删润色数十次！对《人间词话》指出了诸多不足，对杜甫的诗作多有批评，对王国维、苏东坡等人的诗论也多有指摘。对李白、王维、孟浩然等大诗人的佳作有独到解析。

与狂放不羁的李白一同挥洒“天生我材必有用，千金散尽还复来”的豪情；与悲愤沉郁的杜甫一同感受“出师未捷身先死，长使英雄泪满襟”的悲壮；与“诗中有画”“画中有诗”的王维一同欣赏“明月松间照，清泉石上流”的美景；

以当代大诗人的诗心，印证唐朝大诗人的诗心。

解读到痛处、痒处、深处、高处、妙处的唐诗赏析读本。

如果一个诗评家诗写得不好，那他能不能把诗讲好呢？其实，盛唐诗最难解，因为大多数的诗人都处在宋元明清的水平线上，能解好盛唐诗是不太可能的。王子居解唐诗，自然是与众不同，因为他不仅仅是诗评家，更是实现单句9重天、单句33重天诗境的大诗人。而且还是有史来唯一一个挑战过杜甫和李商隐的最强七律，及王维最强五绝的大诗人。

那些只有大诗人才能领会的古诗的奥妙，也只有在王子居的赏析中才可能被读者读到。王子居的《唐诗小赏》，是一个真正客观，为我们介绍了真正的唐诗。许多我们不知道的诗歌“不传之秘”“家传绝学”，都在《唐诗小赏》中讲了出来。

《喻文字：汉语言新探》

这是一部比33重天《龙山》更强大、秘密更多的著作！

这一句话，顶得上千言万语的介绍了吧？

它是全新的汉文字基础理论。

《论语原解》

我们是应该相信一个能将中国文化从3维境推高到33维境的人呢？还是应该相信那些并无创造实证、只能信口胡言的人呢？

此书纠正了自郑玄以来至朱熹乃至近代诸注家的诸多错误。

你从前所读过的《论语》读本，有80%是错的，没有错，无论你读的是郑玄朱熹还是杨伯峻。越是古老的典籍，你读到的错误就越多，比如《论语》你可能读到的80%都有错，而唐诗宋词你读到的解析可能50%都有错。

事实上，如果你想学好古文，那么以目前说，只有一本书可以信任，它就是《论语原解》（除此之外的任何一本古文著作或古文注释著作，都有严重的问题或者有各种问题，就连教材也不可避免，《论语原解》不能说毫无问题，但它一定是问题最少的那一部）。

这是因为，王子居是唯一发现了喻文字秘密并创建了喻文字理论体系的人。

从小就写诗写古文的王子居，在古文方面造诣究竟有多强？其实你只要读过《古诗小论》中的《东山诗话》部分，大体上就会有一个了解。从某种意义上说，王子居的古文比他的白话文要更强，他其实更喜欢也更习惯用古文创作。

用喻的方法注解《论语》！开启中国古籍注释新天地。让我们对汉语言的认识从象文字升华到喻文字的奇书。对《论语》大部分章节重新注译！

读完《论语原解》，古文基本就不会有障碍了。此版本纠正了自汉郑玄以来直至民国诸大师的诸多错解。（这个民国诸大师包括钱穆也包括杨伯峻）改变了两千年来诸注家过半义理注释的全新注本。纠正了数万处错解、臆解、曲解。

《你的呼吸还好吗》

从非典到雾霾到新冠还有每年的流感，为什么你从来没想过要健肺？

这个问题真的应该好好思考一下。

这是能给你带来无穷好处的一部奇作。

王子居的诸多作品，就好像他的《千古第一雄诗龙山》一样，是有着各种奥秘的，《你的呼吸还好吗？会呼吸才能不生病》的名字看起来要更为普通，但它一样隐藏着各种奥妙，有些奥妙是无法讲出来的，就如日本那个诺贝尔奖获得者所感叹的，日本的学术期刊只能发表一些普通的学术文章，真正创造性的、超前的理论在日本的包括全世界的期刊中都很难发表出来。

王子居的呼吸术也一样蕴含着“不能说的秘密”。

但这不妨碍它同“立道九重天”的《龙山》一样，蕴含着佛、道、医、武、瑜珈、生命科学的种种秘密。

你认为王子居的职业培训作品就不是养生书了吗？错，《职业三字经》乃是一本至刚至阳的书，有什么比至刚至阳之气更能驱病尤其是心理疾病的呢？就如同没有人读出《职业三字经》《龙山》等著作里的秘密一样，《你的呼吸还好吗》蕴藏着很多的生命密码，不过既然是密码，就需要读者自己去解读，去发现。

作为能达到单句33维的人，王子居的作品有很多鬼斧神工之处，《职业三字经》的封面上写着一本书六门课，事实上这本书有更多的课未曾解秘。《你的呼吸还好吗》隐藏的秘密比《龙山》《职业三字经》还要多。

虽然很多秘密不能说，但他依然在序言中讲到了两个最重要的逻辑！记住，是最重要的逻辑！读王子居的呼吸术，可以打一个比方，就好像别人给你一颗神树的种子，但只告诉你它很神奇，如何神奇？你需要把它种下去，栽培它，浇灌它，直到它开花结果，你只有在尝到果实后才明白什么叫神奇。

诸多健康问题的背后都有呼吸问题！百病之生，根源在气。种种疾病，呼吸可防。吸天地之精以养生，呼百脉之陈以却病。长智慧的聪明呼吸术。空气是生命的第一要素，呼吸是自然疗法的第一选择项，是人体的第一补品。

好的呼吸术可以调身、驱病，可以治失眠便秘等诸多病患，能养精、全神，让人耳聪目明、智力超常。强体力，增精力，提升免疫力，还能变聪明，长智慧，呼吸术是人类历史最悠久的养生术。呼吸术是上古人类均寿百岁时少有的保健驱病之法。如果没有调整好呼吸，一切健康努力都将白费。呼吸调神，通过吸天地之精华而长养精神思想。

呼吸作为人体的主要运输工具，为身体输送氧气和精微营养物质。呼吸是人类稀有的一种内脏运动保健手段。呼吸鼓动全身器官的机能，只有呼吸才能做到全身肌肉的联动。呼吸支撑空间，我们平时都以为，我们的身体是由实在的物质，骨和肉来支撑的，这是错误的，呼吸是支撑身体空间的重要物质，连肌肉都需要呼吸的支撑。空气是生命的第一要素，呼吸是自然疗法的第一选择项，是人体的第一补品。如果没有调整好呼吸，一切健康努力都将白费。呼吸不良可导致一切疾病，许多怪病都与呼吸有关。呼吸术是人类历史最悠久的养生术。

吸入雾霾：呼吸道疾病——心血管疾病——癌症——多种疾病。

呼吸不足：细胞缺氧——细胞丧失活力——细胞病变——多种疾病。

呼吸术（呼吸锻炼）具有很多效果，对于很多疾病都有治愈疗效或者辅助效果，但这本小书无法一一统计并列举出来。即便是医药治疗中已经完全验证的呼吸能治好的那些疾病，也已经非常之多了。小到我们平常经常有的头疼感冒、腹泻、便秘、神经性的轻微牙疼、腹疼，大到癌症、心血管疾病……以至于到心理问题，呼吸都有不可替代的疗效，乃至于像几十年都治不了的运动遗精等怪病、疑难杂症，最有效的呼吸疗法都有可能治愈。也就是说，呼吸能治疗的疾病和问题，远远比这本小书中列举出来的要多得多。所以无论你身体怎么样，是强健是孱弱，是无病是多病，你都可以试试呼吸。

在这个新冠未尽的时代，通过呼吸术强健你的肺，是明智的选择。

《大秦帝国》

从政者必读！经商者必读！治事者之鉴，管理者之鉴！

一个承前启后，开创两千年政治文明的朝代。一个值得我们借鉴、思考的朝代！王子居用独特的视角、全新的方式为我们解读一个承前启后、独一无二的朝代。秦朝是独一无二的王朝，在中国历史上拥有无法替代的地位，无论是政治、军事、还是文化，都放射着灿烂的光芒。作为一个承前启后的时代，秦朝对我们来说充满了神秘、未知、疑惑，太多的批评和指责，给这个短命却伟大的朝代蒙上了层层迷团？秦朝究竟是怎样的？王子居潜研历史，为我们献上《大秦帝国》一书，用与众不同的视角，给了我们一个与众不同的答案。

《天地中来》

33重天诗帝的思维之道、思考技术……

天地间第一智慧！德演论、智演论的通俗读本。

王子居《更好的学习》系列著作的第一部，喻学和演学的入门之书。

我们的智慧，从何而来？我们的修养，从何而来？我们的道德，从何而来？

智开于此，情陶于此，德生于此，美染于此，性冶于此。

中国文化为什么博大精深？中国文化的深度、广度、厚度、高度、精度，从何而来？中国人的德、智、性、美，中国人的气质和修养，从何而来？

王子居首创的天地大散文！洞见人生大智慧！智开于此，情陶于此，德生于此，美染于此，性冶于此。如何以天地山水作为自己的老师？（中国人的德、智、性、美，中国人的气质和修养，从何而来）

《天地中来》是一部充满着人生大智慧的好书。在这部书里，无论是辽阔的高天，还是浑厚的大地，无论是雄奇的大山，还是幽幽的曲巷，无论是浩荡的江河，还是宁静的潭水，亦或是清澈的小溪，哪怕小到一草一木，一鸟一兽，一花一叶……这世间所有万相，都在王子居的笔下，绽放出了深厚的人生哲学和智慧!

它是创造性极强的“天地大散文”“哲理大散文”“道德大散文”！

《局道》

书中的“九阴真经”，它是与《职业三字经》配套的一部著作，阴阳合璧才是王道。

《局演》能带给你什么好处？显然王子居在《局道》里并没有明言，作为从尧帝时就传承下来的一门强大工具，无论是政治谋略、军事哲学、博弈之术、经商之道……《局演》中都藏有在这些领域致胜的大道。

只不过王子居只讲大道，不屑于讲细节，所以能于其中得到多少玄机，就看个人造化了。王子居的《局道》给我们讲了多少谋略哲学？就像33重天的《龙山》一样，根本不是几万字能讲明白的。

通过围棋讲哲学、博弈学、军事、智谋，主体是讲局演论。天地人生，皆如棋局，博弈智慧，尽在此书。一部将中国围棋从国术的高度升华到国道高度的奇书！一局棋，演人生百事，一本书，演天地玄机！揭示一种全新思维锻炼模式——化天地、练政治、强军事、悟智慧、修人生的演学！将围棋从国术升华到国道!

天地人生一棋局，纵横经纬智慧出。

妙数奇谋演千古，和中博弈知不足。

天地阴阳五行，政治军事人生，皆如棋局，博弈智慧，尽在此书。对五赋三论《棋经》的少有正确解读。

中国文化无小事，无小技，关键在于你怎么看，会不会看，看不看得懂。比如对中国的围棋，如果你以游戏的思维方式来看，它就是消磨时光的工具；如果你以竞技的思维方式来看，它包括目标、规则、方法、技术，可以锻炼智力；如果你以文化的思维来看，它是“手谈”“坐隐”“雅戏”，是用来修身养性的；如果你以军事家的角度来看，它是一种更高形式的“棋盘推演”；如果你以哲学的角度来看，它是一门练习如何竞争和共存的哲学；如果你以喻的思维来看，它是一种局演，是演化宇宙万象、人类社会发展变化的一种思维锻炼模具。

围棋其实是一门局演，演化的是整个华夏文明中最根本的东西，它们是对华夏文明的一种再创造和概括浓缩，既是华夏文明中基础原理的概念模型，也是一种天地运行规律、社会运动形式、人类活动形式的抽象的动态模拟和演练。在局演中，既有天道和天象，也有军事政治外交经济的规则，它既蕴含了这些规则的名称，也可以衍化、推演、展示，既可以从中学习，更可以从中思考、领悟、创造，局演中的喻，是一个概念群、知识群。局演不仅仅是天地奥义的推演和展现，它还可以不断创造新的概念，新的喻义，产生新的理论。

局演是适合各个知识领域的人的一种学习方法和工具，它是可以令人学到各个领域的知识的一种学习方法和工具，它是一门贯通性的学习方法和工具，而不是单一性的学习方法和工具。局演既是最好的知识载体，也是最好的学习工具，也是最好的学习方法，它是一门亟待开发的知识，如果我们运用演的思维来对待围棋等局演，那么它们将会对我们的学习思考带来革命性的改变，这对于我们当代的国学教育，是有着深远的意义的。因为局演所采用的本喻都是最根本的、最普遍的，所以局演是具有领域的贯通性的，从局演中学到的知识和理论也将是最普遍的、贯通性的知识和理论。局演之喻的普遍性和根本性决定了局演中所蕴含的知识是极其丰富的、无穷无尽的。

围棋是具有美学因素的，首先太极图本身就具有神秘的美，而围棋中的黑白两色，是天地中的基本色，它们在棋局中互相追逐，构成无数幅美丽的画面，这些画面都是太极图的变体。而方圆两种基本图形，也是形象中的最基本因素，它们和变化的棋阵共同演绎了围棋之美。

围棋可以帮我们拓展思维广度、增加思维深度、强化思维的敏捷度和灵活度、强化思维的逻辑严密程度、开发思维的批判性和创造性，增强思维的爆发力和灵感的诱发力。

围棋锻炼我们的很多能力，如观察力、洞察力、计算力、记忆力、记忆储存能力、应变能力、统筹能力、判断能力、运筹能力、逻辑和推理能力、分析能力、总结能力、技巧掌控能力、直观形象思维能力、发散思维能力、比较能力、抽象能力、具体化能力、运用实践能力、理解能力、想象能力、概括能力（概念能力）、归纳系统化能力、发明创造能力（经历过分析、整理、鉴别、消化、综合等能力阶段）、抽象感知能力、思维控制调节能力、情绪控制能力、直觉思维能力、创造性思维能力、决策能力、战略思维能力、战术思维能力、哲学能力、解构能力和构建能力、快速处理信息能力、高效高质处理信息能力、辩证思维能力、喻的能力、思维层次递进（进化）能力、推演能力……

比如说观察力，它有一部分是观察对手，这在《演喻1》中已经提到过，如："随手而下者，无谋之人也。不思而应者，取败之道也。"观察棋局的形势变化，观察双方棋局的整体布置，这是锻炼观察力，同时，观察棋形在几处重要区域的分布，从而判断出自己的优势是在哪几个区域，这时候从观察力就转换到了判断力，而洞察力则是观察力的升级，称观察力也不是不可以，比如洞察对手的图谋和打算，从而判断出他将在哪一块区域加大经营力度，它将会对我方哪一组棋进行攻击等，这都是从观察力到判断力的转换，而要观察敌人整体的和局部的虚实，则需要用到计算力，计算敌人各组棋之间的呼应能力、我对敌人不同棋组的隔断能力，一块区域中敌我双方的棋路的多少，这个时候观察力就要和计算力相结合，当我们观察整体的虚实，并运用计算能力做出基本的判断后，我们同敌人在局部展开搏杀，这时候我们的记忆力就很重要，因为如果以前的计算随着棋局的演化而变化，前面的计算记不准确，就会给对手以可乘之机，如果没有强大的记忆储存能力，就只能不断地重复计算，所以记忆力是贯穿棋局的始终的。

单以一个计算能力而言，围棋局演的计算是非常立体，非常复杂的，比如刚开始要计算气，计算目，然后要计算死活、杀气、棋路，还有官子的计算、胜负的计算，还有利弊得失、势的增减、棋路的增减、变化可能性……在这些计算中，既有微观的应对局部的计算，也有宏观的掌握全局的计算，既有具体的计算，也有抽象的计算，而这就是军事中所说的筹算，也就是运筹的能力，所以说，围棋对我们计算能力的锻炼可不是一道数学题所能够相比的。

七百年来第一经《职业三字经》

作为王子居最重视的两本书之一，《职业三字经》拥有很多秘密，而且它也不仅仅是封面上所讲的六堂课那么简单，而是内藏更多的课程。

《三字经》之后，无论从篇幅规模还是哲学内涵角度，《职业三字经》都远胜《三字经》，它堪称七百年来第一经。

中国人恪守的职业守则、人生守则。公司需要的，管理者渴望的，员工必须的。职业伦理、职业道德、职业精神的浓缩精华。

职业三字经（增强事业信心，加强职业修养，完善职业道德。公司需要的，管理者渴望的，员工必须的。中国人恪守的职业守则、人生守则。职业伦理、职业道德、职业精神的浓缩精华。）

一本书，六门课。励志课、国学课、语言课、职业修炼课、管理课、哲学课。史来篇幅居首的三字经。本书是王子居从事工作二十年，一线管理十余年，对职业伦理成系统的总结。本书的特点：丰富、凝炼、概括、创造性、深刻性、知识性、针对性、实用性。

本书是王子居从事工作二十年，一线管理十余年，对职业伦理成系统的总结。是中国人恪守的职业守则、人生守则。是职业伦理、职业道德、职业精神的浓缩精华。职业三字经从道德、规则、职场环境、技能、技巧、禁忌等多个方面讲解了我们职业生涯中必须遵守的规则，必须坚持的操守，可以运用的方和法技巧等，对于初入职场的大学生等年轻人非常重要。

《平衡的，才是健康的》

这就是王子居步入喻医学殿堂的第一部著作的升级版……

它将中国医学带入到喻医学的时代！它将中国养生学带入到体演论的时代！为你找到健康的幕后操盘手！阴阳平衡、脏腑平衡、饮食平衡、寒热平衡、动静平衡……为你揭示一个神秘而博大的人体世界、哲学世界、医学世界

平衡则调、平衡则和、平衡则安、平衡则顺、平衡则健、平衡则美……

失衡则乱、失衡则攻、失衡则危、失衡则逆、失衡则病、失衡则丑……

最健康的人，身体平衡不被任何事物打破，善于养生的人，身体平衡偶尔会被外界因素打破，但很快就会调节。